10|18
12, avenue d'Italie — Paris XIIIe

Sur l'auteur

Elizabeth Eyre est le pseudonyme de Jill Staynes et Margaret Storey. Amies d'enfance, elles ont écrit ensemble leur premier roman (jamais édité) à quinze ans avant de publier séparément des livres pour enfants. Elles ont ensuite créé « à quatre mains » le personnage d'un détective moderne, Robert Bone, puis celui de Sigismondo, cet homme de nulle part, tranquille, énigmatique, fin, à l'époque mouvementée de la Renaissance italienne.

DU POISON POUR LE PRINCE

PAR

ELIZABETH EYRE

Traduit de l'anglais
par Gilles Berton

10|18

INÉDIT

« *Grands Détectives* »
dirigé par Jean-Claude Zylberstein

Du même auteur
aux Éditions 10/18

MORT D'UNE DUCHESSE, n° 3115
RIDEAU POUR LE CARDINAL, n° 3180
► DU POISON POUR LE PRINCE, n° 3301

Titre original :
Poison for the Prince

ISBN 2-264-02833-5

Les personnages du récit

Scipione, prince de Viverra
La princesse Isotta, son épouse
Le prince Francesco, leur fils
La princesse douairière Elena, mère du prince Scipione

Donato Landucci, un otage
Ridolfo Ridolfi, dit Gatta, un condottiere se trouvant pour l'heure au service du prince Scipione
Le docteur Virgilio, alchimiste
Leone Leconti, artiste peintre
Ginevra Matarazza, une dame de la cour
Le médecin personnel du prince
L'évêque Ugolino
L'ambassadeur de Venise, le Signor Loredano

Michelotto Della Casa, lieutenant de Gatta
Caterina Ridolfi, fille de Gatta
Le comte Antonio Carlotti, seigneur rebelle de Mascia
Scala, un condottiere à son service
Le comte Landucci, rebelle vaincu, père de Donato
Dame Landucci, sa femme

Le frère Ambrogio, prêcheur franciscain itinérant
Le frère Columba, son assistant

Maître Buselli, apothicaire
Rosaria, aubergiste
Une sorcière

Un barbier
Citadins, soldats, assistants de laboratoire, pages, dames, conseillers, villageois
Aldo
Fracassa } des cousins en mission
Pio
Sigismondo, soldat de fortune
Benno, son serviteur
Biondello, un chien

CHAPITRE PREMIER

« Ils voulaient ta mort »

— Aurais-tu donc ressuscité ?

En dépit de sa corpulence, elle avait traversé en toute hâte la grande salle emplie de monde pour venir l'étreindre. Une fois qu'elle l'eut serré dans ses bras, ce qui la rassura quant à sa réalité, elle leva la tête vers le visage noyé dans l'ombre de la capuche, reconnut les yeux sombres, le nez puissant, la bouche souriante, et ajouta sur un ton de reproche :

— On m'avait dit que tu t'étais fait tuer en France.

Ses bras trop courts ne lui permettant pas de l'enlacer, elle se consola en posant sa tête sur sa poitrine.

— Deux ans que tu n'es pas revenu. J'ai cru ne jamais te revoir.

— C'est vrai, la France m'a proposé une sépulture, mais je l'ai refusée.

Elle éclata de rire, le corps tressautant de joie, puis le lâcha et recula d'un pas pour l'examiner.

— Connaissant ta nature généreuse, je parie que tu l'as offerte à un autre !

Elle devait presque crier pour se faire entendre par-dessus l'entrechoquement des carafes, le brouhaha des conversations, le roulement des dés et le tintement des plats, tandis qu'une chanson avinée s'élevait d'un des coins de la salle.

— *Qu'on apporte du vin !* commanda-t-elle d'une voix

suraiguë avant de prendre ses mains dans les siennes. C'est ma tournée, amant négligent. Quand on lui rend un service, Rosaria ne l'oublie jamais.

Elle lui trouva une place à l'écart des chanteurs. Ne se souvenant plus des paroles de leur chanson, ceux-ci se contentaient de fredonner la mélodie en martelant la table sur un rythme désordonné. Rosaria leur coula un regard indulgent tout en servant du vin à l'ami qu'elle n'avait pas vu depuis si longtemps, ainsi qu'à elle-même.

— Des étrangers. Je leur ai demandé d'où ils venaient, et figure-toi qu'ils ont été incapables de me le dire ! L'un d'eux a mentionné une ville, mais les autres ont aussitôt démenti. À la tienne, cher amant !

Elle leva son gobelet.

— Et tiens-toi éloigné de cette tombe !

Après avoir bu une gorgée, l'homme promena son regard sur la vaste salle chichement éclairée.

— Cela devient de plus en plus difficile. Tu me croyais mort en France, et moi on m'avait dit que tu te mourais ici en Italie. Où en est cette épidémie de peste ?

L'aubergiste se signa.

— Viverra est encore épargnée, mais il paraît qu'elle se rapproche. On dit que dans certains villages plus à l'est, il ne reste aucun survivant pour enterrer les morts.

Des hurlements de rire en provenance de la table des chanteurs noyèrent sa phrase suivante, qu'elle dut répéter.

— Selon certains, il faut s'attendre à ce qu'elle vienne frapper ici afin de punir notre prince.

— Et toi, qu'en dis-tu ?

Elle l'examina. Ses perspicaces yeux noirs légèrement bridés surmontaient des pommettes rebondies. Malgré un physique plus large que haut, elle était jolie et son visage respirait l'assurance et la bonne humeur. Son bonnet, dont les longs rabats lui tombaient sur les épaules, était de lin neuf, et quoique son tablier fût maculé de taches et d'éclaboussures, la robe qu'il protégeait était d'une belle laine bleue à la propreté irréprochable.

— Ce que j'en dis ? Je dis qu'un homme est en droit d'assouvir ses passions. Si un prince a les moyens de satisfaire à ses plaisirs, qu'il le fasse.

Elle essuya la table et remit le chiffon sur son épaule.

— Quand on paie, ajouta-t-elle, on peut choisir.

Il jeta un regard amusé autour de lui.

— Et c'est bien ce que font tes clients.

Un groupe de voyageurs qui venaient d'entrer essayaient d'attirer l'attention de la fille de salle. Ils tapaient des semelles par terre pour décrotter leurs bottes, secouaient la poussière de leurs capes et chapeaux. La servante débordée parvint à se libérer des bruyants convives d'une des tables et se hâta en direction de la porte. Rosaria se leva à son tour et, avec toute son autorité, entreprit de faire de la place aux nouveaux arrivants.

Laissé à lui-même, l'homme qui arrivait de France se servit un nouveau gobelet de vin et attendit. Le temps que mettait son serviteur à le rejoindre signifiait que celui-ci devait avoir des difficultés avec les chevaux, qui nécessitaient probablement des soins particuliers après la longue étape qu'ils avaient couverte ce jour-là. Mais l'homme était tout disposé à passer le temps en observant le paysage humain qu'il avait sous les yeux.

La grande salle de l'auberge n'était éclairée que par quelques torches fixées aux murs, deux ou trois chandeliers et un grand cercle de métal suspendu au-dessus de la longue table, sur lequel on avait placé des bougies maintenues en place par de petites boules de graisse. La fumée accumulée au plafond masquait presque la galerie à balustrade entourant la salle. Autour de la longue table, constellée de marques de gobelets et sillonnée d'entailles laissées par les lames qui y tranchaient le pain et la viande, se pressait une foule de buveurs et de joueurs de dés. Presque tous parlaient en même temps. Il était plus prudent de voyager en groupe, et les auberges étaient l'endroit idéal pour obtenir des gens du coin des renseignements sur la prochaine ville que vous alliez rencontrer sur votre chemin.

Dans leur coin, les trois chanteurs en étaient arrivés au point où les querelles éclatent pour un rien. Deux d'entre eux se disputaient vivement au sujet des paroles du refrain. Le troisième, dont le comportement semblait indiquer qu'il redoutait d'une minute à l'autre quelque terrible et mystérieuse catastrophe, s'efforçait tant bien que mal de calmer ses compagnons.

Mais il n'y avait rien à faire.

— Pio, *ta mère était une putain.*

Le blond aurait pu être beau si ses cheveux avaient été moins gras et son visage moins agité de tics. De toute évidence, il estimait qu'établir l'ascendance de son ami réglait du même coup le problème des paroles de la chanson.

Les cheveux courts, le visage à ce point figé qu'on eût dit qu'il n'avait jamais appris à exprimer la moindre émotion, Pio le considéra fixement. Lui aussi pensait détenir la solution de leur désaccord musical, et il l'énonça avec soin :

— Fracassa, ta mère était une putain, *et ton père un bouc.*

La réaction de Fracassa à cette insulte fut si extrême qu'elle parut la confirmer : bafouillant, il leva les bras derrière sa tête pour saisir la poignée de son arme, une monstrueuse épée à deux mains dont la pointe du fourreau reposait à terre. Pio ignora son geste. Il inclina une cruche au-dessus de son gobelet, puis de sa bouche. Le troisième compère lui arracha la cruche des mains et, profitant de ce que la tête de Pio basculait en avant, cogna l'un contre l'autre les crânes de ses deux compagnons. Sonnés, ils se turent quelques instants pendant que leur ami les morigénait d'un ton pressant tout en jetant des regards inquiets dans la salle pour s'assurer que leur éclat n'avait pas attiré l'attention.

L'homme venu de France aperçut, de l'autre côté de la salle, Rosaria qui les observait. Un individu à la carrure impressionnante, surgi de quelque recoin obscur, se tenait à côté d'elle, prêt à intervenir à son signal.

Le désordre ne vint pourtant pas du trio, mais de la grande table. Les dés avaient roulé, des hurlements de triomphe et des exclamations de rage couvrirent quelques instants le brouhaha, et très vite on passa des cris aux coups. On s'empoigna au collet, on s'envoya du vin au visage, quelqu'un brandit un tabouret et les couteaux jaillirent.

La bagarre se propagea comme un feu d'herbes sèches. Les partisans des deux clans s'en mêlèrent, bientôt rejoints par les innocentes victimes de coups de poing expédiés au hasard, de gobelets lancés à l'aveuglette, de coups de pied égarés. Le vigoureux homme de confiance de Rosaria se précipita aussitôt dans l'action, séparant deux adversaires, expulsant tel autre protagoniste dehors. Rosaria s'était emparée d'un gros bâton et gardait l'entrée de la cave à vin en assenant des coups à assommer un bœuf à quiconque se hasardait à proximité.

Bientôt l'affrontement fut général. Un costaud prit son élan et se jeta sur l'homme de confiance, qui vacilla et s'effondra. Alors l'homme venu de France se leva.

Un jeune garçon au regard sauvage, armé d'un poignard long comme son avant-bras, était monté sur la table et menaçait tour à tour les combattants, ivre de son potentiel de destruction. Il fonça sur l'un d'eux mais sentit son poignet enserré dans une étreinte qui lui engourdit la main. Il fut ensuite soulevé comme un fétu de paille et projeté sur la galerie où il atterrit contre un banc qui lui brisa le poignet. Un individu barbu de petite taille et d'aspect loqueteux, qui venait de gravir l'escalier extérieur par où l'on accédait aux écuries, enjamba le corps du garçon qui gémissait de douleur et, se penchant pardessus la balustrade, coula un regard prudent à la mêlée qui faisait rage en bas. À ses pieds, un petit chien glissa la tête entre les balustres.

L'homme venu de France évita une grappe titubante de combattants, attrapa au vol un tabouret et l'abattit ici sur une épaule, là sur un avant-bras. Quelqu'un lui agrippa la capuche et la tira en arrière dans l'intention de l'étrangler, mais le cordon céda et l'agresseur tomba à la renverse. On découvrit à cet instant que l'homme venu de France présentait un crâne rasé et bruni par le soleil.

Le trio de chanteurs avait par miracle échappé au tourbillon de violence et les trois hommes se contentaient d'observer la bagarre en guettant l'occasion propice. C'est alors que l'un d'eux aperçut le crâne rasé.

— Michelotto !

Le cri, qui domina le vacarme des coups et des hurlements, attira l'attention de l'homme venu de France. Lorsqu'il tourna la tête dans la direction de celui qui l'avait poussé, les trois compères parurent se tasser sur eux-mêmes : l'un d'eux s'absorba dans la contemplation du fond de son gobelet, Fracassa dissimula ses traits derrière ses cheveux gras et Pio se pencha pour tirer sur sa botte.

Un individu tenta de prendre par surprise l'homme au crâne rasé. Il se jeta sur lui, mais celui-ci se déroba et son agresseur alla percuter un autre larron qui s'était approché dans l'intention de lui abattre un chandelier sur le crâne. Alors le trio se leva et quitta le coin où il s'était jusqu'alors tenu.

Telle une machine se mettant soudain en branle, Pio sortit un couteau à la lame vicieusement recourbée et le planta dans le premier venu comme s'il lui fallait absolument trouver une victime. L'homme s'effondra sans un murmure. Pio lui marcha dessus et poursuivit son chemin. Derrière lui Fracassa posa à son tour le pied sur le cadavre, puis celui qui avait voulu calmer leur querelle, un homme d'une taille et d'une maigreur peu ordinaires, tenant un couteau qui ne semblait pas adapté à cette taille, préféra l'enjamber en levant haut le genou. Tous trois convergèrent vers l'homme au crâne rasé.

— Michelotto !

Cette fois, c'était un cri de guerre. D'un geste d'une puissance magnifique Fracassa dégaina son épée et, la faisant tournoyer dans un cercle presque parfait, voulut l'abattre sur la tête rasée. L'homme venu de France se retourna au moment même où, avec un choc sourd qui émit une longue vibration, la lourde lame se ficha dans la poutre basse de la galerie. Il posa un genou à terre et, à l'aide d'un bougeoir en fer dont il venait de s'emparer, faucha les jambes de son adversaire. Agrippé à la poignée de son arme, Fracassa releva précipitamment les genoux et se trouva suspendu comme une araignée au-dessus du tohu-bohu. L'homme venu de France se redressa pour aller aider le garde de Rosaria à jeter dehors un immense individu à la barbe noire qui, d'une seule détente de son poing, lequel était une véritable massue, venait d'assommer deux hommes à la fois.

Alors qu'il faisait des efforts frénétiques pour décrocher son épée de la poutre, Fracassa se trouva mêlé à une bagarre annexe à l'empoignade générale. Un affreux petit grand-père qui balançait une matraque au ras du sol culbuta une grappe de combattants. Le voyant approcher, Fracassa serra de toutes ses forces la poignée de son arme et releva à nouveau les jambes. La matraque balaya l'air au-dessous de lui sans le toucher et, afin d'exploiter ce premier succès, Fracassa expédia un coup de botte à la petite tête aux cheveux grisonnants. Le mouvement libéra l'épée et projeta Fracassa par-dessus le grand-père. Il atterrit sur le dos au bord de la table. Étant posée sur des tréteaux, celle-ci bascula, heurta au passage le cercle de fer portant les bougies et noya Fracassa, qui gisait à terre, sous une pluie de gobelets, de cruches en terre, de bouts de bougies, de boulettes de graisse, de pain et de dés, sans compter trois pommes, quinze noyaux d'olive, six radis et une louche.

Pendant que son grand et maigre ami se portait à sa rescousse, Pio tenta sa chance de son côté. S'il dédaigna l'attaque par-derrière et négligea de crier : « Michelotto », son intention était identique à celle de ses compagnons. Son problème était de déjouer les moulinets du bougeoir, seule arme que l'homme venu de France paraissait daigner utiliser pour se défendre, afin de lui porter un coup de poignard.

Le petit homme barbu accompagné du chien qui observait la scène depuis la galerie s'accroupit, passa son bras armé d'un gourdin à travers deux balustres et attendit. L'homme au crâne rasé eut un sourire entendu et, le menaçant de son bougeoir, força Pio à reculer jusque sous le gourdin, qui s'abattit.

La bagarre diminua peu à peu d'intensité. Rosaria venait de balancer un seau d'eau froide sur deux adversaires enlacés. Son serviteur jetait l'un après l'autre les combattants dehors, où ils disparaissaient dans la nuit. L'homme au crâne rasé en poussa plusieurs dans sa direction, l'un encore plein d'ardeur belliqueuse, deux autres titubant, un autre enfin inondé de vin et qui ronflait déjà. Après avoir récupéré l'épée de Fracassa, le grand individu efflanqué avait remis celui-ci sur ses pieds et l'avait entraîné, chancelant, jusqu'à la porte, où il fut à son tour expulsé dans l'obscurité. Le grand maigre revint ensuite chercher Pio, que le costaud de l'auberge souleva et jeta sur l'épaule de son ami. Rosaria les arrêta avant la porte et soulagea Pio de sa bourse.

— La bagarre, c'est ma tournée, étranger, mais c'est toi qui règles les boissons et les dégâts.

Sur quoi elle donna une vigoureuse bourrade au grand maigre, qui, la démarche incertaine, disparut en protestant dans la nuit.

L'homme venu de France posa le bougeoir sur la table qu'on avait remise sur ses tréteaux. Quelques survivants se relevaient, d'autres émergeaient des recoins de la salle.

— Qu'as-tu donc fait à ces trois-là, cher amant ? À n'en pas douter ils voulaient ta mort. Et pourquoi t'appellent-ils Michelotto ?

Ayant constaté que personne n'en était plus expulsé, un homme venait d'entrer dans l'auberge et observait la scène. Sa réaction devant le crâne rasé fut aussi vive que l'avait été celle de Fracassa. Il avança d'un pas et, la voix pleine d'espoir, s'enquit :

— Sigismondo ?

CHAPITRE II

« Il me faut une victoire »

— Je suis Sigismondo.

— L'homme qui a aidé le duc de Rocca à retrouver l'assassin de son épouse[1] ?

Le crâne rasé s'inclina pour acquiescer. L'étranger indiqua Rosaria, qui avait passé le bras sous celui de son ami.

— Quand je suis venu ici il y a quelques mois, elle a juré ne vous avoir jamais vu.

Rosaria redressa vivement la tête, de sorte que les rabats de son bonnet battirent ses épaules comme les oreilles d'un épagneul.

— J'ignorais pourquoi vous le cherchiez. Et lui non plus ne le sait pas. Trois hommes ont essayé de le tuer pas plus tard que ce soir. Comment être sûr que votre intention n'est pas également de lui enfoncer un poignard dans le ventre ?

Sigismondo lui tapota la main, puis la porta à ses lèvres, dégageant ainsi son bras.

— À présent que je suis ici, laisse-moi le soin de mener mes propres batailles, ma douce, et de poser moi-même les questions qui m'intéressent. Ainsi vous me cherchiez, messire ? Eh bien, me voici.

1. Voir *Mort d'une duchesse,* 10/18, n° 3115. *(N.d.T.)*

L'étranger regarda Rosaria, qui, relevant une nouvelle fois la tête, adressa brusquement un grand sourire à Sigismondo avant d'aller surveiller la remise en ordre de la salle.

— Que Dieu te garde, mon amant, et que cet homme te paie le prix que tu mérites, fit-elle en s'éloignant.

— Vous serez payé, maître Sigismondo, avec toute la générosité que vous pouvez souhaiter. J'ai autorité pour vous l'assurer. Je ne puis en revanche répondre à vos questions. Quelqu'un d'autre le fera, si vous consentez à me suivre.

— Où voulez-vous m'emmener ?

— À la ville.

Tout en remettant sa capuche, Sigismondo sourit :

— Hé, cela répond à une de mes questions !

Il se tourna alors vers le petit homme barbu qui, à distance respectueuse, les regardait d'un air ahuri.

— N'est-ce pas mon manteau que tu tiens là, Benno ? Attends-moi ici. Rosaria te trouvera un lit.

En se dirigeant vers la porte, l'étranger ne se demanda pas pourquoi un homme de la réputation de Sigismondo avait engagé un serviteur à moitié idiot. Pas plus qu'il ne remarqua le museau du petit chien au poil laineux qui l'observait d'entre les pans du pourpoint douteux du simplet.

Dehors, une fois qu'il eut fendu le troupeau penaud des voyageurs qui attendaient d'être autorisés à rentrer dans l'auberge, l'étranger appela son serviteur, qui tenait par la bride un gros cheval noir, et avec courtoisie proposa la monture à Sigismondo.

— La ville n'est pas très loin, dit-il.

Lui-même enfourcha le cheval de son serviteur, qui dut aller à pied. Lorsqu'ils eurent quitté le rond de lumière de la torche signalant l'auberge, l'obscurité les enveloppa. Ils longèrent des chaumières qu'ils sentaient plus qu'ils ne les voyaient et dépassèrent des groupes de paysans qui rentraient de l'auberge. Le vent faisait filer les nuages et ils apercevaient par intermittence les ornières de la route qui partait du village en direction de la ville. Quand ils arrivèrent au pied des remparts de la cité, le ciel était complètement dégagé et la vive clarté de la lune jetait un halo argenté sur la ligne sombre des créneaux. C'est alors que se trouva confirmée la remarque de Sigismondo concernant la réponse à une question qu'il n'avait pas formulée. Il suffit en effet à l'étranger de montrer certain sceau à la poterne pour qu'on les laisse aussitôt la franchir, ce qui prouvait, comme s'en était douté Sigismondo, que celui qui souhaitait lui parler avait les moyens de le rémunérer à son juste prix.

Ils empruntèrent une étroite ruelle longeant le rempart. Le tintement des sabots de leurs chevaux sur la pierre se répercutait sur les hautes façades. La ville était silencieuse et presque déserte, à part un cheval et un serviteur attendant devant une porte, et une fête dont on entendait la musique et les chants à l'étage. Sinon, les demeures étaient plongées dans l'obscurité derrière leurs fenêtres à barreaux.

Ils croisèrent une rue pavée et s'arrêtèrent devant un poste de garde flanquant une porte ménagée dans un long mur. À nouveau le sceau agit comme un sésame et, une fois dans la cour, l'étranger confia les chevaux à son serviteur et entraîna Sigismondo à sa suite. Ils traversèrent un jardin. À leur gauche, la courbe du rempart s'enfonçait dans l'ombre. À droite, au-delà de splendides parterres de fleurs, de fontaines et de terrasses, le palais brillait de toutes ses lumières. Et droit devant eux, le sentier, serpentant sur quelques centaines de mètres à travers un terrain rocailleux planté de cyprès, menait à un grand bâtiment en ruine.

Ils arrivèrent devant une immense porte qui perçait une muraille à moitié écroulée. Un peu plus loin une tour effondrée se dressait comme une falaise érodée. La lune faisait briller les énormes clous de fer forgé bosselant les panneaux de chêne. Le compagnon de Sigismondo frappa quelques coups sonores et la porte s'entrebâilla juste assez pour que l'on puisse vérifier l'identité des visiteurs. Puis elle s'ouvrit en grand.

Sigismondo suivit son guide le long d'un passage voûté en pierre balayé par un fort courant d'air à la saveur métallique semblable à l'haleine de quelque géant. Sigismondo renifla. Ils gravirent des marches usées par des siècles de piétinement et parvinrent sur un palier où s'ouvrait une embrasure tendue d'un rideau de cuir, et où l'odeur piquait les poumons tel de l'acide. Ils durent secouer un individu somnolent de la taille d'un gnome afin qu'il aille prévenir de leur arrivée. Un étrange et sonore halètement provenait de l'intérieur de la pièce, comme si le géant avait du mal à respirer.

La salle où ils pénétrèrent ressemblait à l'Enfer. Ici et là, plus brillants que des lampes, rougeoyaient des feux et des fourneaux. Des éclats plus vifs dansaient comme des yeux de démons sur les récipients de verre. Le halètement du géant provenait à la fois d'un gigantesque soufflet actionné au pied par un jeune garçon couvert de sueur, et du petit fourneau que chaque expiration de l'appareil chauffait à blanc dans un puissant rugissement. Un homme s'échinait sur le bras métallique d'une presse qui émettait des couinements en produisant, dans une bassine placée sous sa vis, un liquide vert qui gouttait dans un bol glissé sous son bec. Des chocs sourds et réguliers provenaient d'un pilon actionné par un individu maculé de crasse en tablier de cuir. Et sur tout cela flottaient une épaisse fumée, violette, bleuâtre ou grise, et cette odeur âcre qui piquait les yeux.

— Maître Sigismondo ! On vous a enfin trouvé ! J'ai envoyé des hommes par toute l'Italie pour vous chercher. On prétendait que vous étiez mort, devenu moine ou parti chez les Tartares.

L'homme venait d'émerger de l'ombre. Il était plus petit que Sigismondo d'une tête et portait une robe de toile toute tachée, mais Sigismondo, sans un instant d'hésitation, s'inclina bas devant lui.

L'homme sourit, et son visage pâle en fut transfiguré. Il avait une bouche légèrement tordue et des cheveux châtains plantés loin en arrière d'un front creusé de rides soucieuses. Il ôta son gant et tendit une main que Sigismondo baisa. Son index était orné d'une lourde bague en or portant une émeraude gravée, et Sigismondo n'eut nul besoin de distinguer la civette qui y figurait pour savoir à qui il parlait.

— En quoi puis-je être utile à Votre Altesse ?

Derrière le prince, un homme qui jusqu'alors avait tenu la tête inclinée comme pour mieux saisir le dialogue dans ce vacarme jeta un rapide coup d'œil à Sigismondo ; son visage était sillonné de rides et ses sombres yeux vifs se détournèrent en croisant le regard du nouvel arrivant. À côté d'eux, une cornue de verre se mit soudain à bouillonner en envoyant un jet de vapeur. Le prince se tourna vivement vers elle, mais, se ravisant, fit signe à Sigismondo.

— Venez. Ce n'est pas un endroit pour parler.

Il ôta son second gant et posa la paire sur un grimoire couvert de diagrammes et de symboles, ouvert au milieu de fioles de verre emplies de liquides et de poudres colorés. Ses assistants inclinèrent brièvement la tête sur son passage, mais aucun n'interrompit sa tâche. Le gnome qui gardait la porte devait avoir suivi la scène, car le rideau s'écarta à l'instant où le prince l'atteignit. Sigismondo redescendit à sa suite l'escalier aux marches usées, puis les deux hommes s'enfoncèrent dans un nouveau passage voûté. Le prince ouvrit une double porte ménagée dans la muraille grossière et, lorsqu'il déboucha dans une salle au sol couvert de nattes de jonc et meublée d'un banc tapissé, il parut soudain se souvenir qu'il portait toujours sa robe de toile et la quitta tout en marchant. Elle fut saisie au vol par un page qui semblait avoir surgi de nulle part et qui se hâta d'aller ouvrir la double porte à l'autre extrémité de la pièce.

Dans la vaste salle où ils pénétrèrent, les derniers

effluves chimiques se trouvaient noyés par les senteurs qu'exhalait un bol en majolique plein de clous de girofle, de thym et de romarin posé sur l'estrade d'un cabinet d'étude, petite pièce à l'intérieur de la grande salle, construit en panneaux de cèdre qui protégeaient l'érudit des courants d'air, et dans lequel étaient disposés son fauteuil et sa table, et, sur des étagères cloisonnées, ses livres et papiers. Des plumes, des compas et une règle étaient suspendus à portée de main. Une lampe à huile montée sur une applique mobile éclairait le plateau incliné de la table ; sur le mur une pendule égrenait gravement son tic-tac sous l'effet de ses poids. Un petit chat gris se dressa sur une étagère, s'étira et, cheminant entre les papiers, s'approcha du prince, qui le gratta sous le menton.

— Asseyez-vous, messire. Asseyez-vous.

Sigismondo s'installa sur un coffre posé près de la table tandis que le prince faisait pivoter un gros lutrin qui lui obstruait la vue ; ses deux pans portaient chacun un ouvrage ouvert, comme si le prince les étudiait tour à tour.

Pendant quelques instants, sans mot dire, ce dernier dévisagea avec attention Sigismondo. Sa robe de velours noir zébrée de bandes dorées faisait paraître son visage encore plus pâle qu'auparavant.

— J'ai beaucoup entendu parler de vous, finit-il par dire, et même si la moitié de ce que l'on raconte n'est que pure invention, car cela m'a paru quelque peu embelli, le reste m'inspire confiance. Vous savez dans quelle situation se trouve Viverra, messire ?

Sigismondo haussa les épaules.

— Je sais que la peste n'est pas loin, Votre Altesse.

Le prince fit une moue d'impatience.

— Pour cela, nous ne pouvons que nous en remettre à Dieu. Ce que je veux dire, c'est que mes ennemis me pressent de toutes parts. Mon vassal Carlotti revendique ma cité de Mascia, tandis que Sa Sainteté entend bien me désigner un successeur sitôt qu'il m'estimera incapable de préserver le statut d'État papal de Viverra.

— On m'a dit, Votre Altesse, que vous aviez pris Ridolfo Ridolfi à votre service.

Le prince fit une nouvelle moue.

— *Gatta*. Oui, Gatta se bat sous mes ordres, et c'est pourquoi je tiens encore Viverra.

— On m'a également dit qu'il avait vaincu pour vous le comte Landucci et qu'il a mis le siège devant Mascia, comme il l'a fait avec les autres villes que convoitait Landucci.

Avec irritation, le prince martela du doigt les papiers éparpillés devant lui.

— Cela fait un mois qu'il est sous les murailles de Mascia. Il *dort* à Mascia, voilà ce qu'il fait !

Sigismondo caressa le petit chat gris qui était venu s'enquérir de cet étranger.

— Vous pensez qu'il ne fait pas tout ce qu'il pourrait, Altesse ?

Le prince soupira et se tamponna le nez avec un carré de lin qu'il tira de sa manche.

— Ce que je veux dire, c'est qu'il me faut une victoire. Les condottieri sont connus pour changer facilement de camp.

Les deux hommes observèrent le silence. Un condottiere se vendait au plus offrant et, bien entendu, augmentait ses tarifs en fonction de ses succès. Cela aurait toutefois été un manque de tact de demander au prince s'il était toujours en mesure de payer Ridolfi.

Le prince reprit la parole d'un ton irrité.

— Un jour, j'aurai un monceau d'or inépuisable à lui donner... mais pour l'instant...

Sigismondo en avait vu assez pour comprendre : grâce à ses recherches en alchimie, le prince espérait découvrir le secret de la fabrication de l'or, que tant d'autres avaient poursuivi. Mais en attendant, il engloutissait dans ses expériences l'or dont il avait un besoin si urgent.

Satisfait des caresses de Sigismondo, le petit chat grimpa sur sa cuisse et s'y installa, ronronnant et contractant ses griffes. Le prince le désigna du doigt.

— Regardez-le. On surnomme Ridolfi « Gatta », le Chat, or qu'y a-t-il de plus inconstant qu'un chat ? Un chat ne cherche que son plaisir.

Son visage s'assombrit comme si une pensée déplaisante venait de lui traverser l'esprit.

— Maître Sigismondo, je veux que vous découvriez s'il a l'intention de me trahir.

— Votre Altesse désire que j'aille à Mascia.

La voix grave prononça ces mots d'un ton uniforme, sans qu'aucune intonation particulière permette de savoir comment son propriétaire appréciait l'idée d'être employé comme espion.

Le prince se tamponna une nouvelle fois le nez, puis tira à lui un parchemin. Décrochant une paire de lunettes suspendue à un clou, il en déplia les deux verres et les coinça sur son nez.

— Venez voir.

En s'approchant, Sigismondo serra le chat contre son épaule. Le parchemin, maintenu déroulé par un sablier à une extrémité et, à l'autre, par une boîte de dragées ronde en bois, était en fait le plan d'architecte d'une ville, un polygone de murailles avec aux angles des cercles figurant les tours. Le doigt du prince, qui montrait le dessin, était rouge et strié de cicatrices, preuve qu'il avait tendance à oublier d'enfiler ses gants lorsqu'il travaillait dans son laboratoire.

— Mascia. Je n'ai découvert ce plan qu'hier soir. Mon grand-père vivait autrefois dans cette partie du château. On est en train de débarrasser sa chambre pour le docteur Virgilio, qui doit y entreposer des produits chimiques, et l'on m'a apporté ses papiers. C'est lui qui a procédé aux derniers aménagements des fortifications de Mascia. Regardez ici, et là : ce sont des puits. Et vous voyez ces lignes ?

Son doigt suivait des traits pointillés qui allaient, à travers les rues, d'une tour à l'autre, et de certaines tours presque jusqu'au centre de la cité.

— Ce sont des souterrains de ravitaillement. Pour acheminer des hommes ou des munitions sans avoir à emprunter les rues. Gatta donnerait sa main droite pour... Ses sapeurs cherchent ces passages depuis des semaines.

Il se tut un instant.

— C'est en tout cas ce qu'il me dit, ajouta-t-il en écartant de la main une lettre dont Sigismondo n'aperçut que la signature tarabiscotée.

Le prince leva les yeux vers Sigismondo.

— Pourriez-vous lui porter ce plan ? Et vous en servir de la façon que vous jugerez la plus efficace ?

Sigismondo acquiesça. Il étudia les précisions et commentaires que l'architecte avait tracés en marge du plan près d'un siècle auparavant.

— Gatta n'est pas un chat du même genre que celui que vous avez dans les bras, remarqua le prince. Pour la paix de mon âme, je ne vous enverrais pas là-bas sans vous avertir : il tient plus du tigre ou du léopard, et il est prompt à vous sauter à la gorge.

Les grands félins se méfient des étrangers. Tous les capitaines utilisent des espions, mais ceux qu'ils découvrent dans leur camp, ils les tuent.

CHAPITRE III

« Nous les tenons ! »

À leur retour de France, où Sigismondo et lui avaient pris part à des événements propres à vous faire dresser les cheveux sur la tête, Benno n'attendait pas de son maître qu'il s'offrît un congé. Tout en poussant sa monture à sa suite, son chien Biondello endormi dans son pourpoint, il songea paresseusement que si l'homme qu'il servait parvenait à demeurer aussi calme, c'est qu'il veillait que son crâne ne porte plus le moindre cheveu susceptible de se dresser. La raison pour laquelle Sigismondo se rasait la tête constituait un mystère de plus, et Benno tirait fierté de constater que les autres étaient aussi déroutés que lui par le comportement de son maître. Il n'avait par exemple aucune idée des motifs pour lesquels ils se rendaient présentement à Mascia, ville dont Rosaria lui avait dit la veille au soir qu'elle était assiégée. Il n'espérait pas vraiment que les portes de Mascia s'ouvrent par magie devant Sigismondo : son maître pouvait tout aussi bien envisager d'apporter son aide à la cité qu'organiser sa reddition.

Sur leur chemin, ils purent constater que la guerre faisait des ravages dans la région. Originaire de Rocca, dont les ducs parvenaient en général à y maintenir la paix, Benno n'avait jamais vu un paysage semblable à celui qui défilait sous ses yeux. Ayant aperçu de la fumée s'élevant derrière une colline qui se profilait devant eux, Benno avait aussitôt songé à quelque mets mis à cuire, et espéré qu'ils allaient s'arrêter pour acheter quelque chose de chaud à manger. Mais en approchant il se rendit compte que l'odeur n'était pas une odeur de cuisine, et lorsqu'ils parvinrent au sommet de la colline, ils comprirent que c'était un village entier qui rôtissait.

Ce village n'avait jamais été très prospère ; ceux qui y vivaient n'avaient sans doute pas d'autre ambition que de tirer péniblement leur subsistance des petits lopins de terre qu'ils cultivaient ; au mieux pouvaient-ils espérer survivre. À présent, les villageois qui avaient échappé au massacre erraient sans but parmi les chevrons calcinés et la paille brûlée de ce qui avait été leurs demeures. Un vieil homme était assis, la tête entre les mains, devant un amas de ruines fumantes. Il ne leva même pas les yeux en entendant les chevaux des étrangers traverser ce qui restait du village. Une jeune fille à demi nue était étendue sur le dos, fixant le ciel de ses yeux qui ne voyaient plus. Le pied d'un enfant émergeait de sous sa hanche. Frissonnant, Benno rattrapa Sigismondo.

— Qui a fait ça ? Et pourquoi ?

— C'est la guerre. Peu importe qui a fait ça et pour quelle raison. Ce sont sans doute les hommes de Gatta, le capitaine que nous allons voir. Peut-être qu'un de ces malheureux villageois leur a refusé du pain ou les a insultés.

— Mais ces gens n'étaient-ils pas du même camp qu'eux ?

— C'est la guerre. Inutile de chercher une logique là-dedans. Ils font ça pour faire peur. Les autres villages comprendront la leçon.

D'un geste presque machinal, une vieille femme tendit vers eux sa paume ouverte. Sigismondo plongea la main dans sa sacoche et en sortit un pain qu'il lui lança.

— Nous allons tenter d'arrêter cela, dit-il.

— Arrêter Gatta ?

Benno avait entendu parler du condottiere chez Rosaria, et désormais il savait ce dont il était capable. Mettre un terme aux agissements de cet homme était certainement chose impossible, même à Sigismondo.

— Tu feras comme à l'accoutumée : ouvre bien tes yeux et tes oreilles, et garde aussi la bouche ouverte. Je dois remettre à Gatta quelque chose qu'il sera heureux de posséder.

Soulagé d'apprendre qu'ils seraient bien reçus par Gatta, Benno replongea dans le silence. Il avait du mal à oublier le village incendié.

C'est en fin d'après-midi qu'ils arrivèrent en vue des tentes. Elles étaient dressées sur un flanc de colline face à Mascia, elle-même perchée au sommet de la colline qui s'élevait au centre de la vallée. Le soleil déclinant qui faisait rougeoyer les imposantes murailles et les tours de la cité se reflétait sur les puissantes bouches à feu alignées à leur pied, et dont les canons, silencieux à cette heure, étaient pointés vers la ville. Des trous béants dans les murs et des créneaux étêtés indiquaient les points où l'artillerie avait tenté de percer les défenses, mais pour l'instant aucune brèche ne permettait d'envisager un assaut victorieux.

La seule activité semblait provenir du camp des assiégeants. De la fumée s'élevait des feux allumés entre les tentes, des chevaux hennissaient, alors qu'en face la cité, agrippée à sa colline, ne montrait aucun signe de vie.

Bientôt un garde leur barra le chemin. Il brandissait sa pique d'une manière indiquant qu'il n'hésiterait pas à s'en servir.

— Halte ! Que voulez-vous ?

— J'apporte à Gatta quelque chose qu'il attend avec impatience.

Le garde n'eut aucune difficulté à envelopper Benno d'un regard méprisant, mais affronter la tranquille assurance de Sigismondo fut beaucoup moins aisé.

— Il vous attend ? fit-il d'un ton qui se voulait ironique mais qui s'avéra tout simplement interrogatif.

— Qui est là ?

Malgré son ton léger et moqueur, la voix exprimait

l'autorité. Benno se retourna et sa mâchoire s'affaissa de quelques centimètres supplémentaires. L'homme qui les avait rejoints, monté sur un rouan qui caracolait latéralement sous sa poigne, allait tête nue, et son crâne rasé, tel celui de Sigismondo sous sa capuche, luisait comme de la soie. Son visage, en revanche, présentait des joues creuses, un menton pointu et une large bouche — un visage expressif mais aux paupières tombantes. L'homme souriait. Benno n'était guère rassuré.

— Des visiteurs avec des *cadeaux*? Gatta *adore* les cadeaux !

Quelque chose dans la voix suggéra à Benno qu'en matière de cadeaux Gatta n'aimait rien tant que des têtes coupées ornées de rubans.

— Venez.

Ils suivirent l'homme au crâne nu à travers le camp, zigzaguant parmi les bivouacs et les tentes, qui allaient du solide pavillon jusqu'à l'abri rudimentaire composé de carrés rapiécés de toile brune fixés à des bâtons et ressemblant à une grosse bouse de vache. Un groupe d'hommes assis sur des billots de bois et occupés à jouer aux cartes se levèrent lorsque leur guide, agitant la main d'un geste amical, engagea son cheval au travers de leur cercle. D'autres hommes nettoyaient leurs armes, poussaient des chariots de ravitaillement, fouettaient des chevaux qui tiraient des traîneaux chargés de boulets de pierre, tandis que d'autres cuisinaient et se restauraient autour des feux. Des soldats firent reculer un cheval de trait et détournèrent sa tête pour laisser passer le trio. Benno eut brusquement la vision de leur guide fonçant sur le champ de bataille, les sabots de sa monture foulant un tapis de visages morts.

Le grand pavillon était rayé de vert et d'or. Des glands dorés pendaient aux avant-toits et la marquise, fixée à un piquet, était bordée de soie écarlate. Une autre perche, portant une bannière qui claquait dans la brise comme un oiseau captif, était plantée près de l'entrée que gardaient deux soldats aux casques et aux pourpoints cloutés d'acier. Benno se vit confier les rênes du louvet de son maître et du grand rouan de leur guide, lequel précéda Sigismondo dans la tente. Benno fut soulagé de ne pas avoir à se retrouver en présence de Gatta.

Le condottiere était occupé. Il prenait un bain. Tel un épais brouillard, la vapeur envahissait la tente dont les pans de soie rouge, que la brume rendait à peine discernables, semblaient dégouliner de sang. Deux pages en sueur versaient des seaux d'eau chaude dans le demi-tonneau où était immergé Gatta. À l'entrée de Sigismondo et de son guide, deux mains épaisses agrippèrent les flancs recouverts de lin de la baignoire et Gatta avança le buste pour les observer à travers la vapeur.

— Par la barbe du diable, que se passe-t-il ? Ils se sont rendus ? fit-il.

La question n'était toutefois pas sérieuse, et il se renversa en arrière sans cesser d'examiner les nouveaux arrivants. Au premier abord, le condottiere ne semblait pas mériter son sobriquet. On ne voyait pas tout de suite ce qu'avaient de félin le visage large et les épaules massives, mais très vite l'image d'un gros matou s'imposait à l'esprit : dès lors le regard des yeux légèrement bridés se faisait plus intimidant.

— Un étranger vous apporte un cadeau, Gatta.

L'inclinaison du buste qui accompagna ces mots était la parodie du salut obséquieux d'un courtisan. L'homme au bain n'y prêta pas la moindre attention. Ses yeux à demi clos scrutaient avec attention le visage de Sigismondo.

— Tu as bien fait de l'amener, Michelotto.

Sigismondo se fendit d'un brusque sourire, et Gatta se redressa une nouvelle fois, inondant le sol d'eau parfumée aux herbes. Un page s'avança, présentant son bras à Gatta au cas où celui-ci souhaiterait s'y appuyer pour sortir de la baignoire. Mais le condottiere l'ignora comme il avait ignoré la courbette de Michelotto et fit signe à Sigismondo d'approcher. Lorsque ce dernier s'avança, Michelotto dégaina son poignard, simple précaution de routine motivée par le fait que Gatta n'était pas armé, et qui ne paraissait menaçante qu'en raison de l'homme qui l'avait prise.

— Où avez-vous combattu ? s'enquit Gatta avec une curiosité toute professionnelle.

— En France, en Écosse, aux Pays-Bas, en Terre sainte. Entre autres.

D'une main distraite Gatta fit couler de l'eau sur ses genoux pliés et garda quelques instants le silence. Ses cheveux retombaient en mèches sombres sur son front et derrière ses oreilles, où la coupe habituelle des soldats, calquée sur la forme du casque, laissait à nu le cou épais.

— Quel est votre cadeau ?

— Le plan de Mascia. Où figurent les passages souterrains.

Une grosse vague s'écrasa au sol, éclaboussant Sigismondo et le page accouru pour offrir à nouveau son bras. Gatta sortit de la baignoire et se laissa envelopper de serviettes de lin sans quitter Sigismondo des yeux. C'était un homme corpulent, tout en muscles, doté d'un corps bâti pour porter le poids de l'armure.

— Où l'avez-vous trouvé ?

Une main humide enserra le poignet de Sigismondo.

— Sur un cadavre.

— Pratique, lança Michelotto.

Il se balançait d'un pied sur l'autre, impatient d'agir, peut-être de pendre ces étrangers.

— Les morts ne parlent pas, ajouta-t-il.

Gatta leva la main vers lui.

— Tais-toi, Michelotto. Laisse-le finir.

Les pages s'affairaient autour du condottiere, le frottant et le tapotant avec les serviettes pour le sécher. Gatta grognait et faisait le gros dos.

— Il m'a attaqué à la sortie de Viverra, au cri de « Michelotto ! », expliqua Sigismondo.

Gatta et son lieutenant éclatèrent de rire, ce dernier serrant des deux mains la poignée de son couteau et l'agitant, comme s'il goûtait tout particulièrement la plaisanterie.

— J'ai trouvé le plan sur lui et me suis dit que vous le payeriez un bon prix.

— Le *payer* ? fit Michelotto en reculant d'un pas, les mains écartées feignant la surprise. Vous êtes dans le camp de Gatta, au milieu de ses hommes, et vous voudriez qu'il vous *paie* ?

Après lui avoir ôté les serviettes humides, on revêtait à présent le condottiere d'une robe de velours vert. On lui présenta un tabouret de bois sculpté incrusté d'ivoire. Gatta prit un air songeur.

— Cet homme que vous avez tué, où allait-il ?

Sigismondo haussa les épaules.

— Il n'a prononcé qu'un seul mot.

Aucun de ses interlocuteurs n'avait de raison de mettre en doute sa parole et tous deux s'amusaient fort de son récit, mais il aurait fallu être stupide pour compter sur leur crédulité. D'un geste, Gatta désigna Sigismondo à l'un des pages, debout à son côté avec une cruche en argent à la main.

— Un peu de vin, messire. Montrez-moi ce plan.

Gatta pouvait certes trouver le temps de prendre un bain, mais les affaires sérieuses ne souffraient aucun retard. Un page apporta un tabouret pliant et des gobelets en argent, puis son compagnon et lui installèrent prestement une table sur des tréteaux. Gatta y posa les coudes et attendit. Michelotto se curait les ongles de la pointe de son couteau en sifflotant entre ses dents. Dehors, on entendait des chevaux hennir et heurter le sol de leurs sabots. Au son lointain d'une trompette, Gatta tourna vivement la tête et Michelotto sortit de la tente. Il revint en faisant de la main un geste négatif.

— Fausse alerte. Nos guetteurs ont cru à une sortie.

— Ça prouve en tout cas qu'ils ne dormaient pas, remarqua Gatta avant de tambouriner des doigts sur la table. Alors, ce plan, messire ? S'il le vaut, vous aurez votre argent.

Sigismondo sortit le parchemin aplati de son pourpoint et le déplia. Gatta en immobilisa une extrémité avec la lame de son épée, qu'un page avait posée sur la table lorsque avait retenti la trompette. C'était une arme parfaitement adaptée à son usage. Son poids et sa taille en disaient long sur la vigueur de Gatta.

— C'est là le sceau du prince, fit Gatta en pointant son index.

Son regard se reporta sur Sigismondo — des yeux étranges, presque jaunes.

— Ce plan appartiendrait-il au prince ?

Sigismondo haussa une nouvelle fois les épaules.

— Il ne fait guère de doute à mes yeux qu'il a été dérobé dans ses archives. Ce plan est ancien, et on m'a dit que les fortifications de Mascia avaient plus d'un siècle.

— C'est le vieux prince, le grand-père du prince actuel, qui en a fait édifier les tours. C'est peut-être à lui qu'on a volé ce document, expliqua Michelotto.

Il s'approcha de la table pour regarder le plan pardessus l'épaule de Sigismondo, qui sentit son couteau désagréablement proche de ses côtes.

— Qu'est-il écrit ?

Gatta avait suivi les lignes pointillées et aussitôt compris ce qu'elles représentaient. À présent, il s'efforçait de déchiffrer les explications inscrites au-dessous. Savoir lire et écrire était un luxe pour un soldat, et la lettre que Sigismondo avait vue sur la table du prince avait été sans nul doute rédigée par un secrétaire : apposer sa signature alambiquée était peut-être la seule chose que Gatta sût faire avec une plume.

— Le plan est parfaitement clair, déclara-t-il avec satisfaction en se redressant et en effleurant le fil de son épée comme pour marquer son impatience à s'en servir.

Si ce dessin est exact, nous sommes proches des souterrains en deux endroits, même si Lorenzo aurait pu continuer à creuser pendant des mois sans les découvrir. Ces nombres désignent les profondeurs, n'est-ce pas ? Mais que signifient les mots inscrits à côté ?

— Ils n'ajoutent rien au dessin, fit Sigismondo en balayant le parchemin d'un geste désinvolte. Ils indiquent quels matériaux l'architecte a utilisés pour le revêtement des parois et l'étayage, ses calculs ainsi que ses estimations de la durée des travaux.

— Bon, eh bien... fit Gatta avant d'émettre une sorte de ronronnement.

— Antonio Carlotti et ce rat de Scala connaissent l'existence de ces tunnels, intervint Michelotto. Mais ils croient qu'ils sont obstrués depuis longtemps et ne constituent plus un danger. Ces deux sapeurs que nous avons arrêtés il y a quelques jours ont d'ailleurs fini par nous le dire.

Le ronronnement se transforma en rire. Gatta abattit ses paumes sur le plan.

— Nous les tenons ! *Nous les tenons !* Michelotto, envoie-moi Lorenzo. Ses hommes doivent commencer à creuser sur-le-champ. Nous cueillerons ce rat de Scala au saut du lit.

Tandis que Michelotto quittait la tente, Gatta se tourna vers Sigismondo.

— Alors, messire, fit-il en tapotant du doigt le plan. Quel est votre prix ?

— Vous connaissez mieux que moi la valeur de ce document. Je vous laisse libre de décider.

La voix grave était calme et n'exprimait aucune exigence. Ne rien demander aurait éveillé la suspicion ; demander trop aurait été tout aussi imprudent. Après avoir réfléchi quelques instants, Gatta finit par déclarer :

— Si je prends Mascia grâce à ce plan, je vous remettrai un sac plein de l'or que nous y trouverons. Et un second si vous acceptez de m'aider.

— En quoi puis-je vous être utile ?

— En combattant pour moi.

CHAPITRE IV

Atout pique

— Ils se soignent bien, dans ce camp.

Benno se léchait les doigts en savourant les restes du plat qu'on l'avait autorisé à nettoyer après le dîner, qu'il avait passé debout derrière son maître. On avait servi quantité de viandes rôties et le vin était excellent. Ce que Benno buvait, à présent que Sigismondo et lui avaient regagné la tente qu'on leur avait allouée, n'était qu'un rude vin de paysan, mais il le dégustait avec délectation.

— Certains, oui. Les chefs. Si tu étais un de ces soldats, tu n'aurais eu droit qu'à une assiette de haricots.

Benno reboucha la gourde de cuir et remit du bois dans le feu. Leur tente n'était qu'un bivouac rudimentaire. Michelotto avait demandé en souriant aux soldats qui y logeaient de laisser la place, et ceux-ci avaient aussitôt, quoique de mauvais gré, emporté leurs bagages. Des toiles grossières fixées sur trois côtés à des piquets faisaient obstacle au vent de la nuit, tandis qu'un petit feu allumé du côté laissé ouvert réchauffait les occupants. Les murailles et les tours trapues de Mascia qui se découpaient en noir sur le ciel où luisait une lune pâle attirèrent l'attention de Benno.

— Je parie qu'ils n'ont même pas eu de haricots, là-bas.

— Antonio Carlotti entretient dans ces murs une meute de chiens de chasse. Il préférera laisser mourir de faim les habitants plutôt que de les sacrifier. Heureuses les demeures infestées de rats.

Benno se retourna pour arranger la sacoche de selle contre laquelle il était appuyé.

— Le prince Scipione a des tas d'ennemis, n'est-ce pas? Les gens en parlaient hier, chez Rosaria. Il y a d'abord eu Landucci, qui lui a raflé quelques villes avant que le prince engage ce Gatta pour les reprendre. Et maintenant il y a le comte Carlotti. Mais la plupart des gens trouvent que le prince mérite son sort.

Sigismondo se tenait allongé, le coude posé sur une selle. Il étendit les jambes vers le feu.

— Parce qu'il s'adonne à l'alchimie, tu veux dire?

— Eux, ils parlaient de magie. C'est quoi, l'alchimie?

En attendant de compléter son éducation, Benno entreprit de se curer les dents avec un petit morceau de bois. Sigismondo éclata de rire.

— Je peux te dire ce que les alchimistes recherchent. Mais je serais incapable de t'expliquer comment.

— Ils ne l'ont donc pas encore trouvé, ce qu'ils cherchent?

— Si c'était le cas, on s'en serait aperçu. Or les gens immensément riches ne courent pas les rues.

Benno se redressa.

— Il cherche des trésors? Mais... c'est un prince!

— Hum... Qui a plus besoin de trésors qu'un prince? Crois-tu qu'un Gatta rende gracieusement service?

— Peut-être, mais cette histoire de magie, alors?

Benno recracha une brindille puis la chassa, avec quelques autres déchets, de sa barbe broussailleuse.

— Hier soir, il était question de *démons*.

— Chaque fois qu'ils ne comprennent pas quelque chose, les gens le mettent sur le compte des démons. Tu devrais le savoir, à présent. Quand tu recherches la pierre philosophale, comme le fait le prince Scipione, tu utilises beaucoup le feu, et le feu évoque l'Enfer.

— Ce feu-là n'a rien d'infernal à mes yeux, protesta

Benno en tendant ses mains vers les flammes. Qu'est-ce qu'ils ont de spécial, les feux du prince?

Sigismondo grogna.

— Si tu les voyais, tu comprendrais.

— Vous les avez vus?

Benno tourna un visage ahuri vers Sigismondo, lequel se contenta de fermer les yeux.

— Vous avez vu le prince?

— Bonne nuit, Benno.

D'habitude, ce dernier sombrait dans le sommeil aussi vite que si on l'avait assommé. Mais ce soir-là, il percevait la vie du camp autour d'eux, le va-et-vient, les chevaux qui tapaient des sabots par terre, les quintes de toux, les ronflements, le sommeil agité de certains. L'un d'eux hurla, probablement victime d'un cauchemar. Benno, lui, était en proie à l'angoisse.

On préparait l'assaut de la ville. C'est ce qu'il avait compris en écoutant les conversations de table dans le pavillon de Gatta. Sigismondo devait combattre pour lui, même si Benno n'en saisissait pas la raison. D'après le peu qu'il avait réussi à apprendre sur le passé de son maître, il savait que Sigismondo avait servi comme mercenaire dans des pays que Benno ne connaissait que de nom. Les cicatrices que présentait son corps quand il se déshabillait pour se laver étaient là pour le prouver.

Pourtant, ce n'est pas cela qui inquiétait Benno. Il avait vu Sigismondo au combat et il ne pouvait que plaindre ceux qui l'affronteraient le lendemain. Son souci était de savoir s'il serait lui aussi obligé de se battre. Cela ne s'était jamais produit, mais on était en guerre et peut-être que cela changeait les choses. Il n'avait rien contre le fait de se battre pour sauver sa peau — et il y était prêt — mais se jeter volontairement dans la bataille, même si on vous payait pour ça, voilà qui ne lui disait rien du tout.

Lorsqu'il s'endormit enfin, il rêva qu'il était poursuivi par des démons qui faisaient rouler devant eux un énorme roc — la pierre philosophale.

Sigismondo le réveilla alors que la nuit enveloppait encore le monde. Il resta allongé, le cœur battant.

— Je vais à la messe pour me préparer au combat, lui chuchota son maître d'une voix calme. Tu trouveras du pain et du vin dans la sacoche. Reste ici et veille sur nos affaires... Il est possible qu'un grand vacarme se fasse entendre sous peu, et je me suis dit que tu préférerais ne pas être réveillé par ce bruit et découvrir que j'étais parti.

Il y avait un sourire dans la voix. Fort soulagé d'apprendre qu'il n'aurait pas à se battre, Benno se redressa et s'assit, réveillant Biondello qui dormait pelotonné sur sa poitrine, puis plongea la main dans la sacoche qui lui avait servi d'oreiller. Un remous d'air, et il se retrouva seul avec son petit chien.

Une bataille est par nature chaotique. Le grand bruit promis à Benno s'avéra une canonnade concentrée sur une partie déjà affaiblie de la muraille nord. On laissa ensuite le temps à la garnison de se porter à l'endroit attaqué, puis on fit exploser une porte murée de la citadelle et on enfonça la porte mal gardée d'une vieille maison. Par ces deux ouvertures, des flots de combattants se répandirent à l'intérieur des remparts.

Gatta était dans la place. Il surprit Antonio Carlotti dans son lit, le fit prisonnier et se tourna ensuite contre la garnison.

Michelotto, avec Sigismondo sur les talons, jaillit d'un pas dansant de la vieille maison et tous deux foncèrent en direction des murailles.

Les hommes du condottiere Scala étaient bien entraînés et ils se défendirent avec acharnement dès qu'ils eurent compris que les troupes qui surgissaient de l'intérieur de la ville étaient des assaillants, mais beaucoup d'entre eux n'eurent pas le temps de le réaliser. Le corps de garde fut emporté et le pont-levis abaissé. Un vieux capitaine essaya bien de mettre hors d'usage le mécanisme de la herse, mais une hache lancée d'une main sûre coupa court à sa tentative.

Le jour commençait à se lever, mais au pied de la tour, devant la grande porte, on se battait encore à la lueur des torches. Dans un enchevêtrement confus de bruits et d'ombres mouvantes, les soldats de la garnison défendirent l'accès de la porte avec l'énergie du désespoir, mais bientôt ils furent trop peu nombreux pour empêcher les assaillants d'ôter de leurs supports les grosses poutres qui la verrouillaient.

Soudain un géant surgit parmi eux, entraînant quelques hommes, un géant armé d'une lourde épée qu'il faisait habilement passer d'une main à l'autre pour mieux asséner ses coups, un géant qui hurlait comme un loup. Il se mit à trancher les mains qui agrippaient les poutres. Debout sous la voûte de la porte, au milieu des cris des amputés, il faisait tournoyer son épée, empêchant toute avancée. Profitant de la surprise qu'ils avaient produite, ses compagnons et lui repoussèrent les troupes de Gatta jusque dans la rue. Sigismondo s'accroupit contre la muraille. Durant un long moment il examina le géant : l'épée tournoyante, les robustes épaules, la bouche hurlante et l'expression triomphale. Si cet homme était le « rat » dont avait parlé Gatta, le terme ne s'appliquait certainement pas à son physique. Sigismondo s'avança dans sa direction, brandissant haut sa propre épée, bien visible dans la lumière des torches, comme pour esquisser un geste de parade, mais au dernier moment il fit jaillir de l'ombre sa hache qu'il tenait de la main gauche et en porta un coup violent à la gorge du géant. Son élan lui fit heurter de plein fouet son adversaire chancelant, mais il s'écarta aussitôt en criant :

— Gatta ! À moi !

L'écho de son cri se répercuta sous la voûte et, piétinant les blessés, les troupes de Gatta affluèrent de tous côtés, dégagèrent les poutres et tirèrent les énormes verrous.

Celles massées de l'autre côté se précipitèrent, hurlant le nom de leur chef, tandis que Gatta lui-même, monté sur un grand bai de guerre, accourait de la rue vers la porte en taillant en pièces les hommes de la garnison en fuite. Le félin doré figurant sur son casque semblait prêt à bondir, à enfoncer ses dents et ses griffes dans les visages épouvantés levés vers lui, et dont chaque coup d'épée diminuait le nombre. Lorsqu'il arriva à la porte, Gatta ne rencontra plus aucune résistance. Quand le prince Scipione engageait un condottiere, il ne le choisissait pas au hasard.

— Où est Scala ? s'enquit Gatta.

Sans lâcher son épée dégoulinante de sang, il releva du dos de la main la visière de son casque. Son visage luisait de sueur et ses yeux brillaient d'excitation.

— Nous n'aurons pas pris Mascia tant que nous ne tiendrons pas Scala, ajouta-t-il.

Alors que le cheval de Gatta tournoyait avec nervosité, Michelotto s'élança, enjambant les cadavres, achevant un blessé qui faisait mine de se relever. Au loin, des cris et des hurlements se faisaient encore entendre, entrecoupés de cliquetis d'armes, mais il était évident que toute résistance était vaincue et que désormais les hommes de Gatta pouvaient commencer à défoncer portes et tonneaux, et se livrer au grand viol de la cité.

— Vous cherchez Scala ? fit Michelotto en se redressant, tandis que son cri se répercutait sous la voûte de l'entrée. Alors attrapez !

Gatta saisit au vol la forme sombre qu'on lui envoyait tandis que Michelotto, désignant Sigismondo debout près de lui, la hache sur l'épaule, ajoutait :

— C'est lui qui vous en fait cadeau.

La tête de Scala pendait au bout du bras de Gatta. Il l'éleva vers son visage, le sang gouttant paresseusement sur son armure, et baisa le front strié de cheveux emmêlés.

— Mascia est enfin à nous !

Il brandit la tête, éparpillant du sang alentour, et adressa un sourire carnassier à Sigismondo.

— Vous aurez de l'or, et plus encore. J'ai désormais un cadeau à offrir à Venise... Une pique, qu'on me donne une pique ! Montrons à Mascia jusqu'à quelle hauteur peut s'élever un rat.

Sur quoi il s'engagea dans les rues, accompagné d'un fantassin tenant au bout d'une lance la tête de Scala qui tressautait à hauteur de la sienne.

Quelques heures plus tard, alors qu'ils cheminaient sur la route de Viverra, Benno s'efforçait encore de tirer tout cela au clair.

— Pourquoi a-t-il parlé d'*un cadeau pour Venise* ? Ne va-t-il pas envoyer la tête de Scala au prince ?

Debout derrière Sigismondo, Benno avait assisté au macabre empaquetage dans le pavillon de Gatta. Des pages avaient enveloppé l'objet, plutôt défraîchi après sa promenade au bout de la pique, de plusieurs couches de toile et de soie saupoudrées d'épices avant de le placer dans un coffret recouvert de velours, que l'on avait expédié sous bonne escorte auprès de la Sérénissime, accompagné d'une lettre. Benno avait finalement vu juste avec sa vision de têtes coupées ornées de rubans.

— Gatta emmènera avec lui Antonio Carlotti lorsqu'il se rendra à Viverra. Si on y ajoute la prise de Mascia, cela fait déjà un joli cadeau. Gatta a bien raison de conserver quelques atouts en main. La concurrence est rude entre condottieri.

— Mais pourquoi *Venise* ?

— Je croyais que tu t'y entendais mieux que ça pour ouvrir les oreilles. Voilà ce qui s'est passé : Scala avait été engagé l'année dernière par les Vénitiens pour combattre les troupes du pape, mais le jour où le Saint-Père a proposé plus d'argent, il a, disons... changé brusquement de camp. Depuis, la Sérénissime cherchait à se venger de lui par tous les moyens. Gatta lui fait donc là un joli cadeau.

Après sa tournée triomphale dans Mascia, la tête de Scala avait été promenée à travers le camp de Gatta afin que l'intendant, les blessés et tous ceux qui suivaient alors une armée en campagne puissent la contempler à loisir. Elle constituait une leçon de première main sur l'importance, dans une guerre, d'être du côté du gagnant. Benno était fier que ce fût son maître qui ait fourni cet exemple éloquent. La récompense, trois lourds sacs d'or, voyageait à présent derrière eux à dos de mule sous la garde de deux soldats de Gatta animés d'un prudent respect envers Sigismondo. Benno savait que les missions de son maître lui avaient permis d'ouvrir des comptes dans les banques de différentes villes, mais ces arrangements financiers constituaient à ses yeux un mystère enrobé d'un voile de magie.

— Gatta a reconnu votre mérite, n'est-ce pas ? remarqua-t-il d'un ton plein d'orgueil.

— Gatta peut se le permettre. Il jouit lui-même d'un grand crédit et s'est encore attiré des honneurs avec la prise de Mascia. Le prince a de la chance de l'avoir avec lui.

Tout en chassant les mouches qui vinrent tournoyer autour des chevaux lorsqu'ils passèrent devant les tas de purin amassés à l'orée du village dont ils approchaient, Benno demanda :

— Si Scala a pu trahir Venise... enfin... est-ce que le prince est sûr que Gatta ne va pas... ?

— Les condottieri vivent sur leur réputation. Ils signent des contrats. Scala a été une exception, mais il est exact qu'il y a toujours un risque.

— À mon avis, le prince aurait intérêt à continuer de payer grassement Gatta. Il devrait se hâter de trouver cette pierre dont vous m'avez parlé.

La réponse de Sigismondo consista en un fredonnement prolongé.

Ce village avait été épargné par les ravitailleurs de l'armée de Gatta et ses habitants ne réagirent que par une curiosité méfiante à l'arrivée des quatre hommes. Une femme courut récupérer un bambin qui restait sur le passage des chevaux et, après avoir juché l'enfant sur son épaule, resta à examiner le petit groupe. Les soldats lui adressèrent de joyeuses paillardises. Qu'auraient fait ces villageois s'ils avaient su que la mule qui les accompagnait transportait assez d'or pour acheter une douzaine de bourgades comme la leur ? Mais Benno avait vu ce qui arrivait aux villages qui oubliaient leurs manières.

Les tours de Viverra se profilaient à l'horizon lorsque Benno estima qu'il pouvait enfin poser sa question suivante, qui le tracassait pourtant depuis leur départ du camp.

— Pourquoi n'avez-vous pas voulu que Gatta dise aux Vénitiens que c'est vous qui avez tué Scala ?

Sigismondo posa un doigt sur ses lèvres.

— C'est ce qu'on appelle la diplomatie. Gatta préfère que ce cadeau vienne de lui, sans avoir à remercier quiconque, expliqua-t-il en souriant. Et les Vénitiens apprendront tôt ou tard la vérité.

— C'est pourquoi Gatta a préféré vous envoyer porter la bonne nouvelle au prince ? Les porteurs de bonnes nouvelles reçoivent des récompenses, n'est-ce pas ?

— Ne deviens pas cupide, Benno. Regarde où cela a mené Scala.

Sur la route menant à la porte méridionale de Viverra ils constatèrent la présence d'un nombre inhabituel de gens. Et il ne s'agissait ni de marchands ni de joyeux drilles se rendant à quelque carnaval. Les chants se mêlaient aux cris et aux gémissements. Certains s'étaient barbouillé le visage avec la poussière du chemin, d'autres se frappaient la poitrine, un homme à genoux se cognait la tête sur le sol en guise de pénitence.

— Que se passe-t-il ?

Benno était inquiet. Si jamais le prince était mort, ils ne toucheraient pas leur récompense. Ou bien était-ce la peste qui... ? Son esprit se figea.

Sigismondo tendit le doigt.

Un homme tonsuré en habit religieux fendait la foule en direction de la porte de la ville ; Sigismondo et Benno eurent du mal à lui ménager un passage tant la presse était grande. Au-dessus de leurs têtes, planté sur la longue perche que portait le frère et maintenu en place par de la poix, un crâne avançait avec désinvolture.

CHAPITRE V

Vanité des vanités

Benno dut chasser l'idée horrible que la tête de Scala s'était échappée de son coffret pendant son voyage à Venise et les avait rattrapés, perdant en route ses derniers lambeaux de chair. Le crâne qui ricanait devant eux paraissait jaunâtre et luisant, comme si, ayant abandonné le corps auquel il avait été attaché, il appréciait cette liberté nouvelle. Benno se signa.

Sigismondo se retourna sur sa selle et, la main en visière, examina le chemin qui s'étirait derrière eux.

— Que se passe-t-il ? Qui arrive ?

— Ce crâne est tout à la fois une promesse et un avertissement, Benno. À mon avis, Viverra va se voir assener sous peu quelques sermons bien sentis. La proximité de la peste remet les flammes de l'Enfer à l'esprit des gens.

Les lamentations de la foule qui se pressait à hauteur de leurs étriers étaient si bruyantes que Benno n'était pas sûr d'avoir bien entendu Sigismondo. Avant d'avoir pu lui demander des explications, les deux hommes se trouvèrent entraînés par le flot humain et franchirent la porte de la ville aux accents du *Miserere*. Benno avait cru comprendre que son maître lui demandait d'aller assister au sermon et de ne pas le suivre au palais. Benno savait qu'en dépit des habits neufs qu'il s'était procurés en France sa personne faisait mauvaise impression auprès des hauts personnages. Pourtant, il regrettait l'occasion de voir de près ce prince qui cherchait une pierre capable de procurer la richesse. Il se consola toutefois en se disant que s'il était en accord avec le crâne qui l'annonçait, le sermon promettait d'être spectaculaire. Benno était disposé à s'amuser de n'importe quelle façon.

Il n'y eut en revanche aucune ambiguïté dans les instructions de Sigismondo lorsque, ayant atteint les portes du palais, celui-ci lui commanda de l'attendre. Les badauds ne cessaient de venir grossir la foule, attirés par le *Miserere* ainsi que par le crâne tressautant qui provoqua quelques cris d'effroi en passant à hauteur de certaines fenêtres du premier étage. Sigismondo et les hommes de Gatta pénétrèrent dans l'enceinte du palais en emmenant le cheval de Benno. Sigismondo gravit une longue volée de marches et s'engagea sous une haute voûte surmontée de la civette rampante de Viverra et d'une couronne princière. Le félin doré prêt à bondir figurant sur le casque de Gatta lui avait paru plus dangereux.

À l'intérieur du palais, la lettre marquée du sceau de Gatta dégagea prestement le chemin devant Sigismondo. Les gardes écartèrent leurs piques, les rideaux se levèrent d'eux-mêmes, les portes s'ouvrirent, jusqu'à ce que enfin, après avoir franchi une dernière double porte, il se retrouvât dans une salle d'audience en présence du prince Scipione.

Celui-ci était en train d'écouter de la musique au milieu de sa famille et de ses courtisans. Deux joueurs de luth assis sur les marches de l'estrade tenaient leurs têtes penchées l'une vers l'autre en égrenant leurs accords, comme si, pour pouvoir mieux se concentrer sur la complexité de la musique, ils devaient faire abstraction de leur public. Sur l'estrade au-dessus d'eux étaient alignés trois fauteuils de velours bleu frangés de cannetille. Sur celui du centre, le prince, en habit de velours violet aux manches de damas doré, paraissait fragile et mal à l'aise. Il leva vivement les yeux à l'entrée de Sigismondo, et un page vint lui chuchoter à l'oreille la raison de sa visite.

Le prince leva la main pour faire cesser la musique.

— De Mascia ?

On eut l'impression que toute l'assistance retenait son souffle et portait son attention sur Sigismondo, qui s'avança jusqu'au pied des marches et mit un genou à terre. Sa voix grave s'éleva dans le silence qui s'était brusquement instauré.

— Altesse, Mascia est à vous. Ridolfi l'a prise, Scala est mort et le seigneur Antonio Carlotti prisonnier.

Des exclamations de joie fusèrent. Sur un geste du prince, Sigismondo se releva, s'inclina puis remit le message de Gatta à un page pour qu'il le porte au prince.

— Votre nom, messire ?

Le prince saisit la lettre et, sous des sourcils légèrement relevés, ses yeux las examinèrent Sigismondo qui, s'inclinant une nouvelle fois en déclinant son identité, ne laissa rien paraître qui pût laisser croire qu'il connaissait déjà le prince.

— Vous êtes Sigismondo *de Rocca* ?

Penchée en avant sur son fauteuil, resplendissante dans son brocart vert et or, la personne qui venait de prononcer ces mots ne pouvait être que la princesse elle-même. Elle avait un long visage ovale, d'immenses yeux sombres, un nez étroit, une bouche menue et pleine, et une expression de tranquille conscience de sa propre beauté. Présentant une profusion de tresses et de boucles entremêlées de perles, sa haute coiffure était d'un blond tirant sur le roux : l'authentique blond vénitien.

— J'ai eu l'occasion de rendre quelques services au duc de Rocca, mais je ne suis pas son sujet.

— De qui êtes-vous sujet ?

— Sauf votre respect, Altesse, je suis mon propre maître.

— Pourquoi Gatta vous a-t-il confié son courrier ? s'enquit la princesse en tortillant un pendentif en or décoré d'étoiles de nacre suspendu à sa taille.

Le prince lisait la lettre sans prêter attention aux questions de sa femme.

— Gatta m'a dépêché, Altesse, car j'ai combattu pour lui à Mascia. Un soldat de fortune saisit les occasions qui s'offrent à lui.

— Ainsi vous auriez aussi bien pu vous battre pour Scala ?

La princesse sourit et les courtisans y virent une invitation à rire discrètement. Prendre le parti des ennemis du prince était une plaisanterie, si la princesse en décidait ainsi. Scipione avait terminé sa lecture et jetait de vagues regards autour de lui.

— Il nous amènera Carlotti dans quelques jours. Gatta l'a surpris dans son lit.

La remarque, qui démontrait la soudaineté de l'attaque de Gatta et évoquait dans l'esprit de chacun l'image d'un homme nu en état de choc, était fort plaisante ; le prince lui-même en sourit et les rires redoublèrent. La princesse douairière, une vieille femme aux cheveux gris qui occupait le troisième fauteuil, intervint :

— Qu'allez-vous faire de Carlotti ?

Le prince se tamponna le nez à l'aide du mouchoir de lin qu'il gardait dans sa manche.

— Nous en débattrons en conseil, madame. Nous devrons d'abord recueillir tous les avis.

Les hochements de tête appuyés auxquels se livra un groupe de vieillards indiquèrent qu'il s'agissait des conseillers du prince, mais la princesse se redressa avec impatience.

— Pure perte de temps ! Tout le monde sait que Carlotti est un traître. Mon avis à moi, c'est qu'il mérite la corde !

De son carré de lin le prince s'essuya le front, coiffé d'un chapeau de velours écarlate.

— Nous verrons cela... Nous le garderons peut-être comme otage.

Il coula un regard en direction d'un jeune homme

debout au premier rang des courtisans, puis reprit son air embarrassé.

— Sigismondo, vous serez récompensé. Vous nous avez apporté une bonne nouvelle, en vérité.

Sur quoi il se leva, imité par sa femme et par sa mère, et, tandis que tous s'inclinaient, disparut par une porte latérale, un page sur les talons. Sigismondo comprit qu'il se rendait dans son laboratoire et qu'il l'y convoquerait peut-être un peu plus tard.

En attendant, il devait s'acquitter d'une autre tâche pour le compte de Gatta.

Benno, qui avait pour instruction d'attendre le sermon annoncé, avait acheté des beignets de porc pour passer le temps. Il s'installa sur un bloc de pierre permettant aux cavaliers d'enfourcher aisément leur monture et, laissant Biondello vaquer à ses occupations — car le petit chien n'était pas du genre à s'aventurer bien loin —, noua connaissance avec un pénitent à l'allure impressionnante qui, à voir sa tête ressemblant à celle d'un taureau qui aurait foncé dans une porte de grange, avait sans doute vécu de quoi beaucoup se repentir. Une brusque excitation parcourut la foule et, voyant que chacun s'efforçait de trouver une bonne place, Benno se mit debout sur son bloc de pierre après avoir récupéré et mis en sûreté Biondello. Un nom indistinct fut scandé par des centaines de gorges. L'attente semblait avoir pris fin. Le religieux porteur du crâne se hissa sur l'estrade où étaient prononcées les décisions intéressant la vie de la cité, et Benno se demanda si pour une fois Sigismondo ne s'était pas trompé et si ce n'était pas lui qui allait prononcer le sermon, mais il se contenta de lever haut sa perche pour que le crâne domine la foule d'un air menaçant, et de crier :

— Repentez-vous, car le Royaume du Seigneur est proche !

Ce qui en réalité s'approcha, ce fut un autre religieux, décharné, sa couronne de cheveux blancs agitée par la brise, que des mains impatientes venaient de hisser sur l'estrade. Il tenait un crucifix et son premier geste fut de le brandir en direction de la foule, qui exhala un gémissement de miséricorde longtemps retenu tandis que de nombreux spectateurs se signaient ou se frappaient la poitrine. Le nouveau compagnon de Benno s'expédia un tel coup de poing que seul un individu de sa robustesse aurait pu l'encaisser sans tomber à la renverse sur les gens massés derrière lui.

— Repentez-vous, mes chers enfants !

C'était une voix forte mais pas stridente, une voix saisissante mais empreinte d'une curieuse douceur.

— Dieu m'envoie pour que je vous guide jusqu'à Lui. N'oubliez jamais, chers enfants, la Mort qui nous attend tous.

À ces mots son assistant, avec une férocité joyeuse, fit pivoter le crâne pour qu'il embrasse tous les présents du regard de ses sombres orbites béantes.

— La Mort attend chacun d'entre vous au bout de la rue...

Ici nombreux furent ceux qui jetèrent des coups d'œil nerveux autour d'eux.

— ... à la taverne, au marché, voire dans votre lit ce soir même.

Non loin de Benno, une femme éclata en sanglots.

— Aucun de vous n'échappera à la Mort.

Le frère se tut un instant et promena sur la foule ses yeux noirs étincelants ; il avait les joues creuses des ascètes, et sur le visage une expression de compassion presque angoissée. Il éleva une longue main fine.

— La Mort... la Mort ne dure qu'un instant. La Mort vient et passe aussitôt. Oh, mes amis, c'est l'Enfer qui dure éternellement. Songez, songez à ces flammes, des flammes qui ne s'éteignent jamais ; sentez l'odeur de votre chair qui brûle, car Dieu ne permet pas à votre âme de disparaître comme disparaît votre corps terrestre ; sentez, sentez ces flammes, ces flammes qui brûlent mais ne dévorent pas, année après année, pendant une suite inimaginable d'années de tourment ! Car si vous mourez tels que vous êtes en ce moment, avec une âme chargée de péchés, dans un pays en guerre, dans une cité où les hommes s'entre-déchirent et où les femmes se parent de toutes les vanités de l'apparence, une cité dont le prince fréquente les sorciers, alors les flammes de l'Enfer vous dévoreront pour l'éternité.

Il fit une nouvelle pause, tandis que le gémissement de la foule gagnait en intensité et que l'assistant du prêcheur orientait le crâne dans toutes les directions pour évoquer l'imminence de la Mort. Alors le prêcheur brandit son crucifix et renversa la tête, à laquelle ses cheveux blancs ébouriffés par le vent firent comme un halo.

— Priez, chers enfants, priez ! Priez pour purifier votre cœur ! Ne cherchez pas à assurer votre sécurité auprès des princes de ce monde, mais placez-vous sous la protection du Prince de la Paix Lui-même ! Ne faites pas confiance aux magiciens ! Laissez au Christ le soin de diriger votre cité !

Les gémissements changèrent de tonalité. Un brouhaha plus positif, teinté d'espoir, enfla peu à peu. Il est probable que l'idée de confier la direction de la ville à Jésus-Christ restait sans doute obscure aux yeux de la plupart, mais la condamnation audacieuse de leur prince rencontrait sans conteste l'approbation générale. Benno aspira une bouffée d'air entre ses dents : alors qu'au palais Sigismondo était en train d'annoncer que Mascia venait d'être restituée à son prince légitime, Benno se dit qu'avec ce qui se passait sous ses yeux, c'est Viverra elle-même qui risquait de tomber aux mains d'un adversaire beaucoup plus insaisissable qu'Antonio Carlotti. Benno observa le religieux. Si c'était là le condottiere personnel de Dieu, qui donc serait capable de se dresser contre lui ?

— Renoncez donc à vos péchés, ô mes enfants ! Luxure, paresse, gourmandise, avarice, colère, envie, et le pire de tous, la vanité, renoncez-y ! Femmes ! Vous qui, en raison de votre faiblesse naturelle, y êtes le plus enclines, abandonnez, oh, abandonnez votre vanité ! Que vaudront vos sortilèges amoureux, vos chants, vos masques, vos ornements lorsque Satan s'emparera de vos âmes ? Que pèseront alors vos fards et vos coiffures postiches ?

À chacune de ces incantations, le docile assistant inclinait le crâne vers le doigt pointé du prêcheur de sorte que Benno se demanda pour la première fois si tout n'avait pas été soigneusement répété au préalable.

— Femmes, femmes ! Souvenez-vous que c'est vous qui avez provoqué la première chute de l'homme ! Ève n'a-t-elle pas chassé à jamais Adam et tous ses fils du paradis terrestre ?

La femme qui sanglotait à côté du bloc où était juché Benno faillit s'effondrer pour de bon. La foule la soutint, gémissante, tandis que les autres femmes autour d'elle poussaient des hurlements aigus. Le corpulent voisin de Benno bouscula sa voisine pour la punir de l'avoir privé de la béatitude éternelle. Devant Benno, une femme se balançait d'avant en arrière, tenant entre ses mains sa tête recouverte d'un bonnet de fine broderie d'où débordaient un flot de boucles dorées. Celles-ci avaient attiré l'attention lubrique d'un petit homme au teint sombre qui se pressait contre elle et portait tour à tour son regard sur le prêcheur et sur le blond objet de sa convoitise.

— Brûlez, brûlez vos vanités, chers enfants, avant que Satan ne vous brûle ! Votre prince fréquente le Démon, mais vous, débarrassez-vous à jamais du Malin !

L'assistant confia alors sa perche à un des auditeurs, lequel, surpris, ne parut guère enchanté du privilège, puis entreprit d'édifier quelque chose sur l'estrade, tandis que le prêcheur tendait son crucifix vers une jolie fille debout au premier rang de la foule.

— Retire ton fard, chère enfant ! Coupe ces tresses avant que le Diable ne les saisisse pour t'entraîner en

Enfer ! Tu ne veux pas t'en débarrasser ; je perçois ta réticence ; est-ce que cela ne montre pas, chère enfant, à quel point elles te sont chères ? Cela ne prouve-t-il pas qu'elles te sont plus chères que Notre-Seigneur crucifié ? Lui qui souhaite, de tout Son cœur, voir ton âme pure, toute nue dans son humilité !

Le prêcheur n'avait sans doute pas été très perspicace dans son choix, car même si la jeune fille tenta de s'essuyer le visage avec son tablier de soie et dénoua un des rubans qui retenaient son abondante chevelure, elle parut ne pas être disposée à aller plus loin. Une vigoureuse matrone placée à sa gauche voulut l'aider : elle planta ses mains dans les tresses sacrilèges, les tira violemment mais n'obtint comme seul résultat que les hurlements sauvages de leur propriétaire.

D'autres se montrèrent plus coopératifs. Une cape de velours passa au-dessus des têtes, un luth orné de rubans rouge cerise effectua en dansant son périple jusqu'à l'estrade.

— Renoncez, renoncez à vos vanités ! Chacune d'entre elles sert de poignée au Diable pour vous tirer loin de Dieu !

Un homme apporta une liasse de partitions, d'autres des cartes, des femmes en larmes sacrifièrent chaînettes et broches, une perruque fut relayée de main en main comme un chiot de salon au poil bouclé, un ou deux foulards de gaze furent lancés vers l'estrade. Rassemblée de manière impromptue au beau milieu de la semaine, cette foule portait peu de bijoux et d'ornements précieux. On s'en occuperait plus tard. De sa voix expressive, le prêcheur entonna une prière de pénitence que la foule reprit en chœur tandis que son assistant ajoutait une à une les offrandes à son petit édifice. Benno se demanda d'où avait bien pu sortir le bois providentiel qui en formait l'ossature, laquelle se trouva bientôt drapée de foulards et de rubans, et surmontée du luth, mais lorsque le frère plongea la main dans sa besace, en retira une effigie du

Diable, avec fourche et cornes, et la fixa, enfilée dans une baguette fendue, au sommet du petit échafaudage, il lui apparut clairement que le spectacle avait été préparé dans le moindre détail.

— Et maintenant, mes chers enfants, pardonnez-vous les uns les autres, comme Dieu vous pardonnera si vous vous repentez sincèrement et modifiez vos habitudes ! Implorez Sa miséricorde, et que chacun d'entre vous donne à son voisin le baiser de la paix.

Le prêcheur brandit son crucifix à bout de bras et s'écria :

— *Misericordia !*

Son cri, qui se répercuta sur les façades des maisons alentour, effraya les pigeons qui s'envolèrent à tire-d'aile et précipita à leurs fenêtres les habitants des autres quartiers de la ville.

Suite à l'injonction d'échanger le baiser de la paix, Benno se trouva écrasé contre la poitrine de son robuste voisin de pénitent et Biondello, niché dans les pans de son pourpoint, se débattit avec vigueur tandis que son maître se faisait embrasser sur la tête. Il put se libérer juste à temps pour apercevoir devant eux le petit homme lubrique qui, saisissant l'occasion, voulut profiter de sa voisine aux boucles dorées. Or celle-ci, dans sa repentance, avait renoncé à sa vanité. Lorsque son voisin avança les lèvres pour lui appliquer un baiser sonore, il se retrouva à embrasser une femme chauve au crâne couvert de croûtes, qui brandissait son bonnet et ses boucles pour les donner en offrande. De tous côtés retentissaient les baisers, on invoquait la paix, et le prêcheur, serrant le crucifix contre sa poitrine, abaissa ses yeux vers la foule tandis que les larmes brillaient sur ses joues hâves.

À son côté, l'assistant avait sorti briquet et amadou, et le feu prit rapidement, les rubans se tortillèrent dans les flammes, des tourbillons de fumée s'échappèrent du luth et le diable qui surmontait le tout se tordit sous l'effet de la chaleur comme s'il cherchait à s'échapper. La purification de Viverra venait de commencer.

Sigismondo, quant à lui, aurait pu attester que les exhortations concernant la vanité n'avaient pas encore pénétré le palais. Il se trouvait en tête à tête avec Ginevra Matarazza, dame d'honneur de la princesse, veuve de Gaspare Matarazza et maîtresse de Gatta. Seule l'assurance de la princesse aurait pu autoriser que l'on compare sa beauté à celle de Ginevra. Celle-ci était une femme de petite taille, toute en délicates rondeurs, et chacun de ses gestes, chacun de ses ornements indiquait avec quelle ferveur elle cherchait à attirer l'amour et l'attention.

La pièce était juste assez grande pour contenir un lit, entouré d'une estrade jonchée de coussins sur laquelle elle était installée ; un brasero ; et Sigismondo. Derrière lui une fenêtre, dont un des volets était rabattu, donnait sur la grande cour du palais, et devant cette fenêtre une cage était suspendue. Linottes ou pinsons étant trop communs pour Ginevra Matarazza, la cage renfermait un perroquet au plumage éclatant qui, de son perchoir, les épaules rentrées et la tête inclinée, considérait Sigismondo d'un regard malveillant.

Ginevra, elle, l'enveloppait d'un tout autre regard.

Elle aussi tenait sa tête inclinée, lèvres entrouvertes, observant sa bouche pendant qu'il parlait comme si elle s'efforçait en toute innocence de saisir ce qu'il disait. Mais dans le même temps elle donnait l'impression que c'était trop compliqué pour son pauvre petit esprit. Ses lèvres luisantes avaient été passées au rouge et enduites d'huile. Les deux mains croisées sur un genou, tout ouïe, elle se tenait légèrement penchée en avant : une pose qui comprimait sa poitrine dans le profond décolleté de son bustier. L'artificielle blondeur argentée de ses cheveux était accentuée par un voile de gaze argent épinglé à ses tresses, tout comme la pâleur de sa peau l'était par la soie indigo de sa robe. Il était aisé de comprendre pour quelles raisons Gatta l'avait choisie afin d'égayer ses moments de loisir.

— Vous avez quelque chose pour moi, messire ?

Sa remarque coupa court à la description que Sigismondo lui faisait de l'ardeur de Gatta durant le combat, récit dont il avait pensé qu'il pourrait l'intéresser. Elle avait une douce et caressante voix d'enfant.

— *Putain !*

L'exclamation ne provenait pas de Sigismondo, qui sursauta presque en l'entendant si proche de lui, mais du perroquet. Loin de l'accueillir comme une remarque désobligeante, Ginevra leva ses mains entrecroisées et gloussa.

— Ne faites pas attention, messire. Perro fait rire tout le monde.

À cet instant, jaloux de l'attention suscitée par l'oiseau, un petit singe agile surgit d'un pli du rideau de lit, courut le long du bras de Ginevra et lui mordit la main.

Elle poussa un cri aussi aigu que celui du perroquet et frappa le singe. Il s'accrocha au rideau et monta se percher sur le baldaquin où il se balança aux cordes fixées aux crochets du plafond. Il produisit une suite de sons inarticulés et fit des grimaces tandis que sa maîtresse se suçait la main.

Une cuvette, un broc et une serviette étaient disposés sur l'estrade du lit. Sigismondo versa de l'eau dans la cuvette et, prenant la main de Ginevra, l'y trempa.

— Aïe ! Ça pique !

— La blessure n'est pas profonde. J'ai là un baume...

Le poignet de la jeune femme retomba mollement lorsque Sigismondo le lâcha pour fouiller dans la bourse pendue à sa ceinture, et elle s'appuya, inerte, contre lui, comme si elle défaillait, tandis qu'il produisait une petite boîte d'onguent en corne. Il lui essuya la main puis étala de la pommade sur les marques de morsure. La douleur la fit grimacer et elle émit de petits gémissements de protestation.

Sigismondo sortit alors une seconde boîte, d'argent repoussé cette fois, qu'il posa sur sa paume ouverte.

— Qu'est-ce que c'est, messire ?

Elle s'anima à nouveau, regarda la boîte et leva les yeux vers lui.

— Est-ce pour moi ? Qu'est-ce que c'est ?

Elle tendit la main et son corps retrouva instantanément sa vitalité.

— C'est Gatta qui me l'envoie ?

En souriant, Sigismondo rapprocha sa main de la sienne. Pendant quelques instants elle batailla avec le fermoir, mais il ne lui proposa pas son aide et elle finit par l'ouvrir. Elle laissa alors échapper une exclamation et demeura absolument immobile en admirant la broche, un cabochon de saphir monté sur une étoile de diamants en table ; ce trésor appartenait jusqu'à tout récemment à quelque riche habitante de Mascia.

Ginevra sortit le bijou de son nid de velours rouge et l'appliqua ici et là contre son bustier, baissant la tête pour juger de l'effet, puis, pour la même raison, la relevant vers Sigismondo.

Soudain son regard se fixa sur la fenêtre derrière lui. Elle ouvrit la bouche et poussa un hurlement.

Un crâne la contemplait du dehors.

Le perroquet, muet de stupéfaction, se réfugia au bout de son perchoir.

CHAPITRE VI

« Qui est cet homme ? »

En entendant hurler Ginevra, sa servante se précipita dans la pièce et Sigismondo lui laissa le soin d'apaiser cette crise d'hystérie dont il lui apparut, au vu de la compétence que la nouvelle venue déploya, qu'elle n'était pas inhabituelle. Il savait qui venait d'arriver à la suite du crâne indiscret, mais il n'avait pas encore eu l'occasion de voir le prêcheur en chair et en os. Comment cet homme serait-il accueilli par la Cour ? Si Benno était lui aussi parvenu à entrer au palais, il pourrait lui raconter la façon dont s'était déroulé le sermon. Sigismondo avait entendu le *Misericordia* qui s'élevait du côté de la place, même si Ginevra, absorbée dans la contemplation du cadeau de Gatta, n'avait pas eu l'air de le percevoir. Surprenante était l'assurance dont faisait preuve le prêcheur en se présentant au palais ; et encore plus surprenant le fait qu'on l'ait autorisé à y pénétrer. Si évêques et cardinaux étaient les bienvenus auprès des cours princières, il n'en allait pas de même pour les prêcheurs itinérants fanatiques.

Le couloir passant devant la chambre de Ginevra longeait les appartements du *piano nobile* [1] et, à son extrémité, débouchait sur un palier d'où l'on dominait à la fois le hall d'entrée en marbre avec son grand escalier et la cour du

1. L'étage noble. *(N.d.T.)*

palais. Sigismondo se pencha par-dessus la balustrade pour examiner le hall.

S'il était évident que le majordome du prince avait reçu comme instruction de laisser entrer le religieux, il insistait toutefois avec fermeté pour que le crâne restât dehors. Le prêcheur, un homme de haute taille à l'allure imposante même au milieu du marbre et de l'or, se tenait à l'écart. Ses mains serraient le crucifix suspendu à son cou ; ses lèvres esquissaient un vague sourire, comme si la discussion ne le concernait pas. L'autorité finit par l'emporter : l'assistant, qui trépignait presque de rage, sortit à grandes enjambées et appuya la perche contre le mur extérieur, où le crâne continua de sourire d'un air moqueur devant cette illusion en vertu de laquelle la mort ne serait pas chez elle dans les palais.

Ce fut bien entendu la première chose qu'aperçut le groupe de cavaliers qui venaient de faire leur apparition dans la cour, s'interpellant à grands cris au milieu d'un cliquetis de sabots. Leur humeur joyeuse ne fut en rien refroidie à la vue du crâne. Au contraire, on eût dit que cela rehaussait leur gaieté. Après avoir avalé une gorgée d'une fiole pendue à sa selle, l'un d'eux tira son épée et, poussant un cri de chasse, en frappa la perche tout en faisant caracoler son cheval. Ses compagnons l'applaudirent bruyamment. Un coup violent déséquilibra la perche et le crâne, maintenu par la poix, se retrouva par terre, contemplant le ciel en ricanant.

Loin de calmer les rieurs, sa chute les fit s'esclaffer et ils se lancèrent mutuellement les plus audacieux défis. Des cruches pansues circulaient de main en main.

Le jeune homme qui avait fait tomber la perche semblait avoir au plus dix-huit ans, ses cheveux bruns formaient une élégante couronne de boucles, son manteau et son pourpoint étaient rayés de soie écarlate. Celui qui paraissait le chef de ses compagnons, et qui avait jusqu'alors encouragé ses frasques, s'empara d'une lance de chasse qu'il pointa sur le crâne. Il avait à peu près le même âge, ses habits étaient brodés d'or et bordés de zibeline, et ses cheveux blond-roux lui descendaient jusqu'aux épaules.

Dans le hall, le majordome se désintéressa des religieux et s'apprêta à recevoir les jeunes cavaliers retour de chasse dès qu'ils daigneraient descendre de leur monture et entrer. Le prêcheur dut empêcher son assistant de se ruer dehors pour protéger le crâne. Sigismondo constata que le seul fait de poser la main sur sa manche en lui adressant un regard appuyé suffit à le retenir. Cet homme savait ce que l'autorité signifiait.

Pendant ce temps, le jeu qui se déroulait dans la cour avait atteint son paroxysme. Ayant enfilé sa lance dans une orbite du crâne, le jeune homme le souleva, saisit la perche — qui se brisa en deux, juste au-dessous de sa main, en raison du tranchant effilé de l'épée qui l'avait frappée tout à l'heure — et se débarrassa de la lance. Brandissant le crâne, il fit gravir à son cheval les marches du seuil et le poussa dans le hall, qui s'emplit du bruit des sabots claquant sur le marbre. Le vacarme attira une volée de femmes qui s'assemblèrent sur le palier dominant l'entrée. Sigismondo se retira dans l'arc d'une fenêtre. La princesse fendit le groupe de femmes et, parvenue à la balustrade, baissa les yeux sur son fils.

— Est-ce à vous, mon père ? s'enquit le jeune homme en présentant son bâton au religieux tout en caracolant autour de lui.

L'assistant du prêcheur esquivait avec nervosité les mouvements du cheval, mais le prêcheur demeurait impassible, ébauchant même un sourire lorsque le crâne se rapprochait de son visage.

— Vous pourriez être frères, tous les deux !

Il est vrai que le prêcheur, avec ses joues creuses et ses yeux enfoncés dans leurs orbites, présentait une ressemblance frappante avec le crâne. Cela fit glousser quelques femmes. Mais soudain le prêcheur tendit la main, arracha son trophée au cavalier et le tourna dans sa direction.

— Il pourrait également être ton frère, mon fils. Tu finiras toi aussi par lui ressembler. Ne crois pas que je sois plus proche de la Mort que toi. Où que tu ailles et aussi vite que tu t'y rendes, elle chevauche en permanence à tes côtés.

La voix dominait sans difficulté le cliquetis des sabots, et sur le palier les gloussements cessèrent.

— Qui est cet homme ? Que fait-il ici ?

La princesse aussi avait une voix sonore, toute menue et élégante fût-elle. Elle se tenait non loin de Sigismondo, les bras ballants le long de son corps, apparemment insensible au vacarme montant du hall, aussi détendue et sûre d'elle que l'était le prêcheur. Bien que Sigismondo en fût éloigné de plusieurs pas, son parfum, un mélange de jasmin et de musc, lui parvenait sans même qu'elle fît un geste.

— Altesse.

Habitué aux mœurs des nobles courtisans, le majordome était en général un homme habile à arrondir les angles, mais il était quelque peu déconcerté par l'irruption d'un cheval sur le marbre du hall et la difficulté qu'il rencontrait à raisonner son cavalier.

— Il s'agit du frère Ambrogio. J'ai cru comprendre que Votre Altesse souhaitait qu'on le reçût ?

— Je n'ai jamais donné un tel ordre, rétorqua la princesse d'un ton légèrement surpris.

Il n'était d'ailleurs personne parmi les présents qui ne se fût étonné d'apprendre que la princesse désirait rencontrer un personnage tel que le frère Ambrogio. Le jeune prince était à présent descendu de sa monture et en avait remis les rênes à un serviteur. L'animal renâclant à redescendre les marches, il fallut l'y contraindre.

Le prince fut rejoint par son ami, et ensemble, après s'être inclinés devant la princesse, ils contemplèrent le prêcheur comme s'ils espéraient qu'il les amusât. Le frère Ambrogio confia le crâne à la garde de son assistant, puis demeura immobile et silencieux, le détachement qu'exprimait son attitude en imposant même aux deux jeunes gens ivres. Le prince passa son bras autour des épaules de son ami, et tous deux vacillèrent légèrement.

— Qui vous a demandé de vous présenter ici, frère Ambrogio ? fit la princesse en descendant les marches.

Les femmes se pressèrent dans le sillage d'air parfumé qu'elle laissait derrière elle. Le fait n'échappa pas à Sigismondo que c'était la princesse qui s'avançait vers le prêcheur, et non l'inverse.

— Qui cherchez-vous ici ? ajouta-t-elle.

Le frère Ambrogio lui décocha son bon sourire.

— Je ne cherche personne, ma fille. C'est Dieu qui sollicite les âmes de ceux qui sont ici-bas. S'Il m'a conduit ici, c'est dans un certain dessein. Le Diable ne loge-t-il pas ici, lui aussi ?

Le jeune prince trouva ces paroles extrêmement drôles.

— Montrez-nous où il se cache et nous vous l'attraperons, mon père. Ainsi vous pourrez vous vanter d'une bonne prise sur la place du marché !

Le frère Ambrogio tourna son visage souriant vers le jeune prince.

— Il vit en toi, mon fils. Et tout le monde sait qu'il est très proche du prince ton père.

Le bref silence qui s'instaura après cette remarque fut bientôt brisé par les exclamations indignées de toute l'assistance. Seule la princesse ne s'y joignit pas. Elle se contenta de tendre le bras en direction de la porte.

— Jetez-les dehors.

Le majordome s'avança, son bâton à bout doré indiquant lui aussi la sortie. Le jeune prince saisit l'une des manches de ratine grossière du prêcheur, qui n'opposa aucune résistance, tandis que son ami se précipitait pour s'emparer de l'autre. Derrière eux, l'assistant se débattait furieusement contre trois serviteurs, mais ses mouvements étaient gênés par le soin qu'il devait prendre du crâne.

Le bruit et l'agitation furent brusquement interrompus par l'apparition de la princesse douairière en haut de l'escalier. Elle frappa dans ses mains pour imposer le silence.

— Laissez tranquille le frère Ambrogio ! cria-t-elle. Il est ici sur mon invitation.

CHAPITRE VII

« Est-il pour moi ? »

Benno avait en effet réussi à entrer au palais dans le sillage du prêcheur, non parce que le garde avait pensé que Benno jouait un rôle dans l'imminent renouveau spirituel de Viverra, mais parce que Sigismondo, quand il s'était présenté plus tôt le matin, l'avait signalé comme étant son serviteur. Espérant ne pas attirer l'attention du prêcheur, Benno avait franchi la porte d'un air humble, le chapeau à la main et serrant sous son bras Biondello, lui-même recouvert du manteau.

Le sermon qu'il avait entendu sur la place n'avait pas manqué de l'émouvoir. Il avait fouillé son âme afin d'y traquer les vanités qu'il pourrait en chasser, les choses précieuses à ses yeux auxquelles il pourrait renoncer, mais la seule qui lui était apparue était justement Biondello. Il est vrai qu'il possédait à présent deux tuniques neuves, ainsi qu'une chemise et des chausses, que Sigismondo lui avait achetées, mais leur seule fonction était de ne pas faire honte à son maître lorsqu'il le servait à table ; en un certain sens, ses habits appartenaient donc plus à celui-ci qu'à lui-même. Parure et paraître n'avaient aucune signification pour Benno. Pourtant, en voyant cette épaisse perruque de cheveux bouclés qui circulait au-dessus des têtes pour être brûlée, il avait aussitôt pensé au petit chien laineux pelotonné sous son pourpoint. Il ne redoutait pas vraiment que le prêcheur s'en prenne à lui et lui arrache Biondello pour en alimenter le prochain bûcher, mais il se rendait obscurément compte qu'il chérissait davantage son chien que bien des objets plus précieux ou des causes plus nobles, même s'il n'aurait pu préciser lesquelles. Si jamais il recevait une part de l'or que Sigismondo venait de gagner, peut-être devrait-il le distribuer en aumônes.

L'esprit occupé par ces pensées, il resta en arrière lorsque les deux religieux furent admis dans le hall, puis traîna discrètement dans la cour dans l'espoir de se glisser à l'intérieur sitôt que l'attention du majordome serait détournée. Il vit l'assistant ressortir pour appuyer la perche surmontée du crâne contre le mur, puis se fondit parmi les palefreniers et serviteurs qui accompagnaient le groupe de jeunes cavaliers revenant de la chasse lorsque ceux-ci se mirent à jouer avec le crâne. Saisissant sa chance au moment où l'on fit sortir du hall le cheval du prince, il se retrouva à l'intérieur et put observer en tout anonymat la scène qui s'y déroulait.

Les deux princesses l'impressionnèrent autant l'une que l'autre. Isotta incarnait à ses yeux l'image de la princesse telle qu'il se la représentait : belle, magnifiquement vêtue et pleine de dignité. Il admira en particulier la façon dont elle ordonna que les frères fussent jetés dehors. Cela lui était arrivé si souvent qu'il était devenu grand connaisseur de ce genre d'ordre. Mais quand la princesse douairière frappa dans ses mains pour attirer l'attention, celle de Benno fut aussitôt captivée. Voilà une dame qui, si elle ne pouvait plus rivaliser avec d'autres dans le domaine de la beauté, s'y entendait certainement pour faire respecter ses souhaits. L'irritation avec laquelle la plus jeune regarda la douairière descendre l'escalier parmi les dames qui s'écartaient devant elle en s'inclinant tour à tour n'échappa pas à Benno. Le prêcheur s'avança à sa rencontre et un murmure parcourut l'assistance lorsque, au lieu de lui tendre la main pour qu'il la baise, ce fut la princesse qui s'empara de celle du frère pour la porter avec révérence à ses lèvres.

— Vous nous faites grand honneur, cher père. Puisse votre séjour ici nous apporter la bénédiction.

La remarque suscita quelques échanges de regards, certains roulant déjà les yeux d'ennui, d'autres malicieux à l'idée qu'on allait enfin s'amuser un peu. Ayant tout loisir d'examiner de près les bijoux ornant les pans de velours noirs de la robe de la princesse ainsi que le filet doré qui retenait ses cheveux gris, Benno se demanda si la vénérable dame avait la moindre idée du terrain sur lequel elle s'engageait. Car enfin elle rassemblait sur elle assez de vanités pour nourrir à elle seule un joli feu de joie.

Il regarda sortir les frères qu'on emmenait pour les installer et les nourrir. Après avoir adressé quelques mots à son fils (lequel faillit s'effondrer dès que son ami lui retira le soutien de son bras pour s'incliner à son approche), la princesse Isotta esquissa une imperceptible inclination de la tête vers la princesse douairière, puis remonta vivement l'escalier en entraînant ses dames de compagnie qui chuchotaient en réprimant à grand-peine leurs gloussements. Parvenue en haut, Isotta s'immobilisa un instant, tourna la tête vers sa droite et fit un signe de la main. Benno eut alors la satisfaction de voir Sigismondo émerger de derrière un pilier avant de s'incliner.

Ce n'était pas tâche facile que de ne pas perdre de vue son maître. Benno savait que lui-même ne serait pas admis dans les appartements de la princesse, mais il devait se tenir à la porte lorsque Sigismondo en sortirait et le chercherait pour qu'il lui raconte le sermon ; la quête de la pierre philosophale à laquelle se livrait le prince n'était pas près de recueillir l'approbation du frère Ambrogio. Agglutinées autour de la princesse, ses suivantes gênaient considérablement Benno. L'une imitait le frère Ambrogio, adjurant ses compagnes de ne pas oublier que la Mort était sur leurs talons. L'une des filles, qui était à la traîne, tourna la tête et, découvrant Benno, poussa un petit cri de terreur ; par bonheur, le majordome était encore dans le hall, occupé à surveiller le nettoyage du sol après le passage du cheval du jeune prince, sinon Benno se serait retrouvé dans la cour en un temps record, même pour lui.

Quand, prenant garde de ne pas suivre les femmes de trop près afin de ne pas les offenser, il eut atteint le sommet de l'escalier, la princesse et Sigismondo avaient disparu. Dans l'espoir de localiser son maître, il suivit la petite procession à distance respectueuse.

Ayant repéré Benno, la femme qui fermait la marche tourna au coin du couloir en lui intimant d'un geste l'ordre de filer; Benno accéléra l'allure pour ne pas se laisser semer. Une porte s'ouvrit à sa gauche et il en surgit une jeune femme d'une extrême beauté qui le heurta et, aussitôt, recula, le souffle coupé. Resserrant son manteau, Benno entreprit de lui présenter ses excuses.

Ce jour-là, Ginevra avait eu de pires visions que la personne de Benno et ne fut donc pas choquée outre mesure par son allure. De toute façon, son attention fut vite distraite par l'apparition du petit chien qui passa le museau entre les pans du manteau de son maître.

— Oh, comme il est adorable ! Est-il pour moi ?

La réaction immédiate de Ginevra devant n'importe quel objet de convoitise était d'imaginer qu'il s'agissait d'un cadeau. Elle tira Biondello de sous le bras de Benno et lui couvrit la tête de baisers. L'animal avait malheureusement pris un de ses rares bains pas plus tard que la veille et son poil était aussi doux que celui d'un agneau.

— Oh, je suis en retard et l'on m'attend ! Mon Dieu, qu'il est chou !

Tandis que Benno attendait, bras tendus, qu'elle lui rende Biondello, elle s'éloigna à pas rapides sans cesser de cajoler et de caresser le petit chien, qui pointa un instant la tête par-dessus son coude pour jeter un regard en arrière.

Depuis que le sermon du frère Ambrogio l'avait empli

de culpabilité, Benno s'attendait qu'il lui arrive un malheur. Mais jamais il n'aurait songé qu'il se présenterait sous cette forme.

Le jeune prince et son ami avaient gagné l'appartement du premier, une suite de pièces très modernes conçues dans le nouveau style antique, avec des pilastres corinthiens et, dans la chambre princière, une fresque représentant une scène de chasse. Allongé sur son lit, le jeune prince était en train de la contempler.

— Belle chasse, aujourd'hui, fit-il en s'étirant et en bâillant. Tu as joliment tué ce vieux diable. Quelles défenses il avait !

Son ami était en train d'ôter son pourpoint et sa chemise, pendant qu'un page allait chercher sur une étagère une bassine de cuivre et qu'un autre apportait des cruches d'eau bouillante. Son torse nu montrait une musculature étonnante pour un jeune homme de dix-huit ans ; il passa la main sur ses bras et ses épaules.

— Je peux te dire que je vais avoir de sacrées courbatures. J'ai drôlement dû batailler pour le maîtriser.

Il se pencha au-dessus de la bassine pour commencer à se laver tandis que le prince restait allongé sur son lit, les pages attendant ses ordres.

— Donato, qui étaient ces trois hommes avec qui tu parlais à l'orée de la forêt ? Ils avaient l'air de brigands. J'ai failli envoyer Ladro les chasser. Demandaient-ils l'aumône ?

Pendant une fraction de seconde, Donato cessa de s'asperger le visage.

— Quels hommes ?

— À l'orée du bois. Il y en avait un grand — très grand — et un autre avec une épée ridicule. Ils m'ont eu l'air de bandits de grand chemin.

Le prince se souleva sur un coude et tendit le doigt vers une coupe posée sur la table, qui fut promptement emplie avant de lui être apportée.

— Au nom du ciel, que voulaient-ils ?

Donato se frotta énergiquement la tête avec une serviette, ses boucles épaisses lui faisant comme une large auréole autour du crâne.

— Oh, de l'argent bien sûr, fit-il d'une voix étouffée par la serviette. Ils mendiaient, comme tu l'as deviné. Des soldats sans solde, je suppose.

Le prince tendit sa coupe au page pour qu'il le resserve.

— Dans ce cas, ce sont des idiots. Il y a en ce moment assez de guerres pour occuper tous les soldats du monde. Même les imbéciles qui trimbalent des épées trop grandes pour eux. C'était celle de son grand-père, je suppose, quoiqu'il semble qu'on revienne à ces longues lames. Pourquoi ne vont-ils pas s'engager chez Gatta ?

Il se leva paresseusement, mal assuré sur ses jambes, pour que les pages puissent le déshabiller.

— Tu as entendu ce que les gardes disaient à la porte ? Qu'il avait pris Mascia. La nouvelle a dû arriver en notre absence.

— Encore une victoire pour ce fier bâtard.

On avait revêtu Donato d'une chemise brodée toute propre et un page s'affairait autour de lui pour en nouer les cordons.

— Mais c'est tant mieux pour ton père. Une fois de plus.

L'amertume qui teintait la voix de son ami rendit le prince Francesco silencieux pendant qu'on le lavait. Les deux jeunes gens ne pouvaient guère s'étendre sur la précédente victoire de Gatta : celui-ci l'avait emportée sur le comte Landucci, le père de Donato ; c'était pour cette raison que Donato vivait au palais, en otage répondant du comportement de son père. Le prince finit par trouver un autre sujet de conversation.

— Ce pouilleux de prêcheur ! Un de mes tuteurs était religieux, mais il ne portait pas de tels haillons. Ma grand-mère ne se rend pas compte de ce qu'elle fait. Il va lui faire renoncer à ses bijoux pour les distribuer aux pauvres.

Donato but une gorgée de vin pendant qu'on le coiffait.

— Je n'ai pas eu l'impression que Son Altesse ta mère était enchantée.

— Ce n'est pas du tout son genre. Quand elle va annoncer la nouvelle à mon père, ça fera du grabuge. Lorsque je serai marié, Donato, j'espère que ma mère ne sera pas toujours dans mes pattes. Elle est beaucoup plus jeune que mon père et lui survivra certainement ; d'ailleurs, il est toujours malade.

Ce fut au tour de Donato de sombrer dans le silence. Un page lui présentait son pourpoint de brocart, mais le jeune homme semblait perdu dans un rêve. Le prince se lava le visage, éclaboussant d'eau le sol puis, les yeux fermés, tendit la main pour qu'on lui donne une serviette.

— Quand je régnerai, Viverra et les Landucci seront amis, je te le promets. Nous signerons un pacte — et tu épouseras une de mes sœurs.

— Je ne me marierai jamais, rétorqua Donato d'une voix brisée par l'émotion. Jamais. Tu sais bien que je ne pourrai pas prendre pour femme celle que j'aime vraiment.

Pendant un instant, distrait par le plaisir d'une idée nouvelle, Francesco l'avait oublié. Il avait oublié, parce qu'il n'y croyait pas réellement, le secret que Donato lui avait confié dans un moment d'ivresse la veille au soir : les larmes aux yeux, son ami lui avait avoué que la seule femme à laquelle il songeait, c'était la princesse Isotta.

CHAPITRE VIII

Un vent suffisamment fort ?

— Faites-moi le récit du siège, messire. Toutes mes dames sont impatientes de l'entendre.

La princesse balaya du regard ses suivantes qui, assises sur des coussins posés à même le sol, faisaient mine d'être absorbées dans leurs travaux de broderie ou de s'appliquer à tresser des rubans, alors qu'en réalité elles observaient Sigismondo, certaines ouvertement, d'autres à travers des cils luisant d'huile et rehaussés de suie. Voir de près un étranger ressemblant à un empereur romain — mais certainement pas sculpté dans ce marbre froid dont sont faites leurs statues — et doté des épaules d'Atlas soutenant le monde, voilà qui n'était guère fréquent à la Cour. Le crâne rasé donna lieu aux habituelles spéculations. L'une de ces dames échafauda aussitôt une théorie qu'elle exposa sans plus attendre à ses compagnes : d'après elle, le bel étranger avait fait vœu de ne pas laisser pousser ses cheveux tant que la femme qu'il aimait ne lui rendrait pas son amour. Pour sa part, en tout cas, elle ne l'aurait pas fait languir plus d'une semaine, peut-être même pas plus d'une journée. Et lorsqu'il répondit à la princesse, quelle voix ! Une voix faite pour vous chuchoter des compliments à l'oreille, une voix à vous persuader de céder ! Plusieurs femmes se promirent de lui faire des avances. Après tout, Ginevra avait déjà mis le grappin sur

Gatta, un homme qui lui aussi apportait un souffle de danger romanesque dans la morne vie de la Cour.

— Votre Altesse, sans vouloir vous décevoir, il y a peu de choses à en dire que des oreilles féminines puissent entendre. La guerre est partout la même. C'est une chose brutale à vivre, et dégoûtante à décrire.

Sur un signe de la princesse, un page avait apporté un tabouret pliant en bois sculpté, et Sigismondo, la remerciant d'un hochement de tête, s'y installa, mains sur les genoux, un léger sourire aux lèvres, la tête inclinée en signe de respect. Avec sa fine chemise de lin, son pourpoint de cuir noir repoussé et ses bottes montant à mi-cuisses, son allure contrastait violemment avec les corolles des robes déployées autour de lui et faisait songer à un taureau sur un lit de roses.

La princesse haussa les arcs de ses fins sourcils. Aussi poliment qu'il fût exprimé, elle s'étonnait de ce refus d'obtempérer à sa demande. Depuis quelques instants elle caressait les cheveux de sa benjamine, une jolie fillette de huit ans qu'elle fit soudain pivoter avant de la pousser dans les bras de sa nourrice.

— Vous devez être philosophe, messire, pour pouvoir exercer le métier de la guerre tout en disant qu'il est répugnant de se battre.

— Ce n'est pas le fait de se battre qui est dégoûtant en lui-même, Altesse. Bien qu'il ne soit guère chrétien de l'admettre, sauver sa propre vie en mettant un terme à celle de votre adversaire a sans conteste quelque chose de plaisant.

La princesse esquissa une brève moue amusée.

— Vous feriez mieux de taire cette opinion devant le frère Ambrogio. Son Altesse la princesse Elena me dit qu'il est venu débarrasser le palais du péché et des dissensions qui y règnent. Il est probable que ceux qui vivent de l'épée et en revendiquent les charmes ne doivent pas jouir d'une grande faveur à ses yeux.

— Même ceux qui, comme Ridolfo Ridolfi, restituent au prince les cités dont on veut le priver ?

Sous son apparence innocente, la question de Sigismondo en soulevait plusieurs autres auxquelles il fut toutefois impossible de répondre pour l'instant. Une brusque agitation du côté de la porte suscita une curiosité dont se serait sans doute passée la personne qui en était la cause. Voulant se glisser discrètement dans la pièce, Ginevra avait accroché son voile au rideau de la porte et, encombrée par le petit chien qu'elle portait, se retrouva immobilisée. Un page la libéra. Elle s'inclina devant la princesse en un mouvement qui précipita quelques boucles blondes sur les rondeurs de son profond décolleté.

— Je vous demande pardon, Altesse. J'étais... je me sentais mal.

Les sourcils s'arquèrent une nouvelle fois.

— Vous paraissez rétablie. Sont-ce les nouvelles en provenance de Mascia qui ont eu cet heureux effet ?

La broche que lui avait envoyée Gatta brillait sur la poitrine de Ginevra comme seul un saphir environné de diamants peut le faire. Chuchotant et se donnant de petits coups de coude, les femmes tirèrent à elles leurs robes afin de lui laisser le passage jusqu'à sa place habituelle, où elle s'assit en retenant Biondello qui se débattait entre ses bras.

— Votre petit chien a perdu une oreille, remarqua la princesse d'un ton amusé. Aurait-il été blessé devant Mascia ? Est-ce tout ce que Gatta peut faire pour vous ?

Chacun saisit cette invitation à rire. Ginevra examina avec consternation la tête de Biondello et, constatant son manque de symétrie, lâcha l'animal. Biondello quitta d'un bond son nid de soie douillet et, foulant les robes étendues devant lui, sauta au visage de Sigismondo. Celui-ci saisit fermement la petite boule de poils

— Il semble vous connaître, messire.

L'insinuation de la princesse était claire : Sigismondo, qui avait disparu après avoir apporté au prince la nouvelle de la victoire, ainsi que la lettre de Gatta, en avait profité pour ajouter son propre cadeau à celui du condottiere. Les efforts auxquels se livrait Ginevra pour rajuster son bustier et remettre en place l'échafaudage de ses boucles poussaient chacun à supposer que le cadeau avait été offert en échange de services rendus. Sigismondo sourit et gratta Biondello sous l'oreille.

— Nous sommes tous deux soldats, Votre Altesse. Ce chien est à moi.

Ginevra porta la main à sa bouche, à la fois surprise et contrite d'avoir abandonné ainsi un soldat blessé. Elle n'eut toutefois pas l'occasion de le réclamer. Un page venait d'apporter un message à la princesse. L'artiste qu'on avait engagé pour peindre les fresques dans la nouvelle chapelle du prince demandait respectueusement si la princesse était disponible ; elle lui avait promis de poser pour un portrait devant figurer sur le triptyque de l'autel.

— Faites-le entrer.

La princesse saisit le miroir suspendu à sa taille par une chaînette d'or et s'examina avec le détachement de quelqu'un qui contemple un chef-d'œuvre qui ne le concerne en rien. Le miroir renvoya de la lumière sur le long ovale de son visage, illuminant la pâleur parfaite de sa peau et faisant luire ses grands yeux sombres. Elle effleura, sans les rectifier, les bouclettes arrangées en un désordre étudié qui encadraient ses traits et adoucissaient la ligne droite des tresses rousses. Elle laissa retomber le miroir et croisa les mains tandis que l'artiste faisait son entrée.

Leone Leconti était habitué à voir de belles femmes de plus près que l'autorisait la distance qui le séparait à présent de la princesse, et bien souvent alors qu'elles n'étaient que très peu, voire pas du tout vêtues. Pourtant, après avoir été annoncé par le page, il s'était immobilisé sur le seuil et fixait intensément la princesse. Celle-ci le jaugea d'un regard. C'était un homme qui devait être aussi habile avec une dague qu'avec un pinceau. Ses yeux, ronds comme ceux d'un hibou, exprimaient une intense concentration. Sa barbe ne faisait que souligner la bouche volontaire et le menton puissant. Il était mince, mais d'une minceur athlétique.

Il finit par se ressaisir et s'inclina, puis avança en marchant sur les robes des dames avec la même désinvolture que Biondello. Son assistant — un jeune homme timide portant un carton à dessin, une planchette, un tabouret pliant et une boîte de fusains — fit preuve d'une plus grande attention.

— Comment dois-je me placer ?

Leconti prit le carton à dessin, l'ouvrit et en sortit une esquisse, que la princesse étudia quelques instants avant de présenter son profil droit à l'artiste. Lorsqu'elle lui rendit l'esquisse, on put voir qu'elle représentait la princesse, agenouillée de profil sur un des panneaux latéraux, faisant face au prince Scipione figurant sur le panneau opposé. Une des dames s'empara du dessin et le fit passer à la ronde. Encadré par ces deux portraits, le panneau central montrait saint François ressuscitant d'entre les morts un garçon tombé d'une haute fenêtre. Le visage de saint François rappelait fortement celui de Leconti, ce qui pouvait signifier soit qu'il était moins coûteux de se prendre soi-même pour modèle, soit que Leconti s'estimait doté de saintes qualités.

À en juger par la manière dont il regardait la princesse, à qui il indiquait, en inclinant sa propre tête, la façon dont il voulait qu'elle place la sienne, il se faisait quelques illusions sur ce point.

Sans faire plus d'efforts, la princesse prit la pose, le regard fixé sur l'ogive de la fenêtre, avec sa lunette bordeaux et bleu, tandis que Leconti installait son tabouret et s'y asseyait, tenant devant lui la planchette avec la feuille qui y était fixée. Son timide assistant lui tendit un fusain avant de battre en retraite, s'attirant de la part des suivantes des regards courroucés qui n'étaient pas motivés par le fait qu'il froissât leurs robes, puisqu'il prenait grand soin de les éviter, mais par le fait qu'il n'était qu'un assistant timide.

Leconti commença, à grands traits rapides, à esquisser le profil de la princesse. Le regard qu'il portait sur elle avait changé. Il était à présent froid et professionnel, ses yeux allant d'elle au papier, du papier au modèle.

— Ce Scala, fit la princesse sans tourner les yeux mais en s'adressant de toute évidence à Sigismondo. L'avez-vous vu ? À quoi ressemblait-il ?

Sigismondo fredonna.

— Très grand. Un véritable géant, Votre Altesse.

— Ce pauvre fou de Carlotti se croyait sans doute invulnérable avec un tel protecteur à ses côtés. Il pensait pouvoir tenir Mascia contre Gatta avant de marcher sur Viverra. Comment se fait-il qu'il n'ait pas tiré d'enseignements de ce qui est arrivé à Landucci ?

— Il est évident qu'il se croyait plus puissant et mieux armé que Landucci, Altesse. Certains hommes ne savent pas tirer la leçon des événements. Le désir de pouvoir est aussi puissant que le désir de vin — ou de femmes.

Sigismondo promena un sourire innocent sur les dames assemblées autour de lui.

— Il aveugle les hommes, qui ne sont plus capables alors que de voir leurs rêves.

— Gatta a-t-il tué Scala de ses propres mains ?

Sigismondo, sur lequel convergèrent tous les regards à l'exception de celui de l'artiste, haussa les épaules.

— Votre Altesse, j'avais fort à faire à ce moment-là. C'est possible.

La princesse tourna la tête et l'artiste interrompit son geste au milieu d'un trait.

— *Possible ?* Si c'est Gatta qui l'a tué, tous ses hommes doivent le savoir — ceux qui ont été témoins du fait ont dû le raconter aux autres.

Les femmes exprimèrent bruyamment leur approbation et Ginevra acquiesça avec de vigoureux hochements de tête, les lèvres serrées. Quoi qu'il fît, son amant était un homme que tout le monde remarquait.

Sigismondo aurait peut-être jeté un voile supplémentaire sur la question, mais l'arrivée du jeune prince et de son ami Donato Landucci lui évita de répondre. Les dames se levèrent, certaines gauchement, d'autres avec la grâce que procure une longue pratique ; Ginevra trébucha dans un pli de tissu et bouscula Donato, qui la remit sur pied avec une surprenante indifférence.

Le prince Francesco alla baiser la main puis la joue de sa mère et, lorsqu'il se redressa, elle le détailla du regard. Dans son brocart d'argent il faisait un très beau jeune homme, avec une peau pâle et d'aussi grands yeux que ceux de sa mère, mais une bouche plus large et des joues plus creuses. Sa chevelure blond-roux encadrait son visage. Il lui retourna son regard avec la même expression de froid détachement.

Pour Sigismondo, qui connaissait la nature humaine, une telle expression pouvait fort bien masquer des passions d'autant plus violentes qu'elles étaient dissimulées en permanence. Aux yeux du prince Scipione, la question pouvait être de savoir si la princesse entretenait une idylle secrète avec quelqu'un susceptible de représenter un danger envers lui-même et son État. La princesse s'était montrée intéressée par les exploits de Gatta ; cet intérêt pouvait bien entendu être parfaitement innocent. Elle se plaisait à se moquer de la maîtresse du condottiere. Ces deux détails pouvaient, si on les rapprochait, constituer une petite paille montrant dans quelle direction soufflait le vent. Et si ce vent devenait suffisamment fort, il risquait de chasser le prince hors de Viverra ; et c'était précisément ce que Sigismondo était chargé de déceler et d'empêcher.

— Partagerez-vous notre table ce soir, mon fils ?

— Hélas, je dîne en ville avec des amis.

Le regret était fugace et feint, les yeux du prince disaient au contraire qu'il avait hâte de passer la soirée loin de sa famille et des regards de la Cour. La princesse ne laissa pas le moindre froncement de sourcils obscurcir son beau visage.

— Votre père souhaitait s'entretenir avec vous.

— Son Altesse peut me faire appeler à n'importe quel moment.

Une façon de ne pas dire que n'importe quel autre moment serait préférable à ce soir. Derrière Francesco, les yeux de Donato ne quittèrent pas un seul instant le visage de la princesse. Il tenait à la main une petite boîte d'osier tressé entourée de rubans mauves. Apercevant l'objet, une des dames baissa vivement la tête vers le sol, serra les lèvres et réprima des gloussements. Le jeune prince s'inclina une nouvelle fois devant sa mère et se retournait pour sortir quand deux pages écartèrent les pans de la tapisserie qui fermaient la porte, livrant passage au prince Scipione en personne.

Il jeta un regard circulaire sur l'assistance debout, s'attardant à peine sur Sigismondo qu'il parut ne pas reconnaître, et sans même sembler voir sa femme et son fils.

Le prince avança de quelques pas dans la pièce et, sans plus de cérémonie que s'il eût été une personne ordinaire, s'effondra sur le sol.

CHAPITRE IX

Entrée en scène de l'évêque

Sigismondo se porta auprès du prince avant que les femmes ne réalisent la situation et se mettent à hurler. Scipione était recroquevillé à terre, les mains serrant son estomac, le visage blanc et couvert de sueur, et, tandis que Sigismondo se penchait sur lui, il fut agité de haut-le-cœur. Sa bouche tordue laissait échapper une légère écume. Son fils s'agenouilla auprès de lui et posa une main sur celle de son père.

— Père, que se passe-t-il ? Ce sont encore ces vapeurs ?

— Bien sûr que ce sont les vapeurs.

La princesse Isotta écarta ses femmes et, l'air aussi calme que si elle posait toujours pour le peintre, baissa les yeux sur son mari qui se tordait de douleur.

— Ce n'est pas étonnant. On ne joue pas avec le feu sans finir par se brûler les ailes.

— C'est là l'œuvre du Démon !

Prononcées d'une voix vibrante, les paroles du frère Ambrogio avaient dominé le bruit et la bousculade. Il se tenait dans l'embrasure de la porte et l'on apercevait derrière lui la princesse douairière, qui paraissait impatiente de rejoindre son fils mais qui craignait trop le prêcheur pour oser le bousculer.

— Il faut le sortir d'ici et le porter dans son lit, fit Sigismondo d'une voix grave et apaisante qui, si elle n'avait pas la force de celle du frère Ambrogio, domina elle aussi le brouhaha.

La princesse Isotta parut toutefois plus préoccupée par le défi du prêcheur. Elle se planta devant lui.

— Vous feriez mieux de chercher le Démon dans votre propre cœur. Ce n'est rien d'autre que l'orgueil qui vous a amené dans cette ville.

Profondément enfoncés dans leurs orbites, les yeux noirs du frère Ambrogio scintillèrent comme de l'amadou qu'on vient d'embraser, mais il se contenta d'esquisser un sourire plein de compassion.

— Tu cherches à te tromper toi-même, ma fille. C'est l'orgueil de ton propre cœur qui te pousse à parler ainsi.

Sigismondo avait soulevé le prince, qui pesait peu entre ses bras. Il émettait des grognements indistincts. Sigismondo avança, son fardeau lui ouvrant un passage parmi l'assistance. Le prêcheur et la princesse s'effacèrent lorsqu'il franchit la porte puis, précédé de pages empressés, il longea le couloir menant à la chambre du prince. Son fils voulut le suivre, mais la princesse lui adressa quelques mots et il disparut dans l'escalier. Celui qui suivit Sigismondo n'était autre que Benno, lequel avait attrapé au vol Biondello quand, tel un démon exorcisé, le petit chien était sorti de la pièce en se faufilant à toute allure entre les jambes du prêcheur. Dans la confusion générale, personne n'empêcha Benno de suivre les serviteurs du prince dans sa chambre, où Sigismondo allongea ce dernier sur le lit, dont les pages avaient prestement retiré la grande fourrure qui le recouvrait. Le docteur qu'on avait aussitôt envoyé chercher arriva peu après, avec deux assistants portant une grosse boîte pleine de fioles et de flacons qu'ils posèrent sur le coffre près du lit.

— Grave. Très grave.

Secouant la tête, tâtant le pouls du prince, lui soulevant les paupières pour examiner l'œil, le docteur commença comme d'habitude par prononcer la phrase prudente qui le déchargeait en cas de décès du patient.

— Très, très grave.

Plus le mal était sérieux, moins il était probable que le docteur lui trouve un remède mais, au cas où il y parvienne ou que le malade se rétablisse de lui-même, son prestige et ses honoraires s'en trouveraient aussitôt augmentés.

— Son Altesse souffre d'une nouvelle attaque, mais celle-ci est particulièrement aiguë.

Il s'aperçut brusquement qu'il s'adressait, par-dessus le corps gémissant du prince, à un étranger.

— Qui êtes-vous, messire ? s'enquit-il avec un regard si courroucé qu'on eût dit qu'il mettait le mal du prince sur le compte de la simple présence de Sigismondo.

— J'ai apporté à Son Altesse des nouvelles de Mascia.

La réponse n'expliquait pas pourquoi il se tenait à présent au chevet du prince, alors qu'il lui avait transmis depuis plusieurs heures le message dont il était porteur. Trop préoccupé, le docteur songea confusément que quelque chose lui échappait. Il entreprit de donner ses instructions pour une saignée, essuya le front et les tempes du malade et, voyant que celui-ci était repris de haut-le-cœur, demanda d'un ton irrité qu'on lui apporte une cuvette. Sigismondo, après s'être penché quelques instants au-dessus du patient, les narines grandes ouvertes et la bouche étirée comme celle d'un chat flairant une insaisissable odeur, se fondit dans l'ombre des rideaux de lit. Bientôt les pages ouvrirent les deux panneaux de la porte, puis les princesses firent leur entrée, la mère visiblement plus inquiète que l'épouse, et vinrent se placer de part et d'autre de la couche. Le frère Ambrogio ne les accompagnait pas — il avait probablement été tenté de rester auprès des dames afin de prononcer un sermon impromptu sur leur non négligeable accumulation de vanités.

— Comment va mon fils ? Que pouvez-vous faire pour lui ?

Penchée avec tendresse au-dessus du lit, et sans qu'elle

eût conscience de la présence toute proche de Sigismondo, la princesse douairière lissa les cheveux trempés de sueur sur le front du prince. Le docteur émit quelques petits *tu-tu-tut* qui traduisaient ses appréhensions devant l'état du patient, mais aussi, sans faillir au respect dû à la princesse, sa désapprobation devant toute intervention dans ses traitements. Comme en contrepoint, le prince Scipione se mit au même instant à hoqueter, puis vomit dans la cuvette que lui présenta habilement un des assistants. Ce qui fit reculer d'un pas la princesse douairière, laquelle heurta presque Sigismondo sans pourtant s'apercevoir de sa présence, et constitua un spectacle éloquent pour la nuée de courtisans qui, ayant de toute évidence appris la nouvelle sensationnelle de la crise du prince — on percevait le mot « mourant » parmi leurs chuchotements —, étaient accourus, impatients d'assister à un événement qui promettait de les plonger dans une délicieuse tristesse.

— Votre Altesse, je vous en supplie. Le patient doit reposer au calme.

Le docteur s'était adressé à la princesse Isotta, en laquelle il sentait d'instinct une personne d'autorité. Le fait n'échappa pas aux courtisans attentifs aux jeux de pouvoir entre la mère et l'épouse du prince.

— Si on ne peut pas le laisser en paix, je ne réponds plus de lui.

— *En paix!*

La voix, théâtrale, provenait de la porte. Alors qu'elle avait levé la main pour faire sortir tout le monde, la princesse Isotta, au risque de hâter l'apparition de rides sur son front parfait, ne put s'empêcher de froncer les sourcils. Le frère Ambrogio effectuait une nouvelle entrée fracassante.

— En paix ! L'âme du prince a grand besoin de paix, en effet ! Prions tous afin qu'il trouve la grâce de renoncer aux œuvres du Diable avant que son âme n'ait à rendre des comptes devant l'Éternel.

Le prêcheur s'avança en forçant sans ménagement ceux qui se trouvaient sur son chemin à se mettre à genoux. Parvenu auprès du lit, sans prêter attention aux faibles objections du docteur, il redressa le prince geignant et suant et l'appuya contre le coussin de brocart, position qui parut d'ailleurs soulager un peu ses douleurs. Ensuite, avec une délicatesse surprenante, il ôta les gants de cuir usés que portait le prince puis, après les avoir jetés par terre, serra les mains du malade entre les siennes et récita d'une voix forte qui noya toute protestation :

— Père tout-puissant, notre Seigneur et Sauveur, vois ici Ton fils, égaré dans le péché, et prends pitié de lui en cette heure qui pourrait être sa dernière ! Chasse le Diable de son cœur, chasse-le de son palais princier, purifie son âme et sa ville ! Débarrasse-le de tous désirs mauvais, rends-lui l'innocence de l'émerveillement devant Ton œuvre, cette innocence qui ne cherche pas à élucider les manifestations de Ta création. Nous tous, pauvres pécheurs, T'implorons, sur le sang sacré que Ton saint agneau a répandu pour nous.

Tous les présents, qui s'étaient sentis contraints de se mettre à genoux, marmonnèrent leur approbation, sauf la princesse Isotta qui se contenta de fixer froidement le prêcheur. Sigismondo, agenouillé derrière le religieux dans l'ombre des rideaux, avait saisi entre ses mains jointes un des gants qu'avait jetés le frère Ambrogio. La tête toujours respectueusement baissée, il constata en l'examinant qu'il était éclaboussé et rongé par de l'acide, que le cuir en était éraflé, déchiré et même brûlé par endroits ; la forte odeur chimique qui s'en dégageait lui apprit sans doute possible qu'on utilisait ces gants au laboratoire et que ce genre d'émanations était parfaitement susceptible de rendre malade leur propriétaire.

Ses narines décelèrent une autre odeur qui flottait dans l'air : de l'encens. Une porte proche du lit, menant probablement à un escalier privé, venait de s'ouvrir. Précédé d'un acolyte portant un encensoir et suivi d'autres munis de bougies, un prêtre corpulent et d'allure imposante, en chasuble et étole, fit son entrée dans la pièce. C'était le confesseur particulier du prince. Il était suivi du jeune prince, qui démontrait par là que sa mère et lui avaient la même opinion au sujet du frère Ambrogio.

Aucun de ceux qui étaient agenouillés n'avait gardé les yeux fermés ou dirigés vers le ciel : tous guettaient avec attention le coup qui allait suivre dans l'incessant jeu du pouvoir.

— Ma fille...

La princesse Isotta s'était prestement avancée pour baiser l'anneau de l'ecclésiastique, cette améthyste qui proclamait que le confesseur du prince n'était rien moins que l'évêque Ugolino de Viverra. La voix, puissante et rauque, était accoutumée à commander. Le visage, qui s'était tourné pour contempler le prince Scipione soutenu par le prêcheur, aurait pu être celui d'un vautre, mais d'une nature particulièrement vorace; les yeux perçants étaient injectés de sang, la mâchoire lourde. Ce n'était pas là un homme disposé à laisser un étranger empiéter sur son territoire.

— Le prince m'a appris que son père était en danger. *Qui est cet homme ?*

La question avait été posée d'une voix de stentor. Quelques courtisans agenouillés au fond de la pièce se relevèrent pour mieux voir. Ce qui se passa alors surprit presque tout le monde. Le frère Ambrogio lâcha les mains du prince, se redressa, dominant un instant l'évêque de sa haute taille, puis se pencha et, s'inclinant bas, lui saisit les doigts et les porta à ses lèvres pour baiser son anneau.

Le regard de l'évêque s'adoucit et, sans s'opposer à ce geste de respect, il agita son autre main en direction du prince Scipione en ordonnant à la cantonade :

— Que tout le monde sorte, sauf le docteur ! Rien ne doit déranger Son Altesse.

Apparemment, le « rien » incluait la famille du prince,

mais la princesse Isotta l'avait bien cherché en faisant mander l'évêque Ugolino, et elle était satisfaite de constater que l'exclusion concernait aussi le frère Ambrogio. Le bras passé autour des épaules de son fils, elle quitta la pièce sans un autre regard pour l'homme allongé sur le lit. Lequel, à présent que ses mains étaient libres, les porta à nouveau à son ventre d'un geste convulsif en se pliant en deux. Sous l'œil sévère de l'évêque qui avait rétabli son autorité, le docteur procéda à la saignée du prince ; après avoir écarté un bol plein, son assistant en présenta un autre qu'il plaça contre le bras du prince. Sigismondo sortit de l'ombre des rideaux sans attirer l'attention de l'évêque et suivit la robe de la princesse douairière, en larmes, que le frère Ambrogio s'efforçait de consoler. D'un seul regard, l'évêque coupa court à toute envie de chuchoter parmi les courtisans, qui se relevaient pour sortir à leur tour. On dut comme d'habitude aider Ginevra à se remettre sur pied, ce que s'empressèrent de faire deux de ses jeunes voisins. Elle ne put toutefois éviter de trébucher et de renverser une boîte en marqueterie posée sur un coffre peint proche de la porte. Tout le monde connaissant la maladresse de Ginevra, on n'y prêta guère attention. Son étourderie n'allait jamais jusqu'à lui faire égarer des bijoux ni oublier les dettes de jeu de ses amis envers elle.

— Votre Altesse ? Puis-je vous parler un instant en tête à tête ?

Le jeune prince, heureux que sa mère le lâche, jeta toutefois un regard surpris à Sigismondo avant de s'éloigner. La princesse entra dans un renfoncement pourvu d'une fenêtre donnant sur une cour intérieure. Elle posa un regard inquisiteur sur Sigismondo.

— Qu'y a-t-il ?

— Votre Altesse, je pense que le prince a été empoisonné.

CHAPITRE X

Le Diable remporte la première manche

— Et elle ne vous a pas cru ?

Ils traversaient les jardins du palais et Benno devait parfois trottiner pour rester à la hauteur de Sigismondo. Devant eux, dans le crépuscule naissant de cette journée de début d'automne, se profilait le vieux château. Benno avait bien observé la princesse et il se disait que si quelqu'un pouvait être assez arrogant pour penser que son maître se trompait, c'était elle. Mais ce n'est pas cela qui allait faire perdre son calme à Sigismondo, qui s'immobilisa brusquement pour se pencher sur un buisson parfumé poussant au bord de l'allée.

— Pourquoi me croirait-elle ? Le prince a souvent eu de telles crises. À chaque fois, il lui a suffi de renoncer quelque temps à ses expériences pour s'en remettre. Elle aussi pense qu'il s'agit d'un empoisonnement, mais imputable aux émanations de son laboratoire.

— Sont-elles à ce point dangereuses ? Quand j'ai vu le prince, j'ai bien cru qu'il allait expirer sous nos yeux.

— Je suppose que la première fois où c'est arrivé, tout le monde a cru la même chose.

Sigismondo, qui avait recommencé à marcher à grandes enjambées, humait un rameau du buisson.

— Oui, il existe certains produits chimiques dont l'odeur seule peut rendre malade — en termes savants, ils exhalent des vapeurs nocives — mais n'étant pas alchimiste je ne pourrais te dire lesquels.

La foi de Benno dans le savoir encyclopédique de Sigismondo était telle qu'il prit cet aveu pour de la modestie. Tout en cherchant des yeux Biondello, qui courait dans l'herbe en essayant d'attraper les mouches, une pensée lui vint à l'esprit.

— Est-ce que nous allons tomber malades si nous y entrons ? Je ferais mieux de laisser Biondello dehors... Et pourquoi tous ceux qui y travaillent ne tombent-ils pas malades ? Est-ce qu'ils n'y sont pas en permanence ? Pour eux, contrairement au prince, ce n'est pas un simple passe-temps. Ou alors n'y a-t-il que les princes qui y sont sensibles ?

Sigismondo fredonna, émettant à peu près le même son qu'une abeille qui émergea d'une fleur tardive avant de filer d'un trait.

— Tu as mis le doigt dessus, Benno. Mais peut-être allons-nous découvrir qu'eux aussi tombent malades. Cependant, le petit personnel est plus facile à remplacer que les princes.

— Vous disiez qu'il y avait un alchimiste là-bas, celui qui cherche la pierre philosophale. S'il est là tout le temps, puisque c'est lui le spécialiste, et s'il est sans arrêt malade, vous aurez vite la réponse, pas vrai ?

Ils parvinrent à la grande porte de la tour écroulée où Sigismondo s'était déjà rendu. Benno saisit Biondello et le coinça sous son bras gauche, puis se signa de sa main libre. Sigismondo n'ayant pas précisé ce qui avait pu empoisonner le prince dans le cas où les émanations n'étaient pas responsables de son état, mieux valait remettre à plus tard les questions à ce sujet. Benno soupçonnait fortement l'alchimie, même pratiquée par des princes, d'être l'œuvre du Diable. D'ailleurs, le frère Ambrogio n'avait pas manqué de le souligner.

À l'intérieur, un page se leva pour les accueillir. Il occupait ses interminables factions à jouer aux osselets — il en avait oublié un par terre. Il s'inclina en voyant le sceau que la princesse avait remis à Sigismondo et leur fit signe de franchir le portillon. Il accepta la pièce que lui donna Sigismondo pour s'occuper de Biondello. Sa fonction était d'un ennui mortel et il fut ravi de se voir confier le petit chien, qui lui témoigna aussitôt son contentement en marchant à reculons sur ses deux pattes arrière, numéro que Benno appelait « apprendre à faire le courtisan ». Avant de tourner le coin, Benno jeta derrière lui un regard jaloux, mais son attention fut aussitôt distraite par les premiers effluves de l'haleine fétide du géant qui flottaient dans le passage voûté. Il accepta sur-le-champ l'hypothèse selon laquelle certaines odeurs pouvaient provoquer des maladies mortelles.

Benno l'ignorait, mais Sigismondo remarquait plusieurs différences par rapport à sa dernière visite. Le gnome en tablier de cuir apparut bien plus tôt que l'autre fois, non pas devant la porte fermée par un rideau, mais au pied de l'escalier usé, où il était assis, les jambes allongées, la tête entre les mains. Un filet de sang coulait entre ses doigts. Sigismondo gravit les marches deux par deux.

Le rideau pendait de guingois, et au lieu du vacarme des soufflets, c'est une voix aux accents impérieux qui provenait de l'intérieur.

Les feux brûlaient toujours dans les creusets et les fours, la fumée tournoyait dans l'air, mais les assistants, que Sigismondo avait vus la première fois si affairés au milieu des flammes et des récipients luisants, avaient cessé toute activité et écoutaient un homme qui les haranguait, debout sur un tabouret. Sigismondo et Benno reconnurent le visage émacié, les yeux immenses, le rictus enthousiaste et la robe de toile grossière de l'assistant qui secondait le frère Ambrogio.

— Repentez-vous ! Vos œuvres sont maudites ! L'heure est proche ! Votre maître se meurt, Dieu l'a frappé pour avoir pris part à cette œuvre satanique ! Vous serez détruits, et avec vous votre vilenie ! Repentez-vous ! Fuyez ce lieu diabolique et priez pour votre pardon !

Le religieux se délectait. Son éloquence n'avait peut-être pas la fluidité ni l'élégance de celle du frère Ambrogio, sa voix, aiguë et stridente, ne souffrait pas la comparaison avec celle de son compagnon, mais il ne s'en rendait pas vraiment compte et sa conviction lui insufflait une grande énergie. Il postillonnait en parlant et ses gesticulations avaient fait remonter son capuchon, lequel à son tour prenait les cheveux de sa tonsure à rebrousse-poil et les faisait se dresser sur sa nuque. Dans les tourbillons de fumée, éclairé par un récipient empli d'un liquide verdâtre qui bouillonnait sur un feu tout proche, il évoquait la vision démente de quelque esprit surgi des ténèbres.

— Le prince ne se meurt pas.

La remarque, inattendue, fut prononcée sur un ton froid et catégorique. L'alchimiste s'était avancé, drapé dans son ample robe, tenant des compas dans une de ses mains gantées. Il ressemblait à un faucon avec son nez crochu, son visage sillonné de rides et ses vifs yeux noirs. Benno l'avait imaginé sous les traits d'un vénérable vieillard à barbe blanche. Cet homme était un individu vigoureux, glabre, coiffé de cheveux aussi noirs que ceux de Benno, et coupés au bol juste au-dessus des oreilles.

— Le prince s'en remettra. Ce n'est pas la première fois que cela lui arrive. Qui vous a laissé entrer ? Vous n'avez rien à faire ici.

Il posa les compas sur la table à tréteaux, parmi de gros livres, des cornues et des plumes d'oie à la pointe taillée, puis saisit le bord de la robe brune du religieux, qu'il tira vivement.

— Démons ! Vous êtes des démons !

L'alchimiste tira une nouvelle fois sur la robe du frère, qui, surpris au beau milieu d'un geste, agita en vain les bras pour garder l'équilibre, bascula du tabouret et heurta la table, faisant tomber un épais grimoire ainsi qu'un jéroboam. Tandis que celui-ci se fracassait par terre, l'alchimiste saisit le religieux à bras-le-corps et l'éloigna des bouts de verre parmi lesquels de grosses bulles se formaient et éclataient au milieu de volutes de fumée. Un petit bonhomme tout ratatiné se précipita, portant une boîte emplie d'une poudre qu'il répandit par poignées sur les débris de verre. Les dalles grésillèrent et fumèrent quelques instants encore, puis tout se calma. L'assistant du prêcheur pointa un index tremblant.

— La marque du Diable !

— Balivernes ! Une simple réaction chimique sans intérêt. Heureusement qu'il ne restait plus grand-chose dans ce récipient...

— Vous vous ingérez dans l'œuvre du Seigneur ! Maudits impies !

Était-ce parce qu'il avait échappé de peu à d'atroces brûlures, ou parce qu'à ses yeux tout cela démontrait la malice du Démon, toujours est-il que le frère tremblait comme une feuille sous le regard de l'alchimiste dont la bouche se tordit en une expression de mépris.

— Ainsi, chercher à comprendre l'œuvre de Dieu serait impie ? Mais alors pour quelle autre raison aurait-il donné l'intelligence à l'homme ? Vous avez le droit de fermer les yeux et de réciter vos prières, mais moi je préfère les garder ouverts et ne pas aller toute ma vie trébuchant de par le monde, aussi ignorant qu'au jour où je suis né.

Le nez de Benno le piquait à cause de la fumée et de la forte odeur de l'acide renversé. Il éternua violemment. L'alchimiste se retourna d'un bloc et, apercevant Sigismondo, le reconnut aussitôt.

— Est-ce le prince qui vous envoie ? Désire-t-il me voir ?

— Son docteur lui interdit toute visite.

Sigismondo ne donna aucune explication sur sa présence au laboratoire et demeura immobile pendant que l'éternuement de Benno se répercutait entre les murs.

L'alchimiste s'aperçut soudain que toute activité avait cessé autour de lui.

— Mais que faites-vous donc ? Luigi, le feu ! Combien de fois t'ai-je dit que la chaleur devait être constante ! Piero, la pompe ! Que je ne te reprenne pas à bayer aux corneilles !

Il promena un regard furieux sur ses assistants et ils se remirent au travail avec une hâte qui prouvait qu'il avait soit le don d'inspirer la crainte de la punition, soit l'art de la faire appliquer.

Le frère avait été décontenancé par la contre-attaque de l'alchimiste. Peut-être n'avait-il jamais eu l'occasion d'être confronté à un érudit. Il restait immobile tandis que les feux rougeoyaient violemment sous les soufflets et que la respiration stertoreuse de la pompe faisait à nouveau battre le cœur du laboratoire.

— Vous... vous le regretterez ! Attendez un peu que vienne le frère Ambrogio !

Et sur cette timide menace, qui, formulée au mauvais moment, fut noyée par l'expiration bruyante du géant, le religieux sortit, prenant garde, comme le remarqua Benno, de se tenir à bonne distance des différents appareils. Le Diable avait remporté la première manche.

— Et maintenant, messire...

L'alchimiste ramassa le livre qui était tombé par terre, en lissa les pages froissées et en examina la reliure avec tendresse. Il replaça l'ouvrage sur le lutrin, ouvert à une page où Benno, après avoir essuyé ses yeux larmoyants, crut distinguer des diagrammes magiques.

— Êtes-vous ici par simple curiosité, ou pour quelque autre motif ?

Les vifs yeux noirs examinèrent les deux visiteurs, et bien que Benno veillât à prendre un air ahuri, il douta que l'homme fût dupe de sa comédie. Sigismondo montra le sceau, sur lequel l'alchimiste ne jeta qu'un bref coup d'œil.

— C'est la princesse qui vous envoie. Eh bien ?

— Je dois enquêter sur les causes possibles du mal dont souffre Son Altesse. Ces crises sont-elles fréquentes ?

L'alchimiste fit une moue résignée.

— Ce n'est pas la première. Son Altesse ne tient pas compte des mises en garde. Nous savons tous qu'il faut éviter d'inhaler certaines substances, mais le prince l'oublie à chaque fois. Il est intéressé, il s'approche ; il m'arrive de devoir surveiller une opération particulièrement délicate et de m'apercevoir ensuite qu'il est en train d'en observer une autre depuis beaucoup trop longtemps. De plus, il n'est pas autant immunisé que nous autres.

— Vous voulez dire que, contrairement au prince, vos assistants et vous ne tombez pas malades.

— Nous sommes des êtres humains, messire, même si certains prétendent que nous accomplissons l'œuvre du Diable. Il y a des accidents.

Sigismondo fredonna en hochant la tête. Puis il saisit un gant abandonné sur un papier couvert de diagrammes posé sur la table.

— Vous devez veiller en permanence à vous protéger.

Le gant était percé, et plus abîmé que ceux que le frère Ambrogio avait ôtés au prince. L'élégante broderie qui l'ornait se distinguait encore, indiquant qu'il avait lui aussi appartenu au prince. L'alchimiste laissa échapper un rire qui ressemblait à un aboiement.

— Son Altesse oublie parfois de changer de gants, mais la plupart du temps elle veille à en porter. Une grave brûlure lui a servi de leçon.

Il s'avança pour regarder un assistant verser le contenu d'une bonbonne en verre dans un liquide qui mijotait au fond d'un creuset posé au-dessus d'un feu de charbon de bois. Sigismondo s'approcha à son tour et s'accroupit afin d'observer le liquide qui vira de manière spectaculaire du violet au rouge.

— Vous intéressez-vous à la science, messire ? s'enquit l'alchimiste qui, les mains croisées derrière le dos, leva un sourcil interrogateur vers Sigismondo.

Sa voix recelait une pointe de sarcasme.

— Je sais que c'est un mystère et que les termes que vous employez ont plusieurs significations.

L'alchimiste tendit la main et, tirant Sigismondo par la manche, l'éloigna du creuset et de l'assistant. Entre les coups sourds et les halètements de la pompe, sa voix se fit insistante :

— Que savez-vous, messire ? De quels termes parlez-vous ?

En se pinçant le nez pour s'empêcher d'éternuer, Benno, même s'il ne s'attendait guère à comprendre, se rapprocha. Sigismondo eut l'air légèrement surpris.

— Eh bien, que la pierre philosophale est un symbole de ce que recherchent tous les sages : la connaissance de soi. Que la purification par le feu, la formation par pression, est la manifestation physique de ce que l'esprit doit endurer s'il veut découvrir l'essence qu'il recherche, l'or pur qu'est sa véritable nature.

L'alchimiste hocha vigoureusement la tête.

— Vous savez. Mais savez-vous aussi que...

Sur quoi il se mit à prononcer des mots dans une langue incompréhensible pour Benno.

— ... comme il est au Ciel, ainsi est-il sur la Terre. Si en vérité l'or pur de l'esprit existe, c'est que l'on doit pouvoir trouver son équivalent, l'or matériel, dans ce monde-ci. N'est-ce pas ?

Il s'était approché et, la tête levée vers Sigismondo, semblait quêter en lui une raison d'espérer. L'air grave, Sigismondo baissa les yeux.

— L'auriez-vous découvert, docteur Virgilio ? Avez-vous fabriqué de l'or ?

L'alchimiste recula et ses paupières s'étrécirent.

— C'est ce que vous a dit le prince ?

— Son Altesse et moi n'avons pas parlé de cette question. Mais si vous avez appris à fabriquer de l'or, docteur Virgilio, poursuivit Sigismondo d'une voix douce, alors vous êtes d'une valeur inestimable pour la personne qui vous emploie. Avant que le prince de Viverra devienne votre protecteur, qui avait la chance de bénéficier de vos services ?

Les yeux noirs plongèrent dans ceux de Sigismondo.

— Mon maître précédent, répondit Virgilio avec une froide concision, était le comte Rodrigo Landucci.

CHAPITRE XI

Quitter des yeux quelque chose peut le faire disparaître

La cité de Viverra fut saisie d'une agitation frénétique à la suite du sermon prononcé à midi par le frère Ambrogio. Tous ceux qui l'entendirent furent ébranlés. La plupart estimaient qu'ils devraient faire quelques efforts pour mener une vie meilleure, mais la difficulté était de déterminer ce qu'une vie meilleure signifiait.

Beaucoup considéraient que les gens en général, et leurs voisins et famille en particulier, allaient enfin reconnaître la nécessité de se comporter d'une manière plus chrétienne. Mais l'indignation les poussa à échanger des mots extrêmement vifs avec lesdits voisins et famille lorsqu'ils découvrirent que ceux-ci attendaient d'eux qu'ils donnent l'exemple.

Certains avaient été tellement impressionnés qu'ils décidèrent de leur propre gré de renoncer à un certain nombre de vanités. Cheveux postiches, fards, rubans, rembourrages divers, bijoux et beaux habits furent extraits des coffres et placards et mis de côté pour le prochain bûcher — car on leur en avait annoncé d'autres.

Alarmés par la mise en garde du prêcheur selon laquelle le prince diminuait leurs chances d'accéder au Paradis en se mêlant des œuvres du Malin, les plus dévots spéculèrent sur la possibilité d'une conversion de leur seigneur tandis que les moins dévots engageaient des paris dessus. D'une manière générale on ne comprenait pas très bien quelle était la nature exacte du passe-temps du prince, mais désormais il était clair qu'il procédait d'une inspiration infernale et que de surcroît l'affaire n'était tout simplement plus de son seul ressort.

Les gens qui avaient pour habitude de gagner leur vie sur les faiblesses d'autrui, tels que les vendeurs de cheveux postiches, de rubans, d'instruments de musique, de brocarts et de linge fin, mais aussi les aubergistes, marchands de vin, tricheurs aux cartes et propriétaires de bordel, accueillaient avec une certaine méfiance la proposition de remplacer le prince par le Christ à la tête de la cité. Ils entretenaient quelques doutes quant à la tolérance respective de ces deux maîtres. Les plus sages et les plus avisés d'entre eux jugeaient qu'il suffisait de laisser passer l'orage. Le frère Ambrogio partirait dans d'autres villes, vers de nouvelles congrégations, et les clients reviendraient, l'appétit aiguisé par les privations.

D'autres citadins, qu'ils aient ou non assisté au sermon, se préparaient à passer la soirée comme à l'accoutumée, sans se laisser distraire par la vie dans l'au-delà quand la vie terrestre exigeait encore toute leur attention. Rassuré d'apprendre que son père n'était victime que d'une de ses simples crises habituelles, le jeune prince s'était rendu avec son ami Donato dans une maison galante située au bord de la rivière, au pied des murailles de Viverra. Autrefois, la rivière venait buter contre le rocher sur lequel étaient érigés les murs de la ville, mais la courbe qu'elle dessinait et la quantité de vase qu'elle charriait avaient entraîné au pied de l'escarpement la formation d'une berge alluviale sur laquelle s'étaient peu à peu installés, en une lente succession, des bergers, des maraîchers, des paysans, un forgeron, un boulanger, des bateliers, une chapelle et enfin un bordel.

Jusqu'alors, les deux amis n'avaient jamais fréquenté ce dernier établissement, mais il jouissait d'une excellente réputation — si l'on peut employer un tel terme — et ils espéraient y passer une agréable soirée. L'effet du vin qu'ils avaient bu pendant leur partie de chasse et à leur retour au palais était en train de se dissiper. Comme le prince regrettait d'avoir été dégrisé par le spectacle de son père qui s'effondrait sous ses yeux, les deux jeunes gens entreprirent de se consoler de ce regrettable contretemps, ce qui ne tarda pas à les entraîner dans une querelle amicale pour savoir lequel d'entre eux allait s'attirer les faveurs de la plus jolie fille.

Donato soutenait qu'il suffisait au prince de paraître avec ses beaux habits et de se faire reconnaître grâce à ses cheveux roux pour l'emporter aussitôt sur tous les autres, quels que soient par ailleurs leurs avantages naturels. Francesco nia, riant et buvant de plus belle, puis finit par ordonner à son page de le changer de tenue : il dissimulerait ses cheveux sous un chapeau et revêtirait les habits de Donato, tandis que celui-ci passerait ceux du prince. On verrait bien qui séduirait la plus jolie fille ! Même s'ils n'en laissèrent rien deviner, les pages, qui changeaient leurs maîtres pour la troisième fois au moins de la journée, étaient convaincus que la plus jolie fille de la maison irait à celui qui pourrait débourser le plus d'argent, c'est-à-dire au prince. N'importe quelle maquerelle y aurait veillé.

Le palefrenier qui s'occupait des chevaux de Donato Landucci avait appris de la bouche du page de ce dernier que sa journée n'était pas terminée. Après avoir étrillé et nourri les chevaux qui avaient pris part à la chasse, voilà qu'il devait à présent en seller un autre afin d'accompagner son maître hors de la ville le soir même, au risque d'attraper une mauvaise fièvre en faisant le pied de grue au bord de la rivière. Il fit part en grommelant de son mécontentement à son compagnon, le palefrenier du prince Francesco ; à Ladro, l'imposant garde du corps du prince ; et enfin à la fille qu'il courtisait, la jolie Bonaventura, couturière au palais.

La conséquence directe de ces grommellements fut que, dans Viverra, trois hommes se hâtèrent de dresser leur propre plan pour la soirée. On discuta d'abord du financement, car si le monde de l'économie était une chose totalement étrangère à deux membres au moins du trio, leur chef faisait tout pour freiner leurs dépenses en vin et en femmes, bien qu'ils se contentassent des moins coûteux de l'un et des autres, et bien qu'en raison de son affreuse beauté, que l'on pouvait découvrir dans les rares moments où ses cheveux ne dissimulaient pas son visage, Fracassa obtînt généralement ses femmes — comme Bonaventura — pour rien; mais ses deux compères savaient qu'il avait de l'argent, et que donc ils pouvaient le dépenser. De récentes frasques ayant fortement allégé leur bourse, Aldo avait âprement marchandé avec le propriétaire du bateau qu'ils avaient loué. En fait, n'ayant jamais eu jusque-là à négocier la location d'une embarcation, ils payèrent le prix fort — le propriétaire, après les avoir jaugés, avait vite compris qu'ils étaient le genre de brigands à ne pas lui restituer son bien, même s'ils n'étaient pas assez stupides pour le couler. Par bonheur, ils n'eurent pas à louer de chevaux puisque leur destination était toute proche des portes de la ville. Aldo insista pour que Fracassa reste à surveiller le bateau, sans toutefois lui en donner l'explication, à savoir qu'il craignait qu'au cours de la première phase de leur plan ce dernier fût tenté de se servir de son épée, une arme généralement plus dangereuse pour ses amis que pour leurs adversaires.

À la tombée du crépuscule, donc, le jeune prince, vêtu des habits de Donato et enveloppé d'un manteau bien moins richement brodé que le sien, que portait Donato, sortit de Viverra en compagnie de son garde du corps, de son ami et de leurs valets. Il jugea inutile d'annoncer où il se rendait. Il avait pourtant été averti, par sa mère, sa grand-mère et son tuteur, que son père avait des ennemis qui se feraient une joie de tuer son fils. Mais le seul d'entre eux qu'il ait eu jusqu'alors l'occasion de rencontrer — du moins en la personne de son fils — était ce garçon du même âge que lui, devenu son meilleur ami, qu'il préférait à n'importe quel autre des jeunes hommes de la Cour, ses compagnons officiels. D'ailleurs, il voulait éviter que ceux qui étaient susceptibles de critiquer son comportement apprennent que, pendant que son père gisait malade dans son lit, lui-même s'apprêtait à aller se distraire dans un bordel. Ça n'était pas aussi égoïste qu'il y paraissait, songea-t-il, car s'il devait se mortifier chaque fois que son père se sentait mal, il n'aurait plus la moindre occasion de s'amuser. Et puis il n'y avait aucune raison de s'inquiéter : Ladro était un géant d'une force colossale, et il avait pris la précaution de l'emmener avec lui.

Donato, qui, grâce à un esprit plus fort et à un physique plus vigoureux que ceux de Francesco, n'était pas aussi ivre que lui, était ravi de l'aubaine qui lui permettait de jouer au prince. Un otage est sans cesse confronté à l'impuissance de sa situation ; même si une fois qu'il a donné sa parole d'honneur qu'il ne chercherait pas à s'échapper il est considéré comme un invité, ce n'est pas tout à fait la même chose que d'être traité comme un prince en son palais. Donato était un fier jeune homme contraint de vivre parmi les ennemis de son père, auquel on ne faisait allusion qu'à voix basse, toujours dans son dos, et avec des sourires entendus, depuis que son ambition de battre Viverra avait été si ignominieusement anéantie. Donato n'avait aucune hâte de voir arriver Gatta, car c'est à cause du condottiere qu'il était désormais un otage, et que son père n'était pas devenu souverain de Viverra. Ce soir en tout cas, il jouait au prince et avait bien l'intention d'oublier ce que l'avenir lui réservait.

Or l'avenir avait glissé dans sa manche plusieurs surprises pour les deux jeunes gens.

La première leur échappa tout d'abord. Comme s'y attendaient les pages, la maquerelle, dont le nez détectait l'argent avec la même sûreté que le groin d'un porc repère les truffes, ne fut pas dupe un seul instant de la tenue de Donato ni de l'air humble affiché par Francesco, qui contrastait avec l'air fanfaron de son ami. Elle alloua sa fille la plus jolie et la plus experte au pâle et beau jeune homme aux cheveux dissimulés sous le chapeau, et noya de compliments et de vin le mieux habillé des deux, à qui elle confia la plus jolie fille parmi celles qui restaient. Elle avait tout de suite remarqué que le géant faisant fonction de garde du corps ne surveillait que l'un d'entre eux. C'était là un détail auquel les jeunes gens n'avaient point songé, puisque ni l'un ni l'autre n'avait jamais regardé Ladro. Derrière les sourires et les flatteries qu'elle prodiguait, la maquerelle savait que les gentilshommes aimaient parfois se livrer à des farces et s'habiller selon leur fantaisie, mais que jamais on ne surveille un individu dépourvu d'importance.

Le prince Francesco obtint également la meilleure chambre.

Une vingtaine de minutes plus tard, alors qu'il s'y trouvait délicieusement enlacé, et que son chapeau allait lui être retiré d'un instant à l'autre, il entendit un grattement à la porte. Tout d'abord il en fut contrarié ; puis il songea qu'il avait peut-être oublié de glisser la pièce à quelqu'un, ou alors qu'on leur apportait du vin. Ces expéditions costumées créaient à un prince plus de problèmes qu'il n'en affronte d'ordinaire. Pourtant, le message qu'on lui transmit d'une voix rauque à travers les méchantes planches fissurées lui fit quitter la douce étreinte qui le retenait et, se levant aussitôt, il remit en hâte de l'ordre dans ses habits.

— ... Un messager vous attend dehors, seigneur. Je crois qu'il a dit que c'était de la part de votre père, ou au sujet de votre père.

Le prince fut galvanisé par cette nouvelle. Un seau d'eau froide en pleine figure ne l'aurait pas dégrisé plus vite. Son père se mourait. Et il choisissait pour mourir le soir précis où lui, Francesco, était sorti de la ville pour se rendre au bordel. Il ne se demanda même pas comment on l'avait retrouvé. Devant une telle urgence, sa maisonnée avait sans doute révélé le lieu où il devait passer la nuit. Il faudrait bien qu'il mette Donato au courant, mais avant cela il se hâta de gagner la porte de la maison, où le messager l'attendait, tandis que le serviteur se précipitait pour aller chercher le vin qu'on lui réclamait. Francesco passa devant la maquerelle, qui, occupée à accueillir de nouveaux clients, ne prêta pas attention au jeune homme qui se précipitait dehors, sans doute pour se soulager. De toute façon il avait déjà payé — elle y avait veillé. Ladro, dont la tâche aurait dû être de garder l'œil sur le prince, avait pour l'instant les yeux occupés par tout autre chose, à savoir l'énorme paire de seins débordant largement du corsage de la fille qu'il lutinait. Les valets, quant à eux, jouaient avec morosité aux dés dans l'appentis qui faisait office d'écurie.

C'est pourquoi lorsque Francesco sortit dans le crépuscule humide du bord de la rivière, il n'y avait personne pour le protéger de ce qui arriva.

Tout se passa rapidement. Un homme lui immobilisa les bras, un autre lui passa sur la tête un sac qui l'emprisonna jusqu'aux coudes. Le sac avait auparavant contenu de la farine, dont la poussière lui voltigea dans les narines. Aveuglé, il pencha la tête en arrière pour satisfaire une irrésistible envie d'éternuer. Or un bruit intempestif était la dernière chose que souhaitaient les deux agresseurs et, plus inspiré que prudent, le second homme donna un coup de tête au prince alors qu'il se pliait en deux entre *at* et *choum*. Pio avait l'habitude de s'entendre dire qu'il avait une bûche entre les deux oreilles, et le résultat de son geste le lui prouva. Le prisonnier encapuchonné s'effondra.

— Idiot ! siffla Aldo, le visage déformé par l'exaspération. Je ne t'ai jamais dit de le frapper ! Imagine que tu l'aies tué ?

Lui-même étourdi par le coup qu'il avait porté, Pio lui

répondit par une expression ahurie. Aldo se pencha et, saisissant le prince inconscient sous les aisselles, pressa Pio :

— Prends-lui les jambes ! Vite ! Au bateau !

Il était obsédé par l'image de Fracassa seul dans une embarcation. Les risques de désastre étaient innombrables.

Pourtant, lorsque, trimbalant le corps inerte, ils atteignirent l'extrémité de l'appontement en bois, le bateau était bien à l'endroit convenu, et rien n'était arrivé, ni à lui ni à Fracassa. Celui-ci avait posé son épée à ses pieds, sur le pont, car quand il avait voulu manœuvrer la perche en la gardant dans son dos, son poids l'avait presque entraîné à la renverse dans l'eau. Ils transbordèrent le prisonnier sur le bateau et l'allongèrent en s'adjurant mutuellement de faire moins de bruit. Fracassa parvint à les dégager de l'appontement sans dommage. De la berge ne leur parvenait aucun son indiquant qu'ils étaient découverts ou poursuivis. Jusqu'à présent, ils se débrouillaient bien.

Mais le Destin distribuait généreusement les surprises ce soir-là, et ils n'allaient pas tarder à en recevoir leur part.

Ils s'étaient éloignés de l'ombre écrasante des murs de Viverra et voguaient au gré du courant à la clarté d'un croissant de lune. En agitant les roseaux, la brise nocturne produisait des froissements suspects et faisait flotter une odeur douceâtre de boue et de végétaux en décomposition. Aldo, qui s'était irrité de la lenteur de leur progression, pouvait à présent songer au confort et à la sécurité de leur prisonnier.

— Enlève-lui ce sac, il pourrait s'étouffer ! fit-il d'une voix qui, d'abord discrète, enfla soudain en montant dans les aigus lorsqu'il se souvint de la violence avec laquelle Pio avait assommé le prince. Si ça se trouve, il est déjà mort !

Il tira sur le nœud fermant la toile, se cassa un ongle,

jura, puis, avec l'aide de Pio, retira enfin le sac. Le mouvement fit tomber le chapeau du prisonnier, dont les longs cheveux roux s'éparpillèrent, sombres à la lumière de la lune, mais incontestablement raides. Aldo et Pio examinèrent en silence le visage, dont les yeux étaient toujours fermés et les traits obligeamment éclairés par la pâle clarté tombée du ciel. Fracassa cessa de pousser la perche et se pencha en avant pour l'observer.

Après un instant de flottement, la réaction des trois larrons fut immédiate. Aldo récupéra le sac et, toujours avec l'aide de Pio, mais sans échanger un mot, en recoiffa le prisonnier. Effarouché, Fracassa eut un mouvement de recul qui lui fit lâcher sa perche.

Le bateau dériva au fil de l'eau et ce n'est qu'au bout d'un bon kilomètre qu'ils réussirent à toucher le rivage. Aldo et Pio transportèrent le prisonnier sur la terre ferme, non sans qu'Aldo l'eût, au préalable, prestement délesté de plusieurs objets. Fracassa, qui s'était mis à quatre pattes pour chercher la perche de réserve et avait failli laisser tomber son épée dans l'eau, trouva enfin ce qu'il cherchait et, d'une poussée, les relança dans le courant.

Pendant ce temps, dans la maison mal famée, la fille abandonnée par le prince s'était endormie en attendant son retour. Le vin et l'épuisement avaient eu raison de Donato, qui dormait aussi. Et ce n'est qu'à l'aube que Ladro, quittant à regret la poitrine somptueuse de sa compagne pour raccompagner les jeunes gens en ville, s'aperçut, comme le public d'un prestidigitateur, que quitter des yeux quelque chose peut le faire disparaître.

CHAPITRE XII

Le palais dort — ou ne dort pas

Tandis que le jeune prince vivait une aventure dont il n'avait pas vraiment prévu toutes les péripéties, la cité dormait d'un sommeil difficile. Nombreux en effet étaient ceux qui restaient sans pouvoir fermer l'œil, en proie aux souffrances d'une conscience agitée, aussi douloureuses qu'une attaque de goutte ou que la morsure d'une engelure spirituelle, gisant sur leur couche et soupesant les séductions de ce monde face au prix exorbitant qu'elles leur coûteraient dans l'autre.

On disait leur prince à l'article de la mort. Cette fois, la Faucheuse pourrait bien lui ouvrir sa porte et le précipiter dans les tourments de l'Enfer. Cela en poussait plus d'un à réfléchir à sa propre fin et bien qu'aucun d'entre eux ne pût être accusé de se livrer à l'alchimie, chacun avait quelque chose à se reprocher. Et puis il y avait toujours la possibilité que le frère Ambrogio ait vu juste et qu'ils soient punis pour les péchés de leur prince. Certains s'indignaient que l'Église n'ait pas réagi plus tôt à ce scandale, les autres déploraient que le frère Ambrogio en fasse à présent toute une histoire. Si le prêcheur avait raison, il aurait peut-être mieux valu pour leurs âmes à tous que le comte Landucci ait envahi Viverra l'année précédente, ou Antonio Carlotti ces derniers mois, car ni l'un ni l'autre n'était réputé être versé dans l'alchimie. Gatta, que l'on considérait jusqu'alors comme la main de Dieu protégeant le prince, passait à présent pour l'instrument du Malin chargé de s'assurer que Scipione puisse continuer à grever les âmes de ses sujets du péché de ses maudits sacrilèges. Parmi les centaines d'habitants que comptait Viverra, ils n'étaient sans doute pas plus de six à savoir en quoi consistait l'alchimie, mais la ville entière avait compris ce soir qu'il s'agissait d'une activité impie susceptible de leur valoir à tous la damnation. Quelques-uns allèrent même jusqu'à murmurer qu'en célébrant des messes de remerciement pour le rétablissement du prince lors de ses crises précédentes, on s'était trompé de destinataire ; car c'était à coup sûr Satan qui avait intérêt à ce que le règne du prince se poursuive.

Trop malade pour se rendre compte ou même se demander si ses sujets priaient pour lui, le prince Scipione était l'objet des soins attentifs de son médecin. Celui-ci avait traité ses yeux enflammés avec une infusion de guimauve, remède recommandé à la fois par Pline et par Dioscoride comme émollient et lénitif. Pour ces mêmes propriétés, on l'utilisa aussi pour calmer la toux du patient, dont la gorge était aussi irritée que les yeux. Quoique le docteur eût pu, pour combattre les coliques, faire à nouveau appel à la guimauve ou encore à la consoude, que son propre maître conseillait en de telles circonstances, il préféra administrer une décoction de quintefeuille, car, du fait qu'on la parfumait en général avec du sucre ou du miel, le prince, qui avait le palais délicat, prendrait plus facilement le médicament. On ajouta également du miel dans la décoction de sauge destinée à apaiser sa migraine. Ensuite on enduisit d'huile d'aigremoine les mains du malade, qui, une fois dépouillées de leurs gants, étaient apparues plus abîmées que ne les avait jamais vues le docteur. Mais le coup de maître de ce dernier, du moins à ses propres yeux, fut sans conteste la préparation d'une infusion de racine d'angélique, ou *archangelica officinalis*, qui, comme il le fit remarquer à son assistant, permettrait non seulement de chasser les toxines de l'organisme, mais constituerait aussi, par sa nature même, un remède souverain contre les Puissances des Ténèbres qui s'y étaient introduites en même temps que les effluves alchimiques.

Venue voir son époux avant de se retirer dans ses propres appartements, la princesse constata qu'on lui avait assuré le plus grand confort. Le médecin, installé dans un fauteuil rembourré de coussins au niveau du dos, s'apprêtait à passer la nuit au chevet de son patient ; quant à son assistant, il préparait, dans un petit pot à long manche posé sur les braises de la vaste cheminée, une mixture qui dégageait une odeur forte mais point déplaisante. Bien que la nuit ne fût pas particulièrement fraîche, on avait en effet allumé du feu pour protéger le prince de l'humidité nocturne, guère recommandée dans une chambre de malade. Debout près du lit, la princesse Isotta considérait le pâle visage et la bouche tordue qui essayait de lui sourire, mais le prince était de toute évidence trop faible pour répondre à ses questions.

— Tout est entre les mains de Dieu, Votre Altesse, fit le médecin, qui se garda d'ajouter : « *Et dans les miennes, ce qui autorise tous les espoirs.* » Les purges ont déjà grandement soulagé le prince, son mal suit à présent son cours naturel, et nous ne pouvons que prier pour que le repos ainsi que les remèdes que je lui administre permettent à Son Altesse de retrouver toute sa vigueur.

La princesse garda le silence. La santé de son mari n'avait jamais été, même dans ses meilleurs moments, très vigoureuse. Elle se demandait peut-être si elle n'était pas sur le point de se retrouver veuve, s'il n'allait pas y avoir deux princesses douairières, et, surtout, si son fils montrerait assez de force et de responsabilité pour protéger Viverra des ennemis de son père, devenus désormais les siens.

Gatta chevauchait en direction de Viverra. La tentation serait-elle trop forte ?

Avant de partir, elle se pencha pour embrasser la joue

de son époux et les boucles blond-roux de ses cheveux frôlèrent le drap brodé. Puis, demandant d'un signe à sa dame de compagnie debout près de la porte d'approcher, elle lui prit des mains une petite boîte d'osier tressé fermée par des rubans qu'elle posa, sans prêter attention aux objets qu'elle déplaça pour ce faire, à côté d'un bocal de sangsues qui se trouvait sur le coffre installé à la tête du lit. Le docteur s'inclina tandis que la princesse sortait dans un bruissement de tissu. Il attendit une minute avant d'inspecter le contenu de la boîte. Des dragées ! Il aurait dû s'en douter. Bien sûr, c'était un geste charmant, mais, comme il l'expliqua à son assistant, tout à fait déconseillé. Le prince Scipione devait suivre le régime le plus léger et le plus régulier possible tant que les poisons n'avaient pas quitté son corps. Et sa gourmandise, pour laquelle sa femme montrait une telle faiblesse, ne devait être satisfaite que par le miel ajouté à ses remèdes.

Ensuite ce fut la mère du prince qui vint le voir. Sa visite avait été soigneusement prévue pour succéder à celle de la princesse Isotta, et des pages l'avaient informée quand cette dernière avait regagné sa chambre. La princesse Elena n'avait aucune envie de partager son fils avec sa femme, pas plus qu'elle ne souhaitait interroger le médecin en présence de celle-ci. Elle était inquiète pour la santé du malade, car chacune de ses crises affaiblissait encore une constitution déjà faible. Quelles difficultés n'avait-elle pas dû affronter pour l'élever ! Mais quelle consolation de savoir que désormais son esprit, comme sa santé physique, était placé en de bonnes mains ! Ç'avait été une idée directement inspirée par Dieu que d'inviter le frère Ambrogio au palais de Viverra pour tenter de détourner son fils des activités diaboliques qui mettaient en danger aussi bien son âme que l'État tout entier.

N'ayant pas assisté au sermon que le prêcheur avait prononcé à midi sur la grand-place, elle ignorait à ce moment-là que le frère Ambrogio avait précisément aggravé ce dernier danger en proclamant que le prince représentait un risque pour ses sujets.

La princesse caressa tendrement le front du malade, que la sainte huile avait rendu collant. L'évêque Ugolino avait déjà administré les derniers sacrements à son fils... Si cette nuit devait le voir partir, au moins serait-ce pour un monde meilleur. Il avait dû faire acte de pénitence et, si cet acte était sincère, il se présenterait en état de grâce devant son Seigneur ; et s'il se rétablissait et ne revenait pas sur sa repentance, il renoncerait à jamais à sa maudite alchimie.

Tout cela était de sa faute à elle. Il avait hérité de son caractère, elle l'y avait même encouragé. Elle-même avait toujours été d'une insatiable curiosité, toujours désireuse de connaître la raison des choses. Combien de fois sa nourrice, sa gouvernante, sa mère l'avaient-elles réprimandée pour avoir observé les gens au travail et posé des questions inconvenantes de la part d'une princesse ! La seule chose sensée à faire était de traverser l'existence en ne pensant à rien d'autre qu'à soi-même, comme le faisait sa si belle bru.

À cette pensée, la princesse Elena esquissa une grimace de colère et tourna la tête. Le docteur se tenait debout, l'air attentif, devant son confortable fauteuil. Elle saisit un par un les objets, les flacons et les boîtes posés sur le coffre jouxtant le lit, s'enquit avec précision de leur usage et de la probabilité qu'ils soient utilisés durant la nuit. Pendant quelques instants, elle regarda son fils endormi. Puis elle s'agenouilla et pria, s'efforçant comme à l'accoutumée, avec foi et résignation, de tout remettre entre les mains de Dieu ; enfin elle laissa le docteur épuisé avec son patient et se retira.

Peu à peu le palais s'endormit, mais le docteur n'était pas le seul à rester éveillé. Le frère Ambrogio avait trouvé la chapelle et y priait devant l'autel, la clarté de la veilleuse jetant une chaude teinte dorée sur son visage décharné. Deux prêtres, qui, sur ordre de la princesse douairière, priaient en permanence pour le rétablissement du prince, jetaient de temps à autre un coup d'œil au prêcheur en enviant son pouvoir de sainte concentration.

Le plus jeune frère, Columba, quelque peu déconfit par son expérience dans le laboratoire, dont il avait jugé préférable de ne pas la rapporter au frère Ambrogio, était agenouillé dans l'ombre. Il avait l'impression de s'être fourvoyé sur un territoire que le frère Ambrogio avait prévu de nettoyer plus tard, et de façon publique. Il s'accusait d'orgueil et avait délibérément remonté sa robe pour que ses genoux reposent à même le sol. Le marbre dur était glacial, mais en s'imposant cette douleur en expiation de son péché, il éprouva une vive satisfaction à l'idée que l'alchimiste, en réalisant au moment de mourir qu'il était aux mains du Diable, subirait un châtiment auprès duquel cette petite pénitence aurait un goût de paradis.

L'alchimiste était également présent dans les pensées de Sigismondo et de Benno. L'intendant du prince les avait logés dans une chambre minuscule, tout au bout du quartier des serviteurs. Ils pouvaient apercevoir par la fenêtre les lumières brûlant dans la tour du vieux château qui se dressait de l'autre côté du parc.

— Le docteur Virgilio, est-ce qu'il est en train d'empoisonner le prince ?

Benno mâchonnait un bout de gâteau qu'il avait mis dans sa poche lorsque l'intendant leur avait apporté à manger. C'était, lui avait appris Sigismondo, une spécialité siennoise parfumée aux fruits et aux épices, et son opinion sur les Siennois s'améliorait à chaque bouchée.

— Parce que s'il travaillait pour le comte Landucci, n'est-il pas possible qu'il continue à le servir secrètement ? Il prétend que le prince ne se protège pas assez des émanations. Ne serait-ce pas plutôt qu'il a oublié de le mettre en garde ? Ou qu'il lui soumet des mixtures particulièrement nocives ?

Pendant quelques instants, Sigismondo garda le silence et Benno crut que, pour avoir posé une question trop directe, il n'obtiendrait pas de réponse. Mais Sigismondo finit par se détourner de l'étroite fenêtre.

— Ferme le volet. C'est le prince Scipione qui a débauché le docteur Virgilio, c'est lui qui lui a proposé plus d'argent afin qu'il quitte le service du comte et vienne travailler pour lui. Le docteur Virgilio est le genre d'homme à ne se reconnaître qu'une seule loyauté — celle qu'il doit à la recherche de la vérité.

Benno se suça longuement les doigts tandis que Biondello l'observait avec un vain espoir. Il lui faudrait attendre longtemps encore avant de se rendre à Sienne et d'avoir l'occasion de goûter au *panforte*.

— Vous pensez donc qu'il cherche vraiment cette pierre. Pendant un moment, je me suis dit que c'était peut-être un imposteur. Pourtant, il s'est drôlement excité quand vous lui avez dit que vous compreniez ses termes et tout ça. Est-ce qu'il ne chercherait pas la pierre uniquement pour obtenir de l'or ? Ça n'a rien de mystérieux, c'est juste de la magie.

Sigismondo éclata de rire.

— Quoi de plus simple, hein ? N'oublie pas qu'on l'appelle la pierre philosophale. Tu nous as entendus quand nous disions que la quête d'une substance physique, matérielle, allait de pair avec une quête spirituelle.

Sigismondo se ravisa en voyant l'air ahuri qui se peignit sur les traits de Benno.

— Quand tu cherches de l'or, tu peux aussi le trouver dans l'homme, conclut-il.

Le visage de Benno s'éclaira. Il réfléchit quelques instants.

— Vous voulez dire qu'en fait le prince ne trafique pas avec les démons ? Qu'il fait tout ça par *bonté* ?

— Hum... Je ne pense pas que nous puissions deviner les mobiles exacts du prince Scipione. La seule chose que nous sachions avec certitude, c'est que son alchimiste et lui sont fascinés par ce qu'ils font et que le prince serait très content d'accroître ses réserves d'or. Et maintenant, dormons.

Sigismondo se tourna de côté sur la paillasse, ajusta

son manteau sur lui et ferma les yeux. Biondello, obéissant à l'invitation, sauta à côté de lui, tournicota pour se faire une place et se pelotonna, la tête sur la cuisse de Sigismondo. Puis il roula des yeux vers Benno, exhala un petit soupir et suivit l'exemple de Sigismondo.

Benno réalisa qu'il n'en savait pas plus qu'avant sur l'identité de la personne qui était en train d'empoisonner le prince. Il moucha la bougie et se recroquevilla à même le sol en se disant que Biondello, qui avait préféré ne pas s'y étendre, avait fait un choix judicieux. Si quelqu'un en voulait à la vie du prince, Sigismondo le découvrirait peut-être, avec un peu de chance, assez tôt pour pouvoir empêcher le prince de trépasser. Bientôt, Benno s'endormit.

Dans une pièce à peine plus grande que la leur, mais au plafond plus haut et au mobilier plus fourni, puisqu'il comptait un lit à baldaquin et un coffre de chevet — coffre lui-même empli d'affaires personnelles —, dormait Ginevra Matarazza. Elle avait remonté le couvre-lit en soie jusque sur ses blanches épaules, ses boucles dorées étaient éparpillées sur l'oreiller à glands, ses cils épais reposaient sur ses joues et sa bouche s'entrouvrait en une moue encore plus délicieuse que toutes celles qu'elle pouvait former lorsqu'elle était éveillée. Levée à hauteur de son visage, sa main avait enfin lâché la broche dont le saphir cerclé de diamants scintillait dans la clarté de la nuit. Le baume qu'avait appliqué Sigismondo sur la morsure du singe avait taché le drap, et les marques rougeâtres des dents sur sa main étaient encore nettement visibles. L'animal, auquel on avait pardonné et qu'on avait embrassé depuis longtemps, dormait au pied du lit et l'on entendait le faible tintement de sa chaîne lorsqu'il remuait. Le perroquet avait mis la tête sous son aile. Tout cela, n'importe qui jetant un coup d'œil par la porte aurait pu le voir; mais ce qui lui serait demeuré invisible, c'est ce qui était dissimulé sous l'oreiller. Comme la broche que lui avait envoyée Gatta, la dernière acquisition de

Ginevra était trop récente pour être reléguée au fond de son coffre à trésors : il s'agissait d'une paire de gants brodés de fil doré, de la plus fine peau de daim, frangés d'or et parfumés de bois de santal et de musc. Tandis que leur parfum lui agaçait les narines, Ginevra s'abandonnait avec délices à ses rêves, dans lesquels Gatta la parait à son retour d'un arc-en-ciel de bijoux.

CHAPITRE XIII

« Elle est morte ! »

De tous ceux qui dormaient dans le palais cette nuit-là, tous sans exception furent réveillés à l'aube, lorsque Donato rentra et fit annoncer à la princesse que son fils avait disparu. Quand elle le convoqua auprès d'elle, la détresse du jeune homme était telle qu'il faillit ne pas apprécier le spectacle rare de la princesse ébouriffée et à moitié dévêtue. Aux yeux de Donato, son désarroi était si exquis qu'il lui faisait autant d'effet qu'aurait eu sur tout autre une toilette soignée. Avec ses deux épaisses tresses de cheveux blond-roux tombant sur ses épaules nues, le drap de lin qu'elle tenait d'une main sur sa poitrine, elle émut Donato, malgré son anxiété, jusqu'au tréfonds de lui-même. Pour une fois elle ne se souciait pas le moins du monde de son allure.

— Disparu ? *En dehors de la ville ?* Où était Ladro ? Avez-vous oublié qu'il a des ennemis ?

Elle s'interrompit et, à son expression, Donato comprit qu'elle venait de réaliser qu'elle s'adressait au fils de l'un d'entre eux.

— Pourquoi portez-vous ses habits ?

— C'était une farce...

Ce n'était pas le moment de se lancer dans des explications qui de toute façon auraient été inutiles, car les deux jeunes gens étaient connus pour aimer plaisanter. La princesse ne prit même pas la peine de se faire conter cette nouvelle escapade. Il fallait retrouver son fils. Il avait pu être enlevé, détenu contre rançon, assassiné...

Elle envoya chercher le capitaine des gardes du palais. On sella les chevaux et, dans un martèlement de sabots, des hommes partirent par les ruelles encore plongées dans la pénombre et sortirent de la cité pour chercher des empreintes, une piste, pour arrêter les occupants du bordel et interroger tous ceux qui vivaient près de la rivière. Les couloirs et les grandes salles du palais bruissèrent bientôt du brouhaha des courtisans et des serviteurs qui, habillés à la hâte, échangeaient les nouvelles. La princesse douairière vint voir sa bru, drapée de lin damassé bleu bordé de zibeline.

— Pourquoi suis-je la dernière à être informée ?

Afin de se donner contenance, la princesse Elena tenait serré contre sa poitrine un petit chien déjà âgé dont les yeux jetaient des regards indignés au-dessus de petites poches grisâtres qui rappelaient irrésistiblement celles de sa maîtresse.

— Quelles mesures a-t-on prises ? Mon fils ne doit pas être mis au courant. Cela le tuerait.

Elle parvint à donner l'impression que la princesse Isotta attendait la première occasion pour courir annoncer la nouvelle fatale. Donato, très troublé, avait gagné ses appartements et la princesse s'habillait. Une autre pensée vint à l'esprit de la douairière, dont les traits prirent une expression assassine au-dessus de la tête du petit chien.

— Comment savez-vous si ce garçon dit la vérité ? Et s'il avait payé cet incapable de Ladro et qu'on soit en train d'emmener le pauvre Francesco auprès de Landucci ? Y avez-vous seulement songé ?

— Pourquoi, dans ce cas, Donato serait-il revenu nous avertir ? Il serait lui aussi en route pour rejoindre son père. Il n'aurait pas choisi de rester un otage en garantie du comportement de Landucci. J'avais bien entendu envisagé la question.

Sur quoi elle adressa à sa belle-mère un de ses fameux

regards énigmatiques qui renvoya la princesse douairière dans sa chambre, non sans avoir au préalable rendu visite à son fils, vérifié que personne ne lui avait rien dit, et interrogé minutieusement le docteur. Le prince Scipione, qui avait passé une bonne nuit grâce à une infusion de valériane, put même sourire à sa mère et lui demander la raison de ce remue-ménage. Quand il la vit éclater en sanglots puis s'essuyer les yeux et lui rendre son sourire, il crut par bonheur qu'elle exprimait là son soulagement à le voir en meilleure forme. Ensuite il resta à goûter les sensations paisibles de la convalescence — l'une des plus agréables expériences humaines —, à écouter le gazouillis des oiseaux dans le jardin et, au loin, les premiers bruits de la ville qui s'éveillait. Étonné que sa mère soit venue le voir si tôt, il en conclut que cela prouvait simplement à quel point il avait été malade et, joignant les mains, il remercia Dieu de se sentir en si bonne forme. Le Seigneur avait été bon avec lui. Peut-être avait-Il entendu les prières de ce religieux aux yeux enflammés qui était passé la veille au soir et, se rappelait-il vaguement, lui avait tenu les mains entre les siennes, les serrant comme lui-même les serrait à présent. Peut-être était-ce le signe que la chance lui souriait à nouveau, que ses vassaux allaient cesser de se rebeller. Peut-être était-il sur le point de découvrir la pierre philosophale.

Tout en s'habillant, la princesse Isotta réfléchit à la situation. La disparition de son fils était un événement qui exigeait l'intervention d'un homme doté de l'expérience et des capacités de Gatta. Les conseillers et courtisans de son époux étaient inutiles en de telles circonstances. Attendu d'un jour à l'autre, Gatta n'était toujours pas arrivé, mais la princesse pensa tout à coup à cet homme qui avait l'habitude d'aider les grands de ce monde à résoudre leurs problèmes, et qui se trouvait justement à la Cour.

Réveillé par l'agitation qui avait saisi le palais, Sigismondo venait juste de terminer la longue et délicate opération qu'était le rasage lorsque le page de la princesse vint le trouver. Benno, qui s'était peigné la barbe avec les doigts et avait passé en l'honneur du palais une de ses plus belles tuniques, échafaudait des plans pour se retrouver une fois de plus à proximité de la princesse Isotta, car de sa vie entière il n'avait jamais rencontré chose plus agréable à dévorer des yeux. Il s'empara donc du court manteau à galons d'or de Sigismondo, s'en couvrit prestement l'épaule et le bras à la manière d'un page, et suivit son maître.

— Quels conseils pouvez-vous me donner?

Sans qu'elle sût pourquoi, en détaillant l'homme debout devant elle, la princesse Isotta avait aussitôt senti son désespoir s'alléger; le calme qu'elle affichait devint moins difficile à maintenir. Si son fils n'avait pas déjà été tué — et il était un pion de trop grande valeur dans le jeu du pouvoir pour que l'on s'en débarrasse aussi facilement —, alors cet homme attentif et peu disert était certainement le mieux à même de lui ramener Francesco.

— Votre Altesse a déjà fait tout ce qu'il était possible de faire. Vu que le fils du comte Landucci est revenu, je suis d'accord avec vous : il est peu probable que ce soit ses hommes qui aient enlevé le prince Francesco. Avec votre permission, Altesse...

Et il sortit. Il était inutile de questionner plus avant le comte Donato sur l'échange des vêtements, un point troublant certes, mais il était cependant probable que la suite des événements finirait par l'éclaircir. Engagé à la fois — ce que les deux époux ignoraient —, et pour des missions différentes, par le prince et la princesse de Viverra, Sigismondo s'attaqua à la tâche prioritaire. N'étant pas en mesure de sonder les intentions de Gatta puisque celui-ci l'avait dépêché loin de lui, il décida de placer son énergie au service de la princesse.

Il apprit dans la salle des gardes qu'un bateau avait été loué la veille au soir par un étranger qui souhaitait, selon le propriétaire, passer une soirée romantique. Devant le palais, Sigismondo resta un moment immobile sur sa selle, comme pour s'imprégner des forces magnétiques circulant dans l'air, puis sortit de la ville. Ayant parcouru environ un kilomètre, il arrêta une charrette qui se dirigeait en brinquebalant vers les portes de la cité et réveilla le jeune homme qui dormait à l'arrière, recroquevillé sous la bâche recouvrant un chargement d'oignons. Le paysan qui menait ses bœufs n'avait pas la moindre idée de l'importance de son passager qui, honteux de son état et de la façon dont il y avait été réduit, n'avait osé décliner son identité. Ce qui n'était pas plus mal, car de toute façon le brave homme ne l'aurait pas cru. Clignant des yeux vers Sigismondo, le jeune prince avait exactement l'air de quelqu'un qui a été assommé d'un coup sur la tête, à demi (et par deux fois) étouffé, jeté sur un sol caillouteux, traîné dans la boue d'une rivière et roué de coups à la tête et aux épaules. Et c'est précisément ce qui lui était arrivé.

Quand il avait été débarqué sans ménagement du bateau, le sac toujours enfoncé sur la tête et les épaules, il était tombé dans la boue en s'écorchant sur les cailloux puis, à moitié commotionné et manquant d'air, s'était débattu pour se libérer du sac noué par une corde dont il n'arrivait pas à repérer le nœud et qui lui enserrait les bras juste au-dessus des coudes.

Comme chaque jour, des lavandières étaient arrivées à l'aube avec leurs paniers de linge, qu'elles lavaient dans les trous d'eau et battaient sur les rochers. Dans la semi-obscurité, que brouillait encore la brume s'élevant de la rivière, elles avaient alors vu quelque chose qui ressemblait à une souche remuer et se dresser devant elles, une chose dotée d'une tête monstrueuse, avec de chaque côté des oreilles pointues comme celles d'un démon, qui faisait mine de vouloir bondir vers elles en émettant des sons grossiers et en agitant de petits bras difformes. La plupart d'entre elles s'enfuirent en hurlant. Le frère Ambrogio, dont elles connaissaient au moins par ouï-dire le sermon, avait sans doute chassé les démons hors de Viverra, mais pas assez loin. Plus courageuse, l'une des femmes s'empara du battoir qu'elle utilisait pour son linge et entreprit d'en rouer de coups l'affreux diable. Mais, effrayée de sa propre témérité, elle détala à son tour en poussant des cris.

Lorsqu'il eut fini par se libérer du sac, le jeune prince se sentait bien trop malade pour attirer l'attention sur lui ou demander de l'aide. Après être resté un moment allongé sur les pierres, il avait remonté en rampant la berge et s'était à nouveau reposé, respirant à pleins poumons, dans la boue qui apaisait la douleur de ses multiples contusions. Le monde montrait encore une fâcheuse tendance à tournoyer et à vouloir plonger par-delà son épaule droite, et il sombra dans l'inconscience. Cependant, les gardes du palais s'étaient lancés à sa recherche et deux soldats avaient interrogé le propriétaire d'une cabane et d'un cochon qui vivait un peu plus en amont, mais ils ne scrutèrent pas la berge et ne remarquèrent pas ce monticule immobile qui se fondait totalement dans son environnement. S'ils avaient pu questionner le cochon, ils auraient peut-être obtenu une réponse plus utile, car cet animal, qui traînait une longe attachée à sa patte arrière et qui, comme tous ses congénères, était toujours en train de fouiner en quête de nourriture, s'était aventuré jusqu'au bord de la rivière et avait fourré son groin dans l'oreille du jeune homme. C'est d'ailleurs sans doute ce contact étrange qui avait permis à ce dernier de recouvrer ses esprits et, d'un pas chancelant, d'atteindre la route et la charrette qui y passait.

— Il est à vous, hé ? fit son conducteur. Je l'ai chargé parce qu'il pouvait rien salir, là-derrière. Oh... merci, Votre Honneur. L'a drôlement abîmé ses beaux habits, en tout cas, et l'est saoul comme une grive.

Francesco n'était pas en état de se tenir à cheval, et comme il avait l'air de se sentir parfaitement à son aise dans la carriole, ainsi qu'il le prouva en se renversant bientôt sur son tas d'oignons et en refermant les yeux, Sigismondo décida d'utiliser ce moyen discret de locomotion pour le ramener au palais. Le prince prit conscience qu'ils franchissaient les portes de la cité lorsque le cliquetis des sabots, le brouhaha des voix et le piétinement des passants se répercutant sous la voûte le réveillèrent. Il remua, s'alarma et, d'une voix confuse, supplia Sigismondo de faire en sorte qu'une certaine dame Lucia ne le voie pas dans cet état. Sigismondo n'avait aucune intention de l'exhiber ; arrivé devant une porte latérale du palais, il le souleva, l'extirpa des oignons et, le dissimulant à moitié sous son manteau, le fit entrer. La discrétion étant de moins en moins nécessaire, il le porta jusqu'à sa chambre, de façon que ses pages améliorent son allure avant que sa mère, que Sigismondo alla aussitôt prévenir, puisse le voir.

La princesse Isotta ne chercha pas à savoir où et dans quelles circonstances sordides son fils avait été retrouvé. Le soulagement qu'elle éprouva à l'annonce de son retour était mêlé de colère, provoquée par l'angoisse qu'il lui avait causée.

— Pourquoi ne m'écoute-t-il pas ? Il ne prend rien au sérieux. Lui et Donato Landucci se comportent comme des enfants quand ils sont ensemble.

Ces récriminations étaient celles de tous les parents depuis Adam et Ève, mais nous étions maintenant à une époque moderne. Sitôt que la nourrice cessait de coudre sur leurs vêtements les laisses qui les empêchaient de s'éloigner, les enfants étaient habillés comme des adultes et considéraient que l'âge adulte était celui d'une liberté totale. Un jeune homme de dix-sept ans comme le prince Francesco aurait pu se battre à la tête de ses armées depuis trois ou quatre ans. La princesse Isotta avait donc de bonnes raisons de se plaindre.

— Votre Altesse, il finira par trouver sa place.

La voix de Sigismondo était pleine de confiance. C'était la vérité, bien sûr. Chacun trouve sa place, même si l'on doit finir dans le caniveau — qui n'est d'ailleurs pas très éloigné d'un chargement d'oignons. Pourtant, la princesse en fut rassérénée, et bientôt, après qu'elle eut tendu à Sigismondo sa main à baiser et retiré d'un de ses doigts une bague ornée de perles qu'elle lui donna en récompense de son efficacité et de sa discrétion, elle fut en mesure de considérer avec équanimité le fils en piteux état qui se présenta dans sa chambre. Sous les cheveux roux, la bosse qui marquait son front à la suite du coup porté par cette tête de bûche de Pio se détachait sur la peau claire avec des teintes variées de brun et de violet. On avait nettoyé le sang qui s'était écoulé de sa blessure à la tête et le docteur, qu'on avait momentanément détaché du père pour s'occuper du fils, avait passé divers baumes sur ses contusions et hématomes. Toutefois, en dépit de ses habits propres et des quelques réconfortantes coupes de vin qu'il avait avalées, il ne paraissait pas tout à fait dans son assiette. Pour une fois, la princesse ne chercha pas à réprimer ses instincts maternels.

— Que t'ont-ils fait ?

Elle l'étreignit et souleva ses cheveux pour observer sa blessure la plus visible.

— As-tu pu voir leurs visages ?

— Ils m'ont couvert la tête d'un foutu sac à farine, fit le prince avec une indignation fort compréhensible. Je n'ai rien pu voir.

— Et avant qu'ils vous mettent ce sac sur la tête, Altesse, faisait-il tout à fait nuit ?

Sigismondo formula sa question d'un ton si diplomatique que ni la mère ni le fils ne la ressentirent comme une intrusion.

Le prince Francesco réfléchit.

— Tout ce que j'ai remarqué, c'est que l'un d'eux était plus grand que moi. Puis on m'a immobilisé les bras, et on m'a mis ce *sac*, dit-il d'un ton dégoûté, sur la tête. Ensuite ils m'ont frappé.

Il indiqua du doigt sa bosse.

— Ils ont retiré le sac plus tard, sur le bateau, en tout cas c'est ce qu'il me semble — j'étais sonné mais je crois que nous étions sur un bateau. J'entendais des bruits de navigation : de l'eau qui clapotait, des grincements. Je crois qu'au moment où ils me l'ont enlevé, j'avais perdu connaissance, et alors que je reprenais conscience, ils me l'ont remis.

Il tendit les mains, paumes vers le sol.

— Toutes mes bagues ont disparu, ainsi que ma bourse et la chaîne que j'avais au cou. Donato a rapporté mon chapeau avec la broche.

— Ainsi ce n'était que des brigands qui t'ont dévalisé, fit la princesse avec soulagement en s'appuyant au dossier de sa chaise. Ladro sera fouetté pour cela. Pourquoi n'était-il pas avec toi ?

Le prince redressa la tête, conscient qu'il portait sa part de responsabilité.

— Je ne vous causerai plus une telle inquiétude, madame ma mère, déclara-t-il d'un ton grandiloquent.

Il aurait peut-être ajouté d'autres promesses tout aussi imprudentes s'il n'avait pas été interrompu. Une dame de compagnie de la princesse fit une entrée précipitée dans la pièce, couinant comme si elle était poursuivie par des rats.

— Votre Altesse ! Oh, pardonnez-moi, Votre Altesse ! C'est Ginevra Matarazza. Ne la voyant pas paraître, je suis allée la voir, et... *elle est morte* !

CHAPITRE XIV

En quête de la vérité

La princesse se leva, le jeune prince resta bouche bée, mais Sigismondo réagit. Il s'approcha de la jeune fille en pleurs et lui passa son bras autour des épaules avant de s'adresser à la princesse.

— Avec votre permission, Votre Altesse, cela ne doit pas s'ébruiter.

Il s'abstint d'ajouter : Gatta est sur le chemin du retour ; ce qui touche à sa maîtresse peut avoir de nombreuses implications ; ne pas contrarier Gatta doit être le premier souci de ceux qui l'emploient.

— Puis-je aller voir ce qu'il convient de faire ?

La permission lui fut aussitôt accordée. La princesse comprenait que la situation était délicate, et lorsque les femmes qui, de l'antichambre voisine, avaient saisi quelques bribes de la nouvelle se mirent à parler toutes ensemble, elle se précipita à la porte de communication et les empêcha de se ruer vers la chambre de Ginevra.

Sigismondo n'avait pas besoin qu'on lui en indique le chemin mais, en y arrivant, il s'immobilisa sur le seuil et, en dépit du fait qu'il avait vu des scènes bien pires, se signa devant la triste vision qui s'offrait à lui. Benno était sur ses talons, mais Sigismondo le repoussa et verrouilla la porte derrière lui.

L'espace s'étendant entre l'entrée et le lit était jonché d'objets qu'il dut enjamber — soies, foulards, rubans, broderies, gants, voiles de gaze, parements, velours, tresses de soie de la couleur des cheveux de Ginevra, cols parés de bijoux, boucles d'oreilles. Le coffre à trésors était ouvert. Elle-même, seulement couverte d'un foulard de soie de Perse si fin que sa peau luisait au travers, reposait à plat ventre sur le lit. D'une main elle agrippait un rideau de soie rouge qui avait été arraché des crochets du baldaquin et s'était affalé en travers des coussins. Il y avait du vomi par terre et sur le couvre-lit de brocart, et dans la chambre flottait une odeur à vous retourner l'estomac. Il n'y avait pas trace du singe. Le perroquet, très agité, allait et venait sur son perchoir et grimpait aux barreaux de sa cage suspendue devant la fenêtre. Sigismondo enjamba un miroir à main brisé. Le perroquet émit un gloussement rauque qui fit apparaître la tête du singe au-dessus du baldaquin. Deux paires d'yeux ronds ébahis regardèrent Sigismondo soulever avec précaution Ginevra. Celle-ci se plia mollement entre ses bras, son foulard glissant au sol comme un serpent, et sa tête retomba en arrière. Ses yeux fixèrent Sigismondo avec une expression de terreur, mais ils ne voyaient rien. Il lui abaissa délicatement les paupières et les maintint quelques instants fermées. Ginevra avait brisé un miroir et le malheur l'avait frappée, dans un autre monde que celui-ci.

Soudain on tambourina à la porte, puis un pied botté commença à assener des coups violents sur le verrou. La porte céda et, en se rabattant, ne manqua que de quelques centimètres Sigismondo et le corps nu de Ginevra. La silhouette de Gatta se découpa dans l'embrasure.

— Putain ! lança le perroquet avec un sens parfait de l'à-propos.

Dague en main, Gatta se rua dans la pièce mais, reniflant l'odeur, s'immobilisa aussitôt. Sigismondo, qui avait reposé Ginevra sur le lit, se tenait debout, les mains pendant à ses côtés, et n'esquissa pas le moindre geste de défense. Cette attitude contribua également à arrêter Gatta.

— Je l'ai trouvée ainsi. Elle a été empoisonnée.

Gatta rengaina lentement sa dague en explorant la pièce du regard.

— Du poison... ! Lui a-t-on dérobé quelque chose ?

Le désordre de la pièce semblait l'indiquer, avec le coffre vide et ses trésors éparpillés, mais trop d'entre eux étaient restés par terre ou sur le lit pour confirmer la thèse du vol. Par respect, Sigismondo tira le couvre-lit sur Ginevra, qui, dans une position presque voluptueuse, cheveux épars, bras et jambes écartés, semblait souhaiter la bienvenue à son guerrier.

— Je ne pense pas qu'il s'agissait d'un voleur. C'est une des suivantes de la princesse qui l'a découverte.

Gatta écrasa des fragments de miroir brisé, se prit le pied dans un tissu de soie écarlate, trébucha, s'abattit en avant et tomba sur le lit, un poing de chaque côté de la tête de sa maîtresse, qu'il faillit écraser. Il tourna brusquement vers Sigismondo son visage lourd qui s'assombrit en demandant :

— Pourquoi la porte était-elle verrouillée ? Que faisiez-vous seul ici ?

— La princesse m'a envoyé voir ce qui s'était passé. J'ai verrouillé la porte pour éviter les curieux et les bavards.

La voix grave et calme était convaincante. Gatta se redressa et se détendit. Il en revint à la première remarque de Sigismondo.

— Du poison. À cause du vomi... Mais qui a pu lui faire ça ?

Du bout d'un doigt, il toucha une des boucles blondes sur le front de la jeune femme.

— Elle n'a jamais fait de mal à personne. C'était une enfant.

Il se laissa tomber sur le lit à côté de Ginevra et, de manière inattendue, éclata bruyamment en sanglots. Les larmes coulèrent sur les sillons de son visage.

— C'était juste une belle enfant, affamée d'amour.

Il entremêla ses doigts dans les cheveux blonds. Sigismondo, posant le pied parmi les parures qui attestaient que si Ginevra était affamée d'amour, ce n'était pas la seule chose dont elle était avide, alla chercher la petite cuvette et la carafe posées à la tête du lit et entreprit de laver le vomi séché sur les lèvres et la joue de la jeune femme. Il voulut croiser les mains de la défunte sur sa poitrine que recouvrait le brocart rose, mais, les retournant, il se mit à les examiner avec attention. Gatta releva vivement la tête.

— Vous voyez ?

Sigismondo lui montra une des mains de Ginevra, celle qui portait les marques de dents du singe. Elle était enflée, non seulement au niveau de la morsure mais sur toute sa surface, et couverte d'une rougeur suintante et à vif. Gatta allait s'emparer de la main pour mieux voir, mais Sigismondo le mit en garde avant de la reposer sur la poitrine de la défunte.

— N'y touchez pas !

Penché au-dessus de la cuvette, il y versa de l'eau et se rinça les mains, qu'il sécha avec la serviette de lin préparée à l'intention de la femme qui n'en aurait désormais plus besoin.

— Le poison est sur ses mains ?

Sigismondo désigna une paire de gants, les gants en daim parfumés et frangés d'or qui avaient passé la nuit sous l'oreiller de Ginevra et qui gisaient à présent, à moitié retournés, montrant leur doublure de soie décolorée, là où on les avait jetés par terre.

— Sur ces gants, à mon avis.

— Qui a pu faire ça ?

Le visage de Gatta s'était empourpré sous le double effet de la colère et du chagrin. L'assassinat de sa maîtresse, en plus de la peine et de la privation de plaisir qu'il lui causait, était un coup porté à son amour-propre. Quelqu'un avait osé détruire quelque chose qui lui appartenait. Ses larges épaules s'affaissèrent.

— Je retrouverai celui qui a fait cela et le mettrai en pièces. Lentement.

Pendant quelques instants il songea à cette perspective tout en éparpillant les cheveux de Ginevra sur ses épaules. Puis il fronça les narines, jeta un regard circulaire et se leva.

— Sa servante doit nettoyer tout ça. Venez avec moi voir le prince.

— Le prince ne pourra peut-être pas nous recevoir. Il a failli mourir.

En contournant la porte défoncée qui pendait de guingois, Gatta tourna vers Sigismondo un visage où se peignit un amusement sauvage.

— Le prince nous recevra. Ce n'est pas la première fois qu'il est à deux doigts de perdre la vie, comme de perdre Viverra.

Il était impossible de savoir s'il faisait allusion aux menaces représentées dans le passé par Carlotti et Landucci, ou à un danger actuel qui viendrait de lui, Gatta ; il était persuadé que, même sur son lit de mort, son employeur lui accorderait audience. Naturellement, si le prince Scipione venait à mourir, il était fort probable que Viverra tombe entre les mains habiles du condottiere. Ni la princesse Isotta ni son fils n'étaient populaires auprès des habitants, qui les considéraient comme trop arrogants ; et l'attitude distante de la princesse s'ajoutait, dans l'esprit des petites gens, au fait qu'elle était une étrangère de Vénétie.

Le plus grand rival de Gatta pour prendre le contrôle de Viverra pourrait être, si le frère Ambrogio parvenait à ses fins, le Christ lui-même. Mais il était douteux que Gatta songeât à le laisser l'emporter.

Benno, pour sa part, avait vécu des moments difficiles. Quand Sigismondo avait verrouillé la porte derrière lui, il n'avait pas imaginé que ce geste traduisait chez son maître un doute sur sa capacité à lui éviter d'être dérangé ; il avait parfaitement conscience que personne n'attendait de lui qu'il s'opposât à une autorité quelconque. Ce fut toutefois un choc pour lui de voir, en manière d'autorité, Gatta approcher à grands pas dans le couloir. Benno songea à frapper à la porte pour avertir Sigismondo, mais il se ravisa aussitôt et s'éloigna d'un pas nonchalant en claquant des doigts pour appeler Biondello. Rien n'aurait pu être plus compromettant que d'être surpris à prévenir de l'arrivée de Gatta. Un pilier providentiel se trouvait non loin de la porte, et Benno se glissa derrière avec toute l'agilité de quelqu'un habitué à écouter aux portes. Quand Gatta se mit à tambouriner contre le panneau, Benno se dit qu'il aurait peut-être mieux fait de rester devant et de laisser Gatta le houspiller à voix haute, ce qui aurait ainsi averti Sigismondo de son arrivée. Mais il se dit que son maître ne se laissait pas facilement surprendre, et qu'il était capable de se sortir de n'importe quelle situation par la force ou par la parole. Il n'aurait plus été en vie autrement.

À présent, après s'être efforcé de saisir leur conversation, mais sans oser s'approcher davantage, il fut soulagé de voir les deux hommes émerger de la chambre, indemnes l'un et l'autre. Sigismondo, qui paraissait à chaque fois deviner d'emblée où se trouvait son serviteur, repéra aussitôt le pilier et adressa un signe à Benno tandis que Gatta s'éloignait dans le couloir en direction des appartements de Scipione.

— Va chercher sa servante et dis-lui de tout remettre en ordre ; ensuite tu m'attendras devant la chambre du prince.

Pendant que Sigismondo rattrapait Gatta, Benno remarqua qu'il portait à la ceinture une paire de gants très fins en daim, frangés et cousus d'or. Il se demanda qui avait bien pu les lui donner.

L'ambassadeur vénitien était en visite auprès du prince Scipione. La consigne du médecin interdisant à Son Altesse de voir quiconque avait été transgressée par le prince lui-même, qui se sentait remarquablement mieux. Il était appuyé contre des traversins, le visage pas plus pâle que d'habitude et les yeux nettement plus vifs. Ses cheveux, très fins et curieusement brillants pour un homme ayant passé la quarantaine, étaient soigneusement peignés et lui tombaient presque aux épaules sous le bonnet de nuit en lin. Il s'était opposé à une nouvelle saignée et avait renversé le bocal de sangsues. Le docteur, qui avait vu là une étape de la convalescence, avait cédé. Susciter l'hostilité de son patient n'était pas le bon moyen pour qu'il se rétablisse ; on doit laisser aux princes le soin de décider par eux-mêmes jusqu'à quel point ils souhaitent être malades. Il était sans doute sage de ne pas paraître trop mal en point devant un ambassadeur — les alliés étaient alors connus pour changer de camp quand ils s'apercevaient que le pouvoir qu'ils soutenaient était sur le déclin.

— Je suis ravi de constater que Votre Altesse est en voie de guérison.

Les yeux mélancoliques de l'ambassadeur vénitien, que ses lourdes paupières dissimulaient presque entièrement, lançaient un regard perçant. En le croisant, le prince comprit que derrière ces yeux tristes s'élaborait déjà un rapport sur son état et sur une rechute éventuelle. Il s'efforça de maîtriser le tic de sa bouche, qu'il transforma en un sourire figé et tordu.

— J'attendais avec impatience le moment de me présenter devant vous, poursuivit l'ambassadeur d'une voix mielleuse, afin de vous présenter mes félicitations pour la reprise de Mascia. Votre Altesse a bien de la chance d'avoir à son service une *condotta* aussi capable et efficace que celle conduite par Ridolfo Ridolfi.

Le prince en déduisit que la Sérénissime serait enchantée de s'assurer elle-même les services de Gatta, et qu'elle se demandait également où Scipione trouvait les moyens de payer quelqu'un d'aussi redoutable. Il opina du chef d'un air aimable.

Beaucoup d'implications couraient sous cet échange de propos : tout le monde savait que la République vénitienne entretenait des rapports difficiles avec le pape ; le Saint-Père songeait à substituer au prince Scipione un homme plus puissant capable de lui conserver l'État papal de Viverra ; les Vénitiens, pour leur part, attendaient de voir si leur soutien mettrait en échec les plans du pape en vue du remplacement de Scipione, mais au cas où celui-ci serait renversé, ils laisseraient faire. Pour le moment, les succès et l'apparente loyauté de Gatta faisaient pencher la balance en faveur de Scipione. Le condottiere devait par conséquent être ménagé.

L'irruption d'un Gatta particulièrement contrarié dans la chambre du prince aurait suffi à faire monter la température de n'importe quel convalescent. Voyant que ses protestations étaient inutiles, le docteur se retira à l'extrémité de la vaste pièce, où, tel Ponce Pilate, il se lava les mains de toute l'affaire dans une cuvette de cuivre que lui présenta son assistant.

Comme Ponce Pilate aussi, Gatta était en quête de la vérité.

— Elle est morte ! Ginevra est morte ! Qui a fait cela ?

La moralité était hors de propos : leur relation n'était un secret pour personne. Le Vénitien avait envoyé à la République un rapport qui, après avoir détaillé les charmes de dame Matarazza, spéculait sur son sens de la propriété et sur la possibilité de la corrompre afin d'exercer une influence sur Gatta. Le prince ayant fait remarquer à ce dernier la présence de l'ambassadeur, le condottiere ébaucha, en s'interrompant à peine, une vague inclinaison du buste à son adresse. L'ambassadeur comme le prince écoutèrent attentivement le récit qu'il fit de la mort de sa maîtresse.

— Quelle chose terrible que de découvrir cela à votre retour ! Nous allons faire enquêter sur-le-champ. Qui l'a découverte ? Est-ce vous ?

— Non, une des suivantes de la princesse, à ce que l'on me dit. J'ai trouvé cet homme dans sa chambre.

Gatta indiqua Sigismondo, qui, debout près de la porte, inclina la tête pour confirmer.

— Il pense qu'elle a été empoisonnée par une paire de gants.

L'ambassadeur vénitien secoua la tête. Des gants ! C'était un stratagème courant. La République l'avait elle-même employé à diverses reprises. Une méthode très aléatoire qui avait entraîné quelques sérieuses déceptions — et quelques succès. Cet homme que Gatta avait trouvé en compagnie du cadavre de sa maîtresse, que faisait-il chez elle ? L'une des choses qu'il devait faire avant de rédiger son rapport était de se renseigner plus précisément sur cet individu. Il ressemblait en effet étrangement à la description qu'on lui avait faite de l'agent qui avait sauvé Rocca pour le compte de son duc[1] et dont la présence active en France lui avait été signalée au cours des derniers mois. Les hommes au crâne rasé n'étaient pas rares à l'époque, Michelotto Della Casa en était un exemple ; mais l'ambassadeur avait remarqué les traits fortement marqués, le nez crochu, la bouche pleine mais fermée sur ses secrets, ainsi que l'évidente impression de puissance que l'homme dégageait — d'autant plus intéressante qu'elle paraissait parfaitement contrôlée. C'était là un homme qu'il convenait de garder à l'œil.

— Une paire de gants ! fit le prince en se redressant contre ses coussins.

Un page se précipita pour l'aider, mais Scipione le congédia d'un signe de la main.

— Où sont-ils ? Qui les lui a donnés ?

Sigismondo prit les gants en daim passés sous sa ceinture et les lui montra.

— Je conseille à Votre Altesse de ne pas les toucher. Le poison a probablement été placé dans la doublure, mais il vaut mieux être prudent.

Gatta lui prit les gants des mains, les retourna et donna une pichenette à la frange dorée.

1. Voir *Mort d'une duchesse,* 10/18, n° 3115. *(N.d.T.)*

— Ces gants ne viennent pas de n'importe où. Ils sont luxueux. On ne devrait pas avoir de mal à découvrir d'où ils sortent. Pouvez-vous retrouver celui qui a empoisonné Ginevra ?

La question s'adressait directement à Sigismondo, comme si personne d'autre n'était présent.

— Je vous récompenserai largement.

Il n'échappa pas à l'ambassadeur vénitien que Gatta avait exprimé sa demande — son ordre — sans en référer à son employeur, lequel était pourtant censé être maître de la justice sur son territoire.

— C'est peut-être possible.

Sigismondo devina que l'ambassadeur s'efforçait d'identifier l'origine de son accent, mais il savait que le Vénitien ne parviendrait à aucune conclusion certaine. Tout en étant l'une des nombreuses langues qu'il parlait couramment, à l'évidence l'italien n'était pas sa langue natale. Si elle plut à l'ambassadeur, la prudence de sa réponse contraria fortement Gatta, qui saisit Sigismondo par son pourpoint et approcha son visage du sien.

— *Trouvez-le.*

Plusieurs dents de Gatta avaient été brisées au cours de ses batailles, ce qui conférait à son grondement une sorte de méchanceté sifflante. Mais Sigismondo ne se départit pas de son calme.

— Ou « la » ?

La réplique fit lâcher prise à Gatta, qui recula d'un air pensif. La possibilité qu'une femme pût être jalouse des charmes de Ginevra et de l'amant qu'elle s'était attaché était à la fois probable et flatteuse pour son amour-propre. Il hocha la tête.

— Faites tout votre possible. C'est le souhait de Son Altesse.

Le prince ne discuta pas cette formulation de ses souhaits. Il s'était un peu affaissé dans ses coussins. Sa pâleur s'était accentuée et de la sueur perlait sous ses cheveux.

— C'est exact. Je vous donne tout pouvoir. Tout pouvoir.

Sa bouche fut agitée par son tic. L'ambassadeur se demanda s'il allait avoir la chance d'assister à une nouvelle attaque. Ce serait l'occasion pour lui de fournir une description précise du mal aux docteurs de la République, qui seraient alors en mesure d'établir leur diagnostic de la maladie du prince et leur pronostic quant à son évolution.

À cet instant, le médecin, qui avait chaussé ses lunettes et observait la scène du bout de la pièce, estima qu'on avait atteint un stade où, s'il ne voulait pas se voir reprocher un incident fatal, il était grand temps pour lui d'exercer son autorité. Il rassembla tout son courage et, se souvenant qu'il était titulaire de diplômes délivrés par les facultés de Padoue et de Salerne, et que les hommes ici présents, s'ils étaient capables de faire et défaire des rois, étaient impuissants devant certaines choses que lui, en revanche, comprenait, s'avança vers eux.

— Son Altesse... fit-il en s'inclinant rapidement devant chacun. Son Altesse doit se reposer.

Un profond soulagement se peignit sur le visage du prince. S'excusant d'avoir inconsidérément abusé du temps et des forces de son hôte, l'ambassadeur se retira aussitôt.

— Sigismondo, fit le prince.

Sur le point de sortir derrière Gatta, Sigismondo se retourna et revint vers le lit. Le docteur, qui préparait une dose de médicament, n'éleva aucune objection. Ce Sigismondo était homme à apaiser son patient : calme, discret, avec une voix faite pour une chambre de malade. Le docteur approchait avec sa coupe lorsque, avec une vigueur surprenante, le prince lui fit signe de s'éloigner hors de portée de voix. Le docteur se retira sans lâcher la coupe, pour montrer que sa retraite n'était que provisoire.

— Sigismondo... ces gants.

— Altesse ?

— Ces gants sont à moi.

CHAPITRE XV

La prochaine victime ?

— Ces gants appartiennent à Votre Altesse ? Il n'y a aucun doute ?

On n'insinue pas à la légère devant un prince que celui-ci pourrait faire erreur.

— La frange de cannetille. Je m'en souviens.

La main du prince, dont le tremblement était plus marqué que jamais, se porta à son front, qu'elle effleura, comme pour effacer plutôt qu'évoquer le souvenir.

— Ils se trouvaient dans la boîte en marqueterie près de la porte. C'est là où on range les gants.

— Qui les y range, Votre Altesse ?

Avec irritation, le prince agita la main devant son visage.

— Oh, les pages, les pages, je suppose. Je les porte au laboratoire. On me les donne, ou je les prends moi-même quand j'en jette une paire. Mon épouse n'aime pas voir des traces de brûlures sur mes mains.

Sigismondo se pencha pour que sa voix ne soit audible que par le prince.

— C'est Son Altesse qui vous procure vos gants ? Elle les fait faire à votre intention ? Est-ce elle qui vous a donné ceux-ci ?

— Elle s'assure qu'il y a toujours des gants dans la boîte. C'est son habitude.

Le malade se tut et jeta un regard en direction du docteur, qui tenait toujours la coupe et se raclait la gorge de manière éloquente.

— Ceux-ci étaient trop fins. Je préférais utiliser mon ancienne paire. J'avais l'intention de le lui dire...

Il réalisa alors ce qu'impliquaient ces mots. Il fixa Sigismondo d'un regard horrifié.

— Non. Non, pas elle.

Ses yeux se fermèrent. Il glissa sur les coussins comme s'il se tassait sur lui-même.

Aussitôt Sigismondo le soutint et tourna la tête vers le docteur qui approchait.

— Vous devez vous retirer, messire. Vous voyez que Son Altesse n'est pas en état de parler.

Sigismondo sortit tandis que le médecin insérait un tuyau dans la gorge du prince à demi inconscient afin de lui faire ingurgiter sa potion, tel un vétérinaire soignant un vulgaire cheval.

Benno attendait devant la porte, serrant Biondello sous son pourpoint. Quoique la belle dame qui lui avait dérobé son chien fût morte, il ne voulait plus se risquer à le transporter sous son bras en ce palais étrange où le premier venu pouvait s'enticher de lui et l'adopter ; Benno n'était pas près d'oublier qu'il était réduit à une totale impuissance en une telle situation. Même s'il avait conservé sa petite taille, son chien était devenu plus vigoureux depuis qu'il l'avait acquis et il était moins commode à porter, mais Benno y était contraint.

Il avait considéré un moment la perte provisoire de Biondello comme un signe divin lui enjoignant de se départir de son unique bien, mais il devait à présent admettre que le fait que Biondello lui ait été restitué et que celle qui le lui avait enlevé ait succombé à une si terrible punition constituaient également des signes divins. Sans aucun doute la jolie dame — que la Sainte Vierge ait pitié d'elle — avait-elle commis d'autres actes, bien pires, pour mériter la mort, mais s'approprier des choses qui ne lui appartenaient pas n'avait-il pas scellé son destin ?

Il se trouva que Sigismondo en convint.

Il était midi et ils devaient se restaurer, l'heure n'était pas propice à quelque enquête que ce fût. Ils quittèrent donc la ville par la porte que le prince Francesco avait empruntée quelques heures plus tôt sur son lit d'oignons et trouvèrent au bord de l'eau une petite auberge dont la clientèle était essentiellement composée de pêcheurs et de marchands fluviaux. Ils mangèrent un excellent repas composé de tranches de polenta grillées au feu de bois et d'anguilles marinées dans du vinaigre, du romarin et du poivre. Ils terminèrent par des beignets de châtaignes, puis, s'étant munis d'une nouvelle cruche de vin âpre, allèrent s'asseoir dehors sur un banc pour contempler la rivière. Biondello, gavé d'une purée de pain et de saucisse que Benno lui avait offerte pour remercier le Ciel, resta quelques minutes à somnoler à leurs pieds avant de se traîner jusqu'au bord de l'eau afin de se désaltérer.

— Hum... hum. Elle a probablement subtilisé les gants à la faveur de la confusion qui a suivi la crise du prince. Je l'ai vue trébucher et faire tomber la boîte posée sur le coffre. Pendant qu'on l'aidait à se relever, elle a dû glisser les gants en lieu sûr, sans doute dans quelque repli de ses jupes.

— Une vraie pie, ma parole ! Vous auriez dû voir comment elle a filé avec Biondello. Elle me l'a carrément chipé des mains, j'en suis resté bouche bée.

Le large sourire qui fendit le visage de Sigismondo indiqua que celui-ci songeait que cela n'avait pas dû modifier beaucoup l'expression habituelle de Benno.

— Je pense qu'elle s'appropriait ce qu'elle pouvait quand elle le pouvait. Peut-être que bon nombre des trésors qu'elle avait accumulés dans sa chambre ne lui appartenaient pas... Gatta était sa plus grosse prise. Mais en dérobant ces gants, elle ne se doutait pas qu'elle volait sa propre mort.

Benno prit un air solennel.

— Je parie que ça vient du frère Ambrogio. Hier il a

dit que la mort guettait chacun d'entre nous. Sa venue ici a peut-être accéléré les choses, vous ne croyez pas ?

Il était inutile de discuter une superstition, et Sigismondo ne s'y aventura pas. Benno n'avait pas été témoin de l'hystérie de Ginevra quand elle avait aperçu le crâne qui regardait dans sa chambre. Il se versa un gobelet de vin et exposa son visage au soleil d'automne.

— Je ne pense pas que le frère Ambrogio ait beaucoup à voir avec ce qui se passait ici avant son arrivée.

Tandis que Sigismondo se penchait pour ramasser à ses pieds un fragment de clayonnage qu'il lança dans l'eau, Benno attendit de voir si cette remarque annonçait quelque révélation sur les événements qui s'étaient déroulés dans le palais. Mais tout ce qui se passa fut que Biondello, prenant le lancer du bout de bois comme une invitation à l'héroïsme, se jeta à l'eau pour le sauver de la noyade. Benno se risqua à poser une question directe.

— Alors comme ça, quelqu'un essaie depuis un moment d'empoisonner le prince, hein ? Ces gants lui appartenaient, non ? fit-il en se grattant la barbe d'un air pensif. Mais alors pourquoi la jeune dame est-elle morte tout de suite, et pas lui ?

— Hum... hum. Il pourrait y avoir plusieurs raisons à cela.

Biondello, qui s'était dépensé un peu trop tôt après son festin de saucisse, remonta à grand-peine le sentier et déposa diplomatiquement son bout de bois entre les bottes élimées de Benno et les souliers de cuir ouvragé de Sigismondo. Mission accomplie, il recula de quelques pas et s'ébroua, arrosant par la même occasion les deux hommes. Sigismondo rit avant de poursuivre :

— Elle avait malheureusement une plaie à la main. C'est ce qui a permis au poison de passer dans son sang...

— Mais les mains du prince sont tout écorchées, fit Benno qui, absorbé par le sujet, interrompit son maître. Pourquoi le poison ne l'a-t-il pas tué ?

Sigismondo haussa les épaules.

— Je pense que le prince a d'une manière ou d'une autre déjà absorbé du poison, et que cela l'a immunisé.

La mâchoire de Benno s'affaissa et il demeura quelques instants silencieux.

— Il s'est *habitué au poison*? finit-il par dire.

— Il existait il y a bien longtemps un roi du nom de Mithridate. Conscient que certains essaieraient de l'empoisonner pour le chasser du trône, il se prépara à cette éventualité en s'administrant lui-même de faibles doses de différents poisons. Le corps s'habitue peu à peu aux produits dangereux. Ce sont les chocs brutaux qu'il n'aime pas.

« Comme quand il est séparé de sa tête », songea Benno.

— Mais alors, si quelqu'un essaie de tuer le prince, il doit être fatigué d'attendre qu'il meure. Avec quelle excitation l'empoisonneur doit assister à chaque nouvelle crise du prince ! Mais au fait, ces vapeurs ? N'ont-elles rien à voir avec son mal ?

— Hé, qui sait ? Je ne suis pas médecin. Mais une chose est sûre, Benno : peu de circonstances tournent mal sans qu'il y ait au moins trois raisons à cela. Tu peux te tirer sans dommage d'une ou deux erreurs, et puis, pfft !

Il claqua des doigts et souffla dessus.

— À la suivante, tu n'es plus là. Peut-être que le prince peut supporter les émanations jusqu'à un certain point, et qu'ensuite elles le rendent malade. Il se porte toujours mieux quand il se tient éloigné du laboratoire, mais n'oublions pas qu'il ne met les gants qu'on lui procure qu'à *l'intérieur* de son laboratoire.

— Et qui les lui procure ?

— D'après lui, son épouse bien-aimée.

Benno s'étrangla et toussa, recrachant sa gorgée de vin par terre.

— La princesse ? fit-il en s'essuyant les yeux et la barbe. Elle essaierait de le tuer ? Mais pourquoi ?

— Difficile à dire, puisque cela la priverait du statut et de la sécurité dont elle jouit.

— Dans ce cas-là, ce serait son fils qui succéderait au prince, n'est-ce pas ? Et elle se retrouverait dans la position de la vieille dame. Pas très drôle. Quoiqu'elle pourrait prendre assez vite un nouveau mari. Et son fils n'a pas l'air d'être très capable, je ne le vois pas bien résister à des gens comme Gatta. Il n'en ferait qu'une bouchée.

Benno imagina Gatta se léchant les babines comme un gros chat après avoir lapé un bol de crème.

— À moins que Gatta préfère déguster la princesse.

Benno réfléchit.

— Vous voulez dire qu'il la convoite ?

Il contempla un instant la rivière, puis tourna la tête vers Sigismondo.

— L'aurait-il poussée à empoisonner le prince ? Dans ce cas, il a dû être fou de rage en apprenant que c'est sa maîtresse qui a enfilé les gants par erreur.

— Ginevra a sans aucun doute commis une erreur. Pourtant, c'est lui-même qui m'a demandé de retrouver la personne qui avait fourni ces gants. Pensait-il qu'elle serait difficile à identifier ?

Benno observa Sigismondo. Gatta ne serait pas resté longtemps à la tête d'une *condotta* s'il se trompait sur le compte des individus ; il ne doutait certainement pas que Sigismondo remplirait la mission qu'il lui avait confiée.

— Peut-être a-t-il pensé qu'au cas où vous découvririez que c'était la princesse, vous n'oseriez pas le dire ? finit par suggérer Benno.

Ce dernier avait considérablement accru sa connaissance du monde depuis sa rencontre avec Sigismondo, mais rien n'aurait pu l'empêcher de penser qu'il n'était pas raisonnable d'accuser un grand personnage. Ce n'était même pas prudent de savoir que tel ou tel avait commis des actes répréhensibles. Vous pouviez vous retrouver très vite à partager un cul-de-basse-fosse avec quelques serpents, et à manquer de temps pour regretter votre imprudence. Sigismondo secoua la tête.

— Il ignorait peut-être où Ginevra s'était procuré ces

gants. Plus d'une dame de la Cour devait la jalouser pour avoir pris Gatta comme amant... Allons, il est temps de rentrer à Viverra.

Sigismondo se leva tandis que deux hommes vêtus de la tunique de grosse toile élimée des pêcheurs de pleine mer débarquaient de leur bateau et gravissaient la rive en direction de l'auberge. Portant un panier dégoulinant d'eau et sentant le hareng, ils cheminaient en silence, impatients d'étancher leur soif. Un garçon resté à bord regarda ses patrons entrer dans l'auberge, et deux étrangers accompagnés d'un petit chien prendre le chemin de la ville. Quelle liberté, de pouvoir faire ce que l'on veut sans avoir le moindre souci !

Marchant sur les talons de Sigismondo, Benno s'était justement senti envahi d'un brusque souci. S'il apprenait que son maître était chargé de découvrir la personne qui avait fourni les gants, l'empoisonneur n'allait-il pas le choisir comme prochaine victime ?

CHAPITRE XVI

Peinture, prières et problèmes

Leone Leconti avait l'habitude qu'on le regarde peindre. Cela ne l'enchantait guère, mais ses protecteurs aimaient se pencher par-dessus son épaule — après lui avoir gentiment ordonné de ne pas interrompre sa tâche — et faire part à leurs amis, parents et admirateurs de leurs commentaires sur son sujet, sur le traitement qu'il en faisait, sur sa technique et son utilisation des couleurs. Bien informés sur le premier de ces points, pour l'avoir généralement choisi, ils ignoraient tout des autres, même s'ils s'efforçaient de donner l'impression du contraire.

Leconti continuait donc à mélanger et à appliquer ses pigments, que son élève avait soigneusement pilés et préparés, tout en entendant énoncer la description de ce qu'il ne faisait pas, au milieu des murmures impressionnés de l'entourage de son protecteur. Il devait plaire, et comme il était à la fois un peintre compétent et, désormais, un artiste expérimenté et parfois inspiré, il savait qu'il pouvait plaire. Même ceux parmi ses protecteurs qui n'avaient aucun goût et étaient parfaitement incapables d'apprécier ses dons étaient fiers d'avoir obtenu ses services, et il recevait presque autant de louanges et d'argent que ce qu'il estimait mériter. Il s'acquittait d'un certain nombre de commandes que lui avait passées le prince Scipione, lequel, même si ce n'était pas sa passion principale, était doué d'un sens artistique indéniable ; et Leconti espérait que ses émoluments lui permettraient de se débarrasser de la plus grosse partie de ses dettes, et de s'offrir la plus belle garde-robe que la cité pouvait fournir.

Mais, pour l'instant, il avait plusieurs problèmes. Bien entendu, il s'agissait de difficultés purement techniques liées à son art, que patience et application finiraient par résoudre — quoiqu'il désespérât de saisir l'essence de la beauté de la princesse.

Mais il y avait aussi le problème de la maladie du prince. Certes on assurait qu'il avait déjà eu ce genre d'attaque et qu'il s'en était remis, mais en apprenant la nouvelle, Leconti avait pendant un moment vu lui échapper sa belle garde-robe toute neuve. Il avait une fois travaillé pour un client qui avait trépassé alors que Leconti était en train de peindre son portrait ; non seulement son successeur n'avait pas souhaité qu'il le termine, mais il avait refusé de le payer *parce qu'il n'était pas fini*. L'épisode était resté en travers de la gorge de Leconti et expliquait sa nervosité. Quoique rassuré que le prince se trouvât mieux, le peintre craignait toutefois que ses splendides habits neufs — déjà commandés, et qu'un tailleur installé dans une ruelle de la ville était en train d'orner de galon d'argent — soient plus difficiles à obtenir que prévu.

Dans son esprit, cette difficulté était due à l'homme qui regardait par-dessus son épaule, individu doté d'un fort sens critique. Le frère Ambrogio, au moins, restait silencieux, les mains croisées devant lui, tandis qu'il examinait son travail. Leconti avait préparé un panneau pour la phase finale du portrait de la princesse.

Le panneau central du triptyque, déjà terminé, était appuyé contre un mur en attendant que son cadre reçoive sa dorure. Le panneau de droite, qui représentait le prince, était presque achevé. Le panneau du centre, dans l'ensemble, satisfaisait Leconti. Le garçon miraculeusement rendu à la vie était assis sur sa bière, les bras levés en direction de saint François qui flottait horizontalement au-dessus de lui, les mains sanguinolentes esquissant le geste de la bénédiction. Leconti était particulièrement fier de la façon dont il avait rendu la robe du saint, qui paraissait vraiment portée par un souffle divin. En arrière-plan l'artiste avait fidèlement restitué la grand-place de la ville, avec la façade du palais et la cathédrale reproduites dans le moindre détail, et sur laquelle il avait représenté, contre rétribution de leur part, quelques notables.

En tant que donateurs du triptyque de l'autel, le prince et la princesse figuraient sur les panneaux mobiles situés de part et d'autre. Leconti avait peint la princesse douairière, vêtue d'un brocart rose et les cheveux gris retenus par un filet de perles, en extase béate à la tête de la bière, faisant face au saint. Le jeune prince Francesco se tenait debout derrière elle, le regard indifférent dirigé vers l'extérieur du tableau, comme si les miracles étaient à ses yeux un tantinet dépassés et, en tout état de cause, ne le concernaient nullement. Les filles de la princesse — Leconti avait effectué un voyage épuisant, au plus fort de l'été, afin de peindre l'aînée de quinze ans au domicile de son mari — étaient rassemblées autour de leur frère, les deux plus petites regardant le saint volant comme si elles mouraient d'envie de faire bouffer leurs jupes pour le rejoindre dans les airs.

— Avez-vous sollicité l'inspiration divine avant de peindre le visage de saint François ?

La question, perspicace, montrait que la ressemblance entre le saint personnage et l'artiste lui-même n'avait pas échappé au frère Ambrogio. Leconti marmonna quelques sons ambigus pour toute réponse. Il était heureux, en tout cas, que grâce au prénom que le prince avait donné à son aîné son tableau représentât saint François.

Le frère Ambrogio se replongea dans le silence. Il avait pivoté sur son siège pour observer Mario, l'élève du peintre, qui, un foulard noué sur la bouche et le nez, s'affairait à piler des pigments sur une table à tréteaux.

Revenant à sa position initiale, il pointa un doigt décharné en direction de la soucoupe contenant une pâte jaune comme du beurre posée sur la petite table à côté de Leconti.

— On croirait qu'il s'agit de quelque nourriture. Qu'est-ce que c'est ? s'enquit-il.

— De l'orpiment, mon père. Un pigment vénitien. Nous l'utilisons aussi pour les enluminures — avec du bleu, il donne un vert divin.

— Toutes les couleurs sont divines, mon fils.

Le ton de réprobation était presque inconscient ; le prêcheur pencha la tête avec fascination vers la pâte d'un jaune luisant et en approcha le doigt comme pour la goûter. Leconti se dit qu'il était sans doute en période de jeûne et qu'il était instinctivement attiré par une matière d'apparence si comestible. Il écarta le doigt d'un geste vif.

— N'y touchez pas, mon père. C'est du sulfure d'arsenic. Un poison. Vous vous retrouveriez devant saint Pierre plus vite que vous l'auriez souhaité.

Le frère Ambrogio retira son doigt et recroisa les mains devant lui avec un petit sourire. « Quel visage ! songea Leconti en mélangeant sur sa palette la teinte verte destinée à la chair ; quel dommage que je ne l'aie pas eu comme modèle quand j'ai peint ce saint Antoine pour le duc de Rocca ! Ces joues hâves, ces yeux brûlants enfoncés dans leurs orbites — et pourtant quelle merveilleuse bonté dans le sourire ! Seigneur, obtenez-moi une autre commande de saint Antoine un de ces jours... Je lui demanderais de poser pour moi. D'ailleurs, saint Antoine est un sujet très demandé : il permet de glisser quelques femmes nues pour représenter ses tentations. Ce sourire serait beaucoup plus intéressant pour exprimer un refus sincère que l'habituelle grimace torturée. Si je peux, je mettrai le visage de la princesse Isotta sur une de ces diablesses en costume d'Ève, ainsi je la paierai de retour pour avoir hanté mon esprit — esquissant une danse lascive, se dépouillant de son ultime voile comme Salomé devant Hérode. »

Fixant la digne silhouette agenouillée de la princesse, il y superposa mentalement son corps nu...

Le frère Ambrogio avait sans doute senti que l'imagination du peintre s'était échauffée. Il se jeta brusquement à genoux tandis que Leconti, surpris, laissait échapper son pinceau.

— Ô Seigneur bien-aimé ! déclama le prêcheur de son émouvante voix grave. Considère avec pitié cet homme assailli par les vanités ! Purifie son cœur et son esprit afin que l'œuvre de sa main célèbre Ta gloire, et non la sienne ! Il doit utiliser le poison. Fais en sorte qu'à son dernier jour les poisons de ce monde ne le précipitent pas dans les flammes éternelles de l'Enfer !

Le frère Ambrogio se signa, se leva et, après avoir adressé à Leconti un sourire d'une singulière douceur, quitta la pièce.

Tandis que Leconti peignait et que le prêcheur priait pour lui, Sigismondo poursuivait ses recherches sur la paire de gants. Il n'eût guère été diplomatique de demander à la princesse si elle avait tenté d'empoisonner son mari, et il fallait faire preuve de tact en interrogeant les pages concernés.

Emilio, un des pages au service de la princesse, plaçait toujours les gants qu'offrait la princesse à son mari dans la boîte en marqueterie placée à l'entrée de la chambre du prince. Il était ensuite de la responsabilité de Basilio, page du prince, d'anticiper le moment où celui-ci devait se rendre dans son laboratoire et de sortir une paire de gants de la boîte. Mais Sigismondo apprit qu'en général il était impossible de prévoir quand le prince, un homme impulsif qui bien souvent ignorait lui-même ce qu'il ferait l'instant suivant, allait rendre visite à l'alchimiste. Basilio et les autres s'étaient souvent trompés, courant après leur maître avec des gants dont il n'avait pas l'usage, incapables de les lui donner quand il en avait besoin. Ils avaient été pris de panique un jour que le prince était sorti dans le parc alors que la boîte à gants était vide. Après un quart d'heure de chaos, on avait appris que le prince avait lui-même emporté la dernière paire.

Tous les pages à qui Sigismondo montra les gants convinrent qu'ils étaient beaucoup trop fins pour être utilisés au laboratoire. En règle générale, on y mettait des gants solides de cuir brut — même si celui-ci était de bonne qualité, approprié à des mains princières —, sans galon d'or ni frange de cannetille. Ces ornements étaient une absurdité.

— Y a-t-il pu avoir confusion avec d'autres gants lui appartenant ? Ceux-ci ressemblent à ceux qu'un prince pourrait mettre pour monter à cheval, par exemple.

Le page chargé de la garde-robe princière examina avec attention les gants que, sans les lâcher, lui montrait Sigismondo.

— Ils n'appartiennent pas à Son Altesse ; et je n'ai jamais vu personne les porter à la Cour.

— Quand Son Altesse est revenue du laboratoire et s'est trouvée mal, elle portait des gants. Le frère Ambrogio les lui a ôtés. Pourtant, il y en avait une autre paire dans la boîte en marqueterie.

Basilio, le page du prince, déclara qu'il avait fait remarquer à Emilio que les gants de leur maître commençaient à s'user.

— De sorte que j'en ai mis une nouvelle paire dans la boîte.

— Et c'est moi qui, comme d'habitude, aurais récupéré la vieille paire pour les brûler, ajouta Basilio en fronçant les narines pour souligner le dégoût que lui inspirait cette tâche.

— Et Emilio se procure les gants neufs auprès de... ?

— C'est un gantier de la ville qui les livre chaque mois.

Suivi de Benno, Sigismondo partit en quête du fabricant de gants. Dans les rues traînaient des hommes de Gatta, attifés de pièces de vêtement provenant du pillage de Mascia, qui saluèrent Sigismondo au passage.

Le gantier se plaignit amèrement de la nouvelle ambiance qui régnait dans la ville, et plus particulièrement de l'idée selon laquelle les gants étaient des objets de luxe. Il n'était pas sûr que les gants qu'il fabriquait à l'intention des personnes aisées de Viverra, et qui lui avaient été pourtant commandés, lui soient payés maintenant que les gens prenaient garde de ne pas arborer des parures trop voyantes. Des bandes de gamins et de jeunes hommes parcouraient les rues pour faire respecter la nouvelle austérité — il avait entendu dire qu'ils avaient intimé l'ordre à un aubergiste de fermer boutique et, devant son refus, saccagé son établissement et percé ses barriques.

— Ils confisquent tout ce qu'ils appellent des *vanités*, messire. On m'a dit que plusieurs paires de mes gants — reconnaissables entre tous à leur qualité, et cousus de perles fines, si Votre Honneur veut bien me croire — ont été jetées sur le bûcher de la grand-place.

Égaré, l'artisan n'avait pas remarqué tout de suite les gants que lui montrait Sigismondo.

— Non. Ils ne viennent pas de chez moi. Pas même de la ville. Ils sont de facture *vénitienne*.

CHAPITRE XVII

« Michelotto ! »

En sortant de la boutique du gantier, Sigismondo et Benno entendirent des cris au loin. Parés de leurs plus beaux atours, les hommes de Gatta s'étaient élancés dans les rues en quête de vin et de filles. Ils se heurtèrent à des auberges fermées et à des bordels silencieux. Les voyant tambouriner, ébahis et indignés, aux portes et volets clos, des passants les informèrent qu'ils ne devaient pas espérer pécher dans une cité que le frère Ambrogio avait placée sous la tutelle du Christ.

Certains soldats, qui avaient bu avant de quitter leur campement, en furent sur-le-champ dégrisés. Mais la plupart d'entre eux, même s'ils avaient probablement entendu parler du Christ, ignoraient tout du frère Ambrogio. Quand ils avaient pris Mascia, ils se battaient pour le prince de Viverra, pas pour le Christ. Où était ce frère Imbroglio quand eux-mêmes versaient leur sang devant Mascia ? Pourquoi ceux-là mêmes qu'ils avaient sauvés de Carlotti ne leur montraient-ils pas plus de gratitude ?

— Mais vous avez été grassement payés pour ça !

L'ingrat qui venait de crier ces mots reçut en plein visage une poignée de lisier ramassé dans le caniveau. Cela aurait fort bien pu déclencher une émeute générale si le chef des soldats, qui se souvenait de l'ordre donné en souriant par Michelotto — ses hommes devaient se comporter pacifiquement en ville lorsqu'il les autorisait à quitter le camp —, n'avait pas saisi le lanceur de lisier par les épaules pour l'emmener.

Les choses en seraient sans doute restées là si les soldats n'avaient pas rencontré un groupe de citadins dirigés par le frère Columba, qui orchestrait la campagne du frère Ambrogio maintenant que celui-ci était occupé au palais. Son inépuisable énergie lui avait permis de recruter ces bandes de jeunes gens dont avait parlé le gantier. Ils écumaient les rues, cognaient aux portes et exhortaient les habitants à leur remettre leurs biens les plus précieux. Une fois entrés dans les maisons, ils désignaient ce qu'ils considéraient comme des objets de luxe, mais qui, du fait que la majorité de ces jeunes était d'origine plus pauvre que ceux chez qui ils se trouvaient, n'étaient en réalité que d'antiques biens de famille. Seuls quelques habitants osèrent chasser les intrus. On s'était emparé de postiches, voire, une ou deux fois, de chevelures qui résistèrent car elles étaient authentiques, on arracha leurs rubans aux femmes, surtout ceux qui fermaient les corsages et corselets. On avait récupéré de force un luth avant de le fracasser sur la tête de son propriétaire ; un groupe de joueurs avait vu ses cartes et dés confisqués et n'avait pas protesté, car telle était la nouvelle ambiance qui régnait sur la ville. La police municipale, les hommes du maréchal, restait cloîtrée dans ses quartiers, derrière les portes closes. Soit tout cela durerait le temps d'un feu de paille, soit le prince lui ordonnerait de réagir et de prendre certaines mesures ; en attendant, il y avait du vin et des cartes, peut-être les dernières qui ne soient pas menacées.

Les bandes arrêtaient également les passants dans la rue et exigeaient qu'ils leur remettent bijoux et beaux habits.

Les hommes de Gatta arboraient quantité des uns et des autres.

— Donnez au Seigneur !

Un gaillard d'une quinzaine d'années, dont la taille et la vigueur en faisaient le chef naturel de la bande de purificateurs qu'il menait, aborda les soldats en tendant la main avec assurance.

— Quel seigneur ?

La question était sincère. Le soldat qui la posa avait combattu pour de nombreux seigneurs au cours de sa vie.

— Si c'est ton prince, m'est avis que c'est plutôt lui qu'a une dette envers nous ! Hé ! Arrête !

On était en train d'essayer de lui soutirer une fine chaîne d'or qu'il avait personnellement volée à l'épouse d'un gros notable de Mascia. Ce malotru méritait une leçon.

Le jeune malotru en question était sur le point d'arracher la chaîne du cou du soldat quand un coup violent l'envoya rouler parmi ses camarades. Les habits, cheveux postiches, fards et jeux de cartes qu'ils avaient récupérés s'éparpillèrent dans la rue. Un porc en maraude, stupéfait de se retrouver avec une perruque entre les deux oreilles, fila sans demander son reste, les boucles dansant sur son groin. Des pierres volèrent, et l'une d'elles frappa un soldat à l'oreille, tachant de sang son justaucorps de soie tout récemment acquis. Des gens accoururent d'une place voisine, où ils écoutaient un des sermons enflammés du frère Columba, prêts à combattre pour leur nouveau prince, le Christ, avec la même sauvagerie que les croisés.

Ce furent leurs cris que Sigismondo et Benno entendirent tandis qu'ils longeaient la ruelle obscure allant de chez le gantier à la maison que le prince avait donnée à Gatta, et que celui-ci était en train d'inspecter. Sigismondo avait l'intention de lui dire qu'il n'avait pas encore découvert l'origine des gants empoisonnés, taisant pour des raisons diplomatiques leur provenance vénitienne, information dont il réservait la primeur au prince.

— Est-ce qu'on ne devrait pas aller voir ce qui se passe ? s'enquit Benno.

Sigismondo le secoua amicalement par les épaules.

— Partout où tu iras dans le monde, il y aura des cris

et du désordre. Il est inutile de leur courir après. Si tu ne peux pas éviter une bagarre, alors choisis si tu le peux le moment de t'en mêler.

Benno devait se souvenir très vite de cette sage formule.

Gatta était satisfait des belles proportions de sa nouvelle maison, que le prince avait achetée quand l'ancien propriétaire avait fait faillite. Il reçut Sigismondo avec grande cordialité, puis l'emmena dans le vaste hall de réception où s'affairaient encore des vitriers. Il était sans doute prévu que le haut plafond voûté soit décoré d'une ronde de personnages mythologiques, mais tout ce qui flottait pour l'instant dans l'empyrée bleu était un aigle solitaire.

— Ainsi ces gants étaient destinés au prince ?

Les ennemis de Gatta étant, après tout, les ennemis du prince, il n'avait pas besoin de renoncer à l'idée de les démembrer de ses propres mains. Il comprit vite que Ginevra avait dérobé la paire de gants et versa une larme devant cette erreur pathétique. Ensuite, il raccompagna les deux hommes jusqu'à la porte et, s'arrêtant en haut des marches, étreignit Sigismondo comme un compagnon d'armes.

Cette étreinte fut observée avec attention par trois hommes dissimulés dans l'ombre d'une ruelle.

Après s'être débarrassés du jeune prince en l'abandonnant sur la berge dans la brume du petit matin, Aldo, Pio et Fracassa avaient remonté le courant en manœuvrant la perche sans cesser de s'adresser à mi-voix de violents reproches. L'accusation de stupidité lancée par Fracassa avait provoqué de la part de Pio la réplique dans laquelle il excellait. Déséquilibré par l'impact du crâne de Pio sur son front, Fracassa tomba à la renverse dans l'eau et perdit la seconde perche. Ballotté au gré du courant, le bateau se mit à tourner lentement sur lui-même tandis que Fracassa, qui haletait et cherchait à écarter les longs cheveux qui adhéraient à son visage, s'efforçait d'agripper le plat-bord pendant que Pio essayait de lui écraser les mains. Aldo fit un croc-en-jambe à Pio avec le fourreau de l'épée de Fracassa et, pendant que Pio pataugeait au fond de l'embarcation, hissa Fracassa à bord. Devant la détermination d'Aldo, qui menaça de les estourbir tous les deux, les protagonistes finirent par se calmer. Entendant des cris grossiers en provenance d'un bateau qui remontait la rivière et dont les occupants les pressaient sans ménagement de maîtriser leur embarcation, ils firent aussitôt bloc contre l'ennemi commun et réalisèrent du même coup qu'ils descendaient à nouveau le courant.

Pio déclara que Fracassa, qui était déjà mouillé, devrait sauter à l'eau et tirer le bateau vers la rive. Fracassa proposa que Pio plonge et les pousse vers le bord à coups de tête. Aldo leur fit alors remarquer que la perche flottait à côté d'eux, ce qui était presque vrai. Fracassa refusa que quiconque essaie de l'accrocher à l'aide de son épée, et, retenu par les deux autres, Aldo, le plus grand des trois, tentait de l'atteindre en étirant le plus possible le bras quand le bateau heurta une racine de saule, précipitant tout le monde à l'eau.

Aldo, qui ne savait pas nager, s'aperçut heureusement qu'il avait pied et que l'eau ne lui arrivait qu'aux aisselles. Sa chute ayant repoussé la perche un peu plus loin, il voulut s'en rapprocher, mais découvrit aussitôt que le fond de la rivière s'enfonçait d'un coup. Le voyant couler, Fracassa l'agrippa par les cheveux pour lui maintenir la tête hors de l'eau, mais Aldo ne lui en fut nullement reconnaissant. Ses protestations ainsi que les commentaires de Pio se mêlèrent aux geignements de Fracassa se plaignant de douleurs au bras et à l'épaule. Pourtant, toutes ces manœuvres avaient propulsé le bateau vers la berge, qu'il heurta violemment, et les trois compères finirent, trébuchant, glissant et se querellant, par se hisser sur la terre ferme. Ils y restèrent assis un moment, chacun expliquant aux autres ce qu'ils auraient dû faire, jusqu'à ce qu'Aldo déclare d'une voix ulcérée que leur tâche à

Viverra n'était pas accomplie. Le silence tomba. Aldo leur fit remarquer que marcher les réchaufferait.

Au bout d'un moment il se releva et prit le chemin de Viverra. Après quelques pas il se retourna et rappela à ses deux compagnons que c'était lui qui transportait l'argent.

Au moment, donc, où ils virent Sigismondo prendre congé de Gatta, leurs habits avaient presque entièrement séché, même si leurs pieds étaient douloureux du fait d'avoir marché dans des bottes humides et que, non loin d'une des portes de la cité, leur allure avait poussé une bonne âme à leur proposer quelque argent, qu'ils n'avaient pas refusé.

Lorsque Sigismondo et Benno s'engagèrent dans une étroite ruelle en direction du palais, le trio s'engagea comme un seul homme à leur suite, unis une nouvelle fois dans une hostilité commune. La férocité de leur silence était presque palpable.

Les deux hommes qu'ils suivaient n'étaient pas pressés. En fait, ils s'arrêtèrent au bout d'une centaine de pas, et celui qui avait le crâne rasé montra à son compagnon un mécanisme permettant de hisser des sacs de grain jusqu'à un grenier. Au-dessus de la porte du grenier était installée une double poulie, d'où pendait un long sac, de la taille d'un petit homme, faisant contrepoids. Une double corde descendait le long du mur jusqu'à un crochet, un gros et solide crochet qui se trouvait pour l'instant retenu par un anneau fixé au mur à un bon mètre du sol, au-dessus d'une barre de fer scellée dans la pierre et portant une autre poulie, à rochet celle-là.

Le monte-sacs occupa les deux hommes le temps qu'il fallut à Aldo et à ses complices pour approcher. L'homme au crâne rasé tendait le bras et faisait de grands gestes, l'autre hochait la tête. Un peu plus loin dans la rue, un petit chien explorait le caniveau, mais à part ça l'endroit était désert en ce somnolent début d'après-midi.

Lorsque le trio fut parvenu à une dizaine de pas, Fracassa leva les bras pour dégainer l'épée qu'il portait dans le dos. Aldo marmonna entre ses dents :

— *Tu n'auras pas assez de place, imbécile !*

Leurs proies ne s'étaient toujours aperçues de rien, et le sommet du crâne rasé s'orienta vers eux lorsque son propriétaire leva la tête en direction du sac qui se détachait sur le ciel.

Ils chargèrent. Seul Aldo cria le nom de leur ennemi en brandissant sa dague :

— Michelotto !

L'homme se retourna d'un bloc. Il tenait un fauchon et tout son corps prouvait qu'il savait s'en servir. Il s'avança à leur rencontre.

Aldo, se défendant de son mieux, réalisa un peu tard qu'il n'aurait pas dû oublier que cette maudite brute était un soldat. Il savait qu'il gênait Fracassa, mais vit Pio qui les contournait en frôlant le mur. Celui qu'ils prenaient pour Michelotto l'aperçut aussi, recula et, pivotant sur lui-même, expédia un coup de pied dans le genou d'Aldo puis, croisant sa lame avec la courte épée de Pio, le repoussa contre le mur, où le petit homme se tenait prêt à le poignarder dans le dos. Aldo se précipita en clopinant à la rescousse de Pio, entendit le sifflement que l'épée de Fracassa émit en glissant hors de son fourreau et, fonçant sur Michelotto, marmonna à nouveau entre ses dents, mais cette fois ce fut un Ave Maria.

Pio, dont cette vile brute de Michelotto s'était enfin détournée, bondit soudain en l'air, où il se retrouva à l'horizontale, et grimpa à toute vitesse, beuglant parce qu'il s'écorchait contre le mur, et pratiquement coupé en deux par sa ceinture. La grande épée de Fracassa s'abattit. Une énorme chose blanchâtre tomba au milieu des combattants et fut aussitôt lacérée par l'épée de Fracassa : c'était le contrepoids, qui dégorgea un épais nuage de menue paille, mêlée au lest de vieux métal rouillé et de fragments de pierre. Aldo chercha à atteindre Michelotto à travers la poussière, mais son arme ne trouva rien ; Pio redescendit en hurlant tandis que les restes du contrepoids repartaient brusquement vers le haut ; Fracassa bondit dans le nuage de poussière et, en voulant porter un coup à Michelotto qui battait en retraite, trébucha contre un soc de charrue brisé et s'étala par terre, s'interposant au dernier moment entre le sol et Pio, dont la chute lui coupa le souffle.

Aldo se lança à la poursuite de Michelotto jusqu'à ce que ce dernier se retourne pour lui faire à nouveau face dans la même position intimidante, le buste penché, bien campé sur ses pieds, le fauchon à la main. Aldo se sentit soudain très seul. Il se souvint de la tâche qu'il lui restait à accomplir à Viverra. Il se dit qu'une dispute à caractère privé ne devait pas la compromettre. Il s'immobilisa, hésitant. L'homme armé, le serviteur malpropre qui avait accroché Pio par la ceinture au monte-sacs et le petit chien laineux le regardaient. Il fit un pas en arrière, puis un autre.

— La prochaine fois ! fit-il. Vous ne vous...

La poussière qui le recouvrait lui entra dans la gorge. Il se mit à tousser — au point qu'il faillit s'étouffer. Quand enfin il s'essuya les yeux, la rue était déserte.

— La troisième fois sera la bonne, se jura-t-il.

CHAPITRE XVIII

La bataille du bûcher

— J'ai cru que vous alliez les tuer, dit Benno. Pourquoi ne l'avez-vous pas fait ?

— Le prince m'a chargé de découvrir la provenance d'une paire de gants, non de tuer ses sujets. Tant que je pourrai l'éviter, je m'abstiendrai de le faire.

— Ils vous prennent pour Michelotto.

Benno trouvait cela injuste. Il leva les yeux vers Sigismondo, qui essuyait la sueur sur son crâne et son cou à l'aide d'un carré de tissu qu'il avait tiré de la poche fixée à sa ceinture.

— Pourquoi ne les avez-vous pas détrompés ?

— Parce que tu penses qu'ils m'auraient cru ?

— En dehors du fait que vous êtes rasé, vous ne lui ressemblez pas du tout.

— La seule chose qu'ils doivent savoir de Michelotto, c'est qu'il a le crâne rasé. Quand il est en guerre, un homme se fait des ennemis qu'il ignore. Je lui dirai qu'ils se sont livrés à une nouvelle tentative.

Sigismondo regarda devant eux en direction de la place. Un grand bruit venait de s'en élever, et lorsqu'ils tournèrent le coin et découvrirent la scène qui s'offrait à eux, Sigismondo sortit les gants de sa ceinture, les enveloppa dans le carré de tissu et les dissimula. Voilà une vanité qu'il convenait de ne pas laisser traîner entre n'importe quelles mains.

Le tumulte s'était déclenché à proximité immédiate du bûcher. La hauteur de celui-ci était impressionnante, et s'il n'avait été composé que de vanités, il aurait révélé un penchant forcené des citadins pour la frivolité et les parures. Mais en réalité c'était une pyramide de bois sur laquelle s'entassaient broderies, tissus, soufflets de velours, panneaux peints, poterie de majolique, chapeaux à plumes, chaînettes serties de pierres précieuses, gants, foulards, boîtes décorées, textes de ballades, partitions musicales, jupons, bonnets brodés, vestes à galons dorés, livres, rubans, dentelles, fleurs en soie, pantoufles de velours et chopines incrustées d'or, verre vénitien, sculptures, chaînes en or, miroirs, manches en soie, coupes émaillées, cols de velours rehaussés de bijoux, filets dorés pour les cheveux, ceintures et gaines peintes, ornées de pierres précieuses ou de broderies, feuillets de dessins... et autour de cet empilement faisait rage une bataille furieuse.

Les hommes de Gatta ne voyaient pas pourquoi, si ces objets alléchants devaient être jetés au feu, ils ne pourraient pas se les approprier. Car ils étaient preneurs ! Pourquoi, si on les avait laissés piller les mêmes choses à Mascia, devaient-ils les voir livrer aux flammes à Viverra alors qu'ils étaient prêts à les récupérer ?

La bande de jeunes purificateurs s'y opposait avec fermeté. Ils combattaient pour le Christ, contre des brigands sans foi. Ils étaient là pour nettoyer cette ville ! Les hommes de Gatta ne firent pas usage de leurs armes. Ils bousculèrent les gamins à coups de poing et, quand ils rencontraient une jeune enragée, faisaient usage du plat de la paume. Au début, cela les avait amusés, ils tendaient les mains vers le bûcher et s'emparaient des lots qu'ils convoitaient. Mais les gamins qui leur faisaient face s'armèrent bientôt de rondins de bois destinés à alimenter le brasier, puis soudain le frère Columba parut au milieu d'eux. Le crâne fiché sur une nouvelle perche dominant la mêlée, le frère hurlait tour à tour des anathèmes aux soldats et des encouragements à ses propres troupes.

Ayant reçu une bûche sur le nez, un soldat attrapa le garçon qui l'avait lancée et le jeta à terre. Tout en portant la main à son appendice ensanglanté, il expédia à son jeune agresseur un coup de pied dans les côtes.

— Benno, va prévenir Gatta. Va !

Le bûcher était presque démantelé ; mais à présent les hommes accouraient des maisons avec des pique-feu, des haches, des marteaux. On malmenait leurs enfants ! Sigismondo avança, tira un soldat furieux hors de la mêlée et voulut lui parler, mais l'homme ne cessait de proférer des jurons. Sigismondo le lâcha puis se jeta dans la bagarre pour tenter au moins d'en éloigner les plus jeunes. Un soldat arracha la perche des mains du frère Columba et s'en servit pour faire tomber un lot du bûcher. Le crâne se fendit et éclata, laissant des échardes d'os fichées dans la poix. Des hurlements d'enfants se firent entendre, les hommes se ruèrent sur les soldats. Aussitôt les épées furent dégainées. Du bûcher qui tressautait et vacillait tombaient les fines parures. Avec une force étonnante, le frère Columba reprit sa perche au soldat et l'abattit autour de lui, frappant indistinctement alliés et adversaires tout en hurlant en latin. Sigismondo récupéra un gosse qui risquait de se faire piétiner, l'éloigna de la bataille et le poussa vers un groupe de femmes qui s'égosillaient avec fureur sur les marches de la fontaine. D'autres femmes, plus actives, se démenaient parmi les combattants, armées de louches, de poêlons et de balais. Les couteaux des citadins étaient aussi efficaces au corps à corps que les épées des soldats. Un robuste gaillard réussit à immobiliser les bras d'un soldat dans son dos pendant qu'un autre le rossait, jusqu'à ce que la poignée d'une épée s'abatte sur son visage, et il lâcha son adversaire. Ayant aperçu un corps étendu par terre, un paquet de vêtements qui se faisait bousculer et piétiner, Sigismondo se fraya un chemin et se pencha pour le saisir. À cet instant, il reçut un coup violent dans le dos, et il se retrouva à quatre pattes au-dessus du corps de la jeune fille. Elle se protégeait la tête avec ses bras et roula sur le côté. Sigismondo la souleva et se remit debout ; il entendit alors la voix de Gatta qui hurlait à l'adresse de ses hommes, puis un battement métallique, un roulement rapide que tous les soldats reconnurent.

Ils commencèrent à se retirer de la bataille, sur la défensive, et refluèrent autour de Gatta. Quelques citadins ainsi que les jeunes purificateurs les poursuivirent en poussant des hurlements de triomphe, mais se retrouvèrent bientôt face à un demi-cercle d'hommes fortement armés à l'allure déterminée. Les bras qui brandissaient gourdins et pique-feu retombèrent, l'air farouche des visages laissa place à l'hésitation. Il y eut de brefs cris de défi, vite étouffés.

Le sol autour de ce qui restait du bûcher était jonché de parures et de beaux vêtements. Cela rappela peut-être la chambre de Ginevra à Sigismondo et à Gatta.

On emmena les blessés. Une femme mince à l'air anxieux s'occupa de la jeune fille que Sigismondo avait recueillie, et il rejoignit le groupe d'hommes rassemblés autour de Gatta. Au même moment, un peloton de gens d'armes du maréchal municipal déboula à vive allure sur la place et, l'air belliqueux, fit halte à proximité des débris du bûcher, puis le maréchal, qui, avec ses maigres jambes supportant un gros buste rondouillard, ressemblait à une oie de la Saint-Michel, avança de quelques pas.

Gatta sortit de la ligne de ses hommes et alla s'entretenir avec lui. Il annonça qu'il allait remmener ses hommes chez lui. Ils avaient besoin, et ils étaient prêts à payer pour cela, de nourriture, de boisson et de distractions. Gatta termina en déclarant, sur un ton éloquent, qu'il était sûr que le maréchal y veillerait.

Soudain ce qui subsistait de l'échafaudage du bûcher émit un craquement déchirant, puis s'inclina lentement et s'écrasa au sol en soulevant un nuage de poussière. Lorsque celui-ci se dissipa, on découvrit le frère Columba, assis par terre, les jambes étendues devant lui, couvert de débris et serrant contre lui l'extrémité brisée de sa perche, avec sa boule de poix dans laquelle étaient restés plantés une mâchoire et des bouts de crâne. Sa tête était effondrée sur sa poitrine et son corps secoué de sanglots.

Sigismondo et Benno reprirent leur marche interrompue en direction du palais. Maintenant que les choses s'étaient apaisées, Benno posa Biondello par terre pour qu'il puisse se dégourdir les jambes.

— Quelle journée nous avons eue jusqu'ici !

— Jusqu'ici, oui, comme tu dis. Et d'ailleurs, félicitations. Tu as joliment expédié ce coquin dans les airs avec le monte-sacs !

— Ça n'a pas été difficile, répliqua Benno. Je me suis contenté de faire comme vous m'aviez dit. La seule chose, c'est que je ne savais pas lequel des trois vous alliez me donner.

— Je ne voulais pas te confier celui avec l'épée. Le fourreau t'aurait gêné.

Benno se fendit d'un sourire et donna un coup de pied dans une pierre.

— Comment cela s'est-il passé chez Gatta ? Tu l'as ramené bien vite.

— Je suis entré en disant : « Y a du grabuge, où est Gatta ? » Un type me l'a montré et je l'ai informé que ses hommes se faisaient attaquer sur la grand-place. Il était à table. Il a pris son assiette, celle sur laquelle il a ensuite tambouriné, et on est partis au galop.

Ils gravirent les marches du palais.

Benno, qui suivait Sigismondo, remarqua soudain, d'un ton qu'il aurait voulu désinvolte mais qui exprimait une vive inquiétude, que son maître saignait.

— Hum... hum. Ce fut l'une de mes escarmouches les plus *dangereuses*, Benno. Allons dans notre chambre, tu me nettoieras ça.

Ainsi prit fin la bataille du bûcher.

CHAPITRE XIX

L'effet des dragées

Pendant ce temps, au palais, le frère Ambrogio poussait une âme au péché.

Se trouvant en compagnie de la princesse douairière lorsqu'on apprit le retour du petit-fils de celle-ci, ils avaient aussitôt prié Dieu ensemble pour Le remercier. La dame qui leur avait annoncé l'heureuse nouvelle présentait cette malheureuse combinaison de foi religieuse et de goût immodéré pour le commérage que l'on rencontre chez certaines, et elle ne put s'empêcher de relater ce qu'elle avait appris de la bouche d'un page du prince Francesco : ce dernier avait été dévalisé en dehors de la ville pendant qu'il se trouvait dans une maison de rendez-vous. La princesse douairière n'en fut guère étonnée. Les jeunes gens seront toujours des jeunes gens. Elle en avait elle-même élevé plusieurs et avait entendu dire que son petit-fils avait cherché en vain à séduire une dame de compagnie de sa mère. Il était donc normal qu'il cherchât à se consoler. Alors qu'elle n'éprouvait qu'un chagrin résigné, elle estima toutefois préférable de paraître choquée devant le frère Ambrogio. Tandis qu'elle s'agenouillait, le prêcheur posa doucement sa main sur sa tête.

— Le péché, ma fille, est puni en ce monde comme dans l'autre. Ne craignez rien pour l'âme de ce jeune homme. Il a reçu un avertissement de Dieu, et je veillerai pour ma part à éclairer sa conscience. Le Diable ne triomphera pas si je parviens à faire entendre raison à ce garçon.

Toujours à genoux et l'air pensif, la princesse douairière le regarda sortir et s'enquérir auprès d'un serviteur de la façon dont il pouvait rejoindre les appartements du prince. Elle commençait à se demander ce qu'elle avait attiré sur sa famille en la personne de l'austère prêcheur.

Les récits enthousiastes que lui avait envoyés son cousin sur la façon dont le frère Ambrogio avait réussi à ramener à Dieu des villes entières l'avaient décidée à le faire venir à Viverra. Or ses femmes lui avaient rapporté que le sermon public qu'il avait prononcé la veille dès son arrivée avait dressé la ville contre son fils ! Aussi déterminée fût-elle à voir le prince Scipione renoncer à sa maudite pratique de l'alchimie et à l'empêcher de perdre son âme, elle n'avait jamais envisagé qu'il pût perdre Viverra. Elle entonna une série d'Ave Maria afin d'implorer la Vierge d'accorder son aide et sa compassion au frère Ambrogio pour qu'il fasse en sorte que ses fils et petit-fils renoncent à pécher, et que la cité retrouve la voie de l'harmonie divine sous leur règne à tous deux. Entraînée par l'habitude, elle omit d'inclure sa belle-fille dans ses prières. On doit laisser certaines personnes trouver leur propre chemin vers le Ciel ou l'Enfer.

Ainsi, à l'heure de la sieste, tandis que la ville subissait les raids des bandes de purificateurs qui rassemblaient de quoi alimenter le bûcher reconstruit, le palais connaissait une paix relative. C'était un chaud après-midi d'automne. Partout l'on somnolait, même les serviteurs qui étaient de service. On eût dit une scène d'enchantement dans quelque conte. Et d'ailleurs, même si elle l'ignorait encore, la belle princesse n'allait pas tarder à recevoir un baiser.

Depuis le matin, le cœur de Donato Landucci était en proie aux tourments les plus vifs. La princesse Isotta l'avait reçu dans sa chambre, où il lui avait annoncé la nouvelle de la disparition de son fils. Dès lors, il n'avait cessé de repenser à ce moment. Il aurait souhaité se confier à Francesco, mais comme son désir le plus ardent était de cocufier le père de celui-ci, alors que Francesco croyait que son affection envers la princesse était de nature purement romantique, Donato voyait mal comment ouvrir son cœur à son ami. S'étant finalement décidé à aller voir Francesco, il s'immobilisa à la porte de sa chambre et arrêta d'un geste le page qui s'apprêtait à la lui ouvrir, car il venait de reconnaître la voix forte du frère Ambrogio qui suppliait le Ciel d'accorder au prince le pardon divin. Donato n'avait aucune envie de se retrouver dans une situation potentiellement embarrassante, ni que l'on prie pour le salut de son âme. Par un effet pervers, son humeur se durcit en entendant le son de cette voix ardente. Le frère Ambrogio, avec le jeune prince agenouillé, l'air contrarié, à son côté, poursuivit ses prières sans avoir conscience que, ce faisant, il ancrait la résolution de Donato de se livrer au péché.

Celui-ci connaissait la façon de se rendre des appartements du fils à ceux de la mère. L'intérieur d'un palais n'est pas gardé comme ses portes extérieures, et nul ne s'alarmerait de la présence familière du jeune comte. La dame de compagnie chargée de veiller sur la princesse durant sa sieste s'était discrètement endormie dans l'oriel de l'antichambre. La porte de la chambre d'Isotta était entrebâillée afin de créer un courant d'air rafraîchissant par cet après-midi étouffant. Donato poussa le panneau et s'immobilisa sur le seuil.

Il était assez sûr de lui. N'était-il pas jeune, beau, viril, soit tout le contraire de ce fichu prince Scipione ? La princesse connaissait sa dévotion à son égard : ses cadeaux, ses poèmes, ses regards la lui avaient démontrée — sans compter le petit stratagème qu'il avait employé et qui, si ses calculs étaient bons, avait à présent produit son effet et lui permettrait de parvenir à ses fins. Elle lui avait d'ailleurs fait parvenir un message le remerciant de l'attention qu'il lui avait témoignée en l'informant la première de l'enlèvement du prince Francesco. Le message précisait qu'elle était trop troublée à ce moment-là pour apprécier cette attention, mais souhaitait être bientôt en mesure de le remercier personnellement.

Ce matin, elle s'était assise dans son lit, à peine couverte. Elle était « trop troublée » à cet instant mais — les mots dansaient dans la tête de Donato — elle « souhaitait le remercier »...

Donato se glissa dans la chambre et referma doucement la porte.

Les rideaux de lit de la princesse étaient encore ceux qu'elle utilisait l'été, en lin blanc orné de la civette de Viverra brodée en écarlate. Ils étaient tirés. Aucun son ne provenait du lit. L'air embaumait le musc et le bois de santal dont elle se parfumait. Tandis que, à pas de loup, il approchait du lit, les battements de cœur de Donato résonnaient à ses propres oreilles. On n'avait dressé aucun lit gigogne, aucune servante ni dame de compagnie ne dormait dans la pièce — elle avait tout arrangé pour s'assurer la plus grande intimité. Elle l'attendait. Il tendit la main et écarta les rideaux.

Elle était étendue, le drap de taffetas vert épousant ses formes, sa magnifique chevelure éparse sur les coussins bordés de perles, les yeux fermés. Soit elle faisait mine de dormir, soit elle s'était lassée de l'attendre. Il sentit sa tête lui tourner. Le souffle court, il enleva son pourpoint, délaça ses aiguillettes, ôta chemise et chausses et, soulevant précautionneusement le drap, se glissa nu contre son corps nu. Puis il se pencha sur elle et lui baisa les lèvres.

Il s'était attendu à une réaction passionnée et ne fut pas déçu.

Un coup violent le plia en deux et il dut porter les mains à son bas-ventre. Les immenses yeux sombres avaient d'abord exprimé le choc pur et simple, puis l'avaient reconnu. C'est alors qu'il avait reçu le coup. Elle se leva d'un bond, son corps couleur perle se détachant sur le blanc des rideaux, plus adorable encore que ce qu'il avait imaginé, et beaucoup plus adorable qu'il n'était en mesure d'apprécier à cet instant. Elle tira le drap pour se couvrir, de sorte qu'il se révéla à son tour dans toute sa nudité, sans cesser de se tordre de douleur.

— Donato Landucci ! siffla-t-elle entre ses dents. Êtes-vous devenu fou ?

Elle n'appela pas à l'aide. Tandis que sa douleur s'apaisait, un espoir insensé naquit dans le cœur du jeune homme, qui se demanda si ce n'était pas là la façon dont une tigresse faisait l'amour. Voulait-elle le réconforter malgré tout ? Il s'était montré trop abrupt, elle avait fait preuve d'une hâte excessive ; elle ne l'attendait pas, c'était clair désormais, et venait à peine de réaliser qui il était. À présent, elle le détaillait du regard et ses lèvres esquissèrent un sourire. Elle était Vénus Anadyomène, à la chevelure soufflée par le vent, une main posée sur la poitrine que masquaient à demi les vagues de taffetas. Il la regarda en clignant des yeux à travers ses larmes, essayant de répondre à son sourire à présent disparu.

Elle désigna ses habits gisant par terre.

— Allez-vous-en. Et à l'avenir, si vous voulez rester en vie, gardez-vous de vous montrer présomptueux.

Il parvint à se lever du lit, à enfiler tant bien que mal chemise, chausses et pourpoint sous le regard brûlant de dédain de la princesse ; il parvint à relacer ses aiguillettes et à sortir de la pièce, jurant contre celle qui lui avait fait croire qu'Isotta accueillerait avec joie ses faveurs.

Il regagna sa chambre, se jeta sur son lit et pleura à chaudes larmes dans son oreiller.

Une fois recouchée, la princesse porta une main fine à sa bouche et rit en silence.

Le docteur du prince Scipione s'était accordé une sieste qu'il passa dans son fauteuil. Grâce aux soins, aux médications et au régime strict qu'il lui avait imposés, le prince s'était si bien rétabli qu'il avait insisté pour se lever. Vêtu d'une robe de damas pourpre, et ayant abandonné son bonnet de nuit au profit d'un turban de soie tressée noir et or, il allait et venait avec nervosité dans l'antichambre en se demandant s'il se risquerait jusqu'au laboratoire ou s'il enverrait chercher le docteur Virgilio afin de s'entretenir avec lui des progrès de leurs recherches. La sensation qu'il éprouvait dans les jambes finit par le décider. Il serait humiliant de tomber à genoux au milieu des jardins. Les gens allaient penser qu'il était devenu un disciple du frère Ambrogio. Son opinion du prêcheur se limitait à son désir qu'il le laisse en paix. Il avait beaucoup trop de choses en tête pour admettre que des frères aillent ficher la pagaille dans sa ville, surtout après l'arrivée de Gatta, à qui il faudrait certainement donner plus qu'une belle maison à Viverra pour le récompenser d'avoir pris Mascia. L'évêque avait beau être un homme d'Église, il n'avait pas cette attitude vieux jeu envers la curiosité intellectuelle. Tout cela était fort contrariant.

Pendant que, sous le regard de deux pages ensommeillés, le prince s'assouplissait les jambes en allant et venant entre deux pilastres d'albâtre, il débattit en son for intérieur du sujet le plus inquiétant de tous : Isotta avait-elle voulu le tuer ? Était-ce elle qui, comme à l'accoutumée, avait mis ces gants à sa disposition ? Pourtant, si c'était le cas, quelque chose clochait. Pour éviter les soupçons, elle lui aurait fourni les mêmes gants que d'habitude, car elle était trop intelligente pour commettre une telle erreur. Cela le réconforta. Tout le monde au palais passait à un moment ou à un autre devant cette boîte, et chacun pouvait le faire sans que personne ne le remarque.

Il fut si soulagé de pouvoir la disculper qu'il s'arrêta et sourit à un page étonné puis, alors qu'il allait reprendre ses exercices, il s'immobilisa à nouveau et fronça les sourcils à l'adresse du second page ; car cela n'avait pas chassé de son esprit l'idée que quelqu'un — qui pouvait être n'importe qui — voulait sa mort.

Et comme il était encore en vie, cette personne se livrerait sans aucun doute à une nouvelle tentative.

— Stefano.

Le page, dont le menton s'était affaissé sur la poitrine, sursauta et s'inclina.

— Va chercher le docteur Virgilio. Et ne t'arrête pas pour bavarder en chemin.

Stefano dut s'écarter du seuil tandis qu'on annonçait l'ambassadeur de Venise, le Signor Loredano. Il était venu s'assurer en personne du rétablissement du prince, qu'on lui avait annoncé ; la Sérénissime devrait en effet envisager une réorientation complète de sa politique étrangère au cas où Viverra tomberait entre les mains d'un jeune prince inexpérimenté. L'ambassadeur était convaincu qu'on avait caché à son père malade l'escapade de son fils, mais malheureusement on ne pouvait escompter aucun bénéfice à le troubler en la lui apprenant maintenant que le jeune Francesco était revenu. Beaucoup plus intéressantes étaient les rumeurs concernant l'empoisonnement du prince Scipione et l'effervescence qui avait saisi la ville. L'ambassadeur s'était livré à une petite reconnaissance personnelle. Vêtu d'un chapeau et d'une simple robe de toile comme n'importe quel bourgeois, il s'était mêlé aux citadins les plus respectables et avait appris des choses fort intéressantes. Il lui paraissait que désormais l'influence du palais était affaiblie. Les propos enflammés qu'on entendait dans les rues de Viverra risquaient bien de déboucher sur l'expulsion du prince Scipione de sa ville. Et cela, ses maîtres devaient le savoir. Il sourit et s'inclina avec le plus profond respect et l'air le plus préoccupé du monde.

— Votre Altesse ! Mes félicitations pour votre rétablissement si rapide. La nouvelle ravira la Sérénissime. La promptitude de votre guérison prouve que vos forces vitales sont intactes. Votre Altesse doit se féliciter d'être du signe du Capricorne, lequel assure une longue vie ; et Mars était en bel aspect à la naissance de Son Altesse.

Tout en hochant la tête devant ces amabilités, le prince ressentit une légère amertume. Il imagina les astrologues de la République vénitienne examinant son horoscope en quête de quelque destin funeste. L'ambassadeur était de toute évidence venu pour l'espionner et aussi, sans aucun doute, pour chercher à en savoir plus sur les gants empoisonnés. Si seulement Sigismondo était revenu de là où ses recherches l'avaient mené...

— Votre Altesse doit se réjouir...

L'ambassadeur accepta la chaise pliante en velours qu'on lui proposait tandis que le prince, surmontant sa nervosité, prenait place dans son fauteuil à dossier haut.

— ... que Viverra s'avère aussi religieuse. On dit que le frère Ambrogio a fait des prodiges dans votre ville. On n'y constate que pénitence et bonnes œuvres !

L'ambassadeur ne mentionna pas, parmi ces dernières, les œuvres d'art qu'il avait aperçues sur le bûcher de la grand-place — un luth de la plus exquise facture, des panneaux de marqueterie, des coupons de gaze de soie brodés de fils d'or — et omit de préciser qu'il avait proposé quatre-vingt mille ducats pour le tout. Ce faisant, il avait joué gagnant à coup sûr. Si les citadins avaient faibli et accepté, il aurait su que leurs prétentions spirituelles seraient sans lendemain et aurait été en mesure d'acquérir à bon prix un grand nombre d'autres objets superbes. Or ils avaient refusé son offre. Il en avait donc déduit que le prince Scipione pourrait avoir des ennuis.

Et s'il avait assisté à la bagarre qui avait éclaté peu après qu'il eut formulé sa proposition, il en aurait acquis la certitude.

— Le frère Ambrogio ne doit pas rester longtemps chez nous, rétorqua le prince en espérant que cela était vrai. Il est seulement venu prier avec Son Altesse ma mère.

L'ambassadeur opina du chef. Un page avait apporté du vin. Le prince but une gorgée du sien sans l'apprécier. Il avait une furieuse envie de sucré, las qu'il était du miel qu'il prenait avec ses médicaments, et qui ne parvenait de toute façon pas à masquer leur affreux arrière-goût. Il demanda à son page de lui apporter la boîte de dragées qu'il gardait sur le coffre près de son lit. Mais quand le garçon revint avec la boîte en osier fermée par un ruban, son visage arborait une expression sceptique et il chuchota quelques mots à l'oreille du prince. Celui-ci, qui avait ouvert la boîte, garda la main en suspens au-dessus des bonbons. Puis il haussa les épaules, la retira et fit signe au page de la faire passer à l'ambassadeur.

— Je suis, hélas, sous les ordres de mon médecin. Il m'oblige à un strict régime tant que mon organisme n'est pas débarrassé de l'effet des émanations.

L'ambassadeur aimait les douceurs presque autant que le prince, mais sa prudence naturelle lui interdisait la plupart du temps de céder à ses envies. Ce jour-là, il s'autorisa toutefois à prendre une dragée. Il savourait une nouvelle qu'un agent venait de porter à sa connaissance. L'agent, infiltré dans l'armée de Gatta, venait seulement d'obtenir de Michelotto l'autorisation d'entrer dans Viverra. Il lui avait fourni une information aussi délicieuse que la dragée parfumée à la rose que l'ambassadeur grignotait : Gatta avait fait porter par un messager secret la tête de Scala à Venise. Cela ne pouvait signifier qu'une chose : Gatta demandait les faveurs de la République. Serait-ce que le condottiere sollicitait le soutien de Venise au cas où il déciderait de s'approprier Viverra ?

— Tout à fait excellentes, ces dragées, Altesse. Sont-elles faites ici ?

L'ambassadeur prit la serviette frangée que lui tendait un page mais, pour ne pas perdre une miette de sucrerie, se lécha soigneusement les doigts et, ignorant le bol d'eau de rose qu'on lui présentait, les replongea dans la boîte.

— Je n'en ai aucune idée. On m'en offre souvent.

Le prince regarda d'un œil attristé l'ambassadeur se resservir.

— Je suis heureux qu'elles vous plaisent. Non, non, je vous en prie, mangez-en autant que vous voulez.

L'ambassadeur continua à savourer les dragées, variant

ses choix, mâchonnant et suçant, sans cesser de poser des questions inquisitrices délicatement formulées sur la prise de Mascia.

— Et la mort de Scala ! Quel exploit extraordinaire ! J'ai cru comprendre...

Sous les lourdes paupières, les yeux eurent un regard de côté.

— ... j'ai cru comprendre que ce n'est pas Ridolfo Ridolfi qui a tué Scala ?

— Non ?

Le prince en fut étonné, et contrarié de le montrer. Il comprit qu'on venait de le taquiner avec une information qu'il aurait dû posséder.

— J'étais trop malade pour entendre le rapport complet de Ridolfi.

L'ambassadeur enfourna un joli bouquet de pétales de rose cristallisés.

— Bien sûr, Altesse. Sans nul doute Ridolfi vous racontera que ce fut le fait d'un certain Sigismondo, un de ses hommes, semble-t-il. On dit qu'il lui a tranché la tête d'un seul coup d'épée.

L'ambassadeur constata que la dernière dragée était parfumée au citron. Il essuya avec sa serviette le sucre qu'il avait autour de la bouche. Il ne dit rien de ce qu'il avait appris sur ce qui était arrivé ensuite à la tête. Il n'était pas parvenu à sa position en dévoilant toutes les cartes qu'il avait en main.

Le destin, toutefois, avait conçu pour lui des plans qui le priveraient désormais de tout jeu de cartes. L'ambassadeur continua un moment à parler et à boire avec le prince, puis se leva pour prendre congé, obéissant enfin à la nécessité de veiller sur sa santé — l'après-midi était épouvantablement chaud ; il avait la nausée... Soudain, alors qu'il se penchait vers la main du prince, il se plia en deux, se cramponna l'estomac et, tout d'abord en grognant, puis presque en hurlant, s'effondra sur le marbre aux pieds de Scipione.

Sans attendre les ordres, Basilio courut chercher le médecin de son maître. Le bruit avait attiré des gens qui entrèrent et se rassemblèrent autour du corps — des pages, le chambellan du prince, le docteur Virgilio, le médecin, des gardes. Le prince, qui avait ébauché inutilement un geste pour aider, s'effaça. Un garde et le médecin s'agenouillèrent auprès de l'ambassadeur et tentèrent de le calmer suffisamment pour voir de quoi il souffrait. Le docteur Virgilio, avec un air d'extrême concentration sur son visage de faucon, posa lui aussi un genou à terre. Puis il se releva brusquement et tira le prince à l'écart. Le regard perçant de ses yeux noirs était resté fixé sur l'ambassadeur.

Il parla d'une voix à peine audible :

— Il va mourir. C'est probablement de l'arsenic.

CHAPITRE XX

« *C'est elle qui me les a données* »

— Vous ne devinerez jamais ce qui s'est passé ! s'écria Benno en faisant irruption dans la pièce, porteur d'une cruche d'eau chaude.

Dans sa précipitation, il éclaboussa le sol carrelé. Il n'était pas encore habitué à faire le valet. Torse nu, Sigismondo était assis sur un tabouret et opérait son choix parmi différentes herbes disposées sur un long tissu déroulé sur le lit, avant de les laisser tomber dans une cuvette à ses pieds. Il leva les yeux et émit un fredonnement interrogateur.

— Surprends-moi, Benno, c'est le moment.

— L'ambassadeur vénitien se meurt ; on l'a empoisonné, comme cette pauvre dame.

Les yeux sombres le dévisagèrent.

— Avec une paire de *gants* ?

— Je ne crois pas.

Benno versa l'eau dans la cuvette, d'où s'éleva une odeur de souci et de thym broyés, puis se pencha pour remuer l'eau d'une main.

— Personne n'a parlé de gants. Il a eu une crise soudaine, il s'est roulé aux pieds du prince avec de l'écume aux lèvres. Tout le monde dit que c'est du poison.

— Évoque-t-on un coupable ?

Après avoir broyé de la racine de consoude sur le rebord de la fenêtre, Sigismondo entreprit de confectionner un cataplasme à l'aide d'un tissu de lin trempé dans l'eau chaude. Benno mouilla et tordit à son tour un chiffon pour nettoyer la blessure de son maître. Il siffla entre ses dents en la découvrant, mais se rassura en se disant que Sigismondo avait survécu à bien pire. La longue cicatrice qu'il portait en travers des côtes, par exemple, témoignait du jour où un homme avait voulu lui percer le cœur. Benno tamponna avec précaution l'estafilade et constata que, quoique de bonne taille, l'entaille n'était que superficielle.

— Un coupable ? Bah, on chuchote bien que ce serait le prince, mais c'est absurde. Certes, l'ambassadeur était en sa compagnie quand il s'est trouvé mal, mais il me semble que si j'empoisonnais quelqu'un, je veillerais à ne pas rester sur place. Et puis je croyais que Venise était alliée de Viverra.

— La diplomatie n'est jamais simple...

Sigismondo grogna quand Benno fit disparaître avec un peu trop d'enthousiasme les dernières traces de sang séché.

— Venise est toujours du côté du plus fort. Le prince n'est peut-être pas son candidat idéal en ce moment.

— Gatta le serait plus, pas vrai ?

Sigismondo lui tendit le cataplasme.

— Il y a des tas d'endroits où Gatta serait jugé le plus fort. Pour l'instant il est au service du prince. Tant qu'il lui reste loyal, Scipione a ses chances.

Il leva les bras pour permettre à Benno d'enrouler le bandage qui maintiendrait en place le cataplasme.

— Il est impossible de prévoir les conséquences qu'entraînera l'empoisonnement de l'ambassadeur. Les Vénitiens ont l'esprit tortueux au plus haut point.

La tête penchée de côté, Biondello observait Benno qui s'appliquait à la tâche.

— Ils ne prendront certainement pas ça pour un geste amical, n'est-ce pas ?

Après avoir fixé le bandage par un nœud plat dont il

parut très fier, Benno recula d'un pas tandis que Sigismondo se levait pour remettre sa chemise.

— Le gantier nous a affirmé que les gants qui avaient empoisonné la dame étaient d'origine vénitienne. Serait-ce possible qu'ils aient voulu la mort de Ginevra ? Et dans ce cas, pourquoi ?

Le crâne luisant de Sigismondo émergea des plis de la chemise.

— Qui peut le dire ? Mais mon épée est en acier de Damas, ne l'oublie pas.

Le front de Benno se plissa et il se gratta la barbe.

— Vous voulez dire que les gants vénitiens ne provenaient pas forcément d'un Vénitien ?

Biondello émit un de ses rares aboiements pour approuver la logique du raisonnement.

— Même si, pour ce que j'en sais, ajouta Benno, vous venez bien de Damas.

Sigismondo sourit.

— Exact. Et tout ce que nous savons de cette paire de gants, c'est que celui ou celle qui les a mis dans la boîte s'attendait que ce soit le prince, et non Ginevra, qui les enfile. Si c'était un coup des Vénitiens, le plan était peut-être de préparer la prise de contrôle de Viverra par Gatta. Souviens-toi du charmant cadeau qu'il a envoyé à la République.

Benno grimaça au souvenir de la tête enveloppée dans du brocart et nouée par des rubans.

— Mais l'ambassadeur n'aurait jamais mangé des dragées empoisonnées destinées au prince, n'est-ce pas ? Il aurait été au courant.

Sigismondo enroula avec soin les herbes dans le tissu, qu'il glissa ensuite dans un petit sac de cuir, puis tapota la poitrine de Benno du dos de sa main.

— N'oublie pas de garder la bouche grande ouverte, mon Benno, faute de quoi on s'apercevrait vite que tu es capable de réfléchir.

Entendant un bruit de pas dans le couloir, il tourna la tête et ajouta, tandis qu'on frappait à la porte :

— C'est sans doute le prince qui m'envoie chercher. Il va encore falloir se creuser la tête. Décidément, Biondello a la belle vie.

Lorsque Sigismondo se présenta dans sa chambre, le prince était seul. Le chambellan et les gardes se trouvaient dans l'antichambre ; après s'être incliné bas, le page qui avait accompagné Sigismondo se retira et ferma la porte derrière lui.

Le prince était assis dans son fauteuil sculpté, près de la fenêtre, la tête appuyée sur une main, son chapeau de travers. Quand on annonça Sigismondo, il reposa la main sur l'accoudoir et se redressa péniblement. Il arborait une expression éperdue et sa bouche tordue était agitée de tics.

— Vous avez appris ce qui est arrivé au Signor Loredano. Tout le monde doit être au courant à l'heure qu'il est. On dit que je l'ai empoisonné. Son secrétaire a refusé qu'il reste au palais et, malgré son état, a fait transporter le pauvre homme en litière fermée jusque chez lui. Il était très soupçonneux.

— Pour quelles raisons pensent-ils que vous auriez pu l'empoisonner, Altesse ?

La voix grave était calme et apaisante. Le prince agita ses manches bordées de fourrure et se redressa encore.

— Le Saint-Père éprouve une très vive aversion envers le Signor Loredano en raison d'une calomnie que celui-ci aurait fait courir sur le compte de Sa Sainteté à l'occasion d'un séjour à Rome. On pourrait penser que je désire me gagner les faveurs du pape afin de m'assurer qu'il ne cherche pas à me remplacer.

Quoiqu'il n'ait pas été formulé, le nom de Gatta résonna dans la pièce. Il était paradoxal que Rome comme Venise, pourtant si fortement antagonistes, semblassent le considérer comme le candidat naturel à la succession du prince.

Celui-ci baissa les yeux sur ses mains rougies par les brûlures d'acide et sur la lourde bague où était gravée la civette de Viverra. Il adressa un sourire désespéré à Sigismondo.

— Le frère Ambrogio me promet que tout ira mieux sitôt que j'aurai renoncé aux œuvres du Diable. On me conseille de lui laisser croire que telle est mon intention. Il va prêcher devant l'évêque dans une heure, et je me dois d'être également présent. Car dans le cas contraire, on penserait que je lui suis hostile, et c'est la ville entière qui se tournerait alors contre moi.

La simplicité de la situation ne constituait pourtant en rien une consolation à ses yeux. Le visage marqué, qui se tourna un instant vers la lumière, portait des traces de larmes. La cause de ces larmes, ainsi que de la solitude du prince, devint évidente lorsqu'il se leva brusquement, trébucha et, se retenant au pourpoint de Sigismondo en un geste qui rappelait celui que Gatta avait eu la veille, lui déclara d'un ton pressant :

— *C'est elle qui me les a données*. Vous comprenez ? C'est lui qui les a mangées. Elles étaient empoisonnées, j'en suis sûr.

Les larmes qui gonflaient les yeux myopes couleur noisette débordèrent et coulèrent sans retenue.

— La princesse m'approvisionne en friandises comme elle renouvelle mes gants. Souhaite-t-elle donc ma mort ?

La voix, quoique posée, était douloureuse.

— Votre Altesse, il semble que les gants aient été mis dans la boîte par quelqu'un d'autre. Pourquoi pas les dragées ? Vous devez songer que ceux qui ont fait cela, qu'ils réussissent ou échouent dans leur entreprise, cherchent également à impliquer la princesse.

Le prince laissa retomber ses bras et, prenant conscience des larmes qu'il versait, s'essuya les joues de la main. Sa voix, faible, était toutefois parfaitement audible. Il regarda droit devant lui.

— Apportez-moi la preuve qu'elle n'est pour rien dans tout cela et je vous donnerai tout ce que vous me demanderez.

CHAPITRE XXI

« Une poudre blanche ? »

À voir Sigismondo traverser à grands pas le palais, Benno ne lui trouvait pas l'air plus absorbé que d'habitude, alors que son maître se torturait l'esprit pour découvrir le moyen, sans manquer de délicatesse, d'aller demander pour la seconde fois en deux jours à une princesse si elle essayait oui ou non d'assassiner son mari. Trottinant derrière Sigismondo avec Biondello dissimulé sous son pourpoint, Benno n'espéra ni ne reçut aucune confidence, de sorte que c'est sans appréhension qu'il s'adossa au mur de l'antichambre d'Isotta et resta, la mâchoire pendante et l'air ahuri, à contempler le beau plafond peint tout en lorgnant de temps à autre une dame tout aussi joliment peinte qui, en attendant les ordres de la princesse, passait le temps en jouant au bilboquet.

La princesse était en train de choisir, dans une boîte que lui présentait une de ses femmes, les bijoux qu'elle mettrait pour écouter le sermon du frère Ambrogio à la cathédrale. L'idée que cela fût une erreur ne semblait pas l'avoir effleurée, alors que robe de toile grossière et cendres auraient pu paraître plus dans le ton, mais peut-être était-ce un choix délibéré de sa part.

Lorsque Sigismondo fit son entrée, elle leva les yeux et le regarda la saluer. Elle tenait à la main un collier de perles orné en pendentif d'une énorme émeraude sertie dans un triangle d'or. L'appliquant contre son long cou, elle se tourna vers Sigismondo comme si elle se contemplait dans un miroir.

— Qu'en pensez-vous, messire? Est-ce qu'il me va?

La princesse formula sa question, qui fleurait étrangement la tentative de séduction, avec sa froideur habituelle, mais son regard détailla les larges épaules de Sigismondo comme si elle évaluait son aptitude à des services d'un genre différent de ceux pour lesquels on l'avait engagé. Pourtant le visage du visiteur ne laissa pas paraître la moindre équivoque. Sa voix resta grave et respectueuse.

— Du moment que vous le portez, Altesse, comment pourrait-il en aller autrement?

Elle rit brusquement avant de reposer le collier entre un miroir à main en verre vénitien au cadre doré orné de chérubins, une fiole à parfum en argent et lapis-lazuli et un peigne en ivoire, parmi plusieurs flacons et petites bouteilles de fard et de bains de bouche.

— Vous êtes un vrai courtisan, messire, en plus de tout ce que l'on raconte sur vous... remarqua-t-elle avant de congédier la femme qui tenait la boîte à bijoux.

Une fois qu'elle fut sortie, et si l'on excepte un chat allongé sur le rebord de la fenêtre, Sigismondo et la princesse se retrouvèrent seuls.

La princesse Isotta ouvrit une petite boîte et trempa son doigt dans la crème parfumée qu'elle renfermait.

— Alors, pourquoi êtes-vous venu me voir? Je sais que Son Altesse vous a mandé quand le Signor Loredano s'est trouvé mal. Votre piste vous a-t-elle une fois de plus mené jusqu'à moi?

Son visage était serein, presque souriant, mais tout son être exprimait une indéniable tension, comme si son calme n'était qu'une façade, comme si d'une seconde à l'autre elle pouvait se mettre non pas à pleurer mais à hurler.

— Votre Altesse, il est possible que l'ambassadeur ait été empoisonné par des dragées que le prince lui a proposées.

Elle abattit la paume de ses mains sur la table et le fixa dans les yeux.

— Et aussitôt vous êtes venu tout droit ici. Parce qu'il s'agissait sans doute de la boîte que je lui ai donnée. Le prince croit-il vraiment que je veuille l'empoisonner ?

Exprimant avec délicatesse un acquiescement tempéré d'incrédulité, Sigismondo parvint à opérer à la fois un haussement d'épaules et une inclinaison du buste. La princesse fronçait les sourcils, mais elle finit par détourner son regard de Sigismondo pour réfléchir. Lorsqu'elle reprit la parole, on eût dit qu'elle se parlait à elle-même.

— Il n'oserait pas. Et puis qu'est-ce que cela lui rapporterait ?

Elle se tourna à nouveau vers Sigismondo, qui demeurait impassible.

— Donato Landucci. C'est lui qui m'a donné ces bonbons. Il est toujours à me faire des cadeaux — poèmes, fleurs, oiseaux, mais surtout des confiseries. Je n'en mange pas beaucoup, mais mon époux en raffole, et comme je n'ai aucune envie de faire de la peine à ce garçon, je les donne à qui les appréciera.

Elle se mordit la lèvre.

— J'avais l'impression qu'il se croyait amoureux de moi ; les jeunes gens ont de ces passions. Se pourrait-il qu'en réalité il veuille me *tuer* ? Pour venger, peut-être, la défaite de son père ? Cela pourrait être une bonne raison. Il y a peu, messire — car je me rends compte que je dois vous faire part de ce dont je n'aurais pas songé parler —, le comte Donato m'a surprise seule et s'est livré...

Elle eut un bref mouvement de la bouche et un geste qui semblait vouloir renvoyer l'incident à l'oubli.

— ... s'est livré à ce que j'ai ressenti comme une tentative d'atteindre à mon honneur.

Elle se tut.

— Votre Altesse pense-t-elle que cela aurait pu être une tentative d'atteinte à votre vie ?

— Non, je n'en ai pas eu l'impression. J'ai seulement

trouvé qu'il faisait preuve de présomption, d'une présomption trop ridicule même pour être insultante, en supposant une seule seconde que... mais s'il a tenté de m'empoisonner, cela pourrait signifier qu'il avait l'intention de me tuer... après.

Et, comme si elle imaginait quelle forme aurait pu prendre sa mort, elle porta les mains à sa gorge.

Donato Landucci était ivre. La chose en soi n'était pas rare, mais son page, qui s'était pris d'une réelle affection pour lui en dépit du fait qu'il était étranger et, objectivement, un ennemi, avait été étonné qu'il boive seul. Le prince Francesco était son compagnon habituel de beuverie, mais depuis la visite que lui avait rendue le frère Ambrogio, celui-ci était resté cloîtré dans ses appartements. Certes, si quelqu'un aurait pu souhaiter s'enivrer à mort, c'était bien Francesco, qui avait été dévalisé et battu avant d'être placé à son corps défendant sous l'aile mortifiante du prêcheur. Pourtant, sa porte demeurait obstinément close, et quoique le palais tout entier bruissât de la nouvelle de l'empoisonnement de l'ambassadeur vénitien, les deux amis n'avaient pas échangé un mot à ce sujet. Le seul visiteur du comte Donato fut cet étrange mercenaire au crâne rasé, l'homme qui avait apporté la nouvelle de la victoire de Gatta à Mascia. Le page avait reçu comme consigne de ne laisser entrer personne, mais il se vit tout bonnement soulevé par les épaules, écarté et déposé face au serviteur idiot du mercenaire tandis qu'on lui refermait au nez la porte qu'il était censé garder.

— Que voulez-vous ? Sortez !

Le vin avait emporté les bonnes manières de cour de Donato. Affalé dans l'embrasure de la fenêtre, il leva la tête avec amertume. On ne pouvait faire confiance à personne, pas même à son propre page... À l'idée d'être loin de chez lui et traité aussi misérablement, les larmes lui vinrent aux yeux. Cet homme de Gatta n'obéissait pas, et au lieu de s'en aller il restait là à le regarder avec des yeux qui semblaient lire dans ses pensées, ce qui était non seulement ridicule mais dangereux.

— C'est la princesse Isotta qui m'envoie, seigneur.

La main de Donato se resserra autour de sa coupe de vin.

— La princesse...

Il se redressa à demi, secoua la tête pour essayer de s'éclaircir l'esprit, puis s'assit.

— Elle désire me voir ?

— Elle aimerait savoir plusieurs choses, seigneur, et m'a autorisé à vous interroger.

Donato essaya de se lever, perdit l'équilibre et retomba assis. Sa vision d'une princesse repentante le suppliant de revenir s'estompa. Il considéra d'un air renfrogné la brute debout devant lui.

— *Quelles* choses ? En quoi cela vous concerne-t-il ?

S'il s'était trouvé chez lui, au château de son père, il aurait fait fouetter ce malotru pour être entré chez lui sans autorisation. Comment avait-il pu oser parler d'un Landucci avec la princesse ? Comment avait-elle pu l'admettre en sa présence ? Donato se resservit du vin, parvint à reposer la carafe sur le bord de la fenêtre, secoua les gouttes qui avaient coulé sur sa main et but une gorgée.

— Son Altesse souhaite savoir où vous vous procurez les friandises que vous avez coutume de lui offrir. Les faites-vous préparer spécialement pour elle ?

Donato s'étouffa. Il dut tolérer que le grossier mercenaire, qui se tenait trop près de lui, le tapote entre les épaules. Puis, avant que Donato, humilié, ait pu se ressaisir, il répéta de façon insistante sa question.

— Le confiseur, seigneur. La princesse m'a chargé de découvrir son nom.

Donato essuya ses yeux mouillés de larmes puis fut repris d'une quinte de toux. Il espérait que cela expliquerait le violent tremblement de sa voix.

— Pourquoi veut-elle le connaître ? N'aime-t-elle pas mes bonbons ?

Sigismondo posa un bras sur la pierre de l'embrasure de la fenêtre et abaissa un visage souriant vers le jeune comte. Pas du tout rassuré, celui-ci s'essuya à nouveau les yeux et s'efforça de soutenir le regard du mercenaire.

— Son nom, seigneur ?

— Comment voulez-vous que je le sache ? C'est mon serviteur qui s'en occupe.

Il aurait voulu prononcer ces mots sur un ton de condescendance aristocratique, mais fut furieux de constater que sa voix n'avait été que pleurnicharde.

— Demandez donc à mes serviteurs.

Sigismondo ne cessa pas de sourire.

— Je n'y manquerai pas, seigneur. Et quand vous avez reçu les dragées, qu'avez-vous mis dessus ?

Pour un coup d'épée dans le noir, le coup était trop bien ajusté. Les traits de Donato empourprés par le vin pâlirent à vue d'œil. Il se rencogna contre la pierre comme pour s'éloigner, ne serait-ce que de quelques centimètres, du visage souriant qui se penchait à présent vers lui.

— Qu'est-ce que... j'ai mis dessus ?

Si seulement il avait l'esprit plus clair !

— Vous devez bien le savoir.

Le sourire était encourageant, presque amical.

— On a offert cet après-midi vos dragées à l'ambassadeur de Venise. Elles devaient être fort appétissantes. Il les a toutes mangées et à présent il est en train de mourir d'empoisonnement.

— *D'empoisonnement !* fit Donato d'une voix brisée. Êtes-vous sûr qu'il s'agissait bien de mes dragées ? Est-ce la princesse qui les lui a proposées ?

Le ton de sa voix avait exprimé tour à tour stupéfaction, regret et horreur.

— La princesse donne à son mari toutes les friandises dont vous lui faites cadeau. Elle n'aime pas les sucreries.

— Au prince ? Elle donne tous mes bonbons au prince ? N'en a-t-elle jamais mangé un seul ?

Donato porta une main à son front.

— Voilà l'explication !

— L'explication du poison ?

Comme cet homme était près ! Il ne laissait aucune place à vos pensées.

— Ce que je veux dire, c'est que quelqu'un a dû les empoisonner avant que l'ambassadeur les mange. Pour ma part, je n'y ai jamais, jamais mis du poison.

L'homme ne cessait de sourire.

— Qu'y avez-vous mis, alors, seigneur ?

— Rien. C'était inoffensif. Ça n'aurait pu faire aucun mal. Ce n'était pas...

Une main sur sa poitrine le pressait contre le mur. C'était comme un cauchemar dans lequel vous avez l'impression de suffoquer. Le visage s'était rapproché et ne souriait plus.

— Si vous tenez à votre vie, seigneur, vous allez me dire ce que vous mettiez sur ces friandises. Si vous ne parlez pas, tout le monde sera convaincu que c'était du poison.

Après une dernière pression sur sa poitrine, l'homme recula. Le soulagement qu'en éprouva Donato fut tel que le jeune homme se surprit à parler sans retenue.

— C'était pour qu'elle tombe amoureuse de moi. Elle était gentille avec moi, mais j'avais l'impression qu'elle me remarquait à peine. Je voulais qu'elle ressente ce que je ressentais, comprenez-vous. Gian — c'est mon serviteur —, Gian m'a dit qu'il connaissait quelqu'un qui vendait des sortilèges, des poudres et ce genre de choses, une sorcière... en dehors de la ville, et qu'il m'en rapporterait, mais elle l'a renvoyé en disant qu'il fallait que j'y aille moi-même, elle lui a débité je ne sais quelles sornettes comme quoi il fallait qu'elle lise ma main et détermine sous quelles étoiles elle devait préparer ses charmes...

L'ingrat Donato se garda de remarquer qu'il avait cru à ces sornettes.

— ... alors je suis allé dans cet endroit sordide où elle

a fait toutes ces choses et finalement elle m'a donné une poudre blanche que je devais mettre sur un aliment que la princesse mangerait.

— Une poudre blanche ?

— Oui. Elle m'a dit que ça n'avait aucun goût, que je devais la mélanger avec du sucre et rouler les dragées dedans. Elle m'a assuré que la personne à qui je les ferais manger brûlerait d'amour pour moi avant la prochaine lune. Je devais les lui remettre en main propre.

Il se tut brusquement.

— Était-ce donc du poison qu'elle m'a donné ? Mais pourquoi ? Pourquoi aurait-elle fait ça ?

— Lui avez-vous dit que cette poudre d'amour était destinée à la princesse ?

Donato présentait l'image même du jeune gentilhomme surpris à violer le code de l'amour courtois, dans lequel le secret règne en maître.

— Elle a expliqué que pour que le sortilège fonctionne elle devait connaître le nom de la personne que j'aimais et le signe sous lequel cette personne était née. Je l'ai appris de la bouche d'une des suivantes de la princesse.

Embarrassé, il leva brièvement les yeux vers Sigismondo.

— Il n'est pas sûr que la sorcière sache de qui je parlais.

Sigismondo s'abstint de lui faire remarquer que le nom d'Isotta était plutôt rare, et qu'un jeune homme vivant à la Cour devait selon toute probabilité être amoureux de la princesse portant ce nom.

— Depuis combien de temps ajoutez-vous cette poudre aux friandises que vous offrez à la princesse ?

Donato plissa le front en réfléchissant.

— Oh, depuis un mois ! Deux mois. Peut-être plus. J'étais au désespoir ! Je ne constatais aucun changement chez elle. Je suis retourné voir la sorcière la semaine dernière et elle m'a redonné de la poudre — elle m'a dit d'en mettre plus, elle a récité ses invocations et m'a indiqué ce qu'il fallait dire au moment où je roulerais les dragées dans la poudre, enfin elle m'a assuré que ma bien-aimée serait dans mes bras aujourd'hui, aujourd'hui même.

Il se tut, se remémora dans quelles tristes circonstances elle s'était retrouvée dans ses bras, et avec quel résultat. Il n'avait aucune intention de raconter cela à cet homme, et il était fort probable, du moins il l'espérait ardemment, qu'elle ne lui en ait pas parlé. Le visage de l'homme n'indiqua pas que ce fût le cas et, un peu rasséréné, Donato reprit sa coupe de vin avec la conviction confuse qu'il lui fallait oublier jusqu'au moindre souvenir entourant cet incident, et en particulier tout ce que lui-même avait dit. En buvant, il lui vint une idée qui lui parut provenir tout droit du ciel.

— Ça ne pouvait pas être du poison qu'elle m'a donné. Si c'est le prince qui mangeait tous les bonbons que je donnais à la princesse, il serait mort depuis longtemps.

Sigismondo ne répliqua pas. Il s'inclina et fit mine de vouloir se retirer. Une autre pensée, beaucoup moins agréable, vint à Donato. Il se redressa d'un coup.

— Allez-vous apprendre au prince ce que j'ai fait ? Il me fera mettre à mort ! Il croira que j'ai agi sur instigation de mon père ! Il enverra Gatta envahir une nouvelle fois les terres de mon père !

Mais Sigismondo était parti. Donato lança sa coupe vide en direction de la porte qui se refermait.

CHAPITRE XXII

« Repentez-vous ! »

Tout Viverra aurait voulu écouter le sermon que le frère Ambrogio allait prononcer dans la cathédrale, mais celle-ci n'était pas assez vaste pour contenir l'ensemble des habitants de la ville. Les prévoyants et les oisifs — et nombreux étaient ceux que le précédent sermon, en entravant leurs activités professionnelles, avait réduits à l'oisiveté forcée — s'étaient présentés tôt pour s'assurer de bonnes places. Les bedeaux aux entrées ne refusèrent pas quelques dons charitables personnels, de sorte qu'on trouva de la place au fond pour un certain nombre de retardataires ; beaucoup se juchèrent sur des rebords de fenêtre ou se perchèrent sur les quelques centimètres de replat à la base des colonnes. Les autres durent se contenter de rester debout sur les marches, mêlés aux mendiants, ce qui leur coûta presque autant, tandis qu'une foule compacte s'agglutinait sur la place et dans les rues voisines, espérant entendre ne serait-ce qu'un écho de ce qui se passait à l'intérieur de l'édifice, et recueillir au passage quelques miettes de la grâce qui en émanerait.

Une des raisons à ce désir général d'être présent résidait en ce que chacun avait conscience de l'importance du sermon qu'allait prononcer le prêcheur. Sa première intervention publique avait été si intransigeante dans sa dénonciation de tout ce que les habitants de Viverra considéraient jusqu'alors comme inoffensif ou même souhaitable, et son effet si inquiétant, que beaucoup parmi ceux qui patientèrent durant des heures escomptaient que le frère Ambrogio adopterait une attitude plus indulgente, voire louerait les efforts déjà accomplis par les habitants pour purifier leurs vies.

Ceux-ci étaient les optimistes.

Les pessimistes et tous ceux que la vie avait rendus cyniques s'attendaient que le frère Ambrogio exige encore plus d'eux et, dans certains cas, signe leur ruine financière. Et, curieusement, rares étaient ceux parmi ces derniers qui vinrent à la cathédrale dans un état d'esprit sincèrement repentant à l'égard de leur ancienne façon de gagner leur vie. Leur principal espoir était qu'une fois que le frère Ambrogio aurait quitté la ville — et il était raisonnable de penser qu'il existait d'autres villes dont le terrible état de turpitude justifiait sa visite — la vie normale reprendrait son cours, même s'ils ne pourraient jamais récupérer ce que sa venue à Viverra leur avait fait perdre.

Plus d'un citadin reconsidérait mentalement la somme qu'il avait envisagé de consacrer cette année à l'habillement et au mobilier, et réduisait la dot qu'il prévoyait pour sa fille. Plusieurs se demandaient quand ils pourraient sans danger aller vendre à l'étranger les vanités qu'ils avaient prudemment dissimulées. Quelques-uns, tel le fabricant de cartes à jouer qui produisait désormais des images religieuses figurant une croix dorée se détachant sur les tours de Viverra en arrière-plan, et entourée d'une inscription proclamant que le Christ était le nouveau maître de la ville, étaient fort satisfaits. Impatients de faire à nouveau régner la terreur, les jeunes qui avaient passé des heures exaltantes à persécuter leurs aînés et à rassembler des objets pour le bûcher attendaient avec confiance que le frère Ambrogio autorise la poursuite de leurs activités. Ils s'étaient vite remis de leur rencontre avec les hommes de Gatta et, se faisant mutuellement remarquer que c'était Gatta lui-même qui avait ramené ses troupes à l'ordre, ils en déduisaient qu'il devait être de leur côté. Le condottiere viendrait d'ailleurs éprouver par lui-même l'influence exacte des paroles du prêcheur.

La présence de Gatta n'était pas le moindre des motifs qui attirèrent les citadins dans la cathédrale. Après tout, il aurait pu être le héros du jour pour la prise de Mascia si le frère Ambrogio ne lui avait pas coupé l'herbe sous le pied; et les exigences bien peu dévotes de ses hommes alimentaient une branche discrète mais florissante de l'économie locale. Gatta aurait effectué son entrée dans la ville en grande pompe, un jour de congé exceptionnel aurait été proclamé, chacun aurait revêtu ses plus beaux atours, on aurait déployé tapisseries et banderoles brodées sur les balcons et les rebords de fenêtre, il y aurait eu des banquets dans les rues, une distribution d'aumônes et une grande messe de remerciements ici à la cathédrale. Mais il était plus prudent de taire ses regrets à ce sujet. Gatta lui-même n'y avait-il pas renoncé? Pourtant, les femmes en particulier mouraient d'envie d'apercevoir le condottiere, et lorsqu'il arriva à la cathédrale dans les derniers rayons du soleil, monté sur un grand cheval noir et vêtu de velours pourpre foncé d'une simplicité calculée, la foule l'acclama et lui lança des fleurs, ce à quoi il répondit en tournant son beau visage buriné de-ci, de-là, comme un chat entendant applaudir les souris.

Il était également prudent de ne pas se montrer dans ses meilleurs habits. Les femmes présentes dans la cathédrale s'étaient donc vêtues simplement afin ne pas encourir de reproches, et c'est avec des sentiments mitigés qu'elles regardèrent entrer la princesse. Rien n'avait tempéré le choix de sa tenue. La soie moirée fauve est certes d'une teinte discrète, mais l'étoffe dorée qui la recouvrait ne l'était pas, et les émeraudes qu'elle portait dans les cheveux, aux oreilles et au cou lançaient un feu verdâtre à la clarté des bougies.

Tout le monde n'atteignit pas la place, et encore moins la cathédrale. Il y avait les malades, et ceux qui, de manière inconsidérée, agonisaient, et dont les proches veillant sur eux ne purent assister à l'événement. Quelques autres avaient peur de la foule. Il y avait également les serviteurs qui n'avaient pas réussi à obtenir d'être libérés de leurs obligations, les gardes qui se trouvaient de faction et, bien entendu, ceux qu'ils gardaient. Parmi ces derniers figurait Donato Landucci qui, peu après son interrogatoire par Sigismondo, avait été arrêté et transféré dans une petite pièce très inconfortable du vieux château, au bout des jardins du palais, dont les murs étaient plus épais que partout ailleurs et où les prisonniers étaient donc censés être en lieu sûr. Coupable d'avoir essayé de droguer la princesse, ou, s'il était prouvé qu'il savait que celle-ci avait pour habitude de donner ses cadeaux à son mari, d'avoir tenté d'empoisonner le prince, Donato était toutefois loin de se sentir en sécurité.

L'arrivée du prince et de la princesse fut accueillie par des réactions contradictoires de la foule, certains les acclamant comme à l'accoutumée tandis que d'autres, mécontents que, selon le frère Ambrogio, leur seigneur mette en péril leurs chances de salut, émettaient un murmure rauque semblable au grondement d'une mer agitée. Ni le prince ni la princesse n'y prêtèrent attention, et ils furent reçus sur les marches de la cathédrale par l'évêque Ugolino, qui avait lui-même invité le frère Ambrogio à prononcer son sermon. Les citadins éprouvaient à l'égard de leur évêque une crainte respectueuse qui était plus due à sa voix puissante et à son épouvantable caractère qu'à ses saintes vertus. Tout le monde était curieux de voir comment il allait réagir au sermon. En invitant le prêcheur à s'adresser à la population, l'évêque montrait qu'il était confiant dans sa position, mais l'on doutait que le frère Ambrogio lui témoigne le respect qu'il était en droit d'attendre en retour. Les habitants de Viverra s'attendaient à assister de leurs propres yeux à un affrontement entre potentats ecclésiastiques et ordres prêcheurs.

Tous convinrent que l'évêque s'était magnifiquement

costumé pour son rôle, avec ses splendides habits de brocart rehaussé de broderies d'or, et assez de pierres précieuses sur sa chape et sa mitre pour entretenir plusieurs familles pauvres pendant des générations sous le régime du frère Ambrogio.

Enfin, pieds nus, vêtu d'une robe grossière et élimée, le prêcheur arriva. Le contraste fut vivement apprécié.

Il lui fallut un moment pour entrer dans la cathédrale en raison du grand nombre de gens qui, en dépit des gardes de l'évêque, voulurent le toucher et obtenir sa bénédiction. Sur les marches, un mendiant aveugle toucha la robe du frère et bondit sur ses pieds en criant qu'il voyait, mais ceux qui le connaissaient bien étaient persuadés que cela avait toujours été le cas, aussi le miracle ne créa pas une grosse impression. Comme lors de l'arrivée de Gatta, on lança des fleurs, et ce fut avec des pétales rouges telles des taches de sang dans ses cheveux blancs ébouriffés que le frère Ambrogio pénétra enfin dans la cathédrale.

Leone Leconti, qui avait apporté un carnet de croquis et un fusain, se tenait dans l'ombre, adossé à un pilier, et, à côté d'une esquisse de la princesse qui, assise, attendait d'un air serein, traça le profil hagard du prêcheur au moment où il avançait vers la chaire. Une fois qu'il y fut parvenu, il en gravit le petit escalier en colimaçon tandis que le chœur entonnait le psaume : *Je fus heureux quand ils me dirent : « Allons dans la maison du Seigneur. »* Puis le frère émergea sous l'abat-voix, posa les mains sur la fraîche rambarde de pierre et promena son regard sur l'auditoire. Juste en face de lui, dans son fauteuil épiscopal installé à côté du prince et de la princesse, était assis l'évêque Ugolino, qui rappelait irrésistiblement quelque vautre maussade à qui l'épaisse mâchoire en galoche et les bajoues marbrées surmontées de la mitre donnaient un air menaçant. Le frère Ambrogio attendit que le silence se fît, et bientôt on cessa de tousser, de chuchoter, de remuer et on fit taire les enfants grognons. Alors il se signa et commença.

Les gens de Viverra comprirent vite qu'on n'allait pas louer les efforts qu'ils avaient déployés pour changer leurs habitudes. Ils étaient encore loin, très loin de l'idéal qu'avait à l'esprit le frère Ambrogio, et qui consistait en une authentique humilité et en une véritable repentance. Comment, martela le frère, espéraient-ils gagner le Paradis alors que sous leurs murs campait une armée, la plus vile des choses ? À ces paroles, de nombreux regards se tournèrent vers Gatta, dont le visage levé vers le prêcheur demeura impassible. En réalité, le condottiere, pour s'être approché trop près d'un canon pendant le siège de Mascia, était encore à moitié sourd et, de ce fait, se sentait à l'abri d'éventuelles impertinences. Le prince remua d'un air embarrassé. L'armée de Gatta était sa seule protection. Si elle se retirait, ses ennemis réapparaîtraient aussitôt et se multiplieraient, et le Saint-Père nommerait tout aussi rapidement un nouveau prince à la tête de l'État papal de Viverra.

— Souvenez-vous des paroles de Notre-Seigneur, Qui est au-dessus de tous les seigneurs de ce monde !

Le frère Ambrogio éleva son crucifix et sa voix adopta un ton plus grave et plus intense qui, inexplicablement, fit frissonner certains auditeurs.

— Ne nous exhorte-t-Il pas à pardonner à nos ennemis ? Ne devons-nous pas tendre l'autre joue ? Mes enfants, renoncez aux armées de Satan, à ces hommes qui souillent leurs âmes immortelles par les péchés que sont le jeu, la luxure et le meurtre. Renoncez aux armées humaines, vous dis-je, et Dieu enverra des armées d'anges qui combattront pour vous !

Le grognement que Gatta émit à la suite de ces paroles était peut-être dû au fait qu'il somnolait et venait de s'éveiller brusquement. Il avait cette facilité qu'ont les soldats aguerris de pouvoir s'endormir n'importe où, et la pénombre paisible et parfumée d'encens de la cathédrale procurait un agréable changement par rapport à la chaleur du jour et aux clameurs de la foule. Le frère Ambrogio lui adressa un sourire d'une grande douceur.

— Combattez pour le Christ ! Vous ne recevrez pas votre récompense en ce monde, où n'importe quel trésor finit par rouiller...

À ces mots, certains auditeurs songèrent avec chagrin à leurs propres trésors entassés dehors parmi les fagots du nouveau bûcher, des trésors qui n'avaient pas la moindre chance de rouiller.

— Cherchez plutôt vos trésors au Ciel, où ils sont incorruptibles, où notre bon Seigneur et tous Ses saints vous accueilleront, et où vous recevrez des trésors tels que votre cœur ne peut les imaginer, des trésors qu'aucun prince terrestre ne saurait vous procurer !

La voix du frère Ambrogio n'était à présent qu'un murmure, mais si saisissant qu'il était audible dans le moindre recoin de la cathédrale.

— Car je vous le dis, ceux qui vivent en répandant le sang mourront sans rédemption. Expirant avec du sang sur leurs mains et sur leur âme, ils ne pourront invoquer le sang précieux de l'Agneau qui est mort pour eux. REPENTEZ-VOUS !

Ces derniers mots, prononcés d'une voix tonnante, se répercutèrent dans tout l'édifice. Le frère Ambrogio écarta les bras.

— Repentez-vous ! Je veux vous parler du jugement qui vient, du Jugement dernier. Les femmes que je vois adonnées aux vanités de ce monde...

Le crucifix s'orienta en direction de la princesse.

— Chaque colifichet, chaque parure, chaque tresse et chaque collier est une chaîne que tire un démon avide de votre âme. Dans les feux de l'Enfer vous serez nus de toute éternité. À quoi vous serviront alors vos brocarts et vos soies ? Débarrassez-vous de vos chaînes ! Le Jugement est proche ! Le Jugement n'épargnera aucune femme ni aucun homme, prince comme paysan. Le paysan pourra affirmer devant le Trône qu'il était ignorant, qu'il était opprimé, qu'il était aux ordres de son seigneur, et Dieu lui accordera peut-être Sa divine miséricorde.

Mais quelle miséricorde peut attendre l'oppresseur, celui qui a égaré les âmes de ceux qui étaient en son pouvoir ? Quelle miséricorde pour le prince qui dans sa liberté se sert des dons de Dieu, sa sagesse et son intelligence, afin de détruire son âme ? Dieu le précipitera dans les flammes, où il aura tout loisir d'étudier l'alchimie ! Où Satan lui emplira la bouche de cet or fondu qu'il aura tant cherché à fabriquer ! Où le cerveau qu'il aura utilisé pour pervertir la sainte volonté de Dieu bouillonnera sous son crâne !

Comme le prince était assis au premier rang de l'assemblée, il était difficile de voir l'expression qu'il arborait ; mais personne ne songea qu'il souriait.

— N'allez pas penser, mes enfants, que vous êtes absous du péché en disant que vous avez péché mais que vous y avez été contraint.

Le regard compatissant du frère Ambrogio embrassait à présent toute l'assemblée.

— Les soldats croient qu'ils doivent obéir à leur chef, les sujets qu'ils doivent obéissance à leur prince. Et en vérité un prince devrait être comme un père qui vous guide sur le chemin de Dieu. Mais je vous le dis, il n'en existe qu'Un à qui vous devez obéissance, et si vous négligez Ses commandements, comment pouvez-vous espérer échapper aux malheurs ? Respectez Ses commandements ! La malédiction du Seigneur s'abattra sur vous comme elle s'est abattue sur les Israélites qui adoraient la divinité faite de leur or, et qui n'atteignirent pas la Terre promise. Détournez-vous de Dieu et Il détournera Son visage d'amour de vous, vos récoltes seront gâtées, vos affaires péricliteront, vos fils tomberont malades et vos filles mourront ! Vous ne parviendrez jamais à la Terre promise.

Il poursuivit, séparant chacun de ses mots, parlant d'un ton grave, puissant et solennel.

— Mais malheur à celui qui, alors qu'il est en position d'autorité, se tourne vers le Malin ! Malheur à celui qui essaie de découvrir les secrets de Dieu ! Priez, priez, mes enfants, pour que cet égaré renonce à ses errements. Car par la grâce que m'a confiée le doux Seigneur, je vous dis qu'à moins de chasser loin de vous les œuvres du Malin, c'est Satan lui-même qui mettra un terme à la vie de votre prince ; je vous dis que s'il ne se repent, s'amende et abjure un si grand mal, votre prince passera l'éternité en Enfer et que vous, ses sujets, sur lesquels il a le devoir sacré de veiller, vous y serez précipités avec lui !

« Il va trop loin, pensa Leone Leconti qui dessinait sous le couvert de son manteau. Vous ne pouvez proférer de telles menaces et vous en sortir. La ville ne l'acceptera pas. Dire à un prince qu'il va bientôt mourir ? Dire à un capitaine que son armée devrait lui désobéir ? Et pourtant ils le gobent ! Je ne l'aurais pas cru. Regardez le jeune prince — il est cloué sur son siège. Quel visage angélique ! Quelle beauté ! Une telle austérité... mais, et la princesse douairière ! J'ai failli ne pas la remarquer ; elle est furieuse, et ce n'est pas étonnant. Le prêcheur n'aurait pu faire pire. »

CHAPITRE XXIII

« J'expierai »

Mais le frère Ambrogio avait une autre cible. Détournant son regard des visages abasourdis qui s'alignaient devant lui, il fit un ample geste en direction de l'est et de l'autel, paré de son drap d'or, avec ses tissus de lin exquisément brodés, ses grands chandeliers de bronze disposés de part et d'autre avec leurs cierges épais comme le poignet d'un homme, l'énorme croix en son centre, sertie de rubis et de saphirs — un don du prince —, ses calices et patènes ornés de perles et de diamants, fierté de la cathédrale et de l'évêque.

— Menez une vie pure ! Chassez les vanités de vos cœurs et de votre culte. Dieu n'est pas glorifié par ces décorations clinquantes qui souillent votre cathédrale. Il n'est pas dupe de cet étalage d'ornements et de jolies babioles. Il exige, Il ne désire que la dévotion simple d'un cœur pur. Cette vanité abominable ne devrait pas se trouver sur Son autel ; car Son autel devrait être dans vos cœurs. Souvenez-vous de dame Pauvreté, Sa chère servante. Laissez-la vous guider. Débarrassez-vous de ces faux trésors. Rejetez-les !

Si Gatta avait reniflé tout à l'heure, à présent c'était le tour de l'évêque. Désireux de connaître son adversaire, il avait écouté le prêcheur avec attention. On lui avait présenté, dans un baragouin à peine compréhensible, un rapport affolé au sujet du sermon public de la veille, mais l'humilité et l'obéissance du frère Ambrogio dans la chambre du prince l'avaient ensuite radouci à son égard. Son attitude avait convaincu l'évêque que le prêcheur le respecterait dans sa propre cathédrale. Il avait été grossièrement trompé. Cette arrogance — ce mépris de la doctrine —, ce dédain à l'égard de la hiérarchie du rang et cette véritable servilité envers les pauvres ! Comment osait-il menacer de damnation le prince de Viverra ! Cela ne pouvait que mener à l'anarchie et au règne du chaos. Il faudrait en informer le Saint-Père. Un messager porterait à Rome une condamnation, exprimée dans les termes les plus vifs, de ce dangereux coquin. Ce stupide franciscain prétendait se mêler de tout alors qu'il ne savait rien de la façon dont tournait le monde. Croyait-il vraiment qu'une armée d'anges allait protéger Viverra si les hommes de Gatta se dispersaient et que les ennemis du prince marchent sur la ville ? Et voilà qu'en plus il dépréciait les trésors de l'Église — ces œuvres de beauté dédiées à la gloire de Dieu...

— Qu'on alimente le bûcher avec tous ces ornements ! tonna le frère Ambrogio en les désignant d'un geste.

À cet instant, surgissant tel un diable devant l'autel, le frère Columba s'avança et s'empara du premier calice qui lui tomba sous la main.

— Arrêtez ! Je vous ordonne, au nom de...

Au lieu du nom divin, les lèvres de l'évêque proférèrent un son stertoreux. Il s'était brusquement levé de son fauteuil épiscopal, dont il tenait encore un des accoudoirs sculptés. Ses yeux basculèrent en arrière, sa main agrippa le bois doré, il tituba et tomba en avant sur le sol de marbre.

Il y eut une seconde de silence apeuré, puis le vacarme éclata. Un groupe d'ecclésiastiques convergèrent sur la silhouette étendue de l'évêque, qu'ils soulevèrent au milieu d'avis contradictoires et emportèrent par une porte ouvrant derrière l'autel. En partant, un prêtre chauve brandit le poing en direction du frère Ambrogio ; mais celui-ci, penché sur le rebord de la chaire, ne laissa pas passer l'occasion.

— Voyez comment Dieu frappe les hommes cupides et fiers ! Repentez-vous ! Repentez-vous avant qu'il soit trop tard !

Sur quoi le frère Ambrogio conclut son sermon en hurlant un « *Misericordia !* » qui domina glorieusement l'hystérie générale et alla se répercuter sous le haut plafond peint.

Ensuite il bénit la foule en effervescence, pria quelques secondes en silence et disparut dans l'escalier de la chaire. À présent que toute surveillance cléricale s'en était allée avec l'évêque, le frère Columba enveloppa rapidement les ustensiles disposés sur l'autel dans le drap d'ornement, puis s'esquiva en se frayant un chemin à travers la foule. Dieu était décidément bienveillant. Le second bûcher qu'on allait édifier promettait d'être beaucoup plus spectaculaire que le premier.

Lorsque ceux qui s'étaient entassés dans la cathédrale commencèrent à sortir et à répandre la nouvelle, celle-ci eut sur les malchanceux restés sur la grand-place à peu près le même effet que si la foudre était tombée parmi eux. Un seul mot du frère Ambrogio avait suffi pour que l'évêque Ugolino s'effondre au pied de l'autel. Soucieux d'éviter la colère qui s'annonçait, et dont l'évêque venait d'être si inopinément la victime, un nombre considérable de gens décidèrent alors de prévoir dans leur testament des dons substantiels à divers ordres religieux. Car si même l'Église n'était pas à l'abri, quel espoir restait-il pour les laïcs ? Emplis de crainte, ils s'écartèrent et se mirent à genoux devant le frère Columba qui fendait leurs rangs en se dirigeant vers l'empilement de fagots sur lequel avait été dressé l'échafaudage du nouveau bûcher, auquel il ajouta les trésors de la cathédrale.

Un quidam avait confectionné un pantin à l'effigie de l'ambassadeur vénitien, dont la proposition sacrilège la veille d'acheter pour une grosse somme d'argent les objets précieux entassés sur le bûcher avait horrifié les purificateurs. Voyez à présent ce qui lui était arrivé ! On avait beau parler de poison, chacun pouvait reconnaître là la main de Dieu, la première punition du Ciel. Et aujourd'hui, c'est l'évêque qui était tombé. Quand serait-ce le tour du prince ? Il s'était souvent trouvé mal, puis rétabli, mais n'avait en rien modifié sa conduite ; et cela se passait avant que le frère Ambrogio ne le fustige. Mais plus que le sort de leur prince, c'est le fait qu'eux, habitants de la ville, aient été inclus dans la malédiction qui était inquiétant.

L'évêque n'était pas le seul que le sermon avait fortement marqué. L'ecclésiastique avait été transporté avec beaucoup d'attentions chez lui, tandis que le prince, lui aussi ébranlé et loin de se sentir en grande forme, était raccompagné avec sa famille jusqu'au palais entre deux files de ses gardes. Cette fois, la foule ne poussa aucune acclamation, elle se contenta de le regarder passer d'un air hostile, au milieu du rauque murmure qu'émet une populace nerveuse, tendue et dangereuse. Seule la présence des gardes et de Gatta qui chevauchait avec la suite du prince empêcha que des pierres ne fussent lancées.

Gatta avait été impressionné par ce qu'il avait entendu au cours du sermon. Quand il avait haussé le ton, la voix du frère Ambrogio avait vaincu sa surdité, et Gatta était quelqu'un qui se laissait facilement émouvoir. À un moment, des larmes avaient ruisselé sur ses joues et il avait répété d'une voix brisée le « *Misericordia !* » du prêcheur.

Il avait vécu dans sa vie tant de choses pour lesquelles il pouvait légitimement éprouver du remords — tant de villages détruits, de paysannes violées et de gens assassinés, certains de sa main, beaucoup d'autres avec son aval ou sur ses ordres, de villes mises à feu et à sang — qu'il avait certaines raisons de ressentir personnellement la menace de mort émise à l'encontre de ceux qui avaient du sang sur les mains. Pourtant, cela n'allait pas sans lui poser problème. Le sang n'était pas seulement pour lui un moyen, c'était son métier. Et un homme ne renonce pas de gaieté de cœur à sa profession. Le prince comptait sur lui et, de la même façon, sa *condotta* comptait sur lui. Gatta était un homme pragmatique. Il décida qu'à l'avenir, aussi bien dans son campement qu'en ville, il porterait une cotte de mailles sous son pourpoint. L'Ange du Seigneur qui truciderait Ridolfo Ridolfi devrait se lever de bonne heure.

On ignorait encore qui avait été le plus impressionné par le sermon du frère Ambrogio, mais on l'apprit sitôt que le prince et sa famille eurent regagné leurs appartements du palais. Le prince Francesco avait marché dans une sorte de transe parmi les gardes qui protégeaient son père, aveugle et sourd à ce qui se passait autour de lui. Or voilà qu'à présent, tandis que son père envoyait chercher son médecin et que sa mère se lançait avec sa grand-mère dans une discussion glaciale au terme de laquelle, à leur grande surprise, elles se trouvèrent d'accord pour estimer qu'inviter le frère Ambrogio à Viverra avait été une erreur, voilà qu'à présent le jeune prince entreprenait de se déshabiller.

Il avait jeté à terre son chapeau, qu'un page s'était empressé de ramasser. Puis son manteau et son pourpoint suivirent le même chemin, sans que personne n'y prêtât grande attention. Après tout, cette journée de septembre avait été très chaude et le jeune homme était connu pour son impétuosité. Ce fut le gloussement qui s'éleva parmi les dames lorsque le prince dénoua ses aiguillettes et que chausses et chemise se séparèrent que l'attention générale se détourna des ennuis de santé du prince Scipione pour se consacrer à son fils.

— Que fais-tu donc ? s'exclama sa grand-mère outrée en se précipitant vers lui.

Trop tard. D'un coup de pied le jeune homme s'était débarrassé de son ultime vêtement et se tenait nu comme au premier jour devant l'assistance médusée.

— Je renonce au monde et à toutes ses vanités. Je me présenterai devant Dieu dépouillé des artifices de la richesse et du rang.

Il pensa brusquement, quoique un peu tard, à masquer d'une main pudique sa nudité, puis, secouant ses longs cheveux roux, il leva les yeux au ciel.

— J'entends me soumettre à dame Pauvreté. J'expierai les péchés de mon père.

C'est ainsi que l'héritier et fils unique du prince de Viverra annonça son intention de renoncer au monde.

CHAPITRE XXIV

Tuer la princesse

Benno avait déjà rencontré une sorcière depuis qu'il était au service de Sigismondo. Et même si celle-là s'était avérée une simple vieille femme irascible dont Benno n'avait pu vérifier avec certitude les pouvoirs surnaturels, il n'était guère enthousiasmé à la perspective d'en rencontrer une autre. Car celle-ci pouvait se révéler vraiment efficace. Comment savoir, avec les sorcières ? Une fois victime de ses sortilèges, il était trop tard pour se rendre compte qu'on avait affaire à une vraie sorcière.

Tandis que leurs chevaux franchissaient l'étroit pont de pierre au pied des murailles de Viverra, Benno se retourna pour jeter un dernier regard à la civilisation. Non qu'il fût impossible de trouver des sorcières en ville, mais on se sentait bien plus vulnérable dans l'espace découvert de la campagne.

Et puis le soleil se couchait. Il ferait bientôt noir... Benno n'aimait pas l'idée d'aller rendre visite à une sorcière la nuit. La vieille les regarderait arriver en marmonnant, recroquevillée près du feu, avec ses verrues hérissées de poils. À cette heure, elle était sans doute au courant de leur venue. Elle possédait à coup sûr plusieurs démons familiers, dont l'un, lièvre ou chat noir, jaillirait des ténèbres pour planter ses griffes dans les yeux de Biondello. Benno commença à réciter à mi-voix des Ave Maria et donna des tapes au petit chien endormi contre ses côtes sous son pourpoint afin de le réveiller pour qu'il en bénéficie. Il était possible, du fait qu'ils venaient de Viverra où l'influence du frère Ambrogio était si forte, qu'un peu de son pouvoir les accompagnât. Mais d'un autre côté, cela pouvait susciter l'irritation de la sorcière.

Benno tenta donc, comme il est fort courant, de se distraire en songeant aux malheurs d'autrui.

— Vous pensez qu'ils vont exécuter Donato Landucci pour avoir empoisonné l'ambassadeur ?

Tout en guidant dans la lumière déclinante son cheval sur la rive rocailleuse de la rivière, Sigismondo émit un grognement.

— Tu oublies plusieurs barreaux de l'échelle. Quoi qu'ait voulu faire ce jeune homme, il n'avait aucune intention d'empoisonner l'ambassadeur.

— Est-ce que le pauvre homme est mort ?

— Ni sa maisonnée ni son médecin ne l'ont annoncé. Mais je donnerais ma main à couper qu'il y a déjà un cheval sellé et un messager prêt à porter la nouvelle de sa mort à Venise. Et là, qui que soit le responsable, le prince Scipione sera dans une position délicate.

Marchant derrière le grand bai de Sigismondo, le cheval de Benno glissa sur les pierres et se retrouva presque assis. Benno, qui avait passé une bonne partie de sa vie dans des écuries, le fit se redresser d'un geste machinal. Les derniers éclats du soleil couchant s'étalaient à l'horizon, colorant en rouge sang une traînée de nuages bas. Surgie de nulle part, une petite brise que l'automne imminent rafraîchissait se leva et Benno frissonna.

— En tout cas, j'ai l'impression que le prince n'a vraiment pas de chance. Il devrait renoncer à la magie et à toutes ces choses. Sinon, je parie qu'il arrivera quelque chose d'encore pire.

La seule réponse de Sigismondo fut un fredonnement songeur. Ils poursuivirent leur chemin dans l'obscurité qui s'épaississait. Le disque pâle de la lune devint de plus en plus visible au milieu des nuages de brume. Benno décida, pour ne pas risquer d'entendre son maître lui dire qu'il n'en savait rien, de ne pas lui demander ce qu'il comptait faire une fois qu'ils seraient arrivés chez la sorcière. D'ailleurs, c'était le genre de question qui contrariait fortement Sigismondo.

Le serviteur de Donato Landucci, qui l'avait accompagné chez la sorcière afin de se procurer l'aphrodisiaque destiné à la princesse, s'était tout d'abord montré réticent à trahir la confiance de son maître. Cette réticence n'avait toutefois pas résisté à l'argent que lui avait donné Sigismondo, ni à la menace que ce dernier paraissait inspirer par sa seule présence, et c'est sur ses instructions que les deux cavaliers avaient emprunté ce sentier conduisant dans les collines. Peu après avoir franchi le pont, ils avaient dépassé un groupe de cabanes qui tenaient plus d'une éruption de pustules que d'un village, fermées pour la nuit. Une fumée pâle s'élevait de leurs toits de roseaux ou de branchages, évoquant l'image plaisante des feux brûlant à l'intérieur. Benno aurait aimé s'y réchauffer, avec entre les mains un bon bol de soupe. Il se demanda si les gens qui vivaient là appréciaient le voisinage d'une sorcière.

Lorsqu'ils trouvèrent la maison de cette dernière, la lune avait émergé des nuages. À la lisière d'un petit bois, Sigismondo descendit de cheval et fit signe à Benno d'en faire autant. Il mit un doigt sur ses lèvres et tendit le bras.

Tout d'abord Benno ne vit rien. Puis il crut distinguer une chose pâle s'agitant sous les arbres. Un fantôme ! Il se signa et regarda d'un air anxieux Sigismondo qui avançait d'un pas tranquille en prenant garde à ne pas briser de brindilles. Tout en priant furieusement, une main posée sur Biondello qui avait ressenti sa frayeur et tremblait, Benno s'efforça de poser ses pas dans les siens. Biondello sortit la tête mais n'émit aucun son. C'était un chien animé d'un fort respect pour le danger. Jusqu'à ce qu'ils en soient tout près, Benno perdit de vue la silhouette pâle allant et venant entre les arbres. Sigismondo s'était brusquement accroupi, et, d'instinct, Benno l'imita. Bousculé, Biondello poussa un petit gémissement inquiet, que couvrit toutefois le souffle du vent dans le buisson derrière lequel ils s'étaient dissimulés. Lorsque le feuillage s'écarta sous les mains précautionneuses de Sigismondo, Benno distingua parfaitement la silhouette pâle. S'il s'agissait d'un fantôme, il avait adopté une apparence fort séduisante.

Une jeune femme dont les cheveux sombres descendaient bas dans le dos évoluait avec légèreté dans la clairière, se livrant à une sorte de danse. Lorsqu'elle se tourna pour élever un objet noir vers la lune, ils purent constater qu'elle était nue. La clarté lunaire conférait une teinte argentée à son corps et faisait scintiller ses yeux, ainsi que le couteau qu'elle tenait. Elle murmurait des paroles qu'il était impossible de distinguer à cette distance. Puis elle se tint quelques instants immobile, les yeux clos. Soudain terrifié, Benno pensa qu'elle venait de déceler leur présence ; bien qu'il ne s'attendît pas qu'elle soit aussi jeune, il était parvenu à la conclusion qu'il s'agissait de la sorcière, et ce qu'elle s'apprêtait à accomplir avec cet étrange petit couteau, il ne voulait pas le savoir. Il dressa l'oreille pour tenter de distinguer un bêlement ou, pire, des pleurs de nourrisson, mais le vent de la nuit ne lui apporta que le frémissement des feuilles et le lointain hululement d'une chouette.

La jeune femme ouvrit les yeux, leva la tête, sembla réfléchir, puis se retourna. Elle croisa les bras sur sa poitrine, s'inclina trois fois, puis parut s'adresser à un groupe de hautes plantes qui poussaient là. Ensuite elle prit un petit pot posé par terre et en versa le contenu, qui s'écoulait lentement, au pied des plantes. Elle saisit de la main gauche l'une des hautes tiges, la coupa à l'aide de son couteau noir, puis l'étendit sur un linge blanc posé par terre, qu'elle ramassa. Elle se redressa, s'inclina une nouvelle fois et s'éloigna entre les arbres.

La bouche sèche, Benno s'aperçut que Sigismondo

s'était relevé, prêt à la suivre. Il avait pensé qu'après l'avoir vue se livrer à la magie — et il était impossible de ne pas reconnaître des pratiques magiques quand on y assistait —, son maître aurait compris que la seule chose sensée à faire était de prendre le large. D'ailleurs, ils n'auraient jamais dû être témoins de cette scène. Si la femme l'apprenait, elle leur jetterait un sort avant qu'ils aient eu le temps de dire ouf. Biondello donna des coups de patte dans les côtes de Benno qui, malgré sa réticence à le poser à terre dans ce bois de sorcière, savait ce que signifiait cette agitation. L'anxiété avait titillé la vessie de Biondello autant que celle de Benno.

Lorsque, tout en se demandant si ce n'était pas dangereux de faire cela en ces lieux, ce dernier se fut soulagé contre un tronc et eut récupéré Biondello, il avait perdu de vue Sigismondo et fut un instant saisi de panique. Et si la sorcière l'avait fait disparaître ? Est-ce qu'il n'allait pas d'une minute à l'autre tomber sur un Sigismondo changé en statue de pierre parmi les arbres ? Il regrettait d'avoir écouté les histoires des serviteurs au coin du feu, et en même temps de ne pas y avoir prêté plus d'attention afin de savoir ce qu'il convenait d'éviter dans ces cas-là. Il serra les médailles saintes qu'il portait autour du cou et reprit son chemin sur la pointe des pieds. Il entendit une nouvelle fois la chouette — plus proche —, puis la voix de Sigismondo.

Benno trébucha contre une racine émergeant d'entre les feuilles mortes et se mit à courir. Une cabane surgit soudain de la pénombre. Sigismondo était en train de frapper à la porte tout en parlant de sa voix grave et calme. Une minute de silence s'ensuivit, au cours de laquelle Sigismondo tourna la tête comme pour s'assurer que Benno était bien là, puis la porte s'ouvrit sur un gouffre d'ombre. Benno déglutit et Sigismondo entra.

La porte resta ouverte et Benno, qui serrait Biondello contre lui et marmottait des prières, obéit à son invitation muette et plongea dans le noir à la suite de Sigismondo.

À l'intérieur il faisait bon et une odeur d'herbes flottait dans l'air. Benno se força à refermer la porte et à en tirer le loquet. Lorsque ses yeux se furent habitués à l'obscurité, il aperçut, brûlant à même la terre battue, un petit feu qui dissipait à peine les ténèbres et dont la fumée s'élevait paresseusement jusqu'au toit. La sorcière était vêtue d'un informe vêtement de fin tissu gris et Benno, malgré sa peur, ne put s'empêcher de ressentir une certaine déception. Lorsqu'elle jeta quelques brindilles dans le feu, les flammes illuminèrent son visage. Elle était jolie ! Pourquoi lui avait-on toujours dit que les sorcières étaient vieilles et laides ? À moins que ce ne fût qu'une simple apparence. Peut-être s'était-elle dit que paraître vieille et laide ne faisait qu'effrayer les gens ? Toujours est-il que Benno trouvait beaucoup plus effrayante l'idée qu'elle soit laide *sous* cette apparence de beauté.

— Pour quelle raison vouliez-vous me consulter ?

Elle avait un accent rustique et posa sa question d'une voix anodine. Après avoir jeté un coup d'œil à Benno, qui se recroquevilla sous son regard, elle s'adressa à Sigismondo.

— En général, on ne vient pas me voir à cette heure-là.

Le ton sur lequel elle prononça ces mots suggérait que s'il y avait une chose sur laquelle les sorcières pouvaient compter une fois la nuit tombée, c'était leur tranquillité. Tout en observant Sigismondo, elle tressait ses cheveux avec des doigts agiles. Benno venait de réaliser qu'il l'avait vue nue, mais sans éprouver le moindre désir. Voilà qui était encore plus déconcertant.

— C'est au sujet d'une poudre d'amour.

Au son de la voix de Sigismondo, Benno sentit son sourire amusé, et la sorcière éclata de rire.

— Pas pour votre usage, je suis sûre ! Votre voix seule doit vous ouvrir la plupart des lits. Elle vous a en tout cas ouvert ma porte.

Elle rejeta sur son épaule la tresse achevée.

— Et à présent que vous êtes ici, votre allure n'a rien de décevant non plus. Si vous désirez la potion pour un autre, ce sera plus difficile. Pour qu'elle produise de l'effet, je dois connaître plusieurs choses. Je dois voir celui ou celle qui veut se la procurer.

Sur quoi elle désigna un petit tabouret.

— Vous le connaissez, dit-il en s'asseyant.

À ces mots, alors qu'elle était en train de remuer le contenu d'un petit pot posé sur un trépied au-dessus du feu, elle leva lentement les yeux. Les mains sur les genoux, Sigismondo garda le silence en lui retournant son regard.

— Le jeune homme amoureux d'Isotta ?

Sigismondo acquiesça et elle se remit à touiller son pot.

— Je lui ai dit qu'il obtiendrait satisfaction s'il procédait selon mes instructions. Je suppose qu'il a négligé de prononcer la formule requise. Il aurait donc échoué dans ses desseins ?

Sigismondo émit un long fredonnement.

— Lamentablement échoué, en vérité.

— Et pourtant je l'ai vu dans les bras de cette Isotta.

Elle haussa les épaules, puisa une cuillerée de sa préparation, qui embauma la pièce d'un parfum de citron et de l'odeur d'une herbe que Benno ne reconnut pas, puis la goûta avec précaution.

— Peut-être que celle que j'ai vue n'était pas celle qu'il voulait. Tout le monde peut commettre des erreurs.

— Il y a eu erreur, en effet. Et quelqu'un en est mort.

— *Mort ?*

Sa main se resserra sur le manche de la cuillère, et la jeune femme ne prit pas garde qu'un peu de potion gouttait sur sa robe.

— Ce n'est pas de mon fait. Je ne prépare pas de poisons. Il y en a qui le font, pas moi.

Lorsqu'elle se releva, la robe grise la moula fugitivement.

— Êtes-vous venu m'accuser ? s'enquit-elle avec des yeux brillants.

— Vous questionner, pas vous accuser. S'il y a eu des erreurs, je ne dis pas que vous en êtes responsable. Le jeune homme à qui vous avez donné la potion est en prison, son serviteur a parlé. D'autres personnes risquent de venir vous voir. Il serait préférable que vous me racontiez ce qui s'est passé.

Elle le dévisagea avec attention.

— Qui êtes-vous ? De quel droit m'interrogez-vous ?

— Je m'appelle Sigismondo. J'obéis au prince.

Elle recula dans l'ombre comme si elle s'apprêtait à se volatiliser. Benno se dit qu'elle allait peut-être disparaître par le toit parmi les volutes de fumée. À cet instant, un petit chat sortit de l'obscurité derrière elle, son poil luisant à la lueur du feu, et, la queue dressée, se dirigea d'un pas tranquille vers l'endroit où était assis Sigismondo. Il lui renifla le genou puis, d'un bond, sauta sur sa cuisse en pressant sa joue contre sa main. Son ronronnement était plus sonore que les craquements du feu.

— Dites-moi ce que vous voulez savoir.

Elle revint dans la clarté des flammes et, debout devant l'homme du prince, baissa la tête vers lui en tendant un doigt pour gratter le crâne du chat, un doigt qui frôla la main de Sigismondo.

— Je vois que je peux vous faire confiance. Qui a été empoisonné ?

La question directe suscita une autre question au lieu d'une réponse directe.

— Qu'avez-vous donné à ce jeune homme pour qu'il en enduise les dragées ? Une poudre ?

Elle s'accroupit, grattant le chat qui, perché sur la cuisse de Sigismondo, arquait le dos sous la caresse. Benno, qui observait la scène, se demanda s'ils n'allaient pas se mettre à faire l'amour. Il n'aurait guère été étonné de voir son maître se pelotonner contre une sorcière !

— Connaissez-vous les herbes, Sigismondo ? Vous

avez la bouche et les yeux d'un homme qui sait bien des choses que la plupart ignorent. J'ai préparé une décoction de verveine et de citronnelle. Beaucoup de paysannes ont recours à cette recette, même si elles ne cueillent pas les ingrédients tout à fait au bon moment, ni à la bonne lune, ni avec le cérémoniel nécessaire ; elles ne savent pas déterminer le moment ni les formules en fonction des étoiles sous lesquelles sont nés l'amant et sa bien-aimée. Ça, c'est mon secret.

Avec un sourire, Sigismondo saisit la main qui caressait le chat.

— C'est votre secret ; je ne cherche pas à le percer. *La poudre.*

Elle laissa sa main dans la sienne.

— C'était de la poudre de cantharide. Je ne doute pas que vous en ayez entendu parler.

— En effet. Et vous n'ignorez pas qu'on dit qu'elle peut parfois tuer.

— Seulement à doses massives, et quand elle est prise sans précaution. Je ne lui en ai donné que la quantité nécessaire pour faire naître le désir.

— Il a pu la mettre de côté et la donner en une seule fois.

Elle rit.

— Pas lui ! Il était trop impatient d'en constater les effets.

— Où vous êtes-vous procuré de la cantharide ? Ça ne pousse pas dans les bois.

Il lui lâcha la main, et le chat sauta à terre. La jeune femme resta accroupie, tout près de Sigismondo.

— Il y a un apothicaire à Viverra. Je le paie en lui livrant des herbes qu'il ne sait pas où aller chercher. Cela mettra-t-il fin à vos questions ?

— Je n'en ai plus qu'une : pourquoi vouliez-vous tuer la princesse ?

CHAPITRE XXV

La colombe de Dieu

Elle se figea, les lèvres entrouvertes. Le brusque éclat d'une flamme illumina son visage. Elle avait le regard fixé sur Sigismondo.

— La *princesse* est morte ?

Il y eut un silence, puis d'un bond elle s'éloigna de lui.

— Je n'ai rien fait, *rien* qui puisse la tuer. Je vous ai dit ce que j'avais donné à ce jeune homme. Cela n'avait rien de mortel. Je ne vends pas de poison. Jamais.

Elle se tut et Sigismondo se contenta de l'observer en silence. Puis il se leva.

— Et l'apothicaire ? Savait-il à qui était destinée la drogue ?

Elle secoua la tête.

— Le produit qui l'a tuée ne venait pas de moi. Je le jure.

— Il venait peut-être de chez lui. Où habite-t-il ?

— Dans la rue Saint-Thomas, au Pilon d'Argent, à côté de la boulangerie.

Elle avança d'un pas.

— La pauvre princesse... morte ?

— Non. Ce n'est pas elle qui a mangé les dragées.

— Je ne l'ai jamais vue morte dans mes visions.

Le petit chat, qui était réapparu, était allé s'asseoir devant le feu. La sorcière frissonna. Sigismondo plongea les doigts dans la bourse qu'il portait à la ceinture, puis se pencha en avant pour poser une pièce d'argent à côté du chat.

— Pour votre aide, dit-il. La personne qui est morte a probablement été victime des dragées. Cet apothicaire... aurait-il une raison de vous en vouloir ?

— Je ne le connais pas très bien. Je lui apporte des herbes, nous en parlons, il me dit ce dont il a besoin. Je ne vois aucune raison pour laquelle il pourrait me haïr.

— Peut-être éprouve-t-il pour vous des sentiments qui ne sont pas payés de retour. C'est parfois suffisant pour faire naître la haine.

Sigismondo se tourna vers la porte.

— Attendez un instant, fit la jeune femme. Je peux peut-être vous aider encore.

— Que pouvez-vous me dire ?

Elle le considéra avec gravité.

— Je peux vous dire, messire, que vous êtes blessé. Et que je saurais vous soigner.

Benno, qui n'en menait déjà pas large en entendant la sorcière évoquer ses dons de clairvoyance, se mit à prier en silence quand il constata qu'elle avait deviné la blessure de Sigismondo. Il faillit même se signer, mais se ravisa en se disant que cela pouvait attirer l'attention sur lui. Cette sorcière serait peut-être furieuse que l'on fasse des signes chrétiens dans sa maison. Sigismondo souriait.

— Hé, j'aurais dû songer à vous demander de l'aide. Cette blessure me démange affreusement.

Benno se vit confier un seau en cuir. Lorsque la jeune femme se leva et l'accompagna jusqu'à la porte pour lui indiquer comment descendre au ruisseau, il perçut l'odeur de ses cheveux — parfumés au romarin — et de sa peau. Il soupira et s'éloigna dans la clarté de la lune en se demandant pourquoi une sorcière habillée susciterait le désir alors qu'une sorcière nue n'avait eu aucun effet sur lui.

Assoiffé, Biondello dévala les marches irrégulières taillées dans la berge du ruisseau pour aller se désaltérer.

Un barrage de pierres formait une petite retenue environnée de fougères. Benno emplit le seau, le regard tourné vers l'amont où la lune faisait scintiller l'eau entre les rives obscures. Une fois revenu à la porte, il ramassa Biondello qui, même s'il ne pourchassait pas les chats et était un petit chien prudent, aurait pu décider d'aller examiner de plus près le démon familier de la sorcière. Benno se méfiait des pouvoirs que ce dernier aurait pu déchaîner s'il se sentait offensé.

La jeune femme avait allumé une lampe, qui ajoutait son odeur d'huile chaude à celles des herbes et du feu de bois, et examinait le dos de Sigismondo, qui se tenait penché en avant, le torse nu. Elle n'avait apparemment pas entendu parler du bûcher, car il était en train de lui énumérer tout ce qui y avait été entassé et de lui raconter l'échauffourée qu'il avait provoquée.

— Ces deux prêtres ont un comportement curieux, fit-elle. Je vais nettoyer ça au vinaigre d'ail.

Benno, assis jambes croisées près de la cheminée, les observait en se disant que son maître avait l'air de bien s'entendre avec la sorcière.

— Pourquoi veulent-ils brûler toutes les jolies choses ? s'étonna-t-elle, en examinant les ingrédients qui composaient le cataplasme de Sigismondo. Il me semblait pourtant que les prêtres avaient des églises pleines de peintures et d'objets en or.

— Je ne discute jamais avec les prêtres, rétorqua Sigismondo. On en trouve de toutes les sortes. Ces deux-là, un prêtre et un simple frère, soutiennent que ces jolies choses ne sont que de fausses images qui détournent le cœur des gens de la vraie foi. D'autres prêtres affirment que les richesses de l'Église ne font que symboliser les richesses du royaume des cieux.

— Moi non plus, je ne discute pas avec les prêtres, dit la sorcière avant d'ajouter : Vous n'avez pas mis de pimprenelle.

— Je n'en avais pas, fit Sigismondo avec un sourire dans la voix.

— Et vous êtes un homme de guerre ?

— C'est pourquoi je n'avais pas de pimprenelle.

— Tenez. Mettez ça dans votre besace, dit-elle en lui tendant une poignée d'herbes.

Benno serrait les côtes de Biondello d'une main ferme sans pouvoir l'empêcher de pointer le museau en direction du chat. Le faire tenir tranquille s'avérait impossible, et Benno se dit que la seule manière de s'assurer sa docilité serait de lui faire humer l'odeur de soufre que le chat devait assurément dégager. Celui-ci tourna la tête pour examiner Biondello, le renifla avec un délicat froncement des narines puis, se détournant, leva une patte et entreprit de se nettoyer. Benno posa le petit chien sur ses cuisses et l'y maintint ; et comme pour suivre l'exemple du chat, Biondello sauta par terre à côté de lui et se mit à se fouiller le poil du museau.

Benno regarda autour de lui. Malgré son exiguïté, la cabane comportait une petite mezzanine à laquelle on accédait par une échelle formée d'un tronc aux encoches patinées par l'usage. Herbes et racines, certaines rassemblées en bouquet, d'autres enveloppées de tissu, étaient suspendues le long des murs, et des pots en terre s'alignaient sur une étagère bosselée.

La sorcière était occupée à disposer sa mixture d'herbes broyées sur l'épais tissu de lin qu'elle avait ôté du dos de Sigismondo et lavé.

— Cela apaisera votre blessure, expliqua-t-elle. Elle s'était mise en colère.

D'une voix chuchotante elle s'adressa quelques instants au cataplasme, puis l'appliqua sur la blessure. Tous deux refirent alors les bandages, puis Sigismondo remit sa chemise et relaça son pourpoint pendant qu'elle rangeait les ustensiles dont elle s'était servie. Benno remarqua qu'elle murmurait une formule à l'adresse de chacun et, tout en se disant qu'il ferait mieux, au cas où elles seraient dangereuses, de ne pas chercher à surprendre ses paroles, il s'aperçut de toute façon qu'il ne comprenait pas un traître mot.

La jeune femme éteignit la lampe et apporta, sur une assiette faite d'un morceau d'écorce, du fromage de chèvre ainsi que quelques fruits secs, un petit pain et du sel dans un pot. Expliquant qu'il avait déjà mangé, Sigismondo prit un peu de chaque, juste pour goûter. Tout en s'efforçant de faire taire ses appréhensions, Benno fit de même. La sorcière dévora le reste comme si elle sortait d'un jeûne : sans avidité, mais jusqu'aux dernières miettes de pain et de fromage, que Benno regretta d'avoir goûtés. Puis il se dit qu'il l'aurait peut-être offensée en refusant, mais renonça aussitôt à résoudre ce problème d'étiquette, domaine dont il était conscient de tout ignorer.

— Merci de votre hospitalité, fit Sigismondo d'une voix qui avait des points en commun avec le ronronnement du chat.

Tous trois étaient à présent assis devant la cheminée, à même la terre battue. La sorcière posa les mains sur le sol derrière elle et s'appuya sur ses bras tendus. Le tissu de son ample robe dessinait les formes de son corps.

— Vous ne partez pas ? fit-elle.

Benno avait dormi dans des endroits plus inconfortables que le sol nu de la cabane de la sorcière. Il espéra, tout en se doutant que cela n'aurait pas grande importance à ses yeux, que le lit de son maître dans la mezzanine serait plus moelleux. Biondello dormait lové entre le feu, qu'on avait recouvert de cendres, et le corps de son maître. Benno s'éveilla parce que Biondello s'était brusquement redressé en émettant un bref geignement. D'après la faible lumière qui entourait la porte et filtrait par une fenêtre ménagée à hauteur de la mezzanine, le jour se levait à peine.

D'une voix que ne marquait aucune tonalité particulière, Sigismondo déclara :

— On vient.

Au bout de quelques instants, Benno perçut un bruit de

pas qui approchaient. Puis, d'un seul coup, ce qui l'inquiéta, le bruit cessa. Le silence retomba. Biondello se retourna et se faufila sous le pourpoint de son maître. Celui-ci repoussa l'unique oreille du petit chien à l'intérieur et se leva.

Un coup violent retentit contre la porte et toute la cabane trembla.

Sigismondo atterrit par terre à côté de Benno, le fauchon à la main.

— Fais-la sortir par la fenêtre d'en haut, lui ordonna-t-il. Cachez-vous sur la berge du ruisseau. Reste avec elle.

Benno escalada l'échelle. De l'extérieur leur parvint une voix véhémente qui psalmodiait d'un ton triomphal. À nouveau, un choc sourd ébranla la porte. D'un coup de pied, Sigismondo fit sauter le loquet, de sorte qu'à la tentative suivante la porte s'ouvrit à la volée devant un jeune homme qui s'étala par terre à quatre pattes. Dehors une torche flambait dans la lumière matinale, et lorsque le jeune homme tenta de se relever, Sigismondo le frappa d'un coup de botte dans le cou qui l'envoya s'écrouler au pied du mur, où il resta immobile tandis que ses compagnons se massaient sur le seuil en vociférant. Ils s'attendaient à trouver une femme apeurée et ils tombaient sur un homme armé. La torche mit le feu à un bouquet d'herbes qui s'enflamma d'un coup, illuminant l'intérieur de la cahute pendant quelques secondes avant de retomber en une pluie de parcelles incandescentes sur l'incendiaire, lequel chercha à se débarrasser des étincelles avec force hurlements et gesticulations, puis recula sous l'assaut d'autres bouquets d'herbes enflammés. La lumière luisait sur la poitrine et les épaules de Sigismondo, sur ses bandages de lin, sur son crâne et sur son arme. L'un des hommes parvint à ressortir de la cabane en hurlant à tous les diables, et fut aussitôt remplacé par le frère Columba, robe retroussée, dont les torches faisaient briller les yeux immenses dans un visage exalté.

À cet instant, la sorcière, tenant d'une main le bas de sa jupe et dénudant ainsi ses jambes, descendit à mi-hauteur de l'échelle, s'empara d'un pot posé sur une étagère et remonta à toute allure dans la mezzanine ; le frère Columba tendit le bras vers elle en proférant des mots latins. Le seul homme à s'être armé pour l'expédition portait un gourdin avec lequel il voulut la frapper, mais le coup tomba sur le tronc et le choc se répercuta douloureusement dans ses bras. Le pommeau du fauchon de Sigismondo l'atteignit au biceps, puis ce dernier fit mine de le piquer au visage. L'autre leva son gourdin pour se défendre et reçut un violent coup de poing dans le ventre.

Le frère Columba, la colombe de Dieu, avança sur Sigismondo, les mains croisées sous ses larges manches. À ce moment, le toit s'était déjà embrasé et les flammes bondissaient vers le ciel. Le porteur de torche, les cheveux constellés d'étincelles, gagna la porte en se frottant frénétiquement la tête et les épaules. Pendant quelques instants, le frère Columba fit face à Sigismondo. Puis ses mains jaillirent de ses manches et l'une d'elles fendit l'air, brandissant une arme que l'on pouvait à peine discerner. Un bras agile para le coup ; mais il s'agissait d'un fouet à sept queues dont les crocs lestés battirent l'air, certains s'enroulant autour du poignet de Sigismondo, d'autres lui entaillant la tête et les épaules. D'une secousse, le frère décrocha le fouet et recula d'un pas pour se préparer à un nouvel assaut.

Sigismondo aurait pu le tuer sans difficulté, mais il préféra gagner d'un bond la mezzanine ; et le frère Columba, sans cesser de l'invectiver en latin, s'empara de la torche et la lança après lui. La paille sèche de la couche s'embrasa aussitôt.

Le frère fit sortir ses comparses de la cabane et, les bras levés dans un geste de triomphe, continua à psalmodier pendant qu'elle brûlait. À la lumière des flammes, les hommes qui s'agitaient autour de la cahute ne ressemblaient en rien à des instruments de Dieu, à moins que l'on puisse ainsi qualifier une bande de démons hurlants, ricanants, grimaçants et bondissants — sauf l'un d'eux, qui gisait toujours inconscient. Lorsque la petite construction s'effondra, ils poursuivirent leurs danses autour des ruines en flammes et ne partirent que lorsque les braises commencèrent à s'éteindre, alors qu'il faisait déjà plein jour.

CHAPITRE XXVI

« *Notre quête est terminée* »

À l'aube, lorsque le frère Columba avait fait sortir de Viverra, par la porte du pont, sa petite bande de fanatiques, il avait été suivi de peu par un individu vêtu d'une humble robe brune semblable à celle des franciscains. Cela fit naître chez le garde, grand amateur de boissons et de jeux de hasard, l'espoir que le frère Ambrogio s'était enfin décidé à quitter la ville. Mais en vérité l'homme qui franchit la porte ce matin-là ne portait pas la tenue d'un ordre monastique, mais un banal et informe vêtement pourvu d'une capuche, qu'il avait échangé à un mendiant contre une bourse pleine d'or. Le mendiant en était d'abord resté muet de surprise, puis, sitôt qu'il eut trouvé une boutique de vin prête à lui vendre ce qu'il cherchait, il était vite tombé dans un état d'hébétude qui l'avait empêché de remarquer le moment où sa bourse d'or l'avait quitté pour un autre.

Nu-pieds et l'esprit exalté, le jeune prince quitta la cité de son père en réfléchissant à la facilité avec laquelle il avait réalisé ses desseins. Il pensait réciter son chapelet mais, n'ayant pas encore acquis la concentration mentale nécessaire à la prière solitaire, il se surprenait avec un grain entre les doigts sans savoir depuis combien de temps il le tenait.

Après le premier mouvement d'horreur qui avait suivi sa déclaration selon laquelle il entendait mener une vie entièrement dévouée à Dieu, c'est curieusement auprès de sa mère qu'il trouva le plus ferme soutien. Tandis que sa grand-mère furieuse se répandait en pleurs, sa mère, aussi calme qu'à son habitude, avait emprunté un manteau à l'un des courtisans présents et en avait doucement recouvert son fils. Puis elle lui avait saisi la main — qui n'avait plus à se préoccuper de voiler sa pudeur — et l'avait serrée entre les siennes.

— Mon fils, c'est là une noble chose à laquelle tu aspires. Je vais écrire à mon cousin, le père supérieur de Montesacra. Je suis sûre qu'il t'acceptera comme novice. C'est un homme aux idéaux les plus austères, le guide dont tu auras besoin dans une sainte vie.

Au début, Francesco commença par acquiescer, bien qu'au fond il fût un peu décontenancé que sa mère ne se soit pas opposée à ses projets. Car enfin, lorsque saint François, lui, s'était dépouillé de ses vêtements et avait abandonné sa famille, celle-ci avait bien dû manifester une opposition farouche, non? Il est vrai que le prince Scipione avait paru abasourdi et fixait son fils sans comprendre; il est vrai aussi que sa grand-mère s'était jetée à genoux en l'implorant de revenir sur sa décision, et qu'on avait vu jaillir pas mal de larmes et entendu des remarques horrifiées dans les rangs des courtisans, et des protestations parmi les conseillers de son père. Pourtant Francesco avait le sentiment que l'acceptation de sa mère diminuait la portée de son sacrifice. D'un autre côté, elle lui permettrait de se soumettre à la discipline stricte en vigueur à Montesacra, ce qui comblait ses souhaits.

La princesse connaissait fort bien son fils; beaucoup plus, en vérité, que ce qu'il pensait, trompé qu'il était par son air de perpétuel détachement. Elle était persuadée qu'à la suite de la lettre qu'elle se proposait d'adresser à son cousin le père supérieur, le souhait de Francesco d'embrasser la vie monastique serait mis à l'épreuve par de telles rigueurs qu'il changerait très vite d'avis.

Après avoir passé un long moment en prières dans la

chapelle, Francesco en vint à la conclusion que Montesacra ne répondait pas à ce qu'il souhaitait. Après tout, c'est le frère Ambrogio qui l'avait convaincu de mener une vie sainte, et le frère Ambrogio n'était pas un moine anonyme confiné entre les murs d'un monastère et soumis aux ordres stricts d'un père supérieur : c'était un frère, libre de vivre sa vie au grand jour, en contact permanent avec les laïcs à qui il donnait l'exemple d'une vie détachée du monde. Que le frère Ambrogio ait, en tant que frère, reçu des instructions pour partir prêcher la bonne parole, ou qu'il ait dû obtenir l'autorisation de ses supérieurs avant de venir à Viverra sur invitation de la princesse douairière, voilà des détails qui n'effleurèrent même pas l'esprit du jeune prince. Ce qu'il cherchait avant tout, c'était la liberté ; il voulait non seulement se libérer des liens avec le monde, mais aussi de ceux que lui imposaient sa famille et ses obligations. D'après ce qu'il savait, le frère Ambrogio avait déclaré ne reconnaître que l'autorité de Dieu Lui-même.

Lui, Francesco, deviendrait un frère à l'instar de son saint patron François d'Assise ; mieux encore, il serait d'abord ermite et mènerait une vie à ce point renommée pour sa pureté et son désintéressement que les gens viendraient solliciter ses sages conseils et lui demander d'intercéder en leur faveur devant le trône divin. Il était même possible que des pères supérieurs viennent le voir. On n'était pas n'importe qui quand on renonçait à être prince à dix-sept ans.

Il avait aussitôt agi en fonction de cette vision. Il était résolu à renoncer à l'or, mais son esprit pratique lui conseilla de se munir d'une bourse, de mettre des vêtements simples et d'emporter un chapelet. Il aurait besoin de piécettes pour convaincre serviteurs et gardes de détourner les yeux lorsqu'il quitterait le palais avant l'aube. Ceux qui auraient entendu parler de sa décision se diraient qu'il avait changé d'avis, ou qu'il se rendait à une messe matinale.

Sa rencontre presque immédiate avec un mendiant vêtu d'une robe identique à celle d'un frère fut pour lui un signe supplémentaire que Dieu approuvait son dessein. Il commençait d'ailleurs à se rendre compte que Dieu lui avait peut-être accordé par la même occasion une autre faveur : non seulement son nouveau vêtement irritait une peau guère habituée à autre chose qu'au lin et à la soie, mais les démangeaisons qu'il lui provoquait étaient dues à autre chose, ou à d'autres choses. De plus, il empestait. Mais il se dit que les saints devaient endurer les poux aussi bien que la pauvreté, et que cela lui épargnait d'avoir à se procurer un cilice. Il découvrit également que les rues pavées étaient, eh bien... pleines de pavés.

Une fois sorti de la ville, il s'arrêta un instant et croisa les bras dans ses amples manches, surpris de voir à quel point les brumes matinales des jours d'automne pouvaient être froides quand on ne portait pas un manteau de chasse doublé de fourrure. Puis il se remit en marche, tripotant son chapelet et incertain de la direction à prendre. Mais Dieu lui indiquerait sans nul doute le chemin. On lui avait souvent répété, dans son enfance, que les ermites vivaient dans des grottes, mais il n'avait aucune idée de l'existence éventuelle de cavernes dans la région. Il se dit toutefois qu'il valait mieux ne pas traînasser. Il était encore proche de la ville, et il devait s'en éloigner le plus possible avant qu'on se lance à sa recherche, ce qui se produirait à coup sûr dès qu'on aurait constaté sa disparition. Une bonne grotte serait parfaite, et comme dans les peintures représentant des ermites les cavernes étaient souvent situées dans des paysages de collines, il prit le chemin des collines. Qui songerait à chercher un prince dans une grotte ? Il songea avec pitié à sa famille pleurant sa perte. Un jour, lorsque ses prières et sa sainte vie lui auraient permis d'éviter le Purgatoire à son pauvre père égaré, ils comprendraient. Ils lui en seraient reconnaissants. Il espérait qu'on ne lui enverrait pas aux trousses cet homme au crâne rasé, celui qui l'avait si honteusement ramené à la maison dans une carriole d'oignons. C'était le genre d'individu à penser à regarder dans les grottes.

Au palais, son pauvre père égaré souffrait, autant qu'aurait pu le souhaiter le frère Ambrogio, de son attachement aux œuvres maléfiques. Les malheurs arrivaient les uns après les autres ! À peine était-il revenu d'un sermon, prononcé dans sa propre cathédrale, au cours duquel il s'était fait publiquement tancer, et où, sous ses yeux, on avait encouragé ses sujets à penser qu'il mourrait sous peu et connaîtrait à juste titre la damnation, qu'il avait dû assister au spectacle de son propre fils, son unique héritier, proclamant sa décision de renoncer au monde.

Il ne s'était jamais senti particulièrement proche de son fils, qui ne semblait manifester de l'intérêt qu'à chasser et boire avec ses amis, qu'à courir de façon romantique les dames de la cour, et de façon beaucoup plus pratique les filles de la ville ; il ne retrouvait chez le garçon aucune trace de cet élan qui le poussait sur le chemin du savoir. Il avait bien souvent souhaité que Francesco montrât qu'il avait des pensées moins triviales. Aujourd'hui le Destin venait non sans ironie de combler ce vœu.

Sans fils pour lui succéder, il se trouvait à la merci de n'importe qui. Sa position s'était dangereusement affaiblie. Il se demanda s'il n'aurait pas dû, comme le lui avait conseillé sa femme, faire arrêter ou même assassiner le frère Ambrogio pour incitation à la trahison. Un Sforza, un Visconti l'aurait fait. Son seul espoir résidait dans la possibilité que l'Église refusât un fils unique, un héritier.

Et ses ennemis essayaient de l'empoisonner. Le fils Landucci paraissait avoir tenté d'empoisonner la princesse, qui elle-même voulait peut-être la mort de son époux. Quant à Gatta, il était possible qu'il fût lui aussi son ennemi, et non son allié.

Debout dans sa chambre, le prince Scipione se demanda si cela valait la peine de s'obstiner. Pourquoi ne pas absorber volontairement du poison et être ainsi débarrassé de tous ces tracas ?

C'est à cet instant que parut un messager du docteur Virgilio. Le prince était en train de débattre intérieurement de la question de savoir si, pour le bien de son âme et de son peuple, il ne devait pas renvoyer l'alchimiste. Cela permettrait de résoudre au moins quelques-uns de ses problèmes, et apaiserait le frère Ambrogio, dont on avait l'impression qu'il dirigeait la ville. C'est donc avec un air dubitatif qu'il s'empara du document plié que lui tendait le messager et qu'il en brisa le sceau.

C'était un message bref; un message qui le fit aussitôt changer d'avis.

Venez vite. Notre quête est terminée.

Cela ne pouvait signifier qu'une chose : le docteur Virgilio avait produit de l'or.

CHAPITRE XXVII

Tout est vanité

L'apothicaire les prit pour deux mercenaires de l'armée de Gatta venus le voir pour soigner des blessures reçues à Mascia. Le grand, vêtu de noir et le crâne rasé, avait écopé d'une vilaine entaille sur le front, juste au-dessus de l'œil. Le sang était à peine sec, ce qui donnait un air encore plus menaçant à son visage vigoureux. Quant à son compagnon, son seul handicap paraissait être une singulière absence d'intelligence. Tous deux portaient des vêtements qui avaient connu récemment la boue et les broussailles. Ayant entendu dire que le mécontentement grondait dans le camp, l'apothicaire pensa que les deux hommes s'étaient peut-être trouvés mêlés à une bagarre. Les soldats, toutefois, payaient bien, et, disposé à se montrer obligeant, il sortit de son arrière-boutique, où Mario préparait à l'intention de Pieta Casati un onguent pour l'œil enflammé de son enfant.

— Oh, maître Buselli, vous devez absolument m'aider !

La fille, surgie de nulle part, était extrêmement jolie ; il s'en aperçut au premier coup d'œil, ce qui le poussa à ôter aussitôt ses lunettes et à les ranger derrière lui sur une étagère. À présent, il ne la distinguait plus aussi bien, ce qui était regrettable, mais au moins cela le rajeunissait. La fille se tourna vers les deux hommes en papillotant des cils et s'excusa de son intrusion tout en repoussant les boucles de cheveux blonds qui s'échappaient de façon charmante de son bonnet.

— Pardonnez-moi, messires, mais c'est très urgent ! Ma maîtresse se meurt d'un mal de dent. Si je ne reviens pas tout de suite avec des remèdes, elle me battra — sa dent la rend folle !

— Je vais donner à ta maîtresse de la molène mélangée à de l'essence de girofle. Tu lui en feras un cataplasme. Mais le mieux serait qu'elle fasse arracher cette dent.

L'apothicaire préparait à l'avance ce genre de remède. C'est pourquoi, à son vif regret, il n'eut qu'à tendre le paquet à la jeune fille et à encaisser son argent. Il lui adressa un sourire et tenta de retenir un instant la main qui prenait le paquet. Avec un peu de chance, bien entendu, elle reviendrait ; il fallait du courage pour se faire arracher une dent, et si la maîtresse de cette fille en était pourvue, elle s'y serait résolue depuis longtemps. Sans avoir conscience de son sourire, il la regarda remercier encore une fois les mercenaires et, malgré la vision floue qu'il en eut, ne manqua pas d'observer le balancement de ses hanches lorsqu'elle sortit de la boutique.

Il se tourna vers les deux hommes avec un intérêt quelque peu amoindri.

— Un baume pour vous, messire ? C'est une méchante entaille que vous avez là. Quel genre d'arme vous l'a donc infligée ?

Tournant le dos aux deux hommes, il ouvrait déjà de petits tiroirs pour sélectionner ses ingrédients lorsqu'une voix grave s'éleva et, d'un ton posé teinté d'amusement, déclara :

— Il n'y a pas d'arme plus terrible qu'un fléau entre les mains d'un homme jaloux...

L'apothicaire se retourna avec dans la tête la vision de cet homme, le corps aussi nu que son crâne, entortillé dans les bras d'une souillon au milieu des bottes de foin, et d'un paysan furieux fonçant vers eux pour cingler le visage pointant au-dessus de celui de sa femme. L'homme devait être habile à esquiver pour n'avoir pas plus souffert.

— Et tout ça pour rien, hélas ! En dépit des craintes de son mari, je ne l'ai pas encore conquise.

Le ton de l'homme se fit confidentiel, il repoussa les balances et s'appuya des coudes sur le bois inégal du comptoir avec une présence physique si écrasante que l'apothicaire se demanda si sa belle ne le fuyait pas par peur de se faire broyer dans son étreinte.

— Qu'auriez-vous à me proposer qui soit capable de convaincre une fille ? Vous savez... fit-il en tapotant de l'index l'aile de son nez. Quelque chose que je pourrais verser dans sa coupe de vin et qui la ferait soupirer après moi. Que me conseilleriez-vous ?

C'était la question cruciale. Debout derrière Sigismondo, la mâchoire pendante, Benno vit le petit homme réagir aussitôt. Les demandes de potions d'amour devaient être aussi fréquentes que l'appel de l'amour lui-même. On ne pouvait tout simplement pas compter sur les gens pour aimer ceux qui les désiraient. Donato Landucci n'était certainement pas le seul à solliciter de l'aide, et le plus étonnant était qu'il n'ait pas fait appel directement à un apothicaire plutôt que de se risquer à des recettes de sorcière ; cela lui aurait au moins permis d'économiser sur l'intermédiaire.

— Cela, messire, sans le moindre doute.

L'apothicaire avait tourné la tête et tapotait un des bocaux rangés sur l'étagère, lequel portait une étiquette que Benno, bien entendu, ne put déchiffrer.

— Cela l'emplira de désir, même si je ne peux garantir que vous en soyez l'objet, ajouta-t-il avec un petit hennissement. Vous devrez vous trouver auprès d'elle avant son mari, sinon vous aurez gaspillé votre argent.

Le regard de Sigismondo se porta sur le bocal que l'apothicaire désignait. Il commença à en épeler l'étiquette.

— *C... a... n... t... a...* Qu'est-ce que ça veut dire ?

— *T-a ?* fit l'apothicaire avec un sursaut avant de se retourner.

Il approcha le nez du bocal en terre puis secoua la tête.

— Oh, non, messire. Vous faites erreur. C'est celui-ci que je vous ai indiqué.

Il tapota le bocal voisin et épela :

— *C... a... n... t... h...* cantharide, messire. La mouche d'Espagne. Très coûteux ! Mais Votre Honneur ne reculera pas devant la dépense.

D'un geste grotesque il imita Sigismondo se tapotant l'aile du nez.

— Mais, comme je vous ai dit, vous devrez être présent, faute de quoi le feu ira en réchauffer un autre. Maintenant, en ce qui concerne le dosage...

— Et cette *canta* ?

Sigismondo avait sorti une pièce. L'apothicaire la considéra en clignant des paupières, se pencha pour mieux l'examiner, puis cligna à nouveau des paupières.

— Qu'est-ce qu'aurait fait cette *canta*-là si vous m'en aviez donné par erreur ?

Il fit tourner la pièce comme une toupie sur la plaque de marbre, et sa voix n'exprimait qu'une simple curiosité. L'apothicaire lui répondit du même ton désinvolte.

— Eh bien, vous l'auriez refroidie au lieu de la réchauffer, messire. *Cantarella* est un poison.

— Dans ce cas, elle s'en apercevrait au goût.

— Cela n'a aucune saveur, messire. C'est blanc comme du sucre.

Il s'interrompit un instant et les dévisagea.

— Ces connaissances ne sont pas à la portée du commun des mortels, vous comprenez, expliqua-t-il en découvrant ses dents de vieille fouine. Mais vous, hommes d'épée, savez que tout le monde ne choisit pas un moyen honnête de tuer.

Un sourire patelin rendit hommage à la valeur de la pièce sur laquelle se refermèrent ses doigts.

— Voici votre baume, messire. Et combien voulez-vous de cette autre chose ?

Sur quoi il tapota une nouvelle fois des phalanges sur le bocal rangé derrière lui.

— Hé, vous voulez donc que je la tue ! s'exclama Sigismondo en riant. Si son mari nous surprend, il lui fera son affaire sans l'aide de votre *cantarella*.

L'apothicaire s'était à nouveau retourné. Son erreur lui fit émettre de petits *ta, ta, ta*, et il parut à la fois surpris et troublé. Promenant ses doigts à tâtons sur l'étagère, il récupéra ses lunettes et les chaussa avec fermeté sur son nez.

Sigismondo avait ouvert la boîte d'onguent et en étalait sur l'estafilade, souvenir du frère Columba, qui courait sur son arcade sourcilière et sa pommette. Il décocha un large sourire à l'apothicaire.

— Cela me fait déjà du bien ! Hé, s'il m'arrivait de mettre une pincée de *cantarella* dans ma coupe, comment m'apercevrais-je que j'ai fait une erreur ?

— Eh bien, messire, vous vous mettriez à transpirer et à avoir la colique, vous seriez pris de tremblements qui vous paralyseraient, puis très vite vos intestins se relâcheraient et vous vomiriez.

Le savoir professionnel dont sa démonstration lui avait permis de faire étalage l'avait échauffé.

— Ensuite ce serait la mort, ni vu ni connu

Les dents de fouine refirent une brève apparition, et Benno se demanda combien de femmes avaient payé cet homme pour devenir veuves. Sigismondo l'avait écouté avec une attention respectueuse, mais il n'était pas le seul. Ses explications intéressèrent également un jeune garçon vêtu d'un manteau de velours bleu doublé de fourrure et d'un chapeau à plume qui était entré dans la boutique sans que l'apothicaire le remarque et se tenait dans un coin d'ombre. Il avança de quelques pas en hochant vigoureusement la tête à l'adresse de ce dernier.

— Bravo, maître Buselli ! Vous venez de décrire avec

exactitude ce qui est arrivé à l'ambassadeur de Venise. Toute la ville en parle. Il s'est effondré hier aux pieds du prince et a succombé ce matin à l'aube. Ni vu ni connu, comme vous dites. Personne ne vous a acheté de cette poudre ces jours-ci ?

Sur quoi il donna un coup de coude à Sigismondo, trop jeune et trop sûr de lui pour penser que son geste puisse offenser cet homme vigoureux à l'air dangereux. Il était riche, de bonne famille et employé au palais. Il n'avait jamais eu à souffrir de quoi que ce fût, et l'empoisonnement d'un homme le distrayait plus qu'il ne l'affligeait.

— Je viens chercher la lotion pour le visage de Son Altesse la princesse, fit-il en souriant et en renfonçant son chapeau sur ses cheveux bouclés. À en croire ce qui se dit en ville après ce sermon, le teint des filles n'est dû à rien d'autre qu'à la rosée matinale. Son Altesse n'est pas si stupide ; et d'ailleurs elle n'est plus une jeune fille, mais...

Il roula de grands yeux au plafond.

— ... qu'est-ce qu'elle est belle !

Sigismondo s'était retourné pour regarder le garçon, qui, le reconnaissant, tendit un doigt vers lui.

— Vous devez bien le savoir, vous. Vous êtes celui qui a apporté la nouvelle de notre victoire à Mascia. J'étais là. J'ai entendu dire que le prince voulait vous voir. Il y a du nouveau.

Sur quoi il hocha la tête en direction de l'apothicaire qui, la lotion empaquetée à la main, arborait un air inquiet. Tout en prenant le paquet, le jeune page ajouta :

— Bonjour, maître Buselli. Et veillez bien sur votre bocal de poison pendant que les Vénitiens cherchent qui étrangler.

Il sortit, faisant sauter le paquet d'une main à l'autre en riant gaiement de sa plaisanterie. L'apothicaire s'était effondré sur un tabouret derrière le comptoir qui le dissimulait presque entièrement. Il marmonna des paroles incompréhensibles pendant que Sigismondo et Benno quittaient à leur tour la boutique. Benno se demanda si le boutiquier, fournisseur du palais, procurait également à l'alchimiste ses produits extraordinaires. Un barbier avait installé son étal à proximité des marches de la boutique et Benno dut se baisser pour éviter les grands coups de serviette avec lesquels il époussetait les épaules d'un client pour en chasser les cheveux coupés. Un autre homme, le visage rendu jaunâtre par la toile tendue au-dessus de l'étal, attendait patiemment, le bras dénudé, de se faire placer des ventouses et saigner ; un chien aussi jaune que lui patientait à ses pieds. En se hâtant pour rattraper Sigismondo, Benno sentit Biondello remuer sous sa chemise.

Dans la rue des vendeurs de légumes, son maître choisit un melon et le renifla pour en éprouver la maturité.

— La vanité, Benno, fit-il. N'oublie jamais, comme dit le prêcheur, que tout est vanité. Si maître Buselli n'avait pas voulu impressionner une jolie fille, il aurait épargné bien des ennuis à Viverra.

CHAPITRE XXVIII

« Mettez-vous en route sur-le-champ »

— Votre Altesse, je pense que c'est à la suite d'une erreur que les dragées ont été empoisonnées. J'ai interrogé toutes les personnes concernées.

Sigismondo se tenait debout, calme, les mains jointes devant lui. Recroquevillé dans son fauteuil, le prince Scipione avait levé sa main en visière à hauteur du front comme pour se protéger de révélations funestes.

— Qu'est-ce qui vous fait croire que ces personnes ne mentent pas ?

Gatta, les bras croisés, était appuyé contre le mur peint derrière le prince. De toute évidence, il pesait d'un plus grand poids dans le destin de Viverra que le prince lui-même. Dans l'une des niches ménagées au-dessus de lui, un Hercule de bronze tout en muscles posant triomphalement le pied sur le lion de Némée paraissait imiter l'attitude du condottiere.

— Amenez-les et mettons-les à la question, ainsi nous saurons s'ils disent ou non la vérité.

Pour un homme qui connaissait mieux que la plupart les effets de la douleur, Gatta semblait placer une foi touchante dans l'obtention de la vérité par la torture. Se trouver suspecté équivalant en règle générale à être déjà à moitié mort, la torture n'était qu'un moyen de hâter l'inévitable. De sous l'écran de ses doigts, sur l'un desquels glissait la grosse bague aux armes de Viverra, le prince Scipione leva les yeux vers Sigismondo.

— Donato Landucci avait donc l'intention de séduire Son Altesse la princesse ?

Sigismondo eut un haussement d'épaules imperceptible.

— Simple passion d'un adolescent envers la plus belle femme de Viverra.

Le ton de sa voix suggérait que l'on ne pouvait pas vraiment en vouloir à ce jeune impétueux ; il était en revanche peu probable que le prince accueille comme un compliment le fait qu'on veuille faire absorber secrètement des aphrodisiaques à son épouse — même si la tentative avait lamentablement échoué. Lorsqu'il l'avait interrogée au sujet de Donato, quelque chose dans le comportement de la princesse avait indiqué à Sigismondo qu'il s'était passé davantage que ce qu'elle racontait, mais si tel était le cas, il était fort douteux qu'elle en ait parlé à son époux. Gatta reprit la parole :

— Cette guérisseuse...

Sigismondo avait veillé à ne jamais employer le mot « sorcière » dans le cours de son récit.

— ... où se trouve-t-elle à présent ? Remettez-la entre les mains du frère Ambrogio et elle ne sera bientôt plus qu'un tas de cendres.

Le rire de Gatta dévoila ses dents irrégulières.

— Mais ce n'est pas ce garçon qu'il faut blâmer.

Il se redressa d'une poussée contre le mur, approcha de la table et y abattit son poing. Le prince sursauta et sa bouche fut prise de violentes contractions.

— C'est Landucci ! Personne d'autre que Landucci ! Votre Altesse ne voit-elle pas que le vieux renard persiste à comploter ? Peut-être que le garçon pensait sincèrement saupoudrer de mouche d'Espagne les friandises de Son Altesse, peut-être que la vieille bique de guérisseuse qu'il est allé voir est un agent de son père. Peut-être même n'a-t-il jamais été voir ce genre de personne.

Debout à côté du fauteuil du prince, les phalanges appuyées sur la table, le condottiere considéra Sigismondo avec ces yeux jaunes qui lui avaient valu son surnom de Chat, et il esquissa un nouveau sourire, beaucoup moins engageant celui-là.

— Peut-être Landucci a-t-il d'autres agents à Viverra.

C'était un gant jeté aux pieds de Sigismondo, presque aussi dangereux à ignorer qu'à relever. Avant que ce dernier puisse répondre, un autre homme avança d'un pas, un homme qui jusque-là s'était tenu, les mains sur les hanches, la tête penchée de côté tel un spectateur critique au théâtre, assez loin du prince pour paraître échapper à son autorité directe, et assez proche de Gatta pour montrer à qui il obéissait. Comme d'habitude, Michelotto souriait.

— Pourquoi ne pas envoyer chercher Landucci et le confronter avec son fils et son... espion ?

— Non, non, fit le prince.

Il paraissait embarrassé, très probablement parce qu'il était conscient que Sigismondo était son propre agent, et qu'il l'avait justement chargé d'espionner celui-là même dont le lieutenant venait de formuler cette proposition. Il se tassa sur lui-même lorsque Gatta se tourna vers lui, et le prince se vit contraint de plonger ses yeux dans les siens.

— Pourquoi pas, en effet, Votre Altesse ? Si Landucci est l'araignée au centre de cette toile, ôtons-le de là et voyons ce qu'il dit. Michelotto le ramènera à Viverra et s'il montre de l'entêtement, nous découperons son fils en morceaux sous ses yeux et connaîtrons enfin la vérité au sujet de ce poison.

Le prince ne parut guère enchanté par cette séduisante perspective, pourtant si raisonnable. Il jeta un regard désemparé à Sigismondo, qui, silencieux, se tenait toujours immobile devant lui. Michelotto contourna la table et passa un bras affectueux autour des épaules de Sigismondo. La détresse du prince ne l'empêcha pas de remarquer combien deux hommes dépourvus de cheveux pouvaient avoir des crânes aussi différents. Les oreilles pointues de Michelotto lui donnaient l'air d'un faune, tandis que la largeur majestueuse du crâne de Sigismondo semblait la preuve d'une plus grande force. Si seulement les esprits pouvaient s'exposer dans une telle nudité...

— Altesse, si Ridolfo Ridolfi y consent, fit Michelotto en articulant de manière solennelle le nom complet de son chef, je propose que maître Sigismondo m'accompagne pour capturer Landucci.

Le bras de Sigismondo enserra la taille de Michelotto dans un cercle de métal.

— Rien ne me ferait plus plaisir, Votre Altesse. Puisque l'on m'accuse de servir vos ennemis, laissez-moi vous prouver ma loyauté en les présentant devant votre justice.

Sur quoi il tourna un visage candide vers Michelotto, dont le sourire était devenu aussi mince que la taille.

— Vous, messire, m'observerez en toute occasion, et rapporterez à Son Altesse si Landucci me connaît ou pas.

— Mais j'ai besoin de vous ici... Mon fils a disparu, et vous l'avez déjà retrouvé une fois.

Le prince était fort agité. Les événements se succédaient à un rythme beaucoup trop rapide : sa joie lorsqu'il avait appris la réussite dans sa quête du secret de l'or, une joie qui faisait comme un contrepoint de basse à tout le reste ; la nuit blanche passée dans l'exaltation lorsque, en compagnie du docteur Virgilio, il avait caressé la petite boule d'or brillante et tenté de renouveler l'heureuse expérience ; son anxiété en apprenant que son fils, son héritier, avait non seulement renoncé au monde, mais qu'il s'était volatilisé ; et enfin sa propre vie qui était menacée, comme l'avaient prouvé les gants empoisonnés et, à présent, peut-être, les dragées... Il était loin d'être en sécurité et ne se sentait pas bien du tout. En théorie, son protecteur était l'homme debout à côté de lui, l'homme qui s'était engagé par contrat à combattre pour lui, qui avait vaincu les traîtres Carlotti et Landucci, mais celui avec qui il se sentait le plus en sécurité était l'homme mystérieux qui se tenait devant lui.

D'un autre côté, si cet homme lui était loyal, le fait d'accompagner Michelotto lui donnerait l'occasion de mieux connaître les intentions de Gatta que s'il restait aux côtés de ce dernier. Michelotto était au courant des plans de son chef, et Sigismondo parviendrait peut-être à le faire parler, à déceler les projets de Gatta.

Le prince s'éclaircit la gorge et posa les mains devant lui sur la table en un geste d'autorité.

— Cependant, en dépit du fait que nous aurions besoin de vous ici, nous acceptons. Vous allez partir tous les deux et ramener le comte Landucci ici afin qu'il réponde des accusations portées contre lui et son fils. Vous avez notre permission : mettez-vous en route sur-le-champ.

CHAPITRE XXIX

La grotte

À peu près au même moment où Sigismondo partait pour une expédition chargée de ramener Landucci au palais dans les vingt-quatre heures, et où le prince Scipione regagnait sa couche pour rattraper son sommeil en retard, une patrouille de la garde du prince se voyait interdire l'entrée — et même refuser toute discussion — à la porte d'un prieuré dominicain situé à moins de deux kilomètres des murs de la ville. Les gardes prirent ce refus abrupt et laconique pour une preuve de culpabilité — ces gens abritaient à coup sûr le prince Francesco — et regagnèrent en hâte Viverra pour y recevoir des ordres.

C'est également à peu près à ce moment que le prince Francesco trouva sa grotte.

La quête avait été longue et frustrante. En cette fin d'après-midi, son départ à l'aube dans un état de grande exaltation lui paraissait bien loin. Il n'avait rien mangé de la journée. Il s'était imaginé que les frères franciscains — et il leur ressemblait à s'y méprendre dans la robe grossière qu'il avait acquise — n'avaient qu'à paraître, la main tendue, pour être comblés de faveurs dont la nourriture était la manifestation matérielle. Malheureusement il n'y avait pas grand monde sur la route des collines, de sorte que les occasions d'une telle charité avaient été rares. Il s'était senti offensé lorsque, ayant enfin atteint un village, il avait dû essuyer les menaces d'un vigoureux paysan portant une pioche sur l'épaule, qui lui avait brandi son poing sous le nez en lui conseillant de laisser sa femme tranquille. Impossible d'expliquer à une telle brute qu'il n'avait rien à voir avec ces frères évoqués avec amusement à la Cour dans les histoires d'après-dîner, parsemées de maris cocus et de nonnes lubriques ; qu'au contraire il avait abandonné toute pensée impure et renoncé à ses droits sur Viverra. Pourtant les autres villageois ne lui réservèrent pas meilleur accueil. Un méchant cabot essaya de lui mordre la cheville mais ne réussit qu'à lui arracher un lambeau de sa peu ragoûtante robe. Les enfants du village furent pris de fou rire, au point de se rouler dans la poussière, en assistant à ses efforts pour se débarrasser de l'animal. Il s'était remis en route avec la conviction affermie qu'on ne pouvait faire confiance aux êtres humains, et que l'unique refuge des hommes était Dieu. Il ignorait que seul le respect à l'égard de son faux habit lui avait épargné les jets de pierres.

Non loin du village s'étendait un petit bois coupé par un ruisseau. Francesco s'assit sur la berge moussue et trempa ses pieds dans une eau d'une merveilleuse fraîcheur. Ils étaient douloureux, couverts de poussière et saignaient par des dizaines de petites coupures occasionnées par les cailloux et les buissons. Il ne se souvenait pas avoir vu des frères franciscains boiter comme il le faisait depuis quelques kilomètres, mais il se dit que c'était sans doute parce qu'ils avaient acquis des cals protecteurs à force d'aller pieds nus. On ne leur avait pas accordé la mortification que lui-même venait de subir. Il récita une action de grâce, à la fois pour la souffrance et pour l'eau, et but dans la vasque de ses mains sans avoir conscience, ce faisant, de la chance qu'il avait de se trouver en amont du village. Alors qu'il était en train de se sécher les pieds avec le bas de sa robe, ce qui les recouvrit aussitôt d'une nouvelle couche de poussière, son attention fut attirée par des grappes de baies violettes qu'un rayon de soleil faisait miroiter sur un arbuste proche. Il se leva d'un bond et se précipita vers le buisson, tendit les mains, cueillit les baies et les enfourna dans sa bouche avec plus d'enthousiasme qu'il n'en avait jamais montré à la Cour pour la plus succulente pâtisserie présentée dans la gloire de son sucre filé. Le goût en était amer, mais il considéra cela comme une nouvelle mortification. Il n'y avait personne aux alentours pour lui expliquer que si ces baies étaient restées sur leur arbuste malgré la proximité du village, c'était sans doute pour une bonne raison. Avant d'être sorti du bois, il se retrouva à quatre pattes, en train de vomir sur la mousse ; entre deux haut-le-cœur, il songea aux crises dont était victime son père et, pour la première fois, ressentit une sympathie sincère à son égard.

Affaibli et haletant il resta allongé par terre, se demandant s'il était tiré d'affaire ou s'il allait mourir. Il lui revint alors à l'esprit les rumeurs qui, au moment de son départ, couraient au palais au sujet de l'empoisonnement de l'ambassadeur de Venise, et il se demanda si le Signor Loredano avait autant souffert que ce qu'il endurait. Tout son ventre était douloureux. Un premier bruit, terrible, avait couru selon lequel l'ambassadeur avait été terrassé par la peste qui, kilomètre après kilomètre, avançait de l'est en direction de Viverra. Ensuite on s'était chuchoté, avec un soulagement que les circonstances rendaient légitime, qu'il ne s'agissait que de poison, comme celui qui quelques jours auparavant avait tué la jolie et écervelée Ginevra Matarazza. Mais qui était donc l'empoisonneur ?

Allongé sur la mousse, Francesco laissait flotter ses pensées, oublieux de reprendre ses prières, attendant simplement de se sentir mieux. Ce n'était certainement pas pour la même raison qu'on avait empoisonné Ginevra et le Signor Loredano, même si un page avait échafaudé une théorie ingénieuse mettant en scène un amant jaloux des succès de l'ambassadeur auprès de Ginevra ; sur quoi les autres pages lui avaient fait remarquer que, comme ils pouvaient tous en témoigner, le Signor Loredano ne s'intéressait qu'aux jeunes garçons ; et qu'il eût fallu, pour que cette théorie soit défendable, que l'amant mystérieux ait empoisonné également Gatta.

Francesco savait ce que personne ne formulait, à savoir que cette mort pouvait être une vengeance compliquée de son père. Par le passé, avant sa dernière querelle avec lui, Venise avait suggéré au Saint-Père qu'en tant qu'État papal Viverra devrait avoir à sa tête une personnalité plus forte que le prince Scipione. Il était possible que tous les ennuis de son père aient commencé à partir de ce moment-là.

Plus tard, lorsqu'il avait voulu discuter de tout cela avec son cher ami Donato, il avait appris avec incrédulité que celui-ci avait été jeté dans une des geôles du vieux château pour avoir empoisonné les dragées. Donato lui mentait-il depuis toujours ? Était-il un ennemi aussi fourbe que son père Landucci ? Avait-il eu l'intention d'empoisonner la princesse qu'il prétendait adorer ?

L'estomac de Francesco se souleva une nouvelle fois. Il roula sur le flanc en grognant. Une fois empoisonnés le prince et la princesse, nul doute que lui-même eût été la prochaine victime de Donato. Le frère Ambrogio disait vrai ; ne faites confiance à personne, pas même à votre plus cher ami. Cherchez Dieu. C'est alors que Francesco réalisa qu'il avait cessé de prier. *Prie constamment*, l'avait exhorté le frère Ambrogio. Cherche la solitude, va là où vivent les oiseaux et les animaux, ces innocentes créatures de Dieu.

Un oiseau voletant à travers les arbres interrompit son chant en passant au-dessus de lui, et le prince sentit quelque chose lui tomber sur la tête. Comprenant de quoi il s'agissait, il se demanda s'il devait considérer cela comme un commentaire de ses pensées, ou le prendre, comme le lui disait sa vieille nounou, pour un heureux présage.

Or si l'oiseau regagnait son nid, c'est qu'il avait pressenti un changement de temps. Et de ce point de vue-là, ce n'était pas un bon présage. Tandis que Francesco, assis sur la mousse, l'estomac encore plus creux qu'auparavant, se remettait de son goût mal avisé pour les baies sauvages en attendant d'avoir recouvré suffisamment de forces pour repartir en quête de sa grotte, le petit bois où il se trouvait s'assombrit d'un coup. On eût dit qu'un aigle géant le survolait. Comme pris d'inquiétude, les arbres se mirent à agiter leurs branches, d'où les feuilles tombaient et rejoignaient celles qui, tels de petits animaux bruns, couraient çà et là par terre. Un grommellement grave parcourut le ciel, qui fit lever la tête à Francesco. Il savait ce que cela signifiait.

Devait-il chercher refuge sous les arbres ou faire encore un effort pour trouver l'abri sûr d'une grotte ? Le frémissement des feuilles lui rappela les bois où il avait coutume de chasser, et il réalisa que si les sangliers sont toujours dangereux, ils le paraissent beaucoup moins quand on les domine du haut d'un cheval ou, si l'on se trouve à pied, quand on est équipé d'une lance solide et entouré d'hommes également armés. Francesco se remit péniblement debout. « Seigneur, soyez miséricordieux, pria-t-il. Accordez Votre miséricorde à tous ceux qui souffrent et faites en sorte que je trouve une grotte. »

Mais Dieu, qui sans nul doute avait Ses raisons, fit traîner les choses. Lorsque Francesco émergea du bois, des torrents de pluie le détrempèrent. Il avança d'un pas trébuchant, n'y voyant pas à un mètre, dans l'eau qui ruisselait entre les pierres. Les gouttes s'écoulant de sa capuche formaient une cascade autour de son visage. Il était à ce point égaré par sa mauvaise fortune qu'il ne se rendait pas compte s'il gravissait ou descendait la colline, et, chassant l'eau qui lui inondait le nez et le menton, les pieds si froids qu'il sentait à peine la douleur, il faillit passer à côté de ce qu'un éclair, véritable doigt de Dieu, lui dévoila soudain.

À travers le rideau de pluie, se détachant en plus sombre parmi les rochers éparpillés sur le flanc de la colline, s'ouvrait un orifice. Il ne vit aucun sentier y conduisant, et un buisson malingre poussant au-dessus de l'ouverture la masquait à moitié, mais il sut qu'il avait découvert sa grotte. Glissant dans les éboulis, il se fraya un chemin jusqu'à elle et écarta les branchages dégouttant de pluie pour y pénétrer. L'intérieur obscur lui parut presque chaud après le froid glacial de l'orage, et il tomba aussitôt à genoux pour remercier le Seigneur. Que pesaient la faim ou la maladie au regard de ce signe montrant que Dieu veillait sur lui et bénissait ses projets ? Il vivrait et mourrait dans cette grotte, non sans s'être consacré pendant de longues années à la contemplation et s'être gagné l'amour de tous — l'image du paysan avec sa pioche lui traversa l'esprit — par sa vie exemplaire.

Il se releva, remit sa capuche et entreprit d'explorer la cavité. Il découvrit aussitôt une nouvelle preuve des intentions de Dieu à son endroit. On lui procurait de la nourriture ! Ce ne seraient pas les corbeaux qui le ravitailleraient, mais il faut dire qu'il n'était pas encore du calibre d'Élie ; une petite provision de pommes et de noix était rangée dans une niche ménagée haut dans le rocher à quelques pas de l'entrée de la grotte. Il ne se posa pas la question de savoir si une entremise autre que céleste pouvait être à l'origine de ce butin. Il se contenta de manger, ouvrant les noix à l'aide d'une pierre, et ne s'interrompit que lorsqu'il se dit qu'il serait peut-être content d'avoir une pomme à se mettre sous la dent plus tard, dans l'éventualité où Dieu ne subviendrait pas à son petit déjeuner le lendemain matin.

À présent qu'il s'était un peu restauré — quoique les pommes ne soient pas aussi roboratives que l'on pourrait croire et que son estomac restât agité — il s'occupa de trouver le moyen de se réchauffer et de sécher ses vêtements. Dieu ne lui avait pas fourni de feu, mais — et Francesco Le remercia une nouvelle fois pour cela — le jeune prince découvrit bientôt tout le matériel nécessaire, entreposé là où la paroi formait un angle aigu avec le sol en pente, de sorte qu'il dut se mettre à plat ventre pour l'atteindre : du petit bois sec, quelques bûches, et même des brindilles pour l'allumage. Francesco avait vu faire des feux en plein air et il avait commencé à transporter le bois vers l'entrée de la grotte, se félicitant d'avoir songé à placer son foyer à un endroit où il ne risquait pas de le faire suffoquer, lorsqu'il s'aperçut qu'il n'avait rien pour l'allumer.

Il se remit à chercher. La grotte, qui consistait plus en une large fissure dans le roc qu'en la cavité en forme de dôme qu'il avait imaginée, ne recelait rien qui pût produire une flamme, même si Francesco savait ce dont il avait besoin. Dans l'existence qu'il avait menée jusqu'ici, les feux étaient toujours allumés. Il avait vu utiliser du silex avec de l'amadou, et s'étonna de ce que Dieu n'ait pas fourni ces deux éléments, puisque dehors les buissons, loin d'être ardents, dégoulinaient de pluie.

Il n'avait aucun moyen de faire un feu mais au fond de la grotte, là où elle formait un coude, il découvrit quelque chose de tout aussi réjouissant : un lit. On avait entassé de l'herbe sèche sur des branches de pin, et étendu dessus une lourde toile à sac qui semblait propre ; on avait même parsemé la couche d'herbes odorantes, car elle embaumait le thym et le romarin. Réalisant tout d'un coup à quel point il était épuisé après avoir parcouru nu-pieds un si long chemin, il ôta sa robe humide et puante, se jeta de tout son long sur la paillasse et tira sur lui la grosse toile ; enivré par l'odeur d'herbes, bercé par le bruit de la pluie, il sombra vite dans le sommeil. Aucun lit de palais ne lui avait jamais semblé aussi confortable.

Il pleuvait toujours à verse quand il s'éveilla. Un autre son, familier mais différent de celui de la pluie, le fit remuer, se retourner et cligner des yeux devant le spectacle qui s'offrait à lui. Un feu craquait. Le bois avait été déplacé et brûlait à présent au milieu d'un bouquet de flammes vives, qui lui firent découvrir quelque chose de plus étrange encore. Une femme se tenait près du feu, une jeune fille avec de longs cheveux sombres qui tombaient librement. Alors qu'il la regardait, elle commença à se dévêtir avec une souplesse pleine de grâce. Francesco se redressa sur un coude et pointa la tête derrière son rocher.

Voilà en vérité qui prouvait que le Diable l'avait reconnu. Dans le désert, saint Antoine avait été visité par des démons sous la forme de femmes splendides. Les tableaux que Francesco avait eu l'occasion de voir montraient des êtres diaboliques vêtus de peaux de bêtes, la poitrine et les cuisses impudiquement exposées. La diablesse qu'il avait sous les yeux, après s'être entièrement déshabillée et avoir mis ses vêtements à sécher, s'accroupit nue devant le feu en présentant aux flammes ses longs cheveux noirs.

Il lui fallait agir. Il devait se précipiter vers elle, le chapelet brandi, pour la renvoyer dans l'Enfer d'où elle venait. Deux raisons au moins le retinrent. Tout d'abord, elle était extrêmement jolie pour une diablesse. Il ne pouvait trouver que des avantages à résister le plus possible à la tentation. En second lieu, il ne se sentait absolument pas d'attaque pour une action spectaculaire ; à vrai dire, il se sentait faible et fiévreux, la pluie de la veille l'avait glacé jusqu'aux os et il n'était pas sûr de ne pas être le jouet d'une hallucination. Enfin, il était nu.

Il ne devait pas oublier que c'était sans doute le Diable qui tentait de faire échouer ses saints projets. Francesco ignorait tout de l'orgueil spirituel — il écoutait des sermons depuis trop peu de temps —, de sorte qu'il ne décela pas cet orgueil dans sa conviction que Satan puisse convoiter l'âme d'un futur prince, ou du moins d'un jeune homme qui serait devenu prince s'il n'avait pas renoncé à toutes choses terrestres. Non, il montrerait au Diable qu'il était digne de l'événement. Qu'il était capable de s'élever à sa hauteur.

Il se leva en effet, à demi drapé dans la toile à sac, et émergea de l'ombre, tendant à bout de bras son chapelet.

Il n'avait pas vraiment réfléchi à ce qui pourrait se passer. Dans les tableaux, on voyait parfois les démons qui tourmentaient saint Antoine par la vision de leur chair pulpeuse disparaître brusquement, révélant cornes et queues en s'enfuyant devant le saint. Mais de toute évidence, la créature de la grotte ne savait comment se comporter. Elle sursauta en voyant approcher Francesco, saisit ses vêtements pour s'en couvrir, puis soudain s'accroupit à nouveau, les yeux scintillant dans la clarté des flammes. L'autre objet que le jeune homme vit briller stoppa sur-le-champ sa progression. La diablesse venait de s'emparer d'un long couteau à la lame recourbée, et il eut l'impression que d'un bond elle pouvait le lui enfoncer dans le cœur.

CHAPITRE XXX

Le coup de main

Benno fut impressionné par le château des Landucci. La bâtisse paraissait ancienne, à peu près de l'époque du vieux château de Viverra que le prince Scipione utilisait à la fois comme laboratoire et comme prison, mais à la différence de ce dernier aucune de ses parties n'était en ruine. Juché au sommet de sa colline tel un énorme crapaud de pierre, il semblait menacer le petit groupe d'hommes qui chevauchait dans sa direction. Benno comprit que Landucci ait pu s'y croire inexpugnable et songer à défier son suzerain le prince Scipione. Tandis que la troupe de Michelotto franchissait l'entrée dans un cliquètement de sabots, Benno, qui suivait Sigismondo, se demanda comment Gatta s'y était pris pour mettre Landucci à genoux. Mascia avait été une affaire désordonnée et effrayante et, si Sigismondo n'avait pas tué Scala dans les premiers stades de l'assaut final, la bataille aurait pu être beaucoup plus sanglante. En traînant son visage ahuri parmi les soldats rassemblés autour des feux du camp, Benno avait compris qu'il était inhabituel pour un condottiere de se lancer dans une action qui pouvait s'avérer risquée. Un condottiere préférait être rémunéré pour ne pas se battre et, dans tous les cas, objectait à la perte d'un trop grand nombre d'hommes, lesquels formaient son fonds de commerce. Les chefs qui gaspillaient leurs hommes pouvaient d'ailleurs difficilement compter être longtemps suivis.

Ç'avait été l'inimitié personnelle entre Gatta et Scala qui avait fait du siège de Mascia un épisode remarquable.

— Une faveur, l'ami.

Michelotto avait éperonné son cheval pour se porter à hauteur de Sigismondo, et Benno vit son maître se tourner vers lui en souriant.

— Quand nous ramènerons Landucci ce soir, pourriez-vous vous tenir auprès de lui et le surveiller? Tant que nous sommes sur les terres de Landucci, nous n'avons aucun moyen de savoir si ses gens ne seront pas assez stupides pour tenter de le délivrer. Or, s'il se trouve sous la garde de l'homme qui a tué Scala, qui pourrait y parvenir?

— Vous me faites trop d'honneur.

Benno décela une pointe de sarcasme dans la réponse de son maître. Sigismondo lui avait fait part du souhait exprimé par Michelotto de le voir participer à l'expédition, afin que ce dernier puisse observer son comportement avec le traître. Benno n'y comprenait rien. Qu'est-ce que Sigismondo et Landucci étaient censés avoir tramé ensemble?

Lorsqu'ils arrivèrent dans sa chambre, Landucci ne manifesta en tout cas aucun signe de reconnaissance envers Sigismondo. Il venait de jouer aux échecs et le plateau, avec ses pièces dispersées, était posé sur la large estrade supportant le lit. Le chapeau de Landucci était posé de travers, comme s'il l'avait coiffé en toute hâte, de même qu'il s'était vivement redressé sur le lit afin de présenter une attitude plus digne. Sous le chapeau son visage basané aux traits nettement marqués montrait quelques signes de contrariété tandis qu'il observait tour à tour Michelotto et Sigismondo, les deux têtes rasées qui se présentaient ensemble devant lui.

— Quelle nouvelle m'envoie le prince Scipione?

Michelotto exécuta une courbette exagérée et fantaisiste.

— Le prince Scipione, mon seigneur, ne vous transmet aucune nouvelle, il veut vous voir.

Landucci se leva.

— Pour quelle raison? Qu'ai-je fait?

— Vous devrez répondre de ce qu'a fait votre fils.

À ces mots, une femme aux cheveux retenus par un filet d'argent assise au bord du lit poussa un cri. La beauté de son visage semblait indiquer qu'elle était la mère de Donato, et le fait qu'elle restât assise alors que Landucci s'était levé montrait clairement qu'elle était sa femme.

— Mon fils ? rétorqua Landucci. Que lui reproche-t-on ?

— D'avoir empoisonné le prince Scipione.

Michelotto prononça ces mots avec une sorte de gourmandise. La femme de Landucci porta la main à sa bouche comme pour refouler un nouveau cri. Son époux exprima de l'incompréhension plutôt que de l'inquiétude.

— Le prince m'envoie chercher, et pourtant vous dites qu'il a été empoisonné ?

Il était manifeste qu'il espérait arriver trop tard au chevet du prince.

Tout sourires, Michelotto ne fit rien pour dissiper l'ambiguïté.

— Votre fils a déployé une telle activité, seigneur Landucci ! Incroyable ! Ce fut d'abord dame Ginevra Matarazza qui est morte après avoir enfilé des gants empoisonnés...

— Nous savons cela ! Qui prétend que mon fils a quelque chose à y voir ? N'importe qui a pu placer les gants dans le coffret. Dame Ginevra a été stupide de les dérober.

De toute évidence, il n'éprouvait aucune sympathie envers la pauvre Ginevra, qui s'était malencontreusement interposée entre le prince Scipione et la mort.

— N'importe qui, en effet.

Sous le regard horrifié de la femme de Landucci, Michelotto affecta une expression chagrinée.

— Mais voyez-vous, à partir du moment où l'on a prouvé que votre fils avait donné des dragées empoisonnées à la princesse en sachant qu'elle en ferait cadeau à son mari, on en a logiquement conclu...

Un sourire satisfait succéda au faux chagrin.

— ... qu'il avait également donné les gants à dame Ginevra.

Landucci fit un pas en avant, les traits crispés par une brusque et violente fureur.

— Dans ce cas que me reproche-t-on ? Pourquoi m'envoie-t-on chercher ? J'ai donné mon fils comme otage en gage de mon comportement, pas du sien. Il est entre les mains du prince. Mais le prince ne peut rien contre moi.

— Hélas ! répliqua Michelotto en reprenant son expression de feint chagrin. Il le peut, et il y est prêt. Vous devez rentrer sur-le-champ à Viverra avec moi.

— Que va-t-il arriver à mon fils ? Où se trouve-t-il en ce moment ?

La mère de Donato se leva et s'approcha de Sigismondo, qui, debout à côté de Michelotto, avait jusqu'ici gardé le silence. Elle avait observé les deux hommes et avait décidé, même si son opinion aurait pu ne pas faire l'unanimité, lequel des deux visages exprimait le plus de bonté.

— On ne l'a pas tué ?

Elle parvint à peine à articuler sa demande en raison des larmes qu'elle versait. Sigismondo s'inclina et la laissa l'entraîner près d'une fenêtre où ils s'entretinrent quelques instants. On entendit sa voix grave assurer à la mère que son fils était bien vivant, et en bonne santé, même s'il était enfermé dans une cellule du vieux château. Tandis qu'il parlait, Benno, resté sur le seuil en compagnie de deux des hommes de Michelotto, regardait ce dernier parler avec Landucci, qu'il était sans doute en train de convaincre d'obtempérer, car l'expression de Landucci se modifia peu à peu, jusqu'à ce que ses protestations indignées laissent place à un air songeur.

Avant de prendre le chemin du retour vers Viverra, ils mangèrent du pain trempé d'huile et accompagné de vin. Lorsqu'ils se mirent en route il faisait déjà noir, mais la clarté de la lune, quoique obscurcie par les nuages, permettait de s'orienter. Le château bourdonnait d'activité. Après avoir enfourché le vieux gris affreux qu'il avait choisi pour le voyage, Landucci adressa un bref salut à sa femme toujours sanglotante. La maisonnée grommela et s'agita, mais l'acceptation de la situation par le maître empêcha tout désordre.

Biondello ayant parcouru à pied une partie du précédent trajet, il souhaitait à présent retrouver son berceau habituel sous le pourpoint de Benno. Lorsqu'ils atteignirent la route passant au pied de la colline où se dressait le château, Sigismondo appela Benno, resté à l'arrière, afin qu'il rejoigne sa place accoutumée derrière lui, et Benno remarqua que la petite troupe chevauchait en un groupe plus compact qu'à l'aller. Il n'avait pas pu remonter la petite caravane jusqu'à ce que, à la demande de Sigismondo, on le laisse passer. L'ambiance aussi avait changé. C'était la première fois que Benno faisait route avec des soldats en service. En venant, ils avaient bavardé et même chanté, mais à présent, en raison du fait qu'ils escortaient un prisonnier, ils demeuraient silencieux.

Michelotto évoquait la beauté de la nuit. Landucci ne répondait pas à ses commentaires, mais son gris, qui avançait de biais, trahissait la nervosité de son cavalier. La monture paraissait lumineuse dans la pâle lumière.

— J'ai l'impression qu'il va pleuvoir, fit Sigismondo.

Il avait rabattu sa capuche sur son crâne, mais Michelotto ne semblait pas déceler le moindre souffle froid dans l'air nocturne. Le chemin, une route cavalière que les charrettes n'avaient pas creusée d'ornières, filait droit à travers la campagne, gravissant des collines rocheuses escarpées parmi un paysage de lande et de forêts de pins. Landucci tenait les rênes de son cheval si serrées que l'animal secouait la tête pour essayer de se dégager, et il marchait tellement de biais que Benno se laissa distancer de quelques pas pour éviter ses postérieurs.

— Benno, fit Sigismondo d'une voix calme mais inhabituellement autoritaire. Je t'ai dit de rester juste derrière moi.

Il remit sa capuche et, lorsqu'il tourna la tête pour s'adresser à son serviteur, son regard balaya les environs. Benno sentait à présent l'imminence de la pluie, car au-delà de l'endroit où était située Viverra, le ciel était noir et l'on apercevait quelques lueurs d'éclairs. Autour des cavaliers s'étendait la mosaïque d'ombres que produit une pleine lune cachée par les nuages : le gris blafard des rochers, l'obscurité impénétrable des sous-bois. Tandis que la petite troupe pénétrait dans un bois à flanc de colline, on entendit au loin un coup de tonnerre et on eut l'impression que les collines maugréaient.

Soudain des hommes surgirent en hurlant des deux côtés de la route, brandissant des épées qui brillaient d'un éclat mat sous la lune. L'attaque se concentra au centre, autour de Sigismondo qui se tenait auprès de la monture aisément reconnaissable de Landucci. Michelotto écarta sans ménagement Benno afin de gagner l'autre flanc de Landucci tandis que l'avant-garde effectuait un mouvement tournant pour encercler les attaquants. L'épée de Sigismondo s'élevait et s'abattait, tournoyait, s'abattait de nouveau. Poussé de côté par l'arrière-garde, Benno s'était tassé sur sa selle et s'efforçait de rester aussi près que possible de Sigismondo, ce qui l'obligeait à coller au train du gris de Landucci. Il lui sembla, dans la mêlée, voir le bras de Michelotto brandir un fauchon et le plonger dans le dos de Landucci, juste sous les côtes. Benno, troublé, se demanda ce qu'il venait de voir, mais il dut consacrer toute son attention à ne pas perdre de vue Sigismondo. Comme Benno, Landucci paraissait plié en deux sur le haut pommeau de sa selle. Michelotto tenait à la main une épée — il n'y avait pas de doute, c'était bien une épée — et il se battait furieusement. Puis la pluie se mit à tomber. En un clin d'œil l'obscurité se fit, et tous furent doublement aveuglés par la nuit et les trombes d'eau, mais Sigismondo avait eu le temps d'éperonner son cheval, de saisir les rênes de Landucci et, par une brèche dans la mêlée qu'il avait été le seul à apercevoir, de filer au galop, Benno sur les talons.

Ils n'allèrent pas loin. Le cheval de Benno s'arrêta lorsque les deux autres s'immobilisèrent ; on les entendit taper des sabots par terre dans le noir. Sigismondo grogna, puis s'adressa à Landucci :

— Mon seigneur, êtes-vous blessé ?

— Il est mort, fit Benno.

Le prince s'éveilla d'un rêve dans lequel son fils s'emparait de l'or qu'il tenait dans sa main pour le jeter au loin. Essuyant la sueur qui perlait sur son visage à l'aide d'une serviette de table, il sentit les broderies lui gratter la peau et regretta que le lin comportât toujours des ornementations. Il tendit le tissu à un page alerte qui, à son poste derrière le rideau, l'oreille aux aguets, avait su faire la distinction entre les sons étouffés d'un dormeur qui a des cauchemars et les petits gémissements d'un homme faisant face au monde réel. Les pages avaient de l'affection pour leur prince qui, quoique distrait et parfois irritable, se montrait aimable et attentionné quand il se sentait bien. Or une fois de plus, en dépit du fait qu'il ait dormi, il n'avait pas l'air en forme.

— Un peu de vin, Votre Altesse ?

Depuis l'incident des dragées et la mort de l'ambassadeur de Venise, on avait engagé en hâte un goûteur. Le malchanceux avait déjà testé, sans effet notable, la boisson que le page proposait à présent au prince. On racontait des histoires de poison conçu pour tuer au bout de plusieurs jours, et sans symptômes préalables, mais il y avait aussi des gens convaincus que l'on pouvait mourir en touchant un crapaud. Il était impossible d'éliminer tous les risques. Le prince, pourtant, repoussa la coupe.

— Non, non. Où est Son Altesse ?

— Son Altesse est avec ses dames. Elles ont fini par la convaincre de sortir au jardin goûter l'air du soir.

Le prince réfléchit quelques instants, puis donna un ordre incongru.

— Allez chercher le Signor Leconti... Non ! J'irai dans son atelier.

Les artistes, comme les scientifiques, détestent être interrompus et, s'ils ont quelque talent, s'absorbent totalement dans leur tâche quand ils sont au travail. Les experts de toute catégorie fascinaient le prince. Après sa visite à Leone Leconti, il retournerait voir le docteur Virgilio. Peut-être avait-il réussi à réunir une nouvelle fois les conditions miraculeuses et à fabriquer un peu plus d'or. Cette pensée était comme le précieux métal lui-même, chaleureuse et alléchante. Mais tout d'abord il devait faire amende honorable envers sa femme pour l'avoir soupçonnée.

Leconti avait éprouvé quelques difficultés à se mettre au travail. En revenant de la cathédrale, son carnet couvert de croquis satisfaisants du prêcheur et de ses auditeurs, il avait rétrospectivement apprécié l'ambiance théâtrale dans laquelle s'était déroulé le sermon. C'est alors qu'il avait reconnu un objet parmi ceux entassés à la hâte sur le bûcher. C'était le portrait de la jolie femme d'un riche bourgeois, qu'il avait peint deux ans auparavant lors de son dernier passage à Viverra. L'homme avait été si content de son travail qu'il lui avait versé une somme rondelette, et, par bonheur, n'avait jamais su que le peintre l'avait également copieusement cocufié. Le tableau était l'un des meilleurs qu'ait peints Leconti, une œuvre où l'œil et la main avaient noué un accord spécial. Il avait su rendre avec exactitude cet air d'extrême autosatisfaction dont était empreint le joli visage, le reflet luisant de la lumière sur la peau... Tout cela était superbement exécuté ; et à présent le tableau allait être brûlé.

Après cette vision pénible, il lui avait été difficile de se concentrer sur l'expression spirituelle de saint François ; c'est pourquoi l'irruption de son protecteur dans l'atelier l'irrita moins que d'habitude. Tout comme il entendit avec indifférence le prince lui ordonner d'abandonner le triptyque pour l'instant et de consacrer toute son énergie à terminer les enluminures du livre d'Heures dont Scipione voulait faire cadeau à son épouse. Il accueillit même la nouvelle avec bonheur. Il prenait grand plaisir au soin minutieux avec lequel il fallait tracer chaque image. La plupart avaient déjà été esquissées, certaines avaient reçu leurs couleurs de base, d'autres étaient entièrement peintes, d'autres enfin attendaient quelques touches brillantes de bleu, de vert ou d'or... Il sortit les pages, les déballa et donna des ordres à ses assistants afin qu'ils broient et préparent les pigments. Le prince ordonna également que l'on aille chercher la précieuse boîte contenant ses lapis-lazuli, dont il tenait le compte rigoureux, et que l'on en pèse quelques-uns à l'intention de Leconti. Pour la princesse, les ciels devaient être d'un bleu magnifique.

Le prince se sentit mieux après avoir accompli tout cela. Mais il était encore profondément perturbé par la disparition de son fils. Sans doute le garçon reprendrait-il rapidement ses esprits ? S'il se trouvait dans ce prieuré dominicain où les frères avaient refusé de laisser entrer, et même de leur parler, les hommes lancés à sa recherche, l'évêque pourrait intervenir de manière efficace ; et si cela échouait, il serait toujours temps d'en référer, en dernier ressort, à Rome. Le prince était à mi-chemin du vieux château, trottinant entre les cyprès pour arriver plus vite au laboratoire, lorsqu'il se souvint que l'évêque Ugolino était hors course depuis la crise qui l'avait terrassé pendant le sermon. Quant au frère Ambrogio, le prince ne pouvait que regretter que sa mère ait été assez mal avisée pour attirer sur eux ce vautour en habit religieux. S'il l'avait écouté, le prince aurait déjà congédié le docteur Virgilio, alors qu'à présent il allait devenir plus riche que le pape lui-même.

Il fut un peu surpris de ne pas trouver de page en faction à l'entrée et de constater que la porte du château était entrouverte. Il n'entendit pas non plus le son familier et excitant de la pompe chassant les effluves chimiques dans les passages voûtés. Le docteur Virgilio se livrait-il à quelque nouvelle expérience peu orthodoxe ? Du coup, le prince se remit presque à courir. Il repensa au traité qu'il se proposait de rédiger — l'écrirait-il finalement en grec, ou devait-il s'en tenir au latin ? — sur la pierre philosophale. Il jouirait d'un avantage inestimable sur tous les savants dont il avait lu les ouvrages : lui, il l'avait découverte !

Personne n'écarta le rideau de cuir devant lui, il n'y avait personne pour le faire. Et derrière, seul le silence régnait. Il s'imagina tous les laborantins abasourdis, réunis autour du docteur Virgilio qui leur montrait le second morceau d'or. Transporté d'excitation, il écarta brusquement le rideau.

Le laboratoire était désert.

Aucun assistant, pas de docteur Virgilio. Les récipients, les cornues, les instruments, les mortiers, tout avait été poussé çà et là. Les feux étaient éteints, la longue poignée de la pompe silencieuse bâillait vers le plafond voûté. Les livres, tous refermés, avaient été rassemblés en pile. Le prince promena son regard alentour, anéanti par le spectacle qui s'offrait à lui, et dont il ne mesurait que trop les conséquences. Il voyait s'envoler d'un coup tous ses espoirs, comme la rosée que le soleil levant dissipe en un clin d'œil.

Que s'était-il passé ? Où était le docteur Virgilio ? Le prince se mit à marcher sans but, incrédule, saisissant un compas ici, un pilon là, effleurant la reliure d'un livre, plongeant le regard dans un récipient contenant un fond de sédiment violet encore luisant. L'avait-il abandonné ? Était-il parti ? Mais pourquoi ? Pourquoi aurait-il quitté un protecteur aussi disposé à le récompenser ?

Le prince se laissa tomber sur un vieux tabouret rongé par l'acide ; au bout d'une longue minute il se releva et, tel un somnambule, s'appuyant d'une main contre le mur, gagna son cabinet de travail. Il s'assit devant sa table, tripota le brouillon des premières pages de son traité puis, les yeux dans le vague, considéra avec désespoir son avenir.

CHAPITRE XXXI

« Demandez-moi l'aumône »

Le prince Francesco fit ce que lui disait le couteau. Habituellement courageux, il pâtissait de plusieurs handicaps : à moitié nu, obligé de tenir d'une main la grosse toile, il devait se maintenir en équilibre, les pieds nus, enflés et douloureux, sur la surface froide et inégale d'un rocher en pente. Il avait avalé plusieurs pommes sur un estomac vide, lequel protestait bruyamment. Lorsque l'apparition, armée d'un long couteau, lui ordonna de cesser d'agiter son chapelet et de se tourner, il obtempéra.

— Maintenant, dit la jeune femme, retournez-vous.

Elle avait enfilé une chemise et une robe, toutes deux humides, et s'était assise auprès du feu sans lâcher son arme.

— Restez où vous êtes et asseyez-vous, fit-elle. Et si vous n'êtes pas aussi simplet que vous en avez l'air, vous feriez mieux de m'expliquer ce que vous faites chez moi.

— *Chez vous ?*

Mais alors, ce n'était pas Dieu qui lui avait procuré son refuge.

— Oui, chez *moi*, répéta-t-elle.

Les yeux de la fille, qui luisaient à la clarté des flammes, convainquirent Francesco qu'il était tombé dans un repaire de démons ; ou du moins dans celui d'une diablesse.

— C'est ma couverture que vous portez. Vous n'avez

donc aucun vêtement ? Vous étiez nu quand vous êtes arrivé ?

— Oh, non. J'ai mon... j'ai mon habit de frère.

Mieux valait qu'elle sache à qui elle avait affaire. Dans un certain sens, il jetait le gant.

— Vous êtes un *frère* ?

Elle l'examina du regard ; puis soudain elle fit une grimace qui découvrit ses dents, blanches et pointues.

— Eh bien, vous faites un drôle de religieux. Parce que j'en ai connu des tas, figurez-vous. L'un d'eux a même brûlé ma maison hier matin. Croyez-moi, je ne porte pas les frères dans mon cœur. C'est chez eux que vous avez appris à voler les affaires des gens ?

— J'étais trempé...

Mais ses excuses moururent sur sa langue. Le manteau de la fille, ou en tout cas un de ses vêtements étendu près du feu, remuait, il bougeait tout seul, formant d'abord un petit tas, puis s'étirant en une forme allongée. Après un dernier soubresaut, un petit chat gris tigré en émergea posément et regarda sa maîtresse comme s'il attendait ses ordres. Francesco n'avait aucune animosité particulière envers les chats, mais comment pouvait-il être certain que cette Chose était bien un chat ? Les pupilles étrécies, l'animal le considéra à travers les flammes.

— Qu'allez-vous faire pour moi ? demanda brusquement la fille.

Elle tendit la main pour caresser le chat sous l'oreille, et Francesco pensa d'abord que la question s'adressait à l'animal, mais la fille se tourna vers lui en répétant :

— Qu'entendez-vous faire pour moi ? Un de vos semblables a réduit ma maison en cendres, vous m'avez pris ma couverture et avez dormi dans mon lit, et je pense que c'est vous, et non les écureuils, qui avez mangé mes pommes.

— Je ne ferai rien pour vous, dit-il en serrant si fort son chapelet qu'il en eut mal à la main. Je ne sers que Dieu. Vous ne parviendrez pas à m'en détourner.

Il songea avec dégoût qu'il parlait comme un enfant.

— Vous n'arriverez pas à m'enrôler au service de votre maître.

Voilà qui sonnait mieux.

— Mon maître ?

Elle se pencha en avant et refit la grimace. Maintenant qu'il était habitué à son visage, il comprit : elle souriait.

— C'est Dieu qui vous a conseillé de voler un lit et de la nourriture ?

— Je n'avais aucune intention de voler. J'ai pensé...

Sous les yeux pénétrants et dangereux de cette jeune femme, il se trouva incapable d'expliquer ce qu'il avait pensé. À son esprit enfiévré elle était apparue comme une créature diabolique, mais si elle n'en était pas une, elle n'était pas non plus une paysanne ordinaire, et son chat avait l'allure suspecte du démon familier d'une sorcière. Il était préférable d'expliquer clairement sa situation.

— J'ai quitté ma famille, poursuivit-il d'une voix raffermie, afin de mener une vie sainte. Je vous rendrai votre couverture. Je vais remettre mon... mon habit. Bien qu'il soit encore mouillé.

— On dit que les frères croient à la mortification de la chair, dit-elle. Vous êtes couvert de piqûres de puces. Non ! Restez où vous êtes.

Elle avait repris son couteau et le ton sur lequel elle avait prononcé ces derniers mots interrompit les efforts du jeune prince pour se lever. Le chat cessa de se nettoyer et la regarda. Elle se leva, gagna le fond de la grotte, ramassa la robe du prince et la secoua ; puis elle vérifia la couche.

— Pas de couteau, dit-elle. Vous êtes bien un simplet. Comment espériez-vous survivre ?

Il considéra le vêtement qu'elle lui tendait et fut incapable d'éprouver la sainte joie qu'il avait ressentie en l'enfilant pour la première fois. Pourtant il posa la couverture de toile et passa l'affreux vêtement, qui lui redonna au moins un sentiment de pudeur.

— Je vivrai comme saint François, répondit-il. En mendiant.

Il eut le sentiment qu'elle resterait insensible à ce que signifiait pour le rejeton d'une famille princière le fait de mendier sa nourriture. Il avait vu juste, car elle se rassit, l'air toujours aussi peu impressionné par son visiteur.

— Très bien, fit-elle. Voyons voir. Demandez-moi l'aumône.

Il ne savait absolument pas comment s'y prendre. Pour commencer, tout était très différent de l'idée qu'il s'en était faite. Dans son esprit, les gens lui apportaient à manger par respect pour sa sainte existence, à laquelle il n'avait pas encore eu le temps de se consacrer. Jusqu'à présent, ses tentatives de subsister avec des racines et des baies n'avaient pas été probantes.

— Vous n'allez pas tarder à mourir de faim si c'est là tout ce que vous savez faire. Personne ne vous donnera rien si vous vous contentez de rester la bouche ouverte comme une carpe. Vous avez faim, n'est-ce pas ? Et vous êtes frère ? Alors, mendiez.

Le prince Francesco tendit les mains, y rassembla, d'une certaine manière, tout son courage et dit :

— Au nom de Dieu, donnez-moi à manger.

Un frisson de sainte joie le parcourut. La jeune femme fouilla derrière elle, saisit un paquet enveloppé d'un tissu, l'ouvrit et en sortit une miche de pain. Elle la brisa et en tendit une moitié par-dessus le feu.

— Au nom de Dieu, alors. Mangez.

Elle ne pouvait être un démon. Francesco parvint à refréner son envie de fourrer tout le pain dans sa bouche. Il réussit même à réciter une action de grâce. Rien ne lui avait jamais paru aussi délicieux.

— Avez-vous, s'enquit-il, quelque chose à boire ?

— Y a tout ce qu'il faut dehors.

Elle se leva et il la suivit jusqu'à l'entrée de la grotte. Il constata avec surprise que la lumière matinale commençait à éclaircir le ciel. La pluie avait cessé. La fille ramassa un bol en terre cuite qu'elle avait laissé dehors, et il se désaltéra. Il allait le lui rendre lorsqu'un éclair blanc les illumina tous les deux. Abasourdi, il se retourna et vit, à plusieurs kilomètres de là, dans la vallée, une énorme lueur rouge coiffée d'un nuage de fumée qui s'élargissait. Puis tout disparut. Il était aveuglé quand il se tourna vers la fille.

— C'était dans la ville, dit-elle.

La vague sonore leur éclata alors dans les oreilles tandis que son écho étouffé se répercutait parmi les collines.

CHAPITRE XXXII

L'ascension du frère Columba

La vertu avait épuisé le frère Columba. Il avait débuté brillamment la journée en brûlant vive une sorcière. Même si son intention de départ avait été de ramener la créature, ligotée et soumise au fouet, jusqu'à la ville afin d'orner le bûcher de la grand-place, il avait été presque aussi satisfaisant — même si cela privait le frère d'un exemple public de son action — de voir sa cabane dévorée par les flammes en sachant qu'elle grillait à l'intérieur en compagnie du démon qu'elle avait appelé à la rescousse pour la protéger. Le frère Columba sourit au souvenir du sang qui avait perlé au front et à la joue de ce dernier sous les coups de sa discipline. Cette brute infâme avait connu la douleur du châtiment terrestre avant de rejoindre son maître en Enfer. Cela avait été un splendide début de journée, un excellent augure.

À vrai dire, le retour à Viverra avait été décevant. Il ne trouva pas le frère Ambrogio pour lui faire part du succès de son entreprise, et les gens du palais se montrèrent maussades et peu bavards dans leurs réponses à ses questions. La vérité, c'est que si le frère Ambrogio les effrayait, ils éprouvaient la plus vive aversion à l'égard du frère Columba. Il ne se rendait pas compte que c'était son regard fixe qui les faisait se détourner lorsqu'il leur demandait quelque chose, ou même avant qu'il en ait eu le temps.

Incapable de prouver sa valeur à son supérieur, le frère

Columba, poussé par sa propre énergie, se retrouva à nouveau dans la rue. Viverra avait besoin de lui. Il devait faire comprendre à ses habitants toutes les conséquences du sermon que le frère Ambrogio avait prononcé la veille. Lorsqu'ils partiraient d'ici afin de porter le message de Dieu dans une autre ville, Viverra devrait être totalement purgée et se trouver dans un état de grâce.

Il passa une journée active et heureuse avec son détachement d'ardents jeunes gens : il obligea à la fermeture plusieurs échoppes de vin qui avaient eu la témérité de rouvrir; il avait également organisé la lapidation d'une vieille femme, dénoncée par ses voisins, qui étaient forcément au courant, comme sorcière, ce qu'elle avait d'ailleurs démontré en brandissant le poing et en maudissant le frère Columba. La lapidation d'une traînée au visage maquillé s'était moins bien déroulée, en partie parce que la bande qu'il avait rassemblée ne montrait guère d'ardeur à ramasser des cailloux, mais aussi parce que la coquine, plus leste que la vieille sorcière, avait détalé dans une ruelle encombrée de lignes d'étendage qui avait gêné la progression de ses poursuivants. Ensuite, la descente qu'il avait projetée avec sa bande dans quelques bordels qui avaient osé ouvrir après le crépuscule avait été gâchée par l'orage. Toute la journée le soleil d'automne avait brillé à travers un morne brouillard et les tempéraments échauffés avaient trouvé une manière commode de se défouler en pourchassant le péché; et à présent les cieux eux-mêmes parlaient. De pâles éclairs éclatant au-delà des collines avaient permis au frère Columba d'évoquer avec un beau réalisme le jour du Jugement dernier, quand la lune virerait au rouge et tomberait dans la mer; car il ne faisait aucun doute à ses yeux que lorsque les moutons seraient séparés des chèvres, lui-même serait un mouton irréprochable.

Cette certitude le soutint tandis que, réfugié sous un porche surmonté d'une lanterne, il regardait la pluie s'écouler entre les pavés. Les membres de sa bande de fidèles avaient regagné leurs foyers, la capuche rabattue, jupe ou pourpoint relevés sur les crânes aux cheveux ras. Le vice devrait attendre le lendemain matin pour être puni ; il n'y avait aucune chance qu'il disparaisse au cours de la nuit. En attendant de pouvoir regagner son logis sans se faire tremper, le frère Columba occupa son temps à prier tandis que le souvenir de l'incendie du matin le réchauffait.

Lorsqu'il se réveilla, le corps douloureux, il était encore à genoux, mais appuyé contre le montant du porche, la tête affaissée sur la poitrine, le chapelet pendouillant entre ses doigts. Un porc le reniflait avec méfiance ; quoique se trouvant au ras du sol et dans la rue, il ne paraissait pas faire un déchet attirant. Frappé au groin d'un coup de chapelet, l'animal indigné s'enfuit tandis que le frère Columba se frictionnait les jambes en bâillant. La pluie avait cessé. Il se sentait prêt à l'action, impatient de reprendre son œuvre au service de Dieu.

Sur le chemin du palais, à travers des rues qui, à l'exception de quelques charognards profitant de la légère dissipation de l'obscurité qui précède l'aurore, étaient désertes, le frère Columba fut béni d'une inspiration. Cela lui parut un souffle dont il ne douta pas qu'il provenait de Dieu : la veille au matin, il avait brûlé la sorcière *in situ* ; pourquoi ne pas faire flamber l'alchimiste aujourd'hui ? Il n'avait pas oublié la façon humiliante dont le docteur Virgilio l'avait chassé. Il fallait apprendre à cet homme ce qu'était la colère de Dieu. Il était surprenant que le frère Ambrogio ne soit pas encore parvenu à chasser ce démon de son repaire, mais il faut dire à sa décharge qu'il avait été fort occupé à gagner l'âme du prince Scipione.

C'était donc à lui, frère Columba, qu'il revenait d'accomplir cette tâche. Si le docteur Virgilio et ses œuvres diaboliques persistaient à détourner le prince de Dieu, il existait une méthode éprouvée et infaillible pour se débarrasser de l'un et des autres.

Le garde l'ayant laissé entrer dans la cour du palais, il contourna le bâtiment sous les fenêtres aux volets clos de la longue façade, traversa les jardins d'ornement et arriva devant la porte. Escalader le mur à moitié écroulé dans lequel était ménagée celle-ci ne posait aucune difficulté pour un homme mince et agile comme lui, et bientôt, dans la lumière grisâtre, foulant l'herbe humide parmi l'odeur des buissons exaltée par la pluie, il approcha du vieux château. Son cœur cognait dans sa poitrine à la perspective imminente du dénouement. Comme il convenait à son ignoble profession, le docteur Virgilio travaillait la nuit; ses assistants seraient peut-être endormis. Dans les plis de son habit, le frère Columba transportait silex et amadou. Il refrénait avec peine son impatience à voir éclore à nouveau des flammes purificatrices semblables à celles qui avaient dévoré la cabane de la sorcière.

Constater que le laboratoire était désert le troubla et l'attrista, comme en avait été déconcerté le prince quelques heures auparavant. En arrivant, il avait aperçu une lumière éclairant une fenêtre, mais aucune ne brûlait ici. En fait, elle se trouvait dans le cabinet de travail de Scipione, lequel s'était endormi sur le traité que désormais il ne terminerait pas. Ici, on ne distinguait que les dernières lueurs d'un feu sous les cendres dont on l'avait recouvert, mais la clarté de l'aube augmentait de minute en minute. Le frère Columba promena autour de lui un regard aussi consterné que celui du prince. Cependant, à la différence de ce dernier, il savait quelle action entreprendre. Le Diable s'était retiré; il convenait de faire en sorte qu'il ne puisse plus jamais revenir. Le frère Columba commença à échafauder son bûcher.

Avec méthode tout d'abord, il entassa au milieu de la pièce tout ce qui se trouvait à sa portée : des tabourets, des pinces en bois, des pupitres, et aussi les livres, ces livres diaboliques. Sachant que les volumes pouvaient mettre du temps à se consumer, il en arracha les couvertures, sa fureur redoublant en raison de la résistance du papier qui lui faisait mal aux mains et des coupures qui lui entaillèrent les doigts. Travaillant avec une fébrilité croissante, il ajouta pages et reliures à son bûcher. À l'aide d'une pelle, il entassa les braises du four, qu'il avait été aisé de raviver en actionnant les soufflets, sous les papiers, et les regarda grignoter peu à peu les pages blasphématoires, puis former des flammes qui finirent par gagner tout le tas. Alors, s'éloignant peu à peu du centre du foyer, il saisit l'un après l'autre les pots et les flacons posés sur les étagères et les balança dans le brasier. Que c'était beau d'entendre se fracasser le verre et la terre cuite, de voir les flammes virer au vert ou au violet sous l'action de quelque poudre ou liquide mystérieux ! À présent, le feu dévorait tout et ne cessait de s'étendre à mesure que les récipients, en éclatant, le portaient de tous côtés...

Vraiment, il est bien dommage que le frère Columba, qui eut le temps d'entrevoir l'ultime et aveuglant éclair blanc lorsqu'il balança le bocal plein de magnésium dans les flammes, ne fût plus en vie pour entendre la formidable explosion qui suivit. Au moment où son écho se répercutait dans les collines, le frère Columba s'apprêtait déjà à découvrir l'opinion de Dieu sur la façon dont Son œuvre avait été accomplie.

L'ancienneté du vieux château n'avait guère entamé sa solidité. L'explosion souleva les deux étages supérieurs et les toitures en plomb de la tour, qui furent réduits en menus fragments pendant leur envol dans le ciel matinal. L'onde de choc fit trembler les vieilles murailles et décolla des bouts de mortier, mais pour l'essentiel elle serpenta à travers halls et passages, gravit d'un bond les volées de marches, épargna un objet ici, en fracassa un autre là, enroula la tringle du rideau de cuir autour d'un pilier de la crypte, faisant vaciller la grande colonne de quelques millimètres, et souleva dans toute la bâtisse le moindre grain de poussière.

Toute explosion affectant à ce point la structure d'un bâtiment entraîne de profondes conséquences sur la vie dans ses environs immédiats. Bien souvent, les animaux ont une conscience des désastres imminents dont les êtres humains sont dépourvus. La petite chatte qui avait pour habitude de faire au prince la faveur de sa présence lorsque celui-ci se trouvait dans son cabinet s'était levée et l'avait laissé endormi devant son bureau peu avant que le frère Columba brandisse le bocal fatal, comme si le potentiel destructeur de l'activité humaine la dérangeait. Le prince était donc tout à fait seul lorsque les trois portes de son cabinet furent soufflées à des degrés divers et que les hauts rayonnages entourant le bureau se renversèrent sous l'effet du choc ; les placards s'ouvrirent à la volée, livres, boîtes et flacons tombèrent des étagères et s'écrasèrent au sol, la lampe suspendue à son applique se brisa par terre et, par bonheur, s'éteignit. Moins heureux, le prince, coincé sous les lourdes étagères de bois, passa directement du sommeil à l'inconscience. Ses lunettes, qui s'étaient décrochées de leur clou sur le flanc du bureau, gisaient, en miettes, à portée de sa main tendue.

D'autres personnes, que le prince ne connaissait pas, et qui se trouvaient non loin de lui et de son laboratoire, éprouvèrent elles aussi certaines conséquences intéressantes de l'explosion. Trois individus, l'un de très grande taille, un autre pourvu de longs cheveux gras dissimulant son visage et d'une épée qui lui barrait le dos des épaules aux genoux, le troisième enfin arborant une expression de menace hystérique, hantaient depuis quelques jours l'un des couloirs du vieux château où se trouvaient les cellules des principaux prisonniers d'État. Dans deux cachots contigus, Donato Landucci attendait l'arrivée de son père avant d'être jugé pour avoir empoisonné le prince, et Antonio Carlotti de Mascia attendait un châtiment que le prince n'avait pas encore arrêté, mais qui sans nul doute satisferait le goût du spectacle des habitants de Viverra. Tous deux avaient, au cours des derniers jours, mis leurs espoirs dans ce qu'ils croyaient être une tentative de délivrance. En effet, peu après que leur geôlier et le garde qui l'accompagnait avaient déposé leur ration biquotidienne de nourriture et d'eau, ils entendaient gratter et creuser tout près d'eux comme si quelque taupe géante était à l'œuvre. Tous deux avaient tenté de déterminer la direction d'où provenait le bruit en collant leur oreille contre la porte de chêne renforcée de ferrures qui les enfermait. Mais cette nuit-là, lassés de guetter, ils s'étaient recouchés.

Pourtant, ni l'un ni l'autre ne dormaient au moment où le vacarme de l'explosion avait brutalement noyé le bruit des grattements. Les portes des deux prisonniers avaient été soufflées. Donato eut de la chance car il était resté allongé sur sa paillasse contre le mur latéral de sa cellule. Après que la porte massive fut allée percuter le mur du fond, il se retrouva recroquevillé par terre au milieu d'un nuage de briques, de mortier et de poussière de pierre, totalement sourd et se demandant s'il ne venait pas d'être exécuté à l'improviste. Mais la malchance n'abandonna pas Antonio Carlotti. Réveillé par les discrets grattements, il s'était levé pour prêter l'oreille et succomba lorsqu'il reçut de plein fouet la porte dégondée de sa cellule.

Les trois individus qui s'efforçaient par erreur d'ouvrir ladite porte auraient pu penser que Dieu leur prêtait main-forte si leur esprit n'avait pas été à ce moment-là occupé à tout autre chose. Aldo et Fracassa, qui s'étaient attaqués de concert à la charnière du bas, furent soulevés par le souffle et projetés cul par-dessus tête dans l'escalier en colimaçon qui s'ouvrait à l'extrémité du passage. La puissance de l'explosion projeta Pio, qui s'occupait de la charnière du haut, à la suite de la porte qui estourbit Carlotti et le précipita par la haute fenêtre dont elle venait d'enfoncer les barreaux. Une distance impressionnante la séparait de la rivière qui coulait en bas, mais il est douteux que Pio ait eu l'esprit assez détaché pour méditer sur ce fait.

Le bruit et l'onde de choc traversèrent les jardins et investirent le palais avec toute l'imprévisibilité des lois de la physique. Les dégâts, quoique moins impressionnants que dans le château lui-même, y revêtirent pourtant des aspects curieux. La princesse douairière fut brutalement tirée de ses rêves agités lorsque le baldaquin en brocart décoré de son lit fut arraché des crochets qui le fixaient au plafond et s'abattit sur elle, l'étouffant à moitié dans ses plis. La servante qui dormait non loin d'elle dans un lit gigogne s'éveilla alors et poussa des hurlements en apercevant le monstre qui gigotait sur le lit de sa maîtresse.

Un vent puissant éteignit toutes les bougies dans la chapelle du palais où veillait le frère Ambrogio. Il s'était infligé une pénitence en raison du sentiment de triomphe qu'il avait éprouvé dans l'après-midi après avoir insufflé la peur de Dieu chez le docteur Virgilio. Et voilà que le Diable réagissait par une explosion de colère satanique. Il agrippa le dossier du prie-Dieu et continua à prier dans le noir, tandis qu'une dizaine de mètres de fresque décollée du mur se détachait et se fracassait autour de lui.

La princesse Isotta ne souffrit pas de l'indignité dont fut victime sa belle-mère ; son ciel de lit enfla comme un ballon mais resta fixé à ses attaches ; en revanche, elle-même fut soufflée hors de son lit et projetée au sol tandis que les carreaux de la fenêtre, arrachés de leurs cadres en plomb, retombaient en pluie sur les draps, qu'ils parsemèrent de fragments de verre bleu et rouge. La princesse échappa à d'autres blessures grâce à la corpulence de Gatta, qui atterrit sur elle et fut entaillé aux épaules par des éclats de verre. Le condottiere pensa tout d'abord qu'un canon venait de marquer un coup direct, puis passa rapidement en revue ses ennemis pour tenter de deviner lequel avait pu avoir cette chance.

D'une voix ensommeillée, un garde du palais avait informé Sigismondo et Benno, qui revenaient de leur mission à Mascia avec un cadavre témoignant des difficultés rencontrées, que le prince se trouvait au vieux château. Ils étaient en train de traverser les jardins lorsque le laboratoire prit son envol. Le choc de l'explosion les culbuta. Benno retomba sur le dos dans une haie basse d'où, assourdi et le souffle coupé, il put voir l'énorme déflagration illuminer brièvement le ciel au-dessus de lui. Lorsqu'il reprit ses esprits, Sigismondo le dégageait de la haie, dont une bonne partie des branches semblait vouloir se glisser à l'intérieur de son pourpoint. Lorsque Benno se retrouva sur ses deux pieds il regarda, vacillant, autour de lui. Biondello, qui avait jailli de son pourpoint comme une fusée, redescendait en hâte des restes de l'arbre dans lequel il avait grimpé. Lui aussi parut incertain sur ses pattes et il agita furieusement son unique oreille avant de se ressaisir suffisamment pour courir après Benno qui courait après Sigismondo, même s'il n'était dans la nature ni de l'un ni de l'autre de se précipiter vers les ennuis.

Sigismondo ne perdit pas de temps à fouiller les ruines du laboratoire, désormais ouvert à la lumière de plus en plus forte du ciel, aussi sinistre qu'un champ de bataille mais dépourvu de cadavre, puisque les reliques du frère Columba avaient été dispersées au petit bonheur dans les environs. Benno toussait et trébuchait dans la poussière à la suite de Sigismondo, qu'il s'efforçait de ne pas perdre de vue. Il n'était jamais entré dans le cabinet de travail du prince, mais supposa qu'ils y étaient arrivés en voyant Sigismondo essayer de soulever avec peine un ensemble de rayonnages en bois effondrés. Benno s'accroupit pour l'aider et glissa son épaule sous la lourde structure, qui finit par se soulever en craquant tandis que des fragments de maçonnerie s'en détachaient. Sigismondo laissa retomber le panneau de l'autre côté avant de se pencher sur le corps mince qu'il dissimulait. Tout en essuyant la poussière qui lui collait aux yeux, Benno vit le prince Scipione, dont le visage était un masque de poussière blanche, cligner des paupières tandis que Sigismondo tâtait la veine de son cou.

— Altesse, pouvez-vous remuer les pieds ?

« Que je sois pendu, songea Benno, il ne va tout de même pas lui demander de danser ? » Puis, à travers la poussière qui retombait, il vit les orteils du prince s'agiter dans leurs pantoufles de velours. Sigismondo émit un grognement de satisfaction.

— Maintenant, Altesse, dites-moi si je vous fais mal.

Il appliqua ses doigts sous les épaules du prince et le

long de sa colonne vertébrale, puis lui passa un bras sous les aisselles et l'aida à s'asseoir. Le prince, malgré son air ahuri, se montra coopératif.

La confusion de son esprit, encore aggravée par le coup à la tête qu'il avait reçu en heurtant le sol, se cristallisa soudain sur le dernier souvenir qu'il avait gardé : le laboratoire déserté.

— Le docteur Virgilio ! Il faut le retrouver... Il faut le ramener !

Il tourna un regard anxieux vers Sigismondo. À l'expression de son maître, Benno comprit que ramener le docteur Virgilio exigerait plusieurs paniers.

— Votre Altesse, il y a eu un...

— Il est parti ! Il m'a quitté ! Il a pris tout ce qui lui appartenait ! Dieu sait à qui il va dévoiler l'inestimable secret !

Les larmes tracèrent des sillons sombres sur son masque de poussière. Sigismondo prit un air pensif.

— A-t-il prévenu Son Altesse ?

— Il est parti !

Le prince se lamentait comme un enfant abandonné. Benno se demanda pourquoi les deux hommes parlaient si bas et pourquoi ses oreilles sonnaient comme les cloches dominicales à Rocca. Il n'entendit pas le brouhaha de la petite foule qui envahit soudain le cabinet de travail, mais Sigismondo regarda par-dessus son épaule, et l'homme qui était à la tête des nouveaux venus prit la parole.

— Votre Altesse ! Grâce à Dieu ! Que s'est-il passé ?

Benno eut l'impression que les questions étaient posées d'une voix hurlante qui lui résonnait douloureusement dans les oreilles. Entouré de courtisans et de pages pressés de délivrer Sigismondo de son fardeau, le prince ne répondit pas.

— Allez chercher le docteur Virgilio ! *Il doit se remettre au travail !*

CHAPITRE XXXIII

La fille de Gatta

— Je ne pourrai jamais vous remercier assez d'avoir sauvé Son Altesse. Vous êtes notre sauveur !

Drapée d'une ample robe de velours indigo sur laquelle retombaient librement ses cheveux, la princesse avait presque les larmes aux yeux. Au moment où elle tendait ses deux mains à Sigismondo, qui mit un genou à terre pour les baiser, on annonça le seigneur Ridolfo Ridolfi, et Gatta fit son entrée. Il s'était habillé et paraissait furieux.

— Qui a fait cela ? Qu'est-ce qui a provoqué cette explosion ? Qui ose menacer la vie du prince en ma présence ?

Il était clair que Gatta, chef des armées de Viverra, considérait comme une insulte personnelle que l'on puisse faire sauter son employeur dans son propre palais. Il jeta un regard assassin à Sigismondo qui était en train de se relever.

— Où est Landucci ? Où est Michelotto ?

— Michelotto est allé chez vous afin de rendre compte de sa mission, seigneur. Quant à Landucci, poursuivit Sigismondo en haussant les épaules, j'étais sur le point d'aller en parler à Son Altesse quand le laboratoire a explosé.

— Savez-vous qui a fait cela ?

— Non. Il est possible que les coupables aient péri

dans l'explosion. Ou alors il s'agit d'un accident provoqué par une expérience qui a mal tourné.

— Où est Son Altesse ?

— Dans son lit, répondit la princesse. Le docteur s'occupe de lui. Grâce à maître Sigismondo ici présent, il devrait se rétablir assez vite. Il ne souffre que d'ecchymoses sans gravité.

Elle omit de mentionner le coup à la tête qui le faisait divaguer et réclamer le docteur Virgilio. Elle était accoutumée depuis trop longtemps aux lubies de son mari pour s'émouvoir de celle-ci.

Le regard furieux de Gatta se transforma en un sourire radieux. Il s'approcha de Sigismondo pour l'étreindre et lui passa un bras autour des épaules.

— Vous serez récompensé ! Et Landucci ? A-t-il avoué ?

Pas de sourire sur le visage sombre de Sigismondo.

— S'il l'a fait, seigneur, c'est devant le trône du Créateur. Il est mort. On a tenté de le délivrer — une embuscade — et il l'a payé de sa vie.

Gatta avait commencé à poser une nouvelle question lorsqu'un page demanda à la princesse la permission de faire entrer Michelotto Della Casa. Elle la lui accorda d'un geste et Michelotto parut. Il avança et, alerte et souriant, se livra à une courbette compliquée. Gatta reposa sa question d'un ton énergique.

— Que s'est-il passé avec Landucci ? Comment se fait-il qu'il soit mort ?

Michelotto leva simultanément les bras et les yeux au plafond.

— Seigneur, ses amis n'ont guère été tendres avec lui. Il semble que l'un d'eux l'ait tué par erreur au cours de l'échauffourée.

— Pourquoi n'était-il pas mieux gardé ?

Michelotto posa une main admirative sur la manche de Sigismondo.

— Si le héros de Mascia n'a pas pu le protéger, quelle chance avais-je de le faire ?

Gatta se renfrogna en entendant qualifier Sigismondo de *héros de Mascia*, mais la princesse, qui suivait l'échange avec attention, coupa court à la discussion.

— Cela fait un ennemi de moins. Dieu nous protège. Savez-vous qu'Antonio Carlotti est mort dans l'explosion ?

Le sourire de Gatta dévoila une rangée de crocs.

— Qui reste-t-il à présent, Altesse? Bien sûr, si Venise et le Saint-Père...

Il se tut, promenant sur la petite assemblée un regard destiné à rappeler à tous que contre de tels adversaires, à côté desquels un Carlotti ou un Landucci ne pesaient rien, lui, Ridolfo Ridolfi, était le seul bouclier dont bénéficiait Viverra.

— Mon seigneur...

Tendant une main élégante, Isotta l'attira à son côté et le laissa porter ses doigts à ses lèvres pour les baiser longuement.

— Nous dépendons de vous. Vous devez absolument être là lorsque nous saurons comment la République réagit à la mort du Signor Loredano.

— Vous pouvez compter sur moi. Je resterai à Viverra, mais aujourd'hui je dois me mettre en route pour ramener ma fille, dont j'ai eu l'occasion de parler à Votre Altesse. Elle arrive de son couvent, sous la protection d'une escorte fournie par la mère abbesse, qui avait hâte de me la renvoyer. On dit que la peste a touché deux villages des environs.

Des mains s'agitèrent alors que chacun se signait pour éloigner à la fois la peur et le fléau qui la faisait naître. La princesse se tourna vers Sigismondo.

— Envoyez-le à votre place. Si mon fils ne se trouve pas au prieuré de Pontenova — où j'ai renvoyé aujourd'hui des hommes en les chargeant de se renseigner —, maître Sigismondo pourrait avoir la même chance que l'autre jour, et le retrouver en chemin.

— Les souhaits de Votre Altesse sont pour moi des

ordres. Maître Sigismondo partira donc à la rencontre de ma fille afin de la ramener à Viverra.

Gatta prononça ces mots avec un air de tendresse, mais celui-ci s'adressait à la princesse et il ne remarqua pas le regard que lui jetait Michelotto. Car c'est lui, et non Sigismondo, qui aurait dû être dépêché à la rencontre de la fille de Gatta.

Benno prenait plaisir à cette expédition campagnarde, très différente de celle qui avait vu mourir Landucci. Il n'avait pas eu l'occasion de parler à son maître depuis que celui-ci avait transporté le prince jusqu'à sa chambre — ce qui devenait décidément une habitude — et, tout occupé par la petite troupe d'hommes qu'il devait faire sortir de Viverra, Sigismondo avait juste eu le temps de lui dire qu'ils devaient rejoindre et escorter la fille de Gatta. Le visage levé vers le soleil d'automne, Benno essayait de deviner à quoi ressemblait la jeune fille : elle aurait sans doute les cheveux fauves de Gatta, mais très épais, ainsi que ses yeux vert doré... Lorsqu'il en vint à évoquer sa bouche, Benno hésita... Peut-être ne serait-elle pas jolie du tout. Cela n'avait aucune importance, car maintenant que son père était devenu un personnage important, elle pourrait épouser à peu près n'importe quel homme que lui choisirait Gatta. Et puis il était inutile de se tourmenter sur son allure, puisque n'étant pas encore mariée elle serait dissimulée sous un voile en présence d'étrangers, et Benno n'aurait jamais l'occasion de vérifier s'il avait deviné juste.

Il aperçut toutefois un visage qu'il reconnut.

Ils s'étaient arrêtés dans un village pour acheter des olives et du raisin, et, juste après l'avoir dépassé, mirent pied à terre et s'installèrent au bord de la route pour boire du vin et prendre un petit déjeuner. Sigismondo s'était attardé un moment au village pour ramener un de ses hommes engagé dans une querelle, et il s'apprêtait à descendre de cheval lorsqu'une fille s'approcha de ses étriers.

— Un peu de verdure avec votre pain, messire ?

Elle lui présentait un panier de basilic, d'ail sauvage, d'estragon et de fenouil. Ce jour-là, elle portait ses cheveux noirs noués sur la nuque à l'aide d'un ruban vert, mais il n'y avait aucun doute : c'était la sorcière.

Benno vint prendre les rênes, Sigismondo se laissa tomber à bas de sa monture et, sous le regard des soldats, se mit à retourner en souriant les herbes dans le panier, les humant ou mâchonnant de temps à autre une feuille comme pour les goûter. Seul Benno, tout près d'eux, pouvait savoir que leur conversation n'avait aucun rapport avec les fines herbes.

— Tu as trouvé un endroit où habiter ?

— Je ne suis pas la seule !

Elle rit et les soldats se donnèrent des coups de coude en livrant divers commentaires. « Ce Sigismondo sait s'y prendre avec les filles, regardez-le s'amuser avec celle-ci. Peut-être qu'elle aime les chauves. Elle a l'air sacrément délurée. »

— J'ai été dans une grotte dont je me sers parfois et j'ai découvert que quelqu'un y était arrivé avant moi et ne s'était pas gêné pour s'y installer — un jeune fou avec de drôles d'idées en tête. Il veut devenir ermite mais il n'est pas plus débrouillard qu'un jeune chiot.

— Jeune ? Et décidé à renoncer au monde ? Quelle allure avait-il ?

— Beau comme un dieu, avec des cheveux roux qu'il serait honteux de couper. Je l'ai laissé là-haut avec du silex et de l'amadou...

Elle hocha la tête sur leur droite, où une longue pente herbue coupée de ravines et parsemée de blocs de pierre montait vers un escarpement rocheux qui surgissait de terre comme si un énorme animal tapi dessous l'avait soulevé jusqu'à lui faire percer la surface du sol. Au-dessus, sans que l'on puisse bien le distinguer en raison des ombres et des nuages, se dressait le sommet de la colline, dont la crête rejoignait le massif principal situé au-delà.

— Je ne vais pas jouer la nounou avec lui, aussi mignon soit-il, reprit-elle. Je pars pour le nord et je ne reviendrai pas tant que le prêcheur n'aura pas quitté la région. Si ce garçon n'apprend pas très vite certaines choses, je retrouverai à mon retour une grotte jonchée de ses ossements.

Elle tendit à Sigismondo un bouquet d'herbes en échange de la pièce qu'il lui donna.

— Ce n'est pas mon affaire si ce drôle finit par mourir.

— C'est uniquement son affaire, pour sûr, acquiesça Sigismondo en enroulant son pain autour de l'ail avant d'en mordre une bouchée.

Mâchant son propre repas, Benno était intrigué. Elle avait vu le jeune prince ! Sigismondo allait-il le laisser mourir de faim ? La princesse n'était-elle pas prête à donner une fortune pour voir son fils revenir à Viverra ? Et Sigismondo qui bavardait comme si de rien n'était, alors qu'une mine d'or les attendait dans un trou de la colline ! Que se passerait-il si quelqu'un d'autre découvrait le jeune homme ? Bah, son maître devait avoir une idée derrière la tête, comme à son habitude ; si seulement il pouvait en avoir un petit aperçu... Benno aurait aimé gravir la colline et donner au pauvre prince son propre pain et son propre vin. Lui-même savait ce qu'était la faim, mais il l'avait connue depuis sa tendre enfance — cela serait bien plus dur pour un prince qui n'avait jamais manqué de rien jusqu'ici.

Benno réfléchissait avec sympathie à ce problème lorsque son attention fut détournée par le grand cheval de Sigismondo qui commençait à s'agiter. Lorsqu'il l'eut calmé et maîtrisé, la sorcière avait disparu et Sigismondo ordonna d'un geste aux hommes de se lever. Tout en maintenant l'étrier pour que son maître y pose le pied, Benno hocha discrètement la tête en direction des collines.

— Alors, vous allez le laisser là ?

Sigismondo se contenta de fredonner et de tirer de côté la tête de son cheval. Les soldats se placèrent en une double file, prêts à se remettre en route. La fille de Gatta était, semble-t-il, plus importante que le jeune prince.

Il s'avéra, comme il est fréquent en ce monde d'incertitudes, que Benno avait à la fois raison et tort en ce qui concernait la fille de Gatta. Il se trompait, tout d'abord, au sujet du voile. Elle en avait un, certes, mais le portait remonté sur la tête ; et comme il était presque transparent, et vert, il lui encadrait joliment le visage et faisait ressortir sa chevelure, qui était, comme l'avait deviné Benno, fauve et abondante. Ses yeux étaient également de la même étrange couleur que ceux de son père, mais sa bouche, généreusement charnue, avait l'avantage de présenter des dents régulières. L'impression qu'elle donnait était celle d'une jeune personne dotée d'une immense assurance et d'une énergie débordante, ravie d'être sortie du couvent où elle recevait son éducation, et bien déterminée à s'amuser. Elle éperonna son cheval pour aller à la rencontre de son escorte tandis que la vieille nonne qui l'accompagnait faisait des *ta-ta-ta* en hochant la tête.

— Mais... vous n'êtes pas Michelotto ! De loin, je vous ai pris pour lui !

Elle sourit et tendit la main à Sigismondo, qui se pencha pour la baiser.

— Où est mon père ? Dans sa lettre, il disait qu'il serait là.

Jetant alors par-dessus l'épaule de Sigismondo un coup d'œil aux hommes de Gatta qui observaient la scène avec une vive curiosité, elle poursuivit sur un ton d'inquiétude feinte :

— Vous n'êtes pas des *brigands*, au moins ? Ne comptez pas sur mon père pour vous payer une rançon... Bah, suis-je sotte, je vois à présent qu'ils portent son écusson !

Elle riait toujours lorsque la nonne, responsable de son escorte jusqu'ici, les rejoignit et, avec une correction glaciale, demanda à voir l'accréditation de Sigismondo. Il lui remit une lettre portant le sceau de Ridolfi et se présenta pendant que la jeune fille regardait sans complexe autour d'elle, claquait des doigts à l'adresse de Biondello et tirait sur son col pour dégager sa gorge. « Je parierais que le couvent est soulagé de s'en débarrasser, songea Benno tandis que le regard de la fille glissait sur son visage avant de se reposer d'un air beaucoup plus appréciateur sur celui de Sigismondo ; il est probable qu'elle donnera du fil à retordre à Gatta jusqu'à ce qu'elle soit mariée, et qu'ensuite ce sera au tour de son mari. Elle n'est pas ce qu'on pourrait appeler jolie. Mais elle a quelque chose en elle qui fait que les hommes tournent la tête à son passage et ont envie de la suivre. »

Benno remarqua, derrière la nonne, une vieille femme dont les tresses d'un noir éclatant démentaient les rides de son visage, et dont les petits yeux sombres ne quittaient jamais la jeune fille. « Sans doute une vieille nourrice prête à tuer pour sa protégée, pensa-t-il ; espérons qu'elle n'aura jamais à le faire. »

L'escorte venue du couvent tourna bride. La vieille nonne donna sa bénédiction à la jeune fille : il était clair qu'à ses yeux elle en aurait grand besoin. Puis, après un ultime regard soupçonneux à Sigismondo, elle fit faire demi-tour à sa mule pour regagner le couvent, où l'on était probablement encore en train de fêter le départ de la pensionnaire. Celle-ci prit joyeusement congé des contraintes et de l'ennui, puis se tourna d'un air gourmand vers Sigismondo.

— À quoi ressemble Viverra ? Là-bas au moins, je n'aurai pas à prier toute la journée !

CHAPITRE XXXIV

« Un homme est un homme »

Sigismondo ordonna une halte sur le chemin du retour, à l'endroit même où ils s'étaient arrêtés quelques heures auparavant. Il sortit, d'une sacoche de la mule bâtée, un grand carré de lin peint qu'il déploya sur l'herbe, puis invita la jeune fille à s'y asseoir. À elle et à sa duègne il offrit de la brioche, ainsi qu'un flacon de vin dont Benno se dit qu'il devait être bien meilleur que celui qu'il lampait. Sigismondo s'assit par terre et désigna au loin la direction de Viverra, ainsi que le massif de collines qui dissimulait Mascia, et raconta comment Gatta avait cueilli Carlotti au saut du lit lors de la prise de la ville. Puis, à la stupéfaction de Benno, il parla à la jeune dame d'un ermite venu vivre sur la colline où ils se trouvaient.

— ... un saint homme, dit-on, qui mortifie sa chair et reçoit des visions de l'avenir.

— De l'avenir ?

Caterina Ridolfi s'attendait à d'ennuyeuses visions de saints, mais des visions de l'avenir, voilà qui était tout à fait différent ! C'était là quelque chose qui excitait l'imagination d'une jeune fille dont l'intérêt principal était de savoir qui elle pourrait être contrainte d'épouser.

— Est-ce un affreux vieillard, comme ces images de saint Jérôme où il a la peau qui lui pend sur les os ?

Sigismondo parut réfléchir à la question, puis répondit d'un ton évasif.

— On dit qu'il est bien jeune pour être aussi pur, et qu'il est d'une beauté angélique ; mais je ne suis pas allé moi-même à la grotte. Et de toute façon, demoiselle, je suis sûr que votre père vous interdirait d'aller le voir.

Caterina releva le menton. Fronçant les sourcils, elle mordit son pain d'un air déterminé, puis déclara :

— Monna Maria viendra avec moi, ainsi mon père n'aura rien à objecter. Vous nous montrerez le chemin.

Elle se tourna vers la vieille duègne qui somnolait et la secoua en lui disant :

— Maria, nous allons savoir ce que l'avenir nous réserve. N'est-ce pas drôle ?

Tout en se disant que cela pourrait être bien autre chose que simplement drôle, Benno espérait pouvoir les accompagner jusqu'à la grotte. Il fut donc ravi lorsque Sigismondo lui jeta un bref coup d'œil accompagné d'un imperceptible hochement de tête.

Caterina apprécia grandement l'ascension de la colline. Certes elle sollicita l'aide de Sigismondo en lui prenant la main plus souvent que ce qu'une duègne à cheval sur les principes aurait dû tolérer — Benno avait été le valet d'une jeune fille affligée de ce genre de dragon —, mais Monna Maria, hors d'haleine, se préoccupait avant tout d'éviter de glisser sur une pierre déchaussée, de trébucher sur une racine et d'accrocher sa robe aux ronces.

Alors qu'ils approchaient, Caterina, qui venait d'entendre un bruit en provenance de l'intérieur de la grotte, s'immobilisa et scruta les buissons avec une curiosité redoublée.

— Qu'est-ce que c'est ? Serait-il en train d'avoir des visions ?

Le bruit mourut et Sigismondo passa en tête de la petite troupe. À nouveau le son se fit entendre.

— Est-ce une bête sauvage ?

Si c'était le cas, songea Benno, et qu'elle ait mangé le pauvre prince pour son dîner, elle devait avoir une sacrée indigestion.

— Attendez ici, ma dame. Je vais aller voir.

Baissant la tête et les épaules, Sigismondo se glissa sous le buisson qui masquait l'entrée de la grotte et disparut à l'intérieur. Monna Maria se cramponnait au bras de Benno et s'efforçait de le pousser devant Caterina, pour l'empêcher d'avancer. Une minute à peine s'écoula avant que Sigismondo réapparaisse, portant le jeune homme dans ses bras. Il le déposa avec précaution par terre tandis que Benno et les deux femmes se bousculaient pour mieux voir. Benno fut stupéfait de constater à quel point le jeune homme avait maigri en si peu de temps. Vêtu de sa robe grossière, il avait le visage tout rouge de fièvre et poussait de petits gémissements. Il pencha la tête de côté et son capuchon glissa, dévoilant sa chevelure blond-roux. Un même attendrissement se peignit sur le visage des deux femmes.

— Pauvre, *pauvre* jeune homme. Il mourra si on le laisse ici... n'est-ce pas ? fit Caterina d'un ton farouche à l'adresse de Sigismondo.

Celui-ci haussa les épaules.

— Comment pouvez-vous être si insensible ? Nous ne pouvons pas le laisser mourir ! C'est un saint homme ! Il a besoin de soins et d'une nourriture correcte. Il ne sera pas bien soigné si nous le laissons dans un village. Ah, je sais ! Je sais ! Nous allons l'emmener avec nous chez mon père. Toi et moi, Maria, nous nous occuperons de lui jusqu'à ce qu'il guérisse.

— Une fille non mariée, soigner un homme ! Fi donc ! Ton père ne permettra jamais que...

— Un *saint* homme, Maria.

— Un homme est un homme.

— Et mon père n'en saura rien si nous ne le mettons pas au courant. Songe à tout ce qu'il ignore !

Elle saisit le bras de la vieille et hocha la tête d'un air entendu.

— Tu trouveras bien quelque chose. Tu sais arranger n'importe quoi. Je sais que tu en es capable.

Cette certitude se fondait de toute évidence sur une expérience éprouvée ; on ne pouvait que se demander ce que Monna Maria avait bien pu arranger jusqu'ici. Son visage prit alors un air calculateur.

— Les hommes de ton père nous escortent. Ils parleront, c'est sûr.

— Vous, en tout cas, ne direz rien, n'est-ce pas ?

Caterina ne posa pas sa main sur celle de Sigismondo, mais ses yeux plaidaient pour elle.

— Et vous allez bien trouver un moyen de le transporter ?

Un fort gémissement émis par le jeune malade lui fit jeter un coup d'œil anxieux en direction du bas de la colline, où rochers et buissons leur dissimulaient les soldats. Des cliquètements de harnais et des éclats de voix parvenaient jusqu'à eux. L'air dubitatif, Sigismondo gardait le silence. « Je n'aurais jamais eu le culot de la laisser décider », songea Benno.

— Je sais !

Ravie de son idée, Caterina se mit à rire.

— Ma litière. Vous avez vu cette affreuse chose. La mère supérieure voulait que je voyage à l'intérieur, avec les rideaux tirés à cause des soldats. Au début, j'ai bien été obligée de lui obéir, elle n'aurait jamais cédé, mais dès que nous avons été hors de vue du couvent j'en suis sortie. La vieille mère Simplicita n'a pas pu m'en empêcher. La litière sera parfaite. Maria, tu prétendras être fatiguée et nous l'y ferons monter discrètement avec toi.

Elle baissa les yeux sur Francesco qui avait presque cessé de gémir et reposait, les yeux clos, image même de l'ange souffrant.

— Fort bien, mais comment fait-on pour le redescendre et le mettre dans la litière sans que les hommes le voient ?

Monna Maria arrangea sa coiffure et lissa une de ses tresses teintes. Elle se tourna vers Sigismondo, toujours silencieux.

— Vous pourriez le transporter, messire ?

— Bien sûr, répondit-il d'une voix étonnamment basse à côté de celle des deux femmes. Dame Caterina, vous n'aurez qu'à donner des ordres afin que l'on place la litière à l'ombre de ces arbres, là-bas...

Il désigna au bas de la colline un petit bosquet proche de la route.

— ... en prétendant que Maria a mal à la tête et souhaite se reposer ; vous devrez alors trouver un moyen de distraire l'attention des soldats.

Il jeta un regard grave à la jeune femme, et Benno eut la vision de Caterina délaçant son corsage afin d'en chasser quelque insecte imaginaire, comme il avait vu l'assistante d'un prestidigitateur le faire à Rouen.

— Je resterai ici sous prétexte de m'entretenir seul avec l'ermite et le porterai à la litière.

— Parfait. Allons, l'ami, aide-moi à descendre.

Et c'est ainsi que Benno aida la fille de Gatta à redescendre la colline à travers pierres et éboulis tandis que Monna Maria, hors d'haleine, trébuchait derrière eux. « Quand elle sera arrivée en bas, songea-t-il, elle aura vraiment besoin de se reposer dans sa litière. » Quant à la fille de Gatta, elle montra le même talent stratégique que son père. Une fois qu'elle eut rejoint l'escorte, elle donna des ordres pour le déplacement de la litière, indiquant l'endroit exact où elle devait être mise à l'ombre, à demi dissimulée derrière un énorme bloc qui avait roulé au bas de la colline. Ensuite elle aida une Maria clopinante à marcher jusqu'à la litière avant de tourner son attention vers le capitaine responsable de la troupe, un gaillard au teint basané portant un arc à l'épaule.

— Laissez-moi l'essayer, messire.

Le soldat ôta à contrecœur l'arme de son épaule et en tendit la corde. Elle s'empara d'une flèche dans son carquois.

— Je peux toucher un daim à quarante pas. Je vous parie une pièce d'or que je peux atteindre cet arbre —

celui avec le tronc tordu, là-bas — et trancher la branche qui pendouille.

Sans sa duègne, Caterina était devenue légèrement dictatoriale, mais de charmante façon ; un exploit proprement féminin. Les hommes s'attroupèrent pour parier sur la fille de leur chef ; ceux qui pariaient contre elle avançaient des prétextes galants. Toute leur attention était concentrée sur elle et sur l'arbre qu'elle visait. Seul Benno, qui s'était accroupi pour parler à Biondello, jeta les yeux dans la direction opposée et aperçut Sigismondo qui transportait son fardeau jusqu'à la litière invisible. Il songea que c'était une vraie chance que Caterina Ridolfi soit placée sous la surveillance d'une duègne qui pesât si peu. Il en avait connu beaucoup qui auraient fait s'effondrer une litière comme celle-ci sous leur poids, sans même parler d'y ajouter celui d'un jeune homme, aussi maigre fût-il.

Sigismondo les rejoignit alors, interrompant les applaudissements surpris des hommes devant l'adresse de la jeune dame, et donna le signal du départ. Tandis que l'on attelait les mules à la litière, un gémissement particulièrement sonore s'échappa de l'intérieur, et le rideau s'entrouvrit devant le visage de Monna Maria qui, les yeux à moitié fermés d'angoisse, se mit à geindre sur le même ton.

— Oh, doucement, je vous en supplie ! Ma tête, ma tête !

« Elle fait bien de s'en préoccuper, songea Benno en rejoignant sa place dans le convoi derrière Sigismondo. Ce sera la première à rouler si jamais Gatta apprend ce qui s'est passé. »

CHAPITRE XXXV

Le ventre de Benno ne ment jamais

Alors qu'ils approchaient de la ville, Caterina Ridolfi eut la prudence de rabattre le joli voile vert sur son visage et de chevaucher sagement près de la litière. Un des hommes de Gatta les attendait à la porte des remparts, avec un message de son chef demandant à Sigismondo de se rendre directement au palais. Aussi Benno ne sut pas comment la jeune dame et sa duègne se débrouillèrent pour faire entrer secrètement chez Gatta l'ermite qu'elles avaient pris sous leur aile. Mais Benno était certain qu'elles y parviendraient, et ce d'autant plus facilement que Gatta n'était pas chez lui pour accueillir sa fille.

Benno ne comprenait pas pourquoi Sigismondo avait créé une situation si dangereuse pour eux tous. Peut-être son maître, qui menait lui-même une existence pleine de dangers, avait-il une sorte de droit à impliquer autrui dans les mêmes périls. Depuis qu'il était entré au service de Sigismondo, Benno avait senti plus d'une fois le souffle de la mort glisser sur lui.

Gatta descendit le grand escalier jusque dans le hall de marbre où, il y a encore peu, le prince Francesco faisait caracoler son cheval. Le condottiere paraissait soucieux. L'urgence avec laquelle il avait mandé Sigismondo n'était pas en accord avec ce qu'il avait à dire.

— Son Altesse la princesse désire que vous repartiez à la recherche de son fils.

La question le préoccupait tellement qu'il ne demanda aucune nouvelle de sa fille, à moins qu'il tînt pour évident que la présence de Sigismondo signifiait qu'elle était arrivée sans problème.

— Nous savons que le prince Francesco ne se trouve pas au prieuré et la princesse craint pour sa vie. Ses hommes n'ont trouvé aucune trace du prince dans les alentours de Viverra et elle croit à votre chance : vous devrez partir dès que vous serez prêt. Toi, ajouta-t-il en se tournant vers Benno, rassemble des provisions et tiens-toi à la porte dans une heure.

Sentant le regard des yeux jaunes posé sur lui, Benno ne se le fit pas dire deux fois. Un moment ici, l'instant d'après là-bas : pas de répit pour les chanceux. Alors que Sigismondo n'avait qu'à lui dire d'aller jeter un coup d'œil sous son propre toit. Le visage tanné était intimidant ; Sigismondo devait être drôlement sûr de ce qu'il faisait. Son léger hochement avait suffi — ils effectueraient ce périple inutile.

Benno n'était pas revenu en ville depuis la destruction du laboratoire. Il alla de boutique en boutique, achetant des choses que Sigismondo aimait manger, et s'offrant un ou deux mets dont lui-même raffolait, car cette expédition allait probablement ressembler à des vacances. En écoutant les conversations dans les échoppes et autour des étals de la grand-place, il se rendit compte que l'humeur des habitants avait changé. Il passa devant des commerces de vin qui étaient fermés lorsque Sigismondo et lui avaient cherché le magasin de l'apothicaire, mais qui avaient à présent rouvert. Installés sur les bancs sortis dans la rue, les clients semblaient défier ceux qui les désapprouvaient. Benno se dit que si les bandes de jeunes qui avaient écumé les rues pour traquer le péché surgissaient aujourd'hui, ils seraient bien étonnés de le voir s'étaler partout. Il apprit que des garçons purificateurs s'étaient fait copieusement rosser par leurs aînés ; l'un d'eux, qui, persuadé de bien faire, avait percé tous les tonneaux de la cave de son père, y avait été enfermé et lorsqu'on l'avait enfin libéré, rendu malade par les vapeurs et dans un état lamentable, ç'avait été pour se faire battre comme plâtre. Où était le frère Columba, l'inspirateur de ces bandes purificatrices ? Le frère Ambrogio avait prononcé un sermon remarquable, certes, mais sur quoi avaient débouché ses exhortations ?

Chacun se souvenait que le prince avait été menacé de mort. Or que s'était-il passé ? Il avait, par miracle, *échappé* à la mort. Quelle meilleure preuve de la miséricorde de Dieu, et même de Son indulgence, que le fait qu'il ait été épargné ? Dieu avait réduit en miettes l'alchimiste et ses œuvres démoniaques, et le prince, qui en était sorti presque indemne, était ainsi lavé de tout péché.

Et qu'en était-il des autres qui avaient péri, en plus de l'alchimiste ? Qui étaient-ils sinon des ennemis du prince ? Dieu avait veillé à faire mourir Antonio Carlotti, ex-seigneur de Mascia, d'une manière spectaculaire. Il était regrettable qu'Il ait devancé l'exécution du traître, laquelle était prévue dans le courant de l'automne et aurait constitué un événement spécial pour toute la famille... On évoquait avec plus d'animation le sort du comte Landucci, que l'on avait envoyé chercher afin qu'il s'explique sur sa tentative d'empoisonnement du prince. Il avait persuadé son fils d'agir pour son compte, le maudit coquin, et voilà que, d'après ce qu'on disait, il avait été frappé par la foudre, et Dieu ne pouvait pas rendre les choses plus claires : le prince était sous Sa protection et, même en ce monde, ses ennemis devaient craindre le châtiment divin.

Ainsi il était possible que le frère Ambrogio se soit trompé. N'était-ce pas un signe du Ciel que l'orage qui s'était abattu la veille dans les collines et sur Viverra, l'orage qui avait tué Landucci, avait également détruit le bûcher préparé sur la place ? Il s'était complètement effondré et il n'y avait plus de frère Columba pour le reconstruire ; la façon dont les objets qui y avaient été entassés avaient disparu au matin, comme volatilisés, était d'ailleurs remarquable. Il était clair que Dieu ne souhaitait pas que ces inoffensives petites choses soient détruites, car sinon Il aurait déclenché un éclair pour y mettre le feu.

Non seulement le frère Ambrogio s'était lourdement trompé au sujet du prince, mais il avait aussi encouragé le vol des trésors de la cathédrale, forfait qui avait terrassé l'évêque Ugolino ; par bonheur, et grâce à l'attention personnelle que lui prêtait le Seigneur, on disait que l'évêque était en voie de rétablissement. Personne n'aimait particulièrement Ugolino, aussi prompt à dénoncer le péché que n'importe quel frère Ambrogio, mais après tout un évêque a parfaitement le droit de lancer des anathèmes dans sa propre cathédrale, et personne n'est obligé de le prendre en mauvaise part. La repentance est une affaire privée entre le confesseur et la conscience du confessé, et aucun adolescent excité ni aucun frère étranger ne saurait l'imposer de force à quiconque. Et la disparition de ce pauvre prince Francesco ? « À qui la faute ? » était-on en droit de se demander. Lui farcir la tête de grands discours sur les royaumes spirituels — tout cela est bon pour l'au-delà, grâce à Dieu... mais les devoirs du prince étaient ici, à Viverra, où il devait seconder son père dans la lutte contre les ennemis de l'État et apprendre à régner avec équité.

On n'en avait pas pour autant oublié la raison qui à l'origine avait incité Viverra à prêter une oreille attentive aux déclarations du frère Ambrogio. Le crâne qui l'avait devancé dans la cité avait, sans ouvrir la bouche, parlé à toute la population. La peste qui depuis des mois resserrait son étreinte autour de la ville leur avait rappelé de manière très claire la notion de mort imminente. D'après les dernières nouvelles, qui avaient suscité de ferventes prières dans les églises, le fléau semblait à présent s'éloigner de Viverra et repartir vers l'est, telle une brume mauvaise descendant des collines et laissant apparaître le soleil. Et qui avait attaqué ce crâne hideux, sinon le jeune prince ?

Les gens commençaient également à calculer ce qu'avait coûté au commerce la visite du prêcheur. On évoquait même sa responsabilité dans les dégâts causés aux vignes par le récent orage ; Dieu avait manifesté avec force Sa volonté de brider l'influence du frère.

La bouche béante, et tenant à la main un verre qu'il avait l'intention d'y vider, Benno écoutait énoncer cette audacieuse théorie lorsque l'horloge de la cathédrale sonna bruyamment l'heure.

Il serait en retard à son rendez-vous avec Sigismondo !

Benno arriva hors d'haleine à la porte du palais, suivi d'un Biondello haletant. Il s'était arrangé avec un palefrenier pour qu'il leur prépare deux chevaux, et si le palefrenier était bien là, Benno, soulagé, ne vit nulle part Sigismondo. Il glissa une pièce au serviteur, attacha les chevaux à un anneau fixé au mur et s'accroupit sur les talons pour somnoler en attendant son maître. Biondello s'affala à côté de lui et s'allongea, la tête entre les pattes, image de la résignation philosophe.

Un des chevaux frappa du sabot par terre et Benno se réveilla en sursaut. Biondello bâilla et se gratta là où aurait dû se trouver son oreille gauche. De la place leur parvint un nouveau tintement de cloches. Benno ressentit un pincement d'angoisse au creux du ventre. S'était-il trompé d'endroit ? Qu'est-ce qui retardait Sigismondo ? Avait-il enfin décidé d'annoncer à la princesse que son fils était retrouvé ?

Dans ce cas, il aurait envoyé un message ou serait venu en personne prévenir Benno.

La sensation était plus désagréable encore qu'une colique. Biondello geignit comme s'il ressentait la même chose. Que faire ? Aller voir aux autres portes du palais, ou aux portes des remparts ? Il était pourtant sûr que Gatta avait voulu parler de celle-ci, la grande porte de la cour principale. Devait-il entrer se renseigner au palais, pour voir si l'on n'avait pas oublié de lui transmettre un message ?

Tout en détachant les chevaux, il opta pour cette dernière solution. Il était inutile de faire le tour des autres portes et de risquer de manquer Sigismondo. Alors qu'il traversait la cour pavée, une idée horrible lui vint à l'esprit. Il se souvint du trio d'individus louches qui à deux reprises déjà avaient tenté d'assassiner Sigismondo, qu'ils prenaient pour Michelotto. Supposons qu'ils l'aient attaqué par surprise et qu'ils aient réussi leur coup ? Non, surprendre Sigismondo était déjà un exploit et Benno ne pensait pas que le trio en fût capable. La dernière fois, son maître avait deviné leurs intentions alors qu'il leur tournait le dos. Pourtant, tout le monde pouvait commettre une erreur, et la longue épée que l'un d'eux trimbalait pourrait bien avoir sanctionné une ultime et fatale inattention.

Lorsqu'il arriva devant le portier, Benno était inondé d'une sueur glaciale. Il eut tout de suite des nouvelles de son maître.

— L'est parti. À la recherche du prince Francesco. Il est plus là. Tu ferais mieux de te hâter.

Benno cessa de réfléchir et commença à paniquer. Il avait passé trop de temps en ville et Sigismondo s'était mis en route sans lui.

— Quand est-il parti ?

L'homme tourna la tête et cracha sur le pavé.

— Oh, à peu près une heure, j'dirais. Quand j'suis arrivé, on m'a dit qu'il venait de sortir.

Benno écarquilla les yeux. Il était resté plus d'une heure à la porte. Il redonna une pièce au palefrenier pour qu'il remette les chevaux à l'écurie et, après avoir ramassé au passage Biondello, gagna, par les escaliers tournants et les passages du palais, la petite chambre qui leur avait été allouée et où ils gardaient leurs quelques effets.

Son ventre ne lui avait pas menti. Il aperçut, encore roulé sur la paillasse, le grand manteau de laine de Sigismondo et, à côté, la sacoche en cuir contenant les herbes et onguents dont son maître ne se séparait jamais pendant leurs déplacements.

Benno s'accroupit, posa la main sur la sacoche pour tenter d'y trouver un peu de réconfort et laissa son regard se perdre au loin. Il n'avait jamais eu si peur de sa vie.

CHAPITRE XXXVI

Qui voulait sa mort ?

— Une petite confidence.

Gatta, qui n'avait pas ôté son bras des épaules de Sigismondo, était si proche que ce dernier sentit son haleine chaude lui effleurer l'oreille.

— Son Altesse la princesse ne s'inquiète pas seulement pour son fils. Je voudrais vous faire rencontrer quelqu'un.

Il claqua des doigts ; un page qui de toute évidence attendait ce signal sortit en courant, et Gatta emmena Sigismondo jusqu'à une petite antichambre au pied de l'escalier. Ils y furent presque aussitôt rejoints par le page accompagné d'une jeune fille. Il la poussa dans la pièce et referma la porte.

C'était une fille quelconque, avec des yeux marron aux paupières gonflées. Elle avait pleuré et froissait son tablier entre ses mains. Elle adressa un regard terrifié à Sigismondo tout en effectuant une petite révérence.

— Répète-nous ce que tu as vu dans la chambre du prince, lui dit Gatta d'un ton rassurant.

Elle hésita, tortillant son tablier. Gatta insista, avec une imperceptible pointe d'impatience dans la voix.

— Allons, *raconte*.

Elle se mit à bafouiller, regardant tour à tour Sigismondo et Gatta comme si elle se demandait lequel était le plus effrayant. Elle se confondit en excuses avant de livrer un récit décousu d'où il ressortit qu'elle était en train de terminer le ménage de la chambre du prince en nettoyant la petite fenêtre en oriel lorsqu'elle avait entendu quelqu'un entrer. Craignant d'être surprise par le prince ou par son chambellan, alors que son travail aurait dû être déjà fini — Gatta coupa court aux explications qu'elle voulut donner pour expliquer ce retard —, elle s'était dissimulée derrière le rideau dans l'espoir de saisir la première occasion de sortir sans se faire remarquer. En jetant un coup d'œil (elle mima le geste de ses doigts écartant légèrement le rideau) elle découvrit non pas le prince, mais une personne qu'elle connaissait.

— Et qui était-ce ? s'enquit Gatta en serrant l'épaule de Sigismondo pour souligner l'importance de l'information.

Elle déchira son tablier.

— Le jeune seigneur Landucci.

— As-tu vu ce qu'il faisait ?

Gatta aurait fait un bon avocat.

— Il a mis une paire de gants dans la boîte près de la porte.

Gatta abattit d'un air triomphant sa main sur l'épaule de Sigismondo. Celui-ci se contenta de fredonner d'un air songeur, mais la fille sursauta lorsqu'il prit la parole.

— Une autre question, si vous permettez. Pourquoi as-tu tant tardé à le raconter ?

Un long beuglement lui répondit. Les larmes semblaient jaillir plutôt que couler. Gatta eut un geste d'impatience et la fille quitta précipitamment la pièce. Le condottiere se tourna vers Sigismondo en haussant les épaules.

— Je lui ai bien entendu posé la question. Elle était tout simplement effrayée. Quand Ginevra est morte, dit-il en se signant, cette fille a entendu parler des gants empoisonnés. Rien ne reste secret dans un palais. Et voyez à quel point elle est stupide : elle a cru qu'elle allait se faire à son tour empoisonner. Ou trancher la gorge.

Il sourit de l'air de celui qui sait ce que signifie trancher une gorge.

— Et qui pourrait le lui reprocher ?

— Qu'en pense la princesse ?

— Eh bien, c'est toute la question. Elle refuse que l'on mette le garçon à la torture. Vous et moi, bien sûr, nous sommes des hommes pratiques, mais... ah, les femmes ! Non, elle veut que vous alliez le voir, que vous l'interrogiez et découvriez la vérité de la façon que vous jugerez efficace. Je crois qu'elle pense que c'est le père Landucci qui est à l'origine de tout cela, et qu'il a entraîné son fils. Je n'en sais rien. Les suivantes de la princesse affirment que le garçon entretenait une véritable dévotion à son égard, qu'il lui offrait tout le temps des cadeaux, de sorte qu'il a peut-être ses raisons pour vouloir supprimer le prince. Nous saurons ce que celui-ci en pense lorsqu'il sera suffisamment rétabli pour nous faire part de son opinion. La mienne est la suivante : envoyons Donato Landucci auprès de son père afin qu'il lui raconte tout. Ainsi, le prince se débarrassera d'une famille de traîtres. Mais en attendant, ne contrarions pas la princesse, entendu ?

Sigismondo s'inclina. Cela pourrait prendre un peu de temps, mais Benno était fort doué pour l'attente. Il donna un message à son intention au page qui se tenait près de la porte et lorsque, parvenu aux marches de la cour, il se retourna, il vit Gatta ébouriffer les cheveux du garçon avant de s'engager dans l'escalier.

Sigismondo traversa une nouvelle fois le parc. Des ouvriers réparaient les panneaux de la porte du château, sous la surveillance d'un homme corpulent à la barbe noire. Une civette était brodée sur son pourpoint et un trousseau de clés pendait à son poing.

— Maître Sigismondo ? Je suis chargé de vous assister.

Il se retourna et entraîna Sigismondo sous une arche, puis le long d'un sentier ménagé parmi les débris qui jonchaient la cour intérieure, que les hauts murs et les tours encerclaient de manière oppressante.

— Nous avons dû changer d'endroit le jeune seigneur après l'accident. La porte de sa cellule a été soufflée. Il n'a pas cherché à s'échapper — il a déclaré que, prison ou pas, il avait donné sa parole au prince. De toute façon, il savait très bien qu'il n'irait pas loin, mais ça ne coûte rien de faire bonne impression.

Sigismondo se pencha pour ramasser quelque chose, une sandale de religieux dont les attaches étaient arrachées. Il la jeta sur un tas de gravats et suivit le geôlier vers l'étroite porte d'une tour, qui ouvrait sur un escalier en colimaçon qu'ils gravirent.

— Cet endroit est une vraie taupinière, remarqua l'homme avec gaieté. Penser que c'est ici que vivait la Cour ! Mais, même si elle en a vu de toutes les couleurs, la construction est encore solide, ajouta-t-il en frappant de la paume le noyau de l'escalier.

Ils montèrent deux volées de marches jusqu'à un palier où s'ouvraient plusieurs portes dont l'épaisseur des panneaux et les ferrures massives attestaient la solidité. Le geôlier fouilla parmi ses clés, en sélectionna une et ouvrit une des portes. Il dut en outre soulever une barre de fer, preuve que, parole ou non, on avait décidé de ne courir aucun risque avec le jeune seigneur Landucci. L'homme poussa le panneau et s'effaça en disant :

— Vous avez de la visite, jeune homme.

Sigismondo avança.

— Attention à la marche, dit le geôlier.

Il prit le bras de Sigismondo comme pour l'aider, puis le poussa brusquement en avant.

En fait de marche, c'est un trou d'un mètre cinquante de profondeur qui s'ouvrit sous les pieds de Sigismondo. La porte claqua tandis que Sigismondo se réceptionnait et roulait sur lui-même pour amortir sa chute. Le loquet se referma avec un grognement et la barre fut remise bruyamment en place.

La cellule ne contenait absolument rien d'autre que de la poussière, dont Sigismondo se trouva couvert après son plongeon. Il se releva et promena un regard circulaire. Une haute fenêtre, ménagée dans une profonde embrasure, projetait l'ombre de ses barreaux sur son crâne.

Il leva la tête vers le plafond voûté, puis observa la porte. Fermée par un verrou et une barre, ne formant aucune saillie avec la muraille, elle n'offrait guère d'espoir. Il n'y avait pas de prise, ni pour une main ni pour un pied, qui aurait permis de se tenir pendant qu'on essayait de forcer la serrure ou d'ébranler les ferrures maintenant la barre de l'autre côté. Le bas de la porte avait été abîmé, par les rats, l'humidité ou quelque prisonnier désespéré, et l'on avait cloué tout au long une plaque métallique. Celle-ci, en se voilant, s'était décollée de quelques millimètres du panneau. Sigismondo l'examina.

Ensuite il détailla la muraille sous la fenêtre.

Le mauvais usage que le frère Columba avait fait des propriétés chimiques n'avait vraiment détruit la structure du bâtiment que dans la tour du laboratoire, mais le reste avait souffert à différents degrés. Lorsque le choc avait fait vibrer les pierres, une quantité considérable de mortier s'était détachée. Insérant ses doigts et le bout de ses bottes dans les interstices ainsi ménagés, Sigismondo put grimper jusqu'à l'embrasure de la fenêtre. Le rebord montait jusqu'aux barreaux selon un plan en biseau, tout comme d'ailleurs les trois autres jouées, de façon à laisser entrer le plus de lumière possible tout en présentant une ouverture minimum face aux attaques des ennemis, et en particulier du plus ancien d'entre eux : les intempéries. Centimètre après centimètre, Sigismondo se hissa sur le rebord pour examiner les barreaux. Passant le doigt dessus, il en détacha de la rouille. Il en saisit un, puis l'autre, et les secoua. Il se laissa retomber à terre.

Dans la poussière et les feuilles mortes qui s'étaient accumulées dans les coins il trouva quelques éclats de pierre. Il explora ensuite les murs à la recherche de moellons fendus et, à l'aide du manche de son poignard, en fit tomber des fragments plus importants. Il les transporta jusqu'à la porte et s'attaqua à la plaque de fer, enfonçant les éclats de pierre entre le métal et le panneau jusqu'à ce qu'il puisse saisir l'extrémité de la plaque, qu'à l'aide de son poignard il écarta un peu plus. On lui avait laissé son arme, comme si l'on avait la certitude qu'il ne pourrait plus jamais s'en servir, si ce n'est, une fois affamé et désespéré, pour attenter à sa propre vie. On ne laisse pas son arme à un homme qu'on a l'intention de nourrir : il pourrait attaquer son geôlier. C'est donc qu'on l'avait enfermé là pour le laisser mourir de faim. Sigismondo en déduisit que personne ne prêterait attention au bruit qu'il pourrait faire, car on penserait qu'il était en train de cogner, en vain, contre la porte.

Il ôta son pourpoint et découpa des lanières dans le cuir afin de se protéger les mains pendant qu'il tordait la plaque de fer. Les coins en pierre tombèrent au sol et il les récupéra pour les insérer un peu plus loin. Il lui fallut un bon moment pour arracher les clous aux têtes rabattues qui maintenaient l'extrémité de la plaque, mais finalement ils cédèrent et sortirent du bois avec un grincement aigu.

Sigismondo coinça son nouvel outil dans sa ceinture et se hissa une nouvelle fois à la fenêtre.

La partie la plus difficile de l'opération suivante fut de se maintenir dans l'embrasure. Seul l'état décrépi du revêtement des murs lui permit de poser un pied sur une saillie d'enduit et de passer un bras autour des barreaux. Soutenu par ces deux prises, il entailla la pierre et lima le pied rouillé des barreaux à l'aide de sa plaque de fer. De temps à autre, il était obligé de redescendre de la fenêtre afin de s'étirer, de se masser le bras et d'envelopper le bout de la plaque de fer dans une nouvelle bande de cuir.

À un moment, ayant failli laisser tomber la plaque de fer à l'extérieur, il redescendit de la fenêtre, enfila un des cordons de son pourpoint dans un trou de clou et attacha la plaque à son poignet. Puis il regrimpa à la muraille. Il ne se départit à aucun moment de son calme, sauf à ce moment-là, quand, rétrospectivement, il fit la grimace avant de reprendre sa tâche.

Au petit matin, après des heures de travail à la clarté de la lune, il noua sa ceinture au barreau, descendit de son perchoir et, déployant toute la puissance de son dos et de ses épaules, un pied en appui contre le mur, tira dessus à plusieurs reprises. Le barreau se détacha.

Il s'assit par terre et fit jouer ses doigts ; il décontracta ses muscles et fixa du regard le deuxième barreau. S'il avait eu la minceur de Benno, il aurait sans doute pu se glisser dehors, mais vu sa corpulence, il était contraint, sinon de l'arracher, du moins de le tordre. Peut-être l'idée lui vint-elle à l'esprit qu'il avait de la chance d'avoir affaire à des barreaux et non à une grille.

Le jour pointait lorsqu'il se releva et s'étira avant de regrimper jusqu'à la fenêtre et de s'attaquer à la deuxième barre de fer.

Celle-ci était plus solidement fixée que la première. Ce n'est que plusieurs heures plus tard qu'il réussit à en desceller la base. De temps à autre, il devait redescendre pour se reposer. Il avait quelques pierres à fronde dans sa poche : il en prit une et la suça. Lorsque l'obscurité tomba, il s'activait toujours. Au matin du second jour, il parvint à dégager le barreau. Il l'attacha à sa ceinture afin de disposer d'une arme supplémentaire, puis passa le buste dehors.

Comme il l'avait déjà observé en traversant le parc, les intempéries puis, plus récemment, l'explosion avaient dégradé la surface du mur extérieur. Il y eut un long moment d'extrême danger lorsque, s'agrippant à de minuscules saillies et interstices situés au-dessus de la fenêtre, il dut se hisser sur la muraille afin de faire franchir l'ouverture à ses jambes et pouvoir poser les pieds sur le rebord. Une fois dehors, il s'immobilisa quelques instants avant d'entamer la descente. Il se félicita intérieurement de l'ancienneté du bâtiment et de la négligence de ceux qui étaient chargés de l'entretenir. Et il remercia le frère Columba.

Il devait chercher à tâtons les prises pour ses pieds et, dans la pâle clarté de l'aube, scrutait la muraille pour repérer les endroits où placer ses doigts. Il descendit lentement, non pas suivant une ligne verticale, mais en légère diagonale. De temps en temps, lorsqu'il pouvait reposer son pied sur une bonne prise, il s'immobilisait et s'appuyait contre la pierre, fléchissant les doigts d'une main, puis de l'autre.

Une fois, une pierre pourrie s'effrita sous son pied et il resta suspendu pendant que les fragments rebondissaient jusqu'en bas dans un murmure sinistre. Après cela, il fut encore plus prudent au moment de prendre ses appuis.

Il arriva enfin en bas. Son pied toucha l'herbe et, pour la première fois, il baissa les yeux. Il fit quelques pas sur le sol pentu et s'assit, les coudes sur les genoux, les mains ballantes, parmi les genévriers. Une pluie fine s'était mise à tomber.

La lumière était de plus en plus vive. Il gagna le bas de la pente où il s'agenouilla brièvement avant de se relever en se signant. Il ne s'arrêta que pour tailler dans ce qui restait de son pourpoint un capuchon grossier qu'il noua autour de son cou avec une fine bande de cuir. Il se désaltéra en léchant des rameaux de genévrier. Couvert de saleté, les chausses et la chemise déchirées, ses belles bottes écorchées et grisâtres, il était difficilement reconnaissable. Il escalada le mur du parc et se laissa retomber dans la rue au lever du soleil, alors qu'on ouvrait les portes de la ville. Il se mit en route d'un pas traînant, semblable à n'importe quel badaud, bien résolu à découvrir qui voulait sa mort.

CHAPITRE XXXVII

C'était son jour de chance

Benno resta un long moment assis dans l'obscurité grandissante avant de pouvoir émerger de sa stupeur et se demander ce qu'il devait faire. Son maître était peut-être mort. Il gisait peut-être quelque part, blessé, et avait besoin d'aide. Mais où chercher ? Il pouvait être n'importe où dans Viverra. Étendu dans quelque ruelle obscure, un couteau fiché entre les omoplates. Ou balancé dans la rivière. Benno secoua la tête. « C'est impossible, tu fais fausse route », songea-t-il. Sigismondo n'était pas homme à se laisser facilement éliminer, et s'il avait été jeté à l'eau, c'est qu'il y avait auparavant précipité quelques autres cadavres. S'il avait été agressé dans les rues de la ville, il en restait à coup sûr des traces.

Cela signifiait-il que ce serait une bonne idée de faire le tour de Viverra en demandant aux passants s'ils n'avaient pas vu un homme au crâne rasé en train de se battre contre un fort parti d'adversaires ? Il y en avait forcément eu beaucoup, car sinon Sigismondo serait revenu.

Quelle était la dernière personne avec qui l'on avait vu son maître ? Gatta. Demander à Gatta où devait se rendre Sigismondo quand il l'avait quitté ? Benno eut l'impression que les yeux jaunes de Gatta le fixaient dans la pénombre, et il renonça aussitôt à son idée. Lui, le serviteur à la réputation d'idiot, approcher Ridolfo Ridolfi le grand condottiere et lui poser des questions ? Même si on le laissait l'approcher, il n'avait aucune chance d'être entendu.

Et si jamais Gatta était la *cause* de la disparition de Sigismondo ?

Gatta était soupçonneux de nature. Quand on part de rien, on ne devient pas quelqu'un d'aussi important que lui en faisant confiance aux gens. On avait envoyé Sigismondo chercher Landucci — c'est en tout cas ce que son maître avait expliqué à Benno — de façon que Michelotto puisse juger si Landucci et lui étaient de mèche. Une idée stupide, aux yeux de Benno. Les deux hommes n'avaient jamais eu l'occasion de se rencontrer, alors pourquoi auraient-ils agi de concert ? Mais il est vrai que ce genre d'idées ne paraissait pas illogique à ceux qui vivaient et mouraient dans les intrigues. Alors, était-ce Gatta ?

Pourtant, ce dernier s'était montré cordial, il souriait et tenait Sigismondo par les épaules. Était-ce un Judas ?

Benno avait appris de la bouche d'un serviteur que Sigismondo s'était absenté à la suite d'un message de la princesse. L'avait-elle convoqué et retenu à bavarder ? Le prince s'était-il rétabli et l'avait-il envoyé chercher ? Tout cela n'expliquait pourtant pas qu'on ait laissé Benno si longtemps dans l'ignorance.

Il se leva, massa ses jambes ankylosées et s'approcha de la fenêtre. D'ici, quelques nuits auparavant, Sigismondo et lui avaient aperçu une lampe qui brillait dans le cabinet de travail du prince. Aujourd'hui, aucune clarté ne se montrait. La silhouette du vieux château se découpait en noir sur la pâle lueur du ciel nocturne dans lequel la lune commençait juste à paraître, et l'on distinguait les ruines de la tour décapitée par l'explosion. Benno joignit les mains sous son menton et pria. Dieu, qui les avait protégés cette nuit-là alors que, sans le savoir, ils marchaient droit vers le danger, Dieu protégerait bien son maître aujourd'hui, n'est-ce pas ?

Il songea à mentionner dans sa prière le fait que Sigismondo était un homme bon, mais il y renonça. Les hommes bons ne sont pas forcément protégés. Toutes les histoires de saints vous enseignaient que plus on est bon, plus grandes sont les souffrances que l'on risque d'endurer.

Un grattement de pattes sur le plancher lui rappela la présence de Biondello. Il se pencha et le ramassa.

— Nous allons partir à sa recherche, confia-t-il au petit chien laineux. Nous commencerons par le campement. Les hommes de Gatta sont peut-être au courant de quelque chose. Il suffira de dresser l'oreille.

Benno fourra Biondello dans son pourpoint, prit le manteau et la sacoche en cuir de Sigismondo ainsi que son propre balluchon de nourriture et quitta la petite chambre.

Comme tout soldat aguerri, Gatta détestait les célébrations lors de ses allées et venues ; ce n'était pas pour lui, les fanfares de trompettes annonçant l'arrivée des grands, ni les haies d'honneur alignées sur les marches. Une vie entière d'attaques-surprises lui avait enseigné que l'on peut découvrir des choses plus intéressantes en surgissant à l'improviste.

Mais il était loin de se douter qu'il était sur le point de découvrir quelque chose d'intéressant lorsqu'il décida de rendre une visite impromptue à sa fille. Auparavant, il s'était entretenu avec le prince afin de déterminer ce que l'on devait faire de Donato Landucci. La Destinée avait toutefois décidé de ce qu'il allait trouver chez lui.

Ce jour-là, Gatta avait été ravi de voir que sa fille était aussi jolie et pleine de santé, et il était persuadé qu'avec la dot qu'il était désormais en mesure de lui offrir il pourrait choisir pour elle un mari plus haut placé que ce qu'un homme né dans une famille de paysans aurait jamais pu espérer. Un an auparavant, il avait envisagé, sur la suggestion de Michelotto, que celui-ci devienne le mari de

Caterina, mais à présent cette idée paraissait absurde. Le condottiere lui avait donné une bourse pleine d'or pour qu'elle la dépense à sa guise, un collier de topaze récupéré à Mascia et assorti à ses yeux, le perroquet de Ginevra pour la distraire, ainsi que la permission de faire tailler toutes les robes qu'elle souhaitait pour garnir son coffre de mariage. Les meilleurs artisans de Viverra étaient d'ailleurs en train de sculpter et de décorer ledit coffre de scènes campagnardes. Caterina avait pressé son père de lui dire qui il comptait lui donner pour époux, à quoi il avait seulement répondu que l'homme qu'il lui choisirait serait digne d'elle ; il omit d'ajouter qu'il ne l'avait pas encore trouvé.

Il se rendit donc dans sa chambre, écartant les servantes qui insistaient pour se rendre utiles en allant chercher elles-mêmes leur maîtresse. Un regard circulaire lui apprit qu'elle était absente, mais, entendant des voix dans la petite pièce adjacente où, d'après ce que lui avait dit Caterina, Monna Maria était alitée, il gagna la porte et poussa le panneau.

Selon les apparences, sa fille s'était trouvé un homme toute seule.

À moins que Monna Maria ait subi une transformation miraculeuse, ce n'était pas elle qui était assise sur le lit à côté de Caterina, qui tournait le dos à son père. La fille de Gatta étreignait un jeune homme nu.

Le bruit qui les alerta sur sa présence fut le sifflement de l'épée glissant hors de son fourreau. La pointe de l'arme sur la gorge, le jeune homme recula dans les coussins tandis que Caterina poussait un hurlement et se levait d'un bond.

La surprise de Gatta trouvant sa fille dans les bras d'un jeune inconnu ne fut rien au regard de celle qui le saisit en s'apercevant que le jeune homme n'avait rien d'un inconnu ; et que des yeux qu'il connaissait bien le considéraient d'un air affolé par-dessus la pointe de son arme.

— Arrêtez ! Arrêtez ! C'est un saint homme !...

Caterina se tut, consciente que cette ligne de défense ne convenait pas vraiment à la situation. Gatta lui jeta un bref coup d'œil. Certes ses cheveux tombaient en désordre sur ses épaules, mais son corsage était lacé et sa robe pas même froissée. Gatta se dit qu'il était sans doute arrivé à temps. Le perroquet se dandina jusqu'à l'extrémité de son perchoir et battit des ailes.

Gatta baissa son arme.

— Drôle de saint homme en vérité! Espérait-il faire de toi une sainte? T'emmener au paradis avec lui, hein?

Ses dents irrégulières conféraient un caractère particulier à la grimace de Gatta.

— Il ne s'est *rien* passé! rétorqua Caterina avec vigueur. Pour qui me prenez-vous?

— Putain!

Le perroquet venait à point nommé de décliner la totalité de son répertoire. Caterina se mit à trépigner.

— *Sais-tu qui il est?* fit Gatta en désignant du bout de son épée le jeune prince, qui tressaillit.

— Je vous l'ai déjà dit. C'est un saint homme, un ermite que j'ai recueilli dans les collines. Il était malade, très malade...

— Elle m'a sauvé la vie.

Le prince avait recouvré son courage et sa langue. Être menacé d'une épée pointée sur la gorge est une expérience éprouvante, même pour celui qui a vécu plusieurs batailles; de plus, il avait été surpris dans une situation embarrassante. Pourtant, il n'avait pas honte de ses intentions.

— Je veux l'épouser, messire.

À cet instant, Monna Maria, qui prenait très au sérieux ses fonctions de duègne, revint des lieux d'aisances, enveloppée dans une robe de chambre destinée à accréditer l'idée qu'elle était souffrante. Lorsqu'elle découvrit réunis son employeur, sa charge et son secret, elle se figea sur le seuil et couina imprudemment, ce qui attira sur elle tous les regards. Mais l'attention de Gatta, qu'elle redoutait plus que toute autre, se reporta aussitôt sur le jeune homme.

— L'épouser ? Savez-vous ce que vous dites ?

Les princes s'allient à des familles princières ; il est rare qu'ils acceptent comme beau-père un individu né dans une cabane de paysan.

— Il peut demander à l'évêque de le libérer de ses vœux, intervint Caterina avec des yeux brillants.

Gatta écarta la remarque d'un geste impatient.

— Ce jeune homme est le prince Francesco, ma fille. Le fils du prince de Viverra. C'est au conseil d'État de décider de son mariage.

Mais, alors qu'il prononçait ces mots, l'expression de son visage changea. Sa propre position de commandant d'une *condotta* campée aux portes de la ville pourrait fort bien influencer les délibérations dudit conseil. Ce qu'un homme devenait dans la vie pouvait peser plus lourd que sa naissance.

Il rengaina son épée et s'assit sur le lit.

— Ainsi vous étiez mourant, Altesse ? Comment se sent Votre Altesse à présent ?

— Je suis tout à fait remis, messire, rétorqua le prince avec une note de bravade dans la voix.

— C'est ce qu'il me semble. Personne ne doit savoir que vous avez séjourné ici. Si vous désirez épouser ma fille, tout scandale touchant à son honneur doit être évité. *Toi !* fit-il avec une brusque férocité en se tournant vers Monna Maria qui, espérant qu'il l'avait oubliée, avait commencé à battre discrètement en retraite. Envoie-moi mon confesseur.

Il allait la tuer pour avoir trahi sa confiance ! En pleurs, elle courut jusqu'à la chambre de Caterina, ouvrit la porte d'une antichambre et transmit le message à une dame de compagnie qui, stupéfaite d'apprendre que Monna Maria était assez mal pour en avoir besoin, se mit en quête du confesseur.

Lorsque le prêtre arriva, Gatta l'intercepta à la porte de

l'antichambre et lui demanda de lui procurer une robe de franciscain semblable à celle qu'il portait. Le religieux, qui, depuis qu'il était dans la maison de Gatta, jouissait d'un bref répit au regard de la vie de camp qu'il s'efforçait de mener avec bonne grâce, se hâta d'aller chercher son vieil habit marqué par les campagnes militaires. Il se demanda si son protecteur avait l'intention de faire pénitence pour les péchés dont son confesseur avait de bonnes raisons de croire qu'il les commettait encore. Peut-être une nuit passée à genoux, ou même à plat ventre, et en habit de franciscain, sur le marbre glacial de la chapelle ?

Il devait rester dans l'ignorance. Lorsqu'il frappa à la porte, Gatta lui prit le vêtement des mains et le congédia. Il s'en alla, troublé, en se demandant quand il pourrait donner les derniers sacrements à Monna Maria qui, d'après ce que la suivante lui avait dit, était à l'article de la mort.

Gatta renvoya sa fille dans sa chambre lorsqu'il présenta au jeune prince l'habit de franciscain en lui disant de s'en vêtir.

— À présent, venez, fit-il une fois que ce fut fait.

Ainsi le prince Francesco sortit sous escorte, et sans grande cérémonie, de la chambre, le capuchon baissé sur les yeux afin de maintenir son visage dans l'ombre, descendit un escalier en colimaçon — il constata qu'il n'était pas encore très assuré sur ses jambes — et parvint enfin à une porte donnant sur la rue, qu'un homme réveillé en sursaut alors qu'il somnolait sur un banc ouvrit devant eux. Gatta regarda dehors puis, dans un chuchotement, intima au jeune homme l'ordre de l'attendre à l'extérieur avant d'ajouter d'une voix forte :

— Au revoir, mon père !

Sur quoi il le poussa dans la rue et referma la porte.

Francesco, étourdi et se sentant soudain beaucoup moins vaillant à la lumière du jour et dans l'agitation de la rue, attendit non loin de la porte en se demandant quel stratagème avait échafaudé Gatta. Une soudaine agitation éclata derrière lui.

— Sale voleur !

Gatta avait fait mine de déboucher du coin de la rue et expédiait un coup de pied à un infirme portant des béquilles, qui en perdit l'équilibre et vint bousculer le prince. De nature courtoise, Francesco essaya d'empêcher l'homme de tomber et son capuchon, qui n'était pas fait pour coiffer de longs cheveux abondants et lisses, glissa et découvrit son visage.

— Votre Altesse ! s'exclama Gatta en portant d'un geste théâtral une main à son front. Votre Altesse est retrouvée, que Dieu en soit remercié ! Allons de ce pas chez vos parents. Votre mère se réjouira de vous revoir, et cela agira comme le meilleur des remèdes sur Son Altesse votre père.

La foule fascinée récupéra les béquilles et les rendit au mendiant qui avait été la cause involontaire de la découverte, et à qui le coup de pied de Gatta valut de s'enrichir grâce aux dons qu'on lui fit. C'était son jour de chance.

CHAPITRE XXXVIII

Une querelle d'amoureux

Benno dut attendre jusqu'à l'aube avant de pouvoir sortir de la ville, mais en se présentant au campement il eut de la chance car il tomba sur une sentinelle qui le connaissait depuis Mascia. Après le siège, Benno avait partagé avec lui une bouteille de vin et reçu ses félicitations à l'égard de Sigismondo pour avoir tué Scala. C'est pourquoi l'on pardonna à Benno son ignorance des mots de passe ; les idiots ne sont pas censés avoir de la mémoire.

— Tu cherches ton maître ? Je ne l'ai pas vu, pas depuis que j'ai pris ma faction. Et c'est pas le genre à passer inaperçu, pas vrai ? Tu aurais dû rester dans Viverra, y en a certains parmi nous qui n'ont même pas encore eu la chance d'y aller.

Aux grommellements proférés par l'autre garde, Benno comprit que dans le camp l'humeur était au mécontentement. Les soldats n'avaient pas eu droit à une entrée triomphale en ville après leur victoire à Mascia ; on les avait même privés d'un accueil approprié à cause d'un certain religieux détestable dont on disait qu'il avait prêché contre eux à la cathédrale. Personne bien entendu ne refuserait la possibilité d'être reçu comme il convient dans l'autre monde, et tous avaient activement cherché à obtenir l'absolution pour les peccadilles commises à Mascia, mais l'opinion générale était que les soldats devaient bénéficier d'une certaine marge de manœuvre. « Hé, on risque notre vie tous les jours. Essaie donc d'aller demander une permission à Michelotto s'il n'est pas de bonne humeur. Tu peux finir plus vite pendu au camp que tué au combat. »

Il était évident que demander quoi que ce fût à Michelotto était une entreprise risquée. Et demander des nouvelles de Sigismondo pouvait s'avérer carrément dangereux. Si Gatta était à l'origine de la disparition de Sigismondo, Michelotto était l'homme de Gatta, et, à sa manière flamboyante, tout aussi inquiétant que lui. Pourtant, si quelqu'un était susceptible de savoir ce qui se passait, c'était bien lui. Benno résolut d'agir avec la plus extrême prudence.

Il se fondit donc dans la vie du camp. Pendant toute cette journée, alors qu'il traînait auprès de groupes de soldats qui bavardaient, jouaient aux dés, nettoyaient des armes, apportaient des rations ou cuisinaient ce qu'ils avaient réussi à récupérer, nul ne lui prêta grande attention. Partout, les conversations confirmaient l'opinion des sentinelles, mais le nom de Sigismondo ne fut prononcé qu'une fois, par un homme occupé à manger une grive qu'il venait de faire rôtir et qui lâcha une remarque peu faite pour rassurer Benno : l'homme qui avait tué Scala devait se méfier, car il était naturel qu'il n'y eût qu'un seul héros — le chef de la *condotta*.

À la tombée de la nuit, Benno prit une décision dictée par le désespoir. À la faveur de l'obscurité, il tenterait de s'approcher le plus près possible de la tente de Michelotto. Avec un peu de chance, il pourrait surprendre la conversation de celui-ci avec ses officiers, ou même avec Gatta, qui rendait chaque jour une visite impromptue au camp. Si Gatta avait pris des mesures contre Sigismondo, la chose serait assez importante pour être mentionnée. Benno s'obstinait à repousser l'idée que son maître fût mort. Il était convaincu que, si tel était le cas, Sigismondo se serait arrangé pour le lui faire savoir.

Depuis qu'il était au service de ce dernier, Benno avait appris que pour agir sans être vu il ne fallait surtout pas chercher à se cacher. Il marcha donc tranquillement parmi les tentes en s'abstenant, malgré son envie, de jeter de furtifs coups d'œil à droite et à gauche, mais en profitant à l'occasion des ombres projetées par la lune, cette même lune qui au même moment éclairait Sigismondo dans son lent travail de descellement des barreaux de sa prison. Benno était anxieux, non en raison d'une peur du surnaturel, mais pour des motifs tout à fait concrets, craignant par exemple de trébucher sur un piquet ou une corde de tente et de s'affaler tête la première aux pieds de Michelotto. Pour quiconque était au courant de la disparition de Sigismondo, Benno était un individu suspect. Il espérait qu'il n'éternuerait pas. La possibilité que Biondello aboie ne lui traversa même pas l'esprit, car c'était un chien qui réagissait au danger par un silence complet. Pour l'heure, l'animal restait muet et la tension le fit frissonner lorsque Benno, qui avait enfin repéré la tente de Michelotto, se jeta à quatre pattes tout près de ses pans de toile. La tente était moins luxueuse que celle de Gatta avec son toit festonné et sa doublure de soie rouge, mais elle était spacieuse et décorée de rayures bleues et blanches. On entendait des voix à l'intérieur. Et si l'une d'elles était celle de Gatta ?

Ce n'était pas Gatta. L'une des voix était féminine, et l'autre, supposa Benno, appartenait à Michelotto. La femme parlait fort, l'homme lui répondait sur un ton posé et affable. Benno se colla contre la toile en espérant que si quelqu'un passait avec une torche, il resterait plus loin, sur l'allée principale. Si on le découvrait ici, il passerait obligatoirement pour un espion et serait pendu.

Benno fut déçu de constater qu'il s'agissait d'une querelle d'amoureux. La jeune femme, en tout cas, était en colère. Elle devait appartenir à cette foule de filles qui suivaient l'armée — et dans laquelle Michelotto puisait sans doute à sa guise — et Benno s'étonna de l'audace avec laquelle elle le rabrouait d'une façon aussi véhémente. Il y eut une certaine agitation à l'intérieur de la tente, comme si les deux interlocuteurs en venaient aux mains, et la fille poussa un cri de douleur. Benno se dit que si cela tournait au viol, il s'abstiendrait d'écouter.

Mais ce ne fut pas le cas. La toile fermant l'entrée se releva, plus près de Benno que celui-ci n'avait estimé, et un homme apparut dans l'obscurité, tirant la fille par les poignets. Elle pleurait en prononçant des mots incohérents, mais il était clair qu'elle en voulait à Michelotto. C'étaient les éternelles récriminations : il ne voulait plus la voir... elle l'aimait toujours, elle avait obéi aux consignes... elle avait tout fait pour lui, était-ce sa faute si ce n'était pas la bonne personne qui avait enfilé les gants... ?

Elle trébucha. Michelotto l'avait attirée contre lui, puis violemment repoussée. Elle émit un drôle de bruit étouffé, comme si elle allait vomir, et atterrit sur le dos à moins d'un pas de l'endroit où était tapi Benno, dont le cœur cognait si fort dans la poitrine qu'il eut peur que Michelotto l'entende. La fille resta allongée. Comprenant qu'elle avait été définitivement rejetée, elle devait être au comble du désespoir. Elle n'émettait plus aucun son. Michelotto rentra dans la tente, dont il rabattit la toile de l'entrée, puis on entendit le glouglou d'une coupe de vin qu'on emplit. Quelque part un chien aboya, d'autres lui répondirent et Benno sentit que Biondello pointait le museau en reniflant d'un air inquisiteur.

Au bout de quelques minutes, Benno comprit que l'humidité tiède qu'il sentait sur son tibia n'était autre que du sang. La lune émergea entre deux nuages. Benno se trouvait toujours dans l'ombre, mais pas la fille. Elle gisait, les yeux aveugles contemplant le ciel nocturne, la gorge tranchée lui faisant comme une seconde bouche.

CHAPITRE XXXIX

La perte de Viverra

Le prince Francesco fut surpris de constater la popularité dont il jouissait auprès des habitants de Viverra. La nouvelle de sa réapparition se répandit rapidement. Les gens savaient qu'il avait disparu après avoir décidé de renoncer au monde et que, depuis lors, le palais avait dépêché des équipes de recherche pour le retrouver. Aussi brève qu'elle eût été, son absence avait suscité un sentiment d'insécurité, et son retour rassurait la population. Les Viverrois se réjouissaient de le voir à nouveau parmi eux et espéraient qu'il n'avait pas l'intention de repartir — ils le suppliaient même d'accepter d'être un jour leur seigneur. En même temps, on souhaitait que le frère Ambrogio perde son influence au palais. Il fallut l'intervention énergique des quatre hommes que Gatta avait avec lui — sans compter la présence intimidante de Gatta lui-même — pour empêcher que le prince ne soit assailli par la foule avant d'atteindre les portes du palais. Cela procura à Francesco une sensation très agréable.

L'accueil que lui réserva sa famille fut digne du retour du fils prodigue, et le jeune prince ne put s'empêcher de se souvenir que, durant sa brève tentative pour devenir ermite, il aurait sans hésitation disputé sa nourriture aux cochons. On envoya chercher du vin et une collation, sa mère l'étreignit avec des yeux embués de larmes, ce qui étonna fort son fils, et sa grand-mère, qui faillit tomber en pâmoison, dut être soutenue par ses suivantes. Il avait à peine bu une coupe de vin, dont il avait bien besoin après l'excitation débilitante qu'il venait de vivre, quand son père parut.

— Mon enfant !

Le prince Scipione avait une allure curieuse et son œil au beurre noir, causé par quelque objet volant dans son cabinet de travail à la suite de l'explosion provoquée par le frère Columba, avait acquis une teinte bordeaux et ocre qui s'accordait fort bien avec ses vêtements.

— Mon cher garçon, tu es revenu !

Il serra avec ferveur son fils contre lui, ce qui les surprit tous deux. Comme père, le prince Scipione s'était toujours conduit avec une distraction frisant la négligence, mais son accident lui avait insufflé, de manière plus intense que lors de n'importe laquelle de ses maladies précédentes, la conscience de sa nature mortelle. Désormais, l'avenir de Viverra était à nouveau entre ses mains. En tenant son fils à bout de bras après leur étreinte, il réalisa avec consternation qu'il portait une robe de franciscain.

— As-tu prononcé tes vœux ? s'enquit-il d'un ton inquiet.

Pour toute réponse, Francesco, avec ce sens théâtral dont il avait déjà fait preuve, arracha sa robe et son capuchon et se dégagea de son habit, qui resta accroché à sa taille par la ceinture de corde.

— Je n'ai prononcé aucun vœu, père. Je suis revenu pour m'acquitter de mes devoirs envers vous et envers Viverra.

Il y eut à nouveau des larmes, des embrassades. La princesse Isotta, qui commençait à recouvrer son calme, caressa le visage de son fils avec tendresse. Les courtisans présents étaient eux aussi en larmes. Les courtisans, après tout, ont besoin d'une cour ; ils avaient envisagé avec inquiétude ce qui se passerait si le prince Scipione — comme il paraissait si probable — mourait brusquement sans personne pour lui succéder. Nombre d'entre eux s'étaient demandé s'ils devaient se faire à l'idée qu'un condottiere puisse devenir leur prince. Ce ne serait pas la première fois qu'une telle chose se produirait dans les villes-États qui les entouraient. Tout en applaudissant et en s'essuyant les yeux, ils observaient à la dérobée le visage de Gatta pour deviner comment il accueillait le retour du prince héritier.

Le plus extraordinaire était que Gatta lui-même ait ramené Francesco. Beaucoup auraient parié qu'au cas où le condottiere retrouverait le jeune prince, il ferait en sorte que celui-ci ne revienne pas à Viverra, sauf dans un cercueil ; ceux-ci durent réviser leur opinion. Il ne faisait aucun doute que Gatta avait d'autres plans, plus tortueux. Pour l'instant, il recevait l'étreinte du prince Scipione qui lui marquait ainsi sa gratitude de lui avoir restitué son fils, pendant que celui-ci expliquait pourquoi il se trouvait là où on l'avait retrouvé.

— J'étais à la poursuite d'une vision.

Les visages se figèrent. Les visions, si elles étaient bienvenues chez un religieux, étaient moins conseillées aux princes. Francesco, le visage transfiguré, se tourna vers Gatta qui, les bras croisés, attendait.

— J'ai eu cette vision en dehors de la ville, sur une colline. Une créature d'une beauté insurpassable.

Il se tut quelques instants avant d'ajouter avec plus de précipitation :

— Le vent a écarté un instant le voile de son visage. Ce fut pour moi une révélation. J'ai suivi cette vision dans la ville, jusqu'à la maison de Ridolfi.

— Jusque chez moi ? *Ma fille ?* fit Gatta comme frappé de stupeur.

Le silence s'abattit sur l'assistance.

— Qui qu'elle soit, rétorqua Francesco en se tournant vers son père, je ne pourrai en épouser aucune autre. Je jure sur les saints, je jure sur mon saint patron François que je n'épouserai aucune autre femme qu'elle.

La nouvelle eut le même effet explosif que le feu de joie du frère Columba dans le vieux château ; la princesse douairière eut à nouveau besoin d'être soutenue par ses suivantes, et le prince lui-même ne put réprimer une expression de profonde consternation qui n'était guère flatteuse pour son chef de guerre. Il lui vint à l'esprit le projet, pratiquement scellé, de mariage entre Francesco et la fille du duc de Scioggia. « Nous avons déjà échangé des cadeaux... » fit-il en s'apercevant qu'il exprimait tout haut ses pensées. La princesse Isotta se départit à peine de son expression détachée, tandis que Gatta lui-même haussait les épaules en écartant les mains comme pour démentir tout empressement de sa part à se retrouver lié si intimement à la famille régnante. Le prince mit fin à son monologue décousu en réalisant qu'il était sur le point de s'aliéner soit son chef militaire, soit l'allié qu'il comptait se faire à Scioggia, et ce juste au moment où il avait grand besoin des deux.

— Impossible. C'est *impossible* !

La princesse douairière s'était ressaisie et avait recouvré l'énergie qui faisait d'elle un élément puissant avec lequel la cour devait compter.

— Tu ne peux épouser la fille de cet homme ! martela-t-elle en jetant à Gatta un regard furieux, comme s'il n'était qu'un paysan accouru de sa porcherie pour faire irruption au palais. Pense à ta famille ! Cela ferait de toi la risée du monde entier ! Tu causeras notre perte !

Gatta s'approcha d'un pas et avança son visage jusqu'à presque toucher celui de la princesse. Il ressemblait à un gros chat s'apprêtant à déchiqueter sa proie.

— Et vous, ma dame, causerez la perte de Viverra !

Sur quoi il tourna les talons et, sans s'incliner ni demander la permission de prendre congé, sortit de la pièce. Dans le silence stupéfait qui s'instaura, on entendit longtemps le bruit de ses pas qui s'éloignaient.

CHAPITRE XL

« *Vous!* »

Sigismondo possédait le don inquiétant de deviner où se trouvait Benno même quand ce dernier pensait être bien dissimulé. Par ailleurs, il entretenait à l'égard de la perspicacité de son serviteur une confiance qui aurait étonné quiconque jugeait Benno sur sa seule allure extérieure; pourtant, ce n'est ni ce don ni cette confiance qui l'avait amené au campement. Point n'était besoin de déployer une logique très élaborée (dont sans aucun doute Sigismondo était également capable) pour déduire que si quelqu'un prétend vous envoyer quelque part et que vous vous retrouviez en prison, cette personne est la cause de votre mésaventure. Sigismondo était revenu au camp afin d'observer Gatta. Quiconque a l'intention de vous laisser mourir de faim vaut la peine qu'on l'observe; et puis la mission que le prince Scipione lui avait confiée au départ n'était-elle pas de vérifier que Gatta lui restait loyal?

De plus, Sigismondo avait de grandes chances de rencontrer Benno au camp. Son serviteur n'était certainement pas allé crier son identité sur les toits lorsqu'il avait découvert que son maître avait disparu; agir ainsi aurait pu attirer sur sa personne une attention malsaine. Il est sans doute aussi facile qu'ailleurs de rester anonyme dans un camp militaire, et une allure idiote se fait peut-être même moins remarquer parmi des soldats.

Sigismondo surmonta le problème du mot de passe en

aidant un homme à remettre en place un tonneau de vin qui menaçait de tomber d'un chariot. À la sentinelle qui les fit entrer, l'homme assis à califourchon sur les fûts, et qui le considéra d'un air maussade tandis que le chariot passait en cahotant devant lui, l'homme au visage ténébreux et au chapeau comme un oiseau mort sur le capuchon de cuir râpé, cet homme-là ne rappelait en rien le héros de Mascia.

Le conducteur du chariot et Sigismondo déchargèrent les tonneaux en les faisant rouler sur des planches inclinées, et les soldats responsables de la garde de l'intendance offrirent non seulement leur aide, mais se montrèrent tout disposés à faire état des dernières rumeurs circulant dans le camp. Le principal sujet des conversations était que leur chef — qui, d'après ceux qui l'accompagnaient, s'était fait gravement insulter par le prince — avait déboulé au camp à peine une demi-heure auparavant et se trouvait en ce moment même dans sa tente, où il tramait sa revanche avec Michelotto.

Lorsque l'homme qui avait livré les tonneaux de vin voulut donner la pièce à Sigismondo et lui proposer de le ramener en ville, il s'aperçut que ce dernier avait disparu — c'était bien la première fois que quelqu'un lui rendait service sans attendre de récompense.

Cet ange discret marchait le long d'une des allées ordonnées du campement, passant devant des dépôts de munitions, entre tentes et bivouacs, avec un air de savoir où il allait et ce qu'il était en train de faire qui dissuadait même les plus zélés de lui demander qui il était. Pourtant, même si aucun regard ne s'attardait longtemps sur cet individu de haute taille aux épaules voûtées, vêtu de pauvres hardes et d'un chapeau miteux, il fut reconnu.

Il existe des créatures qui ne dépendent pas seulement de leurs yeux, et que par conséquent les habits et l'allure ne trompent pas. Un petit chien sale n'ayant qu'une seule oreille arriva en courant à travers les groupes épars de soldats, franchissant d'un bond les obstacles, et se jeta dans les jambes de Sigismondo en agitant frénétiquement la queue. Sigismondo se pencha pour le caresser et attendit que la paire de bottes crottées qui lui courait après se plante devant lui de manière éloquente.

— Désolé, camarade. Il est fou de saucisses à l'ail. Tu en as peut-être mangé récemment ?

Les yeux de Benno étaient encore plus expressifs que ses bottes : ils étaient gonflés de larmes et il avait la voix rauque. Sigismondo saisit Biondello entre ses deux mains, l'examina et se remit en route tandis que Benno trottinait à son côté. Voyant que des hommes tournaient la tête vers eux, Sigismondo répliqua avec un accent si rustique que vous auriez hésité à le couper au couteau de peur qu'il vous morde.

— D'la saucisse ? J'en ai bâfré à m'en faire éclater la panse. J'croyais que tu me proposais ton p'tit chien comme dessert. J'vois qu'tu lui as déjà croqué l'oreille. Viens, j't'offre un verre en attendant d'le finir.

Benno eut à peine le temps d'acquiescer que des éclats de voix leur parvinrent de l'allée centrale, derrière eux, où des soldats dégageaient le passage à grands cris. Les deux hommes s'écartèrent devant un cheval écumant, auréolé d'un nuage de vapeur, dont le cavalier, penché sur sa selle, n'était guère en meilleur état ; un groupe compact d'hommes de Gatta, pleins de curiosité, suivaient l'équipage. Sigismondo et Benno se joignirent à la foule, qui les entraîna jusqu'à l'entrée de la tente de Gatta. Benno se demanda s'il avait bien saisi lorsqu'il entendit Sigismondo murmurer qu'il sentait « une odeur de canal », alors que tout ce que lui-même humait était la sueur des chevaux. L'esprit de Benno avait d'abord été troublé par l'anxiété et à présent il l'était par le soulagement, et en voyant le messager qu'on aidait à descendre de cheval, puis à se tenir debout, il lui fallut quelques instants pour réaliser, à sa selle vénitienne, d'où venait sa monture. La nouvelle n'était donc pas destinée au prince de Viverra mais au chef de l'armée campant aux portes de sa ville. Toutefois, Benno ne pensait pas que la Très Sérénissime République ait déjà envoyé un successeur à l'ambassadeur auprès du prince.

Les rabats de la tente de soie rouge brillèrent au soleil lorsqu'on en écarta les piquets afin de recevoir le messager vénitien avec la dignité requise. La petite foule de soldats massés dehors à distance respectueuse vit Gatta tendre la main en signe de bienvenue au messager. Michelotto se tenait à son côté et des pages s'affairaient pour servir du vin.

— La tête de Scala a fait son effet.

Cette fois, Benno entendit clairement le murmure. Détournant le visage des coups de langue frénétiques de Biondello, Sigismondo sourit à Benno, qui se réjouit de voir que son maître, en dépit des dangers qu'il avait affrontés, paraissait avoir la situation en main.

Ils avaient, comme dans un théâtre de marionnettes, une excellente vision de ce qui se passait dans la tente, où l'homme qui avait très probablement tenté d'assassiner Sigismondo recevait le Vénitien. Pas plus que n'importe quel prince accueillant un envoyé devant sa Cour, Gatta n'avait de raison de souhaiter que cet entretien se déroulât en privé. À mesure qu'ils apprenaient ce qui se passait, d'autres hommes affluaient pour assister à la scène.

Il était plus difficile d'entendre. Dans la tente, personne n'élevait la voix et les spectateurs devaient deviner ce que se disaient les silhouettes qu'ils apercevaient. Le messager s'inclina en tendant une lettre, qui fut acceptée. L'homme fut invité à s'asseoir et à boire du vin — il s'assit gauchement après tout ce temps passé à cheval — tandis que Michelotto lisait la lettre à Gatta. Ensuite on délibéra. Gatta examina la missive, posa des questions, indiqua d'un geste les passages qu'il voulait s'entendre relire, puis s'assit, l'air absorbé, pendant que Michelotto parlait avec animation, énumérant apparemment une nouvelle fois les points forts du document. Il arborait un air triomphal, ce qui confirma à Benno qu'il ne s'agissait pas de bonnes nouvelles. Il avait encore à l'esprit les supplications de la pauvre fille avant qu'elle soit tuée.

On parut parvenir à une décision. On appela le secrétaire de Gatta, qui se précipita, un assistant portant son pupitre. Plus significatif, l'astrologue du condottiere apparut en toute hâte avec un volume de cartes célestes portant sur sa couverture les signes du Zodiaque tracés à l'or. Michelotto s'avança pour l'accueillir, mais à cet instant un vacarme éclata dans l'allée principale, et le lieutenant de Gatta sortit de la tente pour voir ce qui se passait. Benno se fit tout petit au cas où le regard de Gatta s'arrêterait sur lui et, tournant la tête comme tout le monde, découvrit quelque chose de tout à fait inattendu.

Le jeune prince Francesco venait vers eux à cheval, précédé par un sergent pressé d'avertir son chef de cette visite impromptue. Gatta aurait sans doute mis à profit l'avertissement s'il avait été délivré à temps, mais ses propres yeux le rendaient désormais inutile. Le regard fixe, il se leva et sortit de la tente alors que le jeune homme descendait de cheval.

— Votre Altesse m'honore — moi et nous tous.

« L'araignée accueille la mouche, songea Benno. Il est vrai que le prince ignore que c'est Michelotto qui a empoisonné les gants du prince, mais à dix-sept ans il devrait avoir la prudence de ne pas se jeter ainsi dans la gueule de Gatta. »

Des pages apparurent et refermèrent les rabats de la tente. Ce qui allait arriver au jeune prince se déroulerait en privé.

L'attente ne fut pas longue devant le drap vert de l'entrée. Un page écarta un pan et Michelotto émergea. À voir l'expression animée de son étrange visage, il exultait. Quoi qu'il se passât à l'intérieur de la tente le stimulait. Il promena son regard sur la foule des soldats rassemblés devant lui et Benno, qui se dissimulait derrière un homme d'armes, vit que Sigismondo, sous son lamentable chapeau, fixait le sol d'un air obstiné et avait réduit sa taille en fléchissant légèrement les genoux.

— Que chaque homme prenne ses armes et se mette en ordre de marche. Exécution !

« Et voilà ! Gatta va marcher sur Viverra. Avec le jeune prince entre ses griffes, il ne fera qu'une bouchée de Scipione. Inutile à mon avis que mon maître aille le prévenir — rien ne pourrait arrêter cette multitude. » Et ce village incendié sur la route de Mascia... Mettraient-ils aussi le feu au palais ? Allaient-ils le piller ? Qu'adviendrait-il de la princesse ?

Obéissant aux ordres de Michelotto, la foule se dispersait rapidement et, d'un pas traînant, Sigismondo se mêla au mouvement général. Parmi le vacarme des mercenaires qui couraient, criaient et récupéraient leurs armes au milieu des hennissements surpris des chevaux, un homme plaça ses mains en conque devant sa bouche et hurla :

— Hé, toi, là-bas !

Sigismondo, bourru mais obéissant, tourna la tête.

— Attrape ce chariot, l'ami. Et en vitesse.

Désobéir ou protester n'aurait fait qu'attirer l'attention. Sigismondo saisit le brancard d'une charrette et, d'un hochement de tête docile, indiqua l'autre à Benno. Les deux hommes — mais Benno sentit bien que Sigismondo faisait le plus gros du travail — remorquèrent la charrette à la suite du soldat qui les avait réquisitionnés.

Benno s'aperçut alors qu'il marchait de concert avec Michelotto. Il se sentit soudain glacé. Ils avaient finalement été reconnus, et on les emmenait connaître le triste sort qu'on leur avait réservé...

Leur chariot était sans conteste destiné à servir de macabre instrument du sort. Michelotto et le soldat firent halte au milieu d'un espace dégagé entre les tentes, où une grosse poutre avait été clouée sur des montants de trois mètres de haut. Une échelle y était appuyée, sur laquelle un homme était en train de confectionner un nœud coulant au bout d'une des quatre cordes qui pendaient à la poutre. L'homme paraissait satisfait de son œuvre, beaucoup plus en tout cas que les quatre malheureux qui se tenaient sous l'échafaud, les mains liées dans le dos. Tout près d'eux, on attachait un homme, qu'on avait déshabillé et qui s'étranglait en jurons, à la queue d'un cheval qui s'agitait et tapait du sabot comme s'il connaissait bien le genre de son qu'allait produire l'appendice dont on l'affublait. Un autre cheval attendait patiemment, tête basse, harnaché pour tirer un chariot. Benno se mordit les lèvres et cligna des paupières, s'attendant à être saisi dès que Michelotto découvrirait la présence de son maître et de lui-même. Biondello frissonnait dans le hamac du pourpoint de Benno.

Par bonheur, Michelotto était occupé. Tournant le dos à Benno et à son maître, il longea la file des condamnés, glissant à chacun ce qui paraissait des paroles de réconfort tout en éprouvant la solidité des nœuds qui les entravaient aux poignets. Il était clair qu'il menait le camp selon des principes perfectionnistes, et qu'il aimait tout vérifier par lui-même. L'homme grimpé sur l'échelle en était prestement descendu et s'empressait auprès de lui tandis que Sigismondo et Benno s'affairaient, tête baissée et visages dissimulés, à fixer les brancards aux sangles d'attelage du cheval. C'est alors que Sigismondo, sans qu'on lui dise rien, contourna le chariot et en ôta le hayon arrière, puis recula en le portant devant lui. Ce mouvement l'amena derrière l'épais montant qui supportait la poutre, d'où il eut une excellente vision de Michelotto découvrant un problème au bout de la rangée, où il semblait que les poignets d'un condamné n'avaient pas été correctement ligotés. Michelotto défit les liens et renvoya d'un geste le bourreau. Il rattacha les bras du condamné tout en lui parlant à voix basse sur un ton qui paraissait encourageant. Benno croyait Michelotto tout à fait capable d'évoquer devant le malheureux les moments les plus palpitants des attractions prévues ; il se souvint, et le regretta, de la remarque de Sigismondo disant qu'il fallait attendre longtemps avant de mourir quand on était pendu, à moins qu'on ait eu la possibilité de soudoyer le bourreau afin qu'il vous brise la nuque en tirant sur vos jambes pendant que vous gigotiez, ou le laisse faire à vos amis. Peut-être était-ce de cela que Michelotto parlait au condamné, à moins qu'il fût en train de l'informer que ce bourreau-là n'acceptait pas les pots-de-vin, car il termina son monologue en lui serrant chaleureusement les épaules. Lorsqu'il se retourna, Sigismondo se pencha pour poser le hayon contre le montant, mais l'attention de Michelotto était occupée ailleurs, sur les hommes qui se rassemblaient, certains à pied avec des armes polies et affûtées, d'autres en couleurs vives montés sur des chevaux à ce point étrillés qu'ils étincelaient. La *condotta* avait revêtu ses plus beaux atours, et Benno se demanda pourquoi tout le monde s'était habillé pour marcher sur Viverra. Personne n'avait pris cette peine devant Mascia.

La raison en était toute simple. Stridentes, les trompettes entonnèrent une sonnerie triomphale et, avançant avec lenteur dans une allée bordée de ses hommes, parut Gatta, splendide dans son manteau de brocart doublé de mauve, monté sur son grand cheval noir paré de son harnachement d'argent et de cuir doré. À son côté chevauchait le prince Francesco, qui n'avait pas du tout l'air d'un prisonnier, en habit fauve et vert, une plume écarlate flottant sur son chapeau de velours. Gatta se penchait vers lui avec déférence, tendant le bras pour lui montrer telle ou telle chose. Il ne s'agissait pas, en fin de compte, des préparatifs d'une attaque, mais d'une parade.

— Pas de victoire sans discipline, Altesse, disait Gatta en désignant la poutre et les hommes, pleins de défi ou abattus, qui étaient alignés dessous. Celui qui viole les règles de la *condotta* est autant notre ennemi que celui qu'on affronte sur le champ de bataille. Ici, un homme qui a les doigts volages devra faire la preuve qu'il a aussi le pied léger quand il dansera au bout d'une corde.

Il rit et le prince Francesco l'imita. C'était un rire plus poli que sincère, comme si le prince ne considérait pas vraiment qu'une pendaison était un divertissement bienvenu. Ce qui n'était pas le cas de Michelotto, qui s'était placé à côté du cheval chargé de tirer le chariot jusque sous la poutre.

Bien qu'on ait déjà fait monter le prêtre dans le chariot, la pendaison ne commença pas tout de suite. Un sergent s'était présenté avec deux prisonniers, et, s'excusant, demanda à Gatta de bien vouloir lui prêter attention au sujet d'une découverte qu'il venait de faire. Gatta avait pris en charge la sécurité du vieux château après l'explosion, et c'étaient ses hommes qui patrouillaient dans les couloirs et surveillaient les prisonniers d'État enfermés dans les cellules encore intactes. Or les gardes venaient de surprendre deux hommes qui tentaient de forcer la serrure de la nouvelle geôle où l'on avait transféré le jeune comte Landucci. Les implications avaient été jugées assez importantes pour que l'on décide de présenter sur-le-champ les deux hommes à Gatta.

Ceux-ci trébuchèrent lorsqu'on les poussa en avant, et Benno eut du mal à réprimer un cri de surprise. L'un des hommes, anormalement grand et anguleux, considérait Gatta avec un regard haineux. Son compagnon repoussa une tignasse blonde de cheveux gras et grimaça. Où était le troisième ? Benno ne se serait pas posé la question s'il avait vu Pio éjecté en vol plané par la fenêtre du château lors de l'explosion. Michelotto avait rejoint Gatta.

— Cette servante, Michelotto, nous a dit que c'était Donato Landucci qui avait fourni les gants empoisonnés, destinés au prince mais qui ont été fatals à la pauvre Ginevra. S'ils tentaient de forcer la porte de sa cellule, c'est donc que ces hommes sont ses amis.

Entendant Gatta appeler Michelotto par son nom, les deux hommes tournèrent vivement la tête l'un vers l'autre. « Ah, enfin, ils ont compris », songea Benno. Gatta les considéra avec un sourire carnassier. Les interroger serait un plaisir ; les punir, un délice.

— Et ça ? fit Gatta en désignant une arme que portait l'un des gardes.

Celui-ci s'approcha et la lui tendit. C'était la très longue épée à l'ancienne que Fracassa transportait dans son dos, et sans laquelle il avait presque l'air mutilé, comme s'il avait perdu un membre. Il était d'ailleurs possible qu'il en perde quelques autres en tant que prisonnier de Gatta.

— Nous allons d'abord assister à la pendaison de ces voleurs, Votre Altesse, et ensuite nous prendrons notre temps avec ces traîtres. On m'a dit que c'était le jeune Landucci qui avait tenté d'empoisonner votre père à l'aide de gants, et votre mère avec des dragées. Il mérite d'être brûlé vif. Sans doute voudrez-vous mettre vous-même le feu au bûcher, étant donné qu'il se faisait passer pour votre ami.

Le prince ébaucha un pâle sourire, sans relever; il n'était peut-être pas tout à fait convaincu, ou en tout cas moins avide de vengeance que le pensait Gatta.

Celui-ci adressa un hochement de tête à Michelotto, qui s'éloigna pour surveiller la pendaison. Le dernier de la rangée et premier à partir fut hissé tant bien que mal sur la charrette avec l'aide du prêtre, et on lui passa la corde au cou.

— Votre Altesse!

— N'espère aucune pitié, chien! gronda Gatta en montrant ses crocs.

Désespéré, l'homme haussa la voix.

— Un secret, Votre Altesse. Tout à fait confidentiel. Je dois vous le révéler avant de mourir. Je supplie Votre Altesse...

Le prince fronça les sourcils et son cheval se tourna de travers. La voix gaillarde de Michelotto s'éleva.

— Il nous a tannés toute la matinée avec son secret. C'est au sujet du père de Votre Altesse. Il ne veut pas l'emporter dans la tombe.

— Que ce gredin aille le raconter au Diable...

Gatta levait déjà la main lorsque le prince Francesco fit avancer son cheval.

— Je l'entendrai.

Gatta s'inclina et regarda d'un œil indulgent le prince pousser son cheval jusqu'au chariot et se pencher vers le condamné pour que celui-ci puisse lui chuchoter son secret à l'oreille.

Ce qui se passa ensuite fut trop rapide pour que quiconque le comprenne. Sigismondo surgit derrière le chariot et assena au cheval du prince un coup violent au cou. Pendant que la monture princière reculait en se cabrant, Michelotto abattit sa paume sur le postérieur du cheval attelé au chariot, qui se mit à avancer. Alors que le condamné allait tomber à l'arrière, Sigismondo le saisit d'un bras par les cuisses et le soutint — ou bien lui tirait-il sur les jambes afin de lui briser le cou ? Les bras de la victime étaient libres. Il voulut frapper Sigismondo, qui lui agrippa le poignet. Le prince tournait autour du chariot en tentant de calmer son cheval. Il avait le pourpoint déchiré, et l'on comprit alors que le condamné était armé d'un couteau.

Un rugissement surgit de la foule, une exclamation animale de choc. Gatta se jeta en avant, brandissant la grande épée de Fracassa. Qui allait-il tuer ? Le condamné se débarrassa du nœud qui lui enserrait le cou et Sigismondo le posa par terre, où il continua à se débattre et à donner des coups de pied.

— Michelotto m'a promis la vie sauve ! Je ne devais pas être pendu si je tuais le prince !

Aussi rapide qu'un serpent qui frappe, Michelotto s'était précipité, la dague à la main.

— Menteur ! Traître ! Tu oses prétendre...

La dague s'éleva, le condamné se recroquevilla, mais Gatta abaissa sa grande épée entre les deux hommes. Il y eut un cliquetis d'acier et la dague tomba des mains de Michelotto.

— C'est moi qui fais respecter la justice ici. Je veux en savoir plus.

Michelotto haussa les épaules et recula d'un pas, son

visage exprimant tout le dédain que lui inspiraient les accusations du condamné. Sigismondo avait lui aussi reculé lorsque Gatta était intervenu et il avait été avalé par la foule des soldats qui se pressaient, avides de voir et d'entendre cette confrontation entre leur chef et son second. Deux d'entre eux saisirent l'homme qui accusait Michelotto et l'immobilisèrent tandis que la grande épée était pointée sur son cœur.

— Ton nom ?

— Enzo Scappi.

— Comment t'es-tu libéré les mains ?

— C'est *lui* qui me les a attachées. Et qui m'a donné le couteau.

Le hochement de tête qu'il eut à l'adresse de Michelotto ne provoqua chez ce dernier qu'un sourire incrédule.

— Y a-t-il quelqu'un parmi vous qui l'ait vu faire ? demanda Gatta à la foule.

On entendit des marmonnements indistincts, puis, du haut de l'échelle où il était remonté, le bourreau intervint :

— Il a en effet rattaché les mains de Scappi. Mais je n'ai pas vu de couteau.

Il était certes fort improbable que Michelotto ait procédé ouvertement au transfert du couteau. Il était plus significatif qu'il ait renoué la corde autour des poignets du condamné. Et aussi, à présent, le fait que la pointe de l'épée de Gatta se déplaçât en direction de la poitrine de Michelotto. Le geste provoqua un hoquet de surprise dans l'assistance.

— Ta réponse ?

Sans se départir de son sourire, Michelotto haussa les sourcils.

— Un condamné cherchera à échapper à la mort par tous les moyens. Pourquoi souhaiterais-je la mort de Son Altesse ?

— Vous avez tenté de tuer son père !

Horrifié du son de sa propre voix, Benno regarda

autour de lui, comme le reste de la foule, en faisant mine de chercher celui qui venait de parler.

— Amenez cet homme.

La petite ruse de Benno avait échoué. Son voisin, qui l'avait parfaitement entendu, lui agrippa le bras et, se servant de Benno comme d'un bouclier, se fraya un chemin jusqu'aux étriers de Gatta. L'épée abandonna la poitrine de Michelotto et releva le visage de Benno jusqu'à ce que celui-ci soit contraint d'affronter le regard des effrayants yeux jaunes du condottiere.

— Pourquoi dis-tu ça, vaurien ?

— Les gants empoisonnés, fit Benno sans bouger la mâchoire.

Il sentait la pointe de l'épée crisser dans sa barbe.

— Il les a fait déposer par une fille dans le coffret de la chambre du prince.

— Comment le sais-tu ?

— J'ai entendu la fille en parler. Hier soir.

— Où est cette fille ?

Michelotto demeura immobile, les mains sur les hanches et l'air méprisant.

— Cet homme est un simple d'esprit. Il ne sait pas ce qu'il raconte.

— Où est cette fille ?

Gatta reposa la question tout en donnant à l'épée un petit coup sec qui entailla la peau de Benno. Quelques gouttes de sang se mêlèrent à la sueur qui dégoulinait sur sa gorge.

— Il l'a égorgée. Elle menaçait de parler et il l'a tuée.

La réponse déclencha le rire de Michelotto.

— J'aurais tué une fille ? Sous tes yeux ?

— Vous ne m'avez pas vu. J'étais dissimulé dans l'ombre. Vous l'avez repoussée et elle s'est effondrée sur mon pied. Ceci est son sang.

— Où est cette fille ? Qu'en a-t-on fait ?

Des derniers rangs de la foule s'éleva une voix :

— On devait l'enterrer avec les voleurs.

— Elle est là, Gatta. C'est bien la fille de Michelotto.

Les hommes s'écartèrent devant une forte femme qui débordait de partout dans sa robe rose, avec des cheveux teints que le voile noir et les nombreuses chaînes en or qu'elle portait au cou dissimulaient en partie. La matrone fendit la foule, suivie d'une autre femme, très maigre, vêtue de pourpre criard. Elles portaient une claie sur laquelle reposait la silhouette d'un cadavre recouvert d'un tissu malpropre.

— Elle allait le voir dans sa tente à n'importe quelle heure du jour et de la nuit. Elle nous ôtait le pain de la bouche.

Elles posèrent la claie et la grosse femme mit les mains sur ses hanches, imitant l'attitude de défi de Michelotto.

— Et voilà ce que ça lui a rapporté, fit-elle en se penchant pour tirer d'un coup le tissu.

Elles l'avaient lavée et coiffée, mais un cadavre à la gorge tranchée n'aura jamais l'air séduisant, même aux yeux de soldats aguerris. Un murmure s'éleva ; Gatta fit avancer son cheval et se pencha sur sa selle pour mieux voir.

— Je connais cette fille, dit-il avant de tourner les yeux vers Michelotto. Tu me l'avais amenée au palais. D'après elle, c'est Donato Landucci qui avait mis les gants dans le coffret.

— C'est ce qu'elle m'avait dit, fit Michelotto avec indifférence.

— C'est ce qu'on l'avait obligée à dire.

Ôtant son chapeau et rabattant son capuchon, Sigismondo émergea des rangs de la foule. Chacun reconnut instantanément son crâne rasé.

— Michelotto voulait que les soupçons se portent sur Landucci.

Sous la secousse involontaire que son cavalier donna aux rênes, le cheval de Gatta recula et se mit en travers.

— *Vous !*

Gatta fixa Sigismondo, incapable de croire à un fantôme aussi concret et imperturbable, refusant d'admettre qu'il soit parvenu à s'évader de sa cellule.

— Comment avez-vous fait ?

Michelotto, les yeux écarquillés, restait figé sur place.

— Bah, il y avait une fenêtre et il y avait un mur. Je n'avais le choix qu'entre ça et le trou de la serrure.

En disant ces mots, Sigismondo forma du pouce et du majeur un cercle à travers lequel il lorgna Gatta, qui eut un brusque éclat de rire.

— Tout ce que je constate, c'est que vous êtes un homme dont il est difficile de s'assurer. Pourquoi Michelotto aurait-il voulu faire soupçonner Landucci ?

Sigismondo exprima sa dérision par un son qui se situait entre le rire et le fredonnement.

— Pourquoi devait-il faire toutes ces choses ? Pourquoi tenter d'assassiner le prince, pourquoi vouloir tuer le fils du prince ? Parce qu'ils se trouvaient en travers de votre route.

— *De ma route ?*

Sigismondo haussa les épaules et tendit le bras en direction de Michelotto.

— Votre loyal lieutenant, Gatta. Son intention était de vous faire prince de Viverra.

Gatta se retourna sur sa selle pour considérer Michelotto.

— Est-ce vrai ? s'enquit-il d'une voix douce.

Michelotto ne resta silencieux que quelques secondes. Puis il fit une majestueuse révérence.

— Vous *êtes* prince, Gatta. Viverra n'attend que vous. Votre armée vous attend. Venise est à vos côtés.

Hochant la tête en direction du jeune prince qui écoutait avec attention, il ajouta :

— Ce qui n'a pas été fait au dîner peut être fait au souper.

Se baissant, il ramassa sa dague tombée à terre, puis la fit sauter d'une main dans l'autre d'un air entendu : si Gatta lui donnait son accord, le prince Francesco pouvait être assassiné dans l'instant et Viverra prise en moins d'une heure.

— Tu as fait tout ce que cet homme a dit? lui demanda Gatta d'un ton songeur.

— Je l'ai fait pour vous, Gatta.

Michelotto triomphait; sa voix n'exprimait ni regret, ni remords, ni excuse; c'était la voix de quelqu'un qui s'attend à être récompensé.

— Pour moi.

Gatta réfléchissait à ces mots, la grande épée reposant en travers de son bras. Alors il se tourna et tendit le doigt.

— Amenez-moi ce gredin.

Les gardes qui tenaient Fracassa le tirèrent jusqu'à lui.

— Tu es un homme de Landucci. L'agent d'un traître, hé? Que ferais-tu de Michelotto?

Fracassa repoussa sa tignasse de cheveux gras et expédia habilement un crachat aux pieds de Michelotto.

— Je le tuerais. Il a violé et tué ma mère et ma sœur. Tuez-le!

Gatta sourit. D'un geste brusque il ordonna aux gardes de lâcher Fracassa, puis lui lança l'épée. Malgré sa surprise, Fracassa réagit avec rapidité. Saisissant la poignée de l'arme, il se servit de son poids pour accélérer son mouvement et, alors que Michelotto reculait, une main levée en signe de protestation, il le frappa à la jointure du cou et de l'épaule. Un jet de sang éclaboussa le cheval de Gatta, qui se cabra en hennissant.

Benno tomba à quatre pattes et vomit. Michelotto était déjà inquiétant entier : coupé en deux, il était terrifiant. Jusqu'ici frappée de stupeur et silencieuse, la foule éclata en vivats.

— Un cadeau pour votre mariage, Altesse! Votre revanche.

Gatta poussa son cheval qui, maculé de sang, piaffait et s'ébrouait, en direction de Francesco, lequel ne parvenait pas à détacher son regard du cadavre mutilé. Fracassa ne s'était pas contenté d'un seul coup. Sautillant autour du corps de Michelotto, il levait et abattait son épée avec exultation tandis qu'Aldo l'encourageait d'une voix rauque sous les acclamations de tout le camp. Hébété, Francesco réalisa que les vivats s'adressaient à Gatta. D'un seul coup, littéralement, le camp venait de perdre l'homme responsable de toutes les mesures impopulaires qui lui permettaient d'être géré de façon satisfaisante. Et puis justice était faite, et le terrible châtiment de Michelotto était destiné à contenter le prince aussi bien que l'armée. Si cet homme devait devenir son beau-père, il lui fallait considérer cette exécution comme le premier versement de la dot de Caterina. Il sourit aux yeux jaunes.

— Mon père se réjouira de la mort d'un de ses ennemis.

CHAPITRE XLI

Que pouvait-il désirer de plus ?

— Ayez pitié, mon prince ! Mon fils est innocent. Ne me l'arrachez pas !

La comtesse Landucci était agenouillée devant l'estrade. Des mèches de cheveux échappées de son filet de soie balayaient ses mains jointes. Serrant les accoudoirs de son fauteuil, le prince Scipione la considérait d'un air embarrassé. De l'avis de la comtesse Landucci qui en avait une vision brouillée par les larmes, son œil poché lui conférait un air menaçant. Désespérée, elle se tourna vers la princesse, si belle et si distante, assise dans son fauteuil au côté du prince ; elle tendit les mains.

— Vous aussi avez un fils unique. Je vous supplie d'avoir pitié, comme vous espérez être prise en pitié au jour du Jugement...

Sur quoi, submergée par les sanglots, elle s'effondra. La princesse se tourna vers son mari. Pour avoir elle-même failli perdre Francesco, elle ressentait toute la force de cette supplication. De surcroît, elle ne parvenait pas à croire que Donato ait eu l'intention de les empoisonner, le prince et elle. Telles n'avaient pas été les intentions de ce jeune homme transi d'amour.

Mais avant qu'elle puisse parler ou que la comtesse se ressaisisse, les rideaux s'écartèrent à l'extrémité de la salle d'audience et, courtisans comme conseillers, tous tournèrent la tête tandis que Gatta, toujours aussi peu porté sur le cérémonial, faisait entrer lui-même le prince Francesco. La princesse réprima son désir de se lever pour accueillir son fils, qu'elle avait vu pour la dernière fois alors qu'il quittait avec fracas le palais après le départ de Gatta. Cette apparition ravivait chez elle l'espoir que leur unique protecteur ne les avait pas abandonnés malgré tous ses efforts pour l'attacher à leur cause. Gatta arborait une expression indéchiffrable ; sa bouche pouvait aussi bien être fendue d'un sourire que d'un ricanement carnassier. Tout en avançant vers l'estrade, laissant à peine le temps à Francesco de baiser la main de son père, il prit la parole :

— Altesse, j'ai des nouvelles pour vous. Votre ennemi, celui qui a tenté de vous empoisonner, a été démasqué et tué sur mon ordre.

Planté sur ses deux jambes écartées, il ignora dans sa jubilation la femme agenouillée qui, réprimant ses sanglots, leva la tête vers lui.

— Mon ennemi ?

La perplexité du prince Scipione était compréhensible. Il avait récemment perdu deux ennemis : Landucci lors d'une escarmouche et Carlotti dans une explosion. Quel autre adversaire lui restait-il ? Serait-ce que Gatta avait sommairement exécuté le jeune Donato ? Il évita de croiser le regard de la comtesse Landucci. C'eût été tout à fait maladroit. La comtesse dut d'ailleurs avoir la même pensée, car elle s'assit sur les talons en se couvrant la bouche des deux mains.

— Votre ennemi secret, Altesse, ainsi que le mien : mon lieutenant, Michelotto Della Casa. C'est lui qui a fait placer les gants empoisonnés dans votre chambre, provoquant ainsi la mort de ma pauvre Ginevra...

Gatta s'interrompit et grimaça comme pour refouler une larme.

— Et il n'y a pas une heure, poursuivit-il, il a encore essayé d'attenter à la vie de votre fils.

— Francesco !

La princesse, finalement, s'était levée d'un bond. Elle croisa le regard souriant de son fils et, convaincue qu'il ne se trouverait pas devant elle si la tentative avait réussi, elle se ressaisit et se rassit.

À présent, Gatta souriait avec gaieté.

— Votre Altesse ! Votre fils est sauf, et Michelotto, qui a trahi mon honneur ainsi que le vôtre, est mort. Nous devons maintenant nous tourner vers l'avenir, vers un mariage, non des funérailles.

Le prince était préparé à une telle annonce : durant l'absence de Gatta, le conseil avait connu des délibérations houleuses. Bien qu'au mot de « mariage » l'expression tendue et anxieuse des visages de tous les assistants rappelât la consternation qu'avait causée la princesse douairière, le prince, tout en évoquant en son for intérieur les complications qu'il allait devoir affronter pour retirer Francesco des négociations avec Scioggia — le retour des cadeaux, le coût de l'apaisement —, le prince parvint à esquisser un sourire bienveillant. Gatta incarnait la sécurité de Viverra.

— Mon seigneur Ridolfi ! Nous sommes d'accord ! Amenez votre fille au palais afin que nous puissions lui souhaiter la bienvenue ; elle épousera mon fils dans notre chapelle sitôt que vous le souhaiterez. Et que le contrat de mariage soit conclu dès demain.

La princesse se pencha en avant d'un geste gracieux.

— Viverra célébrera un magnifique mariage dans sa cathédrale.

Ce fut comme si l'ensemble de l'assistance poussait un soupir commun de soulagement. Lié à la famille princière par le mariage, et avec le nouveau statut que cela lui conférerait, Gatta protégerait les intérêts de Viverra et de sa cour comme les siens propres. La princesse douairière, dont la critique virulente des présomptions de Gatta avait récemment failli tout remettre en cause, boudait à présent dans ses appartements, incapable même, pour se faire consoler, de se tourner vers le frère Ambrogio, qui fustigeait les valeurs terrestres.

— Altesse !

Tous ces projets de mariage avaient fait oublier la comtesse Landucci, dont les pensées étaient encore obnubilées par les exécutions.

— Mon fils... Vous savez à présent qu'il est innocent. Il n'a jamais projeté de vous empoisonner. Il n'a que trop souffert, fit-elle en se relevant. Maintenant que son père est mort, il vous prêtera allégeance, et vous pouvez croire à sa parole ; je le jure sur mon âme.

— Je le crois.

Grand et grave, Sigismondo attira tous les regards lorsqu'il s'avança jusque devant le prince.

— Interrogez les hommes qui ont à plusieurs reprises tenté de le libérer, et vous comprendrez que Donato Landucci tient parole.

Il se tourna en faisant un geste du bras. Amenés du camp sur les consignes de Sigismondo, Aldo et Fracassa — dont les vêtements étaient raidis par le sang de Michelotto — furent poussés en avant par leurs gardes et forcés à s'agenouiller devant le prince. Sigismondo commença à les interroger d'une voix calme.

— Avez-vous cherché à enlever Donato Landucci de Viverra pour le ramener à son père ?

— Non, à moi.

Dame Landucci tendit la main comme pour protéger les deux hommes à genoux.

— C'est à moi qu'ils devaient le rendre. C'est moi qui les avais chargés de cette tâche. Je savais que mon mari préparait un mauvais coup contre Votre Altesse et je craignais pour la vie de mon fils lorsque cela arriverait.

La voix de la comtesse s'étrangla : elle comprenait à quel point elle avait vu juste. Le prince Scipione commença à parler, mais réalisa qu'il ne pouvait guère en vouloir à une femme d'avoir refusé de trahir son mari, surtout un mari prêt à risquer la vie de son fils otage.

La question que lui posa Sigismondo fut formulée d'un ton posé, une simple demande d'information dépourvue de toute menace.

— Le comte Landucci vous a-t-il prévenue, quand nous sommes allés le chercher, que des hommes se porteraient à son secours ?

— Il était furieux ; il m'a traitée d'idiote parce que je pleurais ; il m'a dit que Michelotto l'avait incité à préparer un coup de main pour le délivrer...

Gatta saisit le bras de Sigismondo.

— Michelotto m'a dit que c'était vous qui aviez arrangé cette embuscade. J'avais l'intention de vous supprimer pour cela, et pour avoir tué Landucci. Sa mort était destinée à couvrir un complot, mais c'est donc Michelotto qui l'avait ourdi, pas vous.

Dame Landucci se remit à sangloter.

— Mon serviteur a vu Michelotto tuer le comte Landucci.

— Ce démon mentait, même à moi. Il a eu une mort trop douce.

Sigismondo désigna Fracassa.

— Il a fait de son mieux... Lui et son ami ici présent ont tenté plus d'une fois de libérer le comte Donato. Qu'ils nous disent pour quelle raison ils ont échoué.

— *Parce qu'il refusait de nous suivre !*

Indigné, Aldo considéra Sigismondo d'un regard furieux, comme si ce dernier avait personnellement dissuadé Donato de partir.

— Nous avions résolu de l'enlever de force. Il nous a dit qu'il avait donné sa parole !

— Sa *parole* ! cracha Fracassa à travers son écran de cheveux.

Sigismondo se tourna vers le prince et écarta les bras.

— Vous voyez, Votre Altesse. On peut avoir confiance dans la parole de ce jeune homme s'il vous jure allégeance en tant que comte Landucci.

— Faites-lui confiance, père. Je suis sûr que messire Sigismondo dit vrai, renchérit Francesco avec conviction.

Sa mère et lui omirent de mentionner les autres raisons pour lesquelles Donato avait eu envie de rester.

— Il était mon ami et j'espère qu'il le redeviendra, poursuivit-il en posant la main sur celle de son père. Permettrez-vous aux Landucci et à Viverra de vivre en harmonie ? Libérez-le, père, afin qu'il puisse assister à mon mariage.

— Libérez-le, Altesse.

Gatta, radouci devant ce rappel que sa fille adorée allait sous peu réaliser un superbe mariage, saisit les deux hommes agenouillés, Aldo par le col, Fracassa par sa tentante chevelure, et les mit debout d'un geste brusque qui fit hurler Fracassa.

— Libérez également ces deux-là. Ils sont restés loyaux envers leur maîtresse, et aujourd'hui j'ai beaucoup appris en matière de loyauté. De plus...

Glissant la main dans l'épaisse chevelure de Fracassa, il s'empara de son oreille.

— ... je dois à cet homme des honoraires de bourreau. Il recevra de l'or.

Le couinement de Fracassa se tut brusquement. Le prince se leva, imité par la princesse, deux figures de l'autorité en action.

— Dame Landucci, votre requête est acceptée. Votre fils sera pardonné à la condition qu'il prête serment, en tant que comte Landucci, à nous-même et à notre État. Ces hommes entreront au service du seigneur Ridolfi, comte de Mascia.

En descendant les marches de l'estrade, le prince adressa un signe de l'index à Sigismondo, qui s'approcha en s'inclinant. Autour d'eux bruissaient les murmures des courtisans, qui avaient engrangé des sujets de bavardage pour plusieurs jours, et ceux des conseillers, qui avaient matière à débat pour plusieurs mois. On entendait des voix saluer Gatta par son nouveau titre. Le prince pouvait être d'excellente humeur : ses ennemis, même ceux dont il ignorait qu'ils l'étaient, avaient péri ; un aimable jeune homme venait d'être pardonné et accepté comme vassal ; le jeune prince s'apprêtait à un mariage qui mettrait

Viverra à l'abri des agressions — que pouvait-il désirer de plus ?

Il fit signe à Sigismondo de se rapprocher encore et lui glissa d'un ton farouche :

— Trouvez le docteur Virgilio. Il doit revenir. J'ai plus que jamais besoin d'or.

CHAPITRE XLII

Plus d'orpiment

— Je croyais que le docteur Virgilio avait péri dans l'explosion.

Benno, qui foulait les pavés sous un chaud soleil d'automne, était d'avis que l'on faisait beaucoup trop souvent appel à son maître pour retrouver des personnes disparues. Pourtant, Sigismondo ne se plaignait pas et ne montrait aucun signe de fatigue.

— C'est ce que tout le monde pense, sauf le prince Scipione. Hum. Peut-être sait-il quelque chose. Il m'a dit qu'il était passé au laboratoire peu avant l'explosion ce soir-là et qu'il était désert. Tout avait été emporté, à part quelques livres appartenant au prince et, bien entendu, certains ingrédients qui ont ensuite contribué à volatiliser l'endroit.

— Mais pourquoi le docteur serait-il parti ? Le prince le payait bien.

— Il faut de l'or pour faire de l'or, c'est vrai.

— Alors pourquoi a-t-il filé ?

Sigismondo s'arrêta et mit ses mains en vasque sous le jet d'eau que crachait une tête de lion sculptée à un coin de rue. Il but et essuya les gouttes qui lui avaient éclaboussé le visage.

— Aurais-tu oublié le frère Ambrogio ?

Depuis un moment, en effet, Benno n'y songeait plus.

— Pourtant, le docteur n'avait pas l'air de craindre le frère Columba. La preuve, il l'a envoyé balader.

— Ce n'est pas du tout la même chose. Est-ce que tu songerais à t'opposer au frère Ambrogio ? Tôt ou tard, il aurait fait ce que le frère Columba n'avait pu réussir à faire. À mon avis, il s'est rendu au laboratoire ce jour-là et a insufflé au docteur Virgilio la peur de Dieu et, plus concrètement, de la populace de Viverra. Il est donc probable qu'il a soudain paru plus prudent au bon docteur d'aller poursuivre ailleurs sa quête de la pierre philosophale.

— Dans ce cas, pourquoi venir le chercher ici ?

Sigismondo s'était arrêté devant une échoppe que Benno reconnut. Il y flottait une odeur de pain cuit et l'enseigne du Pilon d'Argent pendait au-dessus de l'entrée. Le store de la boutique voisine était levé et, dans son ombre, le barbier de rue rasait un homme trapu qui, de toute évidence, n'avait pas taillé sa barbe depuis plus d'une semaine.

— Des questions, Benno ? Me poserais-tu des questions ? fit Sigismondo en disparaissant dans l'entrée obscure de l'apothicaire.

Benno le suivit et Biondello, qui les rejoignait ventre à terre, évita de justesse un bol d'eau sale vidé par le barbier.

À l'intérieur de la boutique se tenait un homme que Benno connaissait. Leone Leconti, en pourpoint de velours violet, était en train d'acheter des pigments. Le propriétaire myope de la boutique, les lunettes fermement plantées sur le nez, annonçait les couleurs que souhaitait acquérir l'artiste à une espèce de gnome ratatiné qui allait prestement retirer ce qu'il fallait d'un bocal ou d'un tiroir afin que maître Buselli le pèse et l'empaquette. Quelque chose dans cet assistant titillait la mémoire de Benno. Il avait vu cet individu récemment, dans une situation délicate, mais était incapable de se souvenir des circonstances.

— De l'orpiment, maître Buselli, de l'orpiment. Je n'ai plus d'orpiment du tout. Mon gredin d'assistant doit revendre mes couleurs en douce. C'est pourquoi je suis venu moi-même aujourd'hui. Bien sûr, si j'avais perdu quelques-uns des lapis-lazulis du prince, je n'aurais jamais eu assez d'or pour en racheter, c'est sans doute pour cette raison que ce coquin n'y a pas touché.

Il regarda autour de lui et, reconnaissant Sigismondo, le salua d'une inclinaison de la tête.

— Maître Sigismondo ? Je ne pourrais jamais oublier un visage comme le vôtre. Si vous aviez quelque temps à m'accorder, je serais heureux de faire votre portrait. Je n'ai qu'une ou deux esquisses de vous dans mes carnets.

Il omit de préciser qu'il avait l'intention d'utiliser les traits de Sigismondo, judicieusement complétés de cornes, d'oreilles pointues et d'un air malfaisant, pour personnifier le Diable dans un tableau de commande représentant le Jugement dernier. Les gens avaient une fâcheuse tendance à mal prendre ce genre de chose, et son modèle pourrait ne pas apprécier que ce soit son expression menaçante que Leconti jugeait appropriée pour le Prince de l'Enfer.

— Je manque justement de temps, maître Leconti, sinon j'aurais volontiers accepté de poser pour vous. Je suis venu ici pour acheter des informations.

Lorsque Sigismondo émergea de l'ombre, l'apothicaire parut se recroqueviller dans son vêtement miteux comme une tortue dans sa carapace. Il était clair qu'il reconnaissait en lui l'homme qui avait ébranlé son assurance quelques jours plus tôt. Et il était tout aussi clair qu'il redoutait des questions plus embarrassantes encore. Perché sur un tabouret derrière lui, l'assistant se trouvait dans une flaque de lumière. C'est à lui que Sigismondo s'adressa.

— Tu travaillais pour le docteur Virgilio.

Ce fut au tour du gnome d'éprouver quelque appréhension, même si Sigismondo avait affirmé cela d'un ton paisible, presque indifférent.

— Le prince désire savoir où il est allé afin qu'il revienne travailler pour lui. Le sais-tu ?

Le gnome s'approcha avec avidité de la pièce d'or qu'une large main venait de poser sur le marbre du comptoir.

— Il ne m'a rien dit. Mais un des jeunes gars qui sont partis avec lui m'a confié qu'ils iraient probablement en Allemagne. Il y a là-bas un certain margrave qui depuis un bon moment lui envoie lettre sur lettre pour le convaincre de se joindre à ses recherches.

— Sais-tu quelle route il a prise ?

Le gnome, qui tour à tour avançait la main vers la pièce d'or puis la retirait, secoua la tête.

— Ils ne le savaient pas, et à mon avis il ne leur avait rien dit. Le frère Ambrogio lui avait promis qu'il serait brûlé comme hérétique s'il restait à Viverra et il n'avait certainement pas envie qu'on le rattrape en chemin pour le ramener ici.

Sa main noueuse, sillonnée comme celles du prince de brûlures d'acide et de cicatrices, se referma sur la pièce d'or que Sigismondo poussa dans sa direction.

— Le frère Ambrogio devrait faire attention.

Avec l'aide de l'apothicaire, Leconti rassemblait ses paquets dans un tissu.

— Viverra en a par-dessus la tête de lui. Maintenant que grâce à Dieu ce maudit frère Columba a disparu et que le frère Ambrogio est malade, nous allons peut-être enfin connaître la paix.

— Le frère Ambrogio est malade ?

Benno réalisa en effet qu'il n'avait pas revu le prêcheur depuis un certain temps.

— Il était en train de prier dans la chapelle du palais quand le Diable l'a attrapé par le bras gauche. Il s'est effondré en proie à des convulsions, fit Leconti en riant.

Le peintre n'avait pas oublié la vision de son tableau qu'on avait failli brûler.

— Peut-être Dieu lui a-t-il glissé quelques principes de charité à l'oreille.

Il noua les coins du tissu et prit le tout entre ses bras.

— Ça lui apprendra à fureter partout dans le palais. Il me donnait des conseils sur la façon de peindre, il a même chapitré le médecin du prince sur la manière de rétablir Son Altesse après son accident. Sans doute avait-il l'intention d'apprendre au chambellan à gérer le palais. Qu'il aille donc enseigner aux anges comment faire pour que leurs ailes ne se déplument pas.

Sur quoi il régla maître Buselli et, après avoir salué Sigismondo, quitta la boutique.

En sortant de chez l'apothicaire, Sigismondo montra qu'il n'avait pas dit la vérité lorsqu'il avait prétendu ne pas disposer de temps libre ; il se livra en effet aux soins du barbier. Benno déclina la proposition que lui fit son assistant de le saigner, de lui laver la tête ou de lui tailler la barbe et, accroupi sur les talons, il assista à l'interminable séance à laquelle se prêtait son maître. Biondello, quant à lui, s'amusa à grogner contre un chat qui l'observait d'un air dédaigneux du haut d'un balcon.

Tandis qu'il faisait habilement courir le rasoir sur le crâne de Sigismondo, le barbier se montra tout disposé à bavarder au sujet des récents événements.

— Ce frère Columba ! Certains disent qu'il a été emporté au ciel dans un chariot de feu, mais mon opinion est qu'il est tombé dans la rivière alors qu'il prêchait auprès des poissons pour les convaincre de renoncer à l'argent de leurs écailles. Bon débarras !

Et comme pour rappeler les innocents plaisirs que le frère Columba aurait voulu interdire, il déboucha un flacon d'huile aromatique qu'il présenta aux narines de Sigismondo. Celui-ci s'en montra satisfait et le barbier en mit un peu dans ses mains avant de masser le crâne de Sigismondo de la nuque à la mâchoire.

— Quant au frère Ambrogio... Il n'a guère eu de chances avec sa prophétie, n'est-ce pas ? Notre prince se porte mieux que jamais et baigne dans l'euphorie à l'idée que son fils va épouser la fille de Gatta. Ce mariage promet d'être une belle occasion de réjouissances, ça ne m'étonnerait pas qu'il y ait quelques fontaines alimentées en vin. Et pour ce qui est de Gatta, voilà un homme qui...

Soudain Sigismondo arracha la serviette nouée à son cou, se leva, s'essuya la tête et paya le barbier. Benno dut le suivre jusqu'au palais à marche forcée. Si son maître avait pris le temps de se faire raser, pourquoi montrait-il tout d'un coup une telle précipitation ?

— Le prince va être déçu en apprenant le départ du docteur Virgilio, haleta Benno en évitant un gaillard qui avait été contraint de s'écarter devant Sigismondo mais ne voyait aucune raison de céder le passage à l'idiot qui le suivait.

Sigismondo lui répondit par-dessus son épaule.

— Si nous ne nous hâtons pas, nous risquons de trouver le prince mort.

CHAPITRE XLIII

« C'est un miracle »

Sigismondo était désormais connu comme l'agent du prince et personne n'entrava ses déplacements dans le palais. Benno le suivait, serrant Biondello sous le bras.

Sigismondo pénétra dans la chambre de Scipione avant que le page ébahi ait le temps de faire le moindre geste pour l'en empêcher. Le prince était enfermé avec le frère Ambrogio, qui, pour l'instant, s'occupait non de son âme mais de son corps. Les deux hommes, également surpris, tournèrent en même temps la tête vers la porte. Le frère Ambrogio se tenait debout, penché vers le prince assis, lui présentant une cuillère dont le prince, bouche ouverte comme un bébé, s'apprêtait à avaler le contenu.

— Vous essayez d'aider votre prophétie à se réaliser, mon père ?

Le frère Ambrogio demeura un long moment sans bouger. Puis il grimaça en un spasme hideux. Son dos se voûta. Il jeta la cuillère qui décrivit une parabole scintillante et sa main droite agrippa son bras gauche. Le flacon se fracassa au sol et répandit un liquide visqueux qui s'écoula comme à contrecœur sur le sol de marbre gris. Le frère Ambrogio trébucha et s'effondra, se débattit quelques instants puis demeura immobile.

— Que... que se passe-t-il ? fit le prince en se levant.

Sigismondo rejoignit le prêcheur au moment où il cessait de bouger. Il s'agenouilla auprès de lui et appuya les doigts dans la dépression entre cou et mâchoire.

— Avez-vous bu de ce qu'il vous donnait ?

— Hélas non. Et à présent tout est perdu.

Le prince jeta un regard plein de regret au liquide doré qui progressait lentement vers ses pieds.

— A-t-il été victime d'une nouvelle crise ?

Il se pencha pour saisir l'épaule du religieux et le tourner sur le dos, et lorsque le corps bascula, tous trois virent son visage abandonner son expression paroxystique et recouvrer l'air de douceur qui le caractérisait. Ses yeux, ouverts, avaient le regard fixe et ses lèvres étaient entrouvertes. Le prince se signa, aussitôt imité par Sigismondo et Benno.

— Que Dieu ait pitié !

Benno mit un genou à terre, posa Biondello et joignit les mains pour prier. Le petit chien tendit un museau inquisiteur vers le liquide répandu. Sigismondo l'attrapa et le tendit à Benno.

— Empêche-le d'y toucher. C'est du poison.

— Du poison !

Le prince se redressa et considéra Sigismondo avec stupéfaction.

— Non, non, il s'agit de *theriaca antidotos*, l'authentique thériaque des Anciens. Cela m'aurait fait le plus grand bien. C'est un remède qui purge l'organisme de tous les poisons. On l'a apporté de Venise, c'est le meilleur produit qui soit. Le frère Ambrogio me le faisait prendre pour soigner mes douleurs d'estomac. Il en emporte toujours avec lui dans ses voyages pour guérir les morsures de serpent...

La voix du prince mourut lorsqu'il lut l'expression du visage de Sigismondo.

— Quand Votre Altesse a-t-elle ressenti ces douleurs pour la première fois ?

— Hier. Le bon frère m'a donné un peu de thériaque dans la matinée afin de me fortifier, car tous ces événements m'ont affaibli : mon fils... le docteur et le laboratoire... l'effet des émanations...

— Avez-vous pris le médicament avant ou après les douleurs, Altesse ?

— Eh bien, je l'ai bu en me levant. Les douleurs sont apparues vers midi...

Le prince baissa la tête vers le cadavre dont Sigismondo maintenait les yeux fermés.

Le prince tendit soudain le bras vers l'accoudoir de son fauteuil, le saisit et se rassit.

— Pourquoi voulait-il me tuer ? murmura-t-il. Comment a-t-il pu faire cela ? C'était un saint homme.

Sigismondo se leva.

— Pour le bien général, peut-être. En faisant rechercher le docteur Virgilio, Altesse, vous démontriez votre intention de vous consacrer de nouveau à ce que le frère Ambrogio considérait comme l'œuvre du Malin. Viverra elle-même commençait à se retourner contre lui et à renouer avec ce qu'il tenait pour la voie du péché — il est difficile de vivre une vie de perfection en ce bas monde. Il avait annoncé votre mort. Si vous mouriez, Viverra aurait été convaincue que Dieu parlait par sa bouche, comme il le croyait ; la ville se serait remise en pénitence.

Soudain, de manière tout à fait inattendue, le prince éclata de rire.

— Vous êtes en train de m'expliquer qu'il voulait m'assassiner pour les meilleures raisons du monde. Il semble que chaque jour m'apporte de nouveaux ennemis auxquels je n'aurais jamais songé.

Il se tut et regarda à nouveau le corps allongé du frère Ambrogio.

— Ma mère va être bouleversée, mais qui d'autre le regrettera ? Pas plus tard que la semaine dernière, Viverra le considérait comme un saint. À présent, je pense que la population sera heureuse de savoir qu'il n'est plus.

— Si je peux me permettre de faire une suggestion à Votre Altesse ? fit Sigismondo avec une pointe d'amusement dans sa voix grave. Le frère Ambrogio voulait le bien de votre ville et il pourrait continuer à servir ses intérêts. Supposons que Votre Altesse fasse savoir à son ordre avec quelle constance le frère Ambrogio a accompli ici ses devoirs de prêcheur et demande la permission de l'enterrer dans la nouvelle chapelle ? Viverra serait heureuse d'accueillir un futur saint. En vérité, je conseillerais à Votre Altesse de faire garder le corps avant les funérailles ; un couteau bien affûté procure d'excellentes reliques...

Le rire du prince Scipione frisait à présent l'hystérie.

— Cela sera fait. Le Saint-Père saura ainsi qu'en plus de ma *condotta* je dispose désormais d'un saint pour protéger ma ville.

Il se tut abruptement et porta la main à sa gorge en balbutiant.

— Le poison... Je l'ai pris hier. Vais-je mourir ?

— Altesse, vous seriez déjà mort à l'heure qu'il est. Vous avez mangé de nombreuses dragées que Donato Landucci avait empoisonnées sans le savoir. Vous les avez mangées peu à peu, sur une longue période, ce qui a fini par vous immuniser contre le poison. Le sucre qui les recouvrait contenait de l'arsenic, et il y avait également de l'arsenic dans le pigment que le frère Ambrogio a volé à Leconti afin de le mélanger à la mixture qu'il vous donnait.

Sigismondo pencha la tête vers la petite flaque à l'odeur de miel qui continuait de s'étendre à leurs pieds.

— On peut dire en quelque sorte que la princesse Isotta a sauvé la vie de Votre Altesse en faisant naître l'amour chez Donato Landucci.

Sa frayeur rétrospective avait rendu le prince tout pâle. Il secoua lentement la tête, encore incapable d'apprécier ce genre de subtilité.

— C'est un miracle que je sois toujours en vie ; et c'est à vous que je le dois. Je ne l'oublierai pas. Lorsque j'ai entendu parler de vous pour la première fois et que j'ai envoyé des hommes à votre recherche, je ne pensais pas vous devoir un jour la vie.

Sigismondo s'inclina pour baiser la main du prince. « Il ignore que mon maître a également permis le mariage de son fils », songea Benno.

Le regard du prince quitta le crâne rasé de frais penché vers lui et se posa distraitement sur Biondello, que Benno avait repris dans ses bras.

— Quel joli petit chien ! Comment a-t-il perdu son oreille ?

CHAPITRE XLIV

Avec la bénédiction

Benno regretta de ne pas avoir mis au point une belle histoire au sujet de l'oreille de Biondello. Celui-ci en était déjà privé quand Benno l'avait adopté. Il pensait que l'explication la plus vraisemblable ne devait pas être très agréable à entendre : il est probable que Biondello avait perdu son oreille lorsque les habitants affamés de son village natal avaient tenté de le transformer en pâté de chiot.

— Vous pensez que le prince va se rétablir ?

Sigismondo vida dans leurs deux coupes le reste de la carafe de vin que Rosaria leur avait apportée. La journée avait été longue et Benno avait mangé avec voracité les meilleurs mets de l'auberge : deux bols de soupe de citrouille, du canard grillé, un lapin rôti au romarin ; pour l'heure, il se régalait d'excellentes prunes mûres à point dont le jus poisseux lui coulait dans la barbe.

Sous la table, Biondello lapait bruyamment un bol d'eau dans lequel Benno avait versé un peu de vin. Car Biondello aussi, après tout, devait être de la fête. Il avait échappé de peu à une horrible mort par empoisonnement.

— Le prince va se remettre rapidement, à mon avis. Maintenant que des liens familiaux les ont rapprochés, Gatta le protégera de tout nouvel ennemi et sa santé devrait s'améliorer, fit Sigismondo dont la bouche se fendit en un large sourire. Je me demande ce qu'il va chercher maintenant que la pierre philosophale est partie en Allemagne ?

— Dommage que le docteur Virgilio n'ait pas trouvé d'or.

— Le prince pensait qu'il avait réussi.

— *Quoi ?* Et c'était vrai ?

— Le docteur Virgilio lui en a en tout cas montré un morceau qu'il prétendait avoir obtenu. Juste après le sermon pressant le prince de se débarrasser de lui.

— Oh ! Vous voulez dire que...

— Il est possible que le docteur ait gardé cet or en prévision d'un tel moment. C'est ce que j'ai expliqué au prince.

— Vous a-t-il cru ?

— Au début il s'y refusait, mais au bout du compte... fit Sigismondo en haussant les épaules. Il aura moins besoin d'or maintenant que Gatta a de meilleures raisons que jamais de le servir. De plus, il voudra sans doute se faire valoir en composant une dot magnifique pour Caterina. Hum... C'est le jeune Francesco qui m'intrigue. Se rendre seul dans le camp de Gatta était soit une initiative judicieuse et courageuse, soit une entreprise stupide. Mais je pense qu'avec Caterina pour épouse, Donato Landucci comme ami et allié, et Gatta à ses côtés, il fera le moment venu un bon prince pour Viverra. En attendant, privé de ses recherches sur la pierre philosophale, le prince Scipione ne va pas savoir comment passer le temps.

— Peut-être se consacrera-t-il à la princesse. Elle a vraiment été ravie du livre d'Heures qu'il lui a offert, n'est-ce pas ?

Benno vida sa coupe et prit un air rusé.

— Est-ce que vous pensez qu'elle...

Il forma un cercle du pouce et de l'index.

— ... avec Gatta ? À mon avis, le prince ne s'apercevrait de rien.

Sigismondo piochait dans une assiette d'écorces de

fruits confites et d'amandes que Rosaria, qui surveillait le service dans la salle, avait posée sur la table avec une nouvelle carafe de vin.

— Hum... Si elle l'a fait, et je pense qu'elle ne continuera pas si son fils doit épouser Caterina, c'est à mon avis qu'elle croyait assurer ainsi la loyauté de Gatta envers son mari ; peut-être est-ce d'ailleurs ce qui s'est produit en un moment crucial. Mais pour moi sa loyauté envers le prince Scipione ne fait aucun doute.

— Drôle de chose, la loyauté, remarqua Benno en plongeant une main malpropre et poisseuse dans l'assiette d'amandes. Ce Michelotto a été d'une certaine manière loyal envers Gatta, n'est-ce pas ? Ce n'est pas très juste, ce qui lui est arrivé. C'est vrai, après tout, s'il s'est tant démené pour essayer d'empoisonner le prince et de tuer son fils, et s'il a conspiré avec Landucci, c'était uniquement pour que Gatta devienne prince de Viverra.

— Hé, Benno, n'essaie jamais de faire le bien des gens malgré eux. Michelotto estimait que la loyauté de Gatta à l'égard de Scipione était de la faiblesse. Il pensait qu'il devait l'aider à accéder à la place qui lui revenait. Mais les hommes comme Gatta n'aiment pas que l'on complote dans leur dos, serait-ce même dans leur intérêt. Cela froisse leur amour-propre. Regarde où ça a mené Michelotto.

Benno se remémora ce qui était arrivé à Michelotto et s'étouffa sur une amande. Il fut sauvé par Sigismondo qui lui administra une claque entre les épaules. Se ressaisissant, Benno poursuivit :

— Et puis il y a le frère Ambrogio. Lui aussi voulait faire le bien.

— C'est peut-être le choc éprouvé en constatant ce qu'il faisait en réalité qui l'a tué.

— En tout cas, on lui a fait une belle messe funèbre, hein ? N'est-ce pas une chance que l'évêque ait été suffisamment rétabli pour la célébrer lui-même dans la cathédrale ?

L'évêque avait conduit avec une grande solennité la messe dite pour le frère Ambrogio, mais les assistants n'avaient pas manqué de remarquer la joie qui l'animait ; les plus charitables mirent sur le compte de sa récente attaque d'apoplexie le petit sourire qui flottait sur ses lèvres.

— Dommage que nous n'ayons pas pu rester pour le mariage, fit Benno, qui se consola en puisant une nouvelle poignée d'amandes pendant que Sigismondo le resservait en vin.

— Trop de gens voulaient nous voir rester. Je préfère ne pas m'attarder.

— Je crois que vous avez fait une erreur à Mascia en donnant à Scala une tête d'avance sur tout le monde.

Benno rugissait de rire à sa propre plaisanterie quand Rosaria les rejoignit en poussant son imposante carrure entre les tables sans prêter attention aux coudes de ses clients. Les poings sur les hanches, elle se planta devant Sigismondo.

— Ne va pas croire que j'ignore ce que tu as fait, bel amant. Les gens qui viennent ici me racontent tout ce qui se passe en ville. On dit que tu as sauvé le prince, couché avec la princesse et reçu la bénédiction du frère Ambrogio — que Dieu ait son âme — juste avant qu'il meure ; Gatta t'aime comme un frère et tu ne restes pas pour le mariage parce que tu pars en Allemagne pour rapporter au prince la pierre philosophale ; et si tu reviens avec tu recevras la main de la jeune princesse Emilia...

— Mais... n'a-t-elle pas que huit ans ? fit Benno.

Du bout du doigt, Rosaria effleura la cicatrice qui courait sur le front de Sigismondo.

— Est-ce au cours de vos ébats que la princesse t'a mordu ?

Elle jeta un coup d'œil à Benno tout en caressant la tête de Sigismondo.

— Sais-tu que la patience est une des vertus cardinales de ton maître ? Pourtant, tel que je le connais, il ne perdra pas son temps à se languir après une princesse. Il préférera se divertir tout de suite.

Elle se retourna, frappa dans ses mains et, d'une voix qui couvrit le vacarme des assiettes, des cruches de vin et des bavardages, cria :

— Quelqu'un a-t-il un tambourin ?

Un petit homme vêtu de rouge et de bleu sortit une flûte tandis que le gaillard qui secondait Rosaria sortait timidement un petit tambour de derrière une porte. Sur ordre de Rosaria, la longue table fut démontée afin de ménager un espace au milieu de la salle et, tandis que les buveurs entrechoquaient leurs coupes et tapaient des pieds par terre, Rosaria prit la main de Sigismondo et s'avança majestueusement au centre du cercle. Elle lança le titre d'un morceau au flûtiste, qui acquiesça et entama un air entraînant pendant que le tambourin, qui disparaissait presque dans la large paluche du costaud, soutenait la mélodie d'un double battement régulier. Les deux danseurs se mirent à évoluer, Rosaria avec légèreté et précision, Sigismondo suivant sans peine ses pas. Ils dansèrent, Rosaria tour à tour à la droite de Sigismondo puis à sa gauche, se tenant par la main, les bras levés — tournoyant lentement au rythme du tambour, leurs deux visages pleins d'intensité et de concentration, les déplacements compliqués de leurs pieds n'ayant apparemment aucun effet sur l'attitude du reste de leurs corps. Benno les observait bouche bée ; il découvrait là une nouvelle facette de son maître.

La fin du morceau, annoncée par une accélération du petit tambour que suivirent les deux danseurs, déclencha un tonnerre d'applaudissements parmi les buveurs tandis que Benno tapait des pieds par terre avec les autres convives. Refusant de se plier à la demande générale de lui voir exécuter une nouvelle danse, Rosaria alla surveiller le tirage du vin et Sigismondo, le crâne luisant, vint se rasseoir auprès de Benno et boire le vin que ce dernier lui avait servi.

— Michelotto.

Un étrange personnage se détacha des clients, vint vers eux et posa ses mains sur la table. Il avait la tête baissée et le regard vague. C'était Pio.

— Il est mort, lui dit Sigismondo d'un ton calme et posé. Michelotto est mort.

Pio secoua la tête pour s'éclaircir l'esprit, tenta de replacer Sigismondo dans l'axe de son regard et, n'y parvenant pas, s'éloigna entre les tables. Des danseurs avaient envahi l'espace libre et Rosaria, qui arrivait des cuisines, poussa Pio en direction du joueur de tambourin afin qu'il ne les bouscule pas.

— Ne fais pas attention, bel amant. Il a perdu la tête. Il est sorti de la rivière il y a quelques jours comme un gros ragondin. Je l'ai recueilli et en échange il fait la vaisselle.

Benno se demanda si le cerveau ébranlé de Pio avait compris le sens des paroles que Sigismondo lui avait adressées, s'il parviendrait un jour à retrouver ses amis ou s'il tenterait une nouvelle fois de libérer Landucci. Il eut une brève vision de Pio rentrant chez lui d'un pas zigzagant, fonçant tête la première dans tous les obstacles, murs ou brigands, rencontrés sur sa route. À sa façon, Pio avait quelque chose de l'indestructibilité de Sigismondo.

— Alors, où allons-nous ? En Allemagne ?

Sigismondo ramassa Biondello et lui donna un morceau de canard avec un peu de sauce qui restait dans son bol. Il haussa les sourcils.

— L'Allemagne ? Pourquoi l'Allemagne ? La bénédiction du frère Ambrogio nous accompagnera où que nous allions.

Imprimé en France sur Presse Offset par

BRODARD & TAUPIN

GROUPE CPI

La Flèche (Sarthe), 7807
N° d'édition : 3274
Dépôt légal : juin 2001